Das Knistern von Eis

Walter Christian Kärger, aufgewachsen im Allgäu, studierte an
der Hochschule für Fernsehen und Film und arbeitete dreißig
Jahre als Drehbuchautor in München. Über hundert seiner Dreh-
bücher wurden für Kino oder TV verfilmt. Er lebt als Roman-
autor in Memmingen.

WALTER CHRISTIAN KÄRGER

Das Knistern von Eis

Ein Fall für Kommissar Max Madlener

BODENSEE KRIMI

emons:

© Emons Verlag GmbH
Cäcilienstraße 48, 50667 Köln
info@emons-verlag.de
Alle Rechte vorbehalten
Umschlagmotiv: mauritius images/BY
Umschlaggestaltung: Nina Schäfer, nach einem Konzept von
Leonardo Magrelli und Nina Schäfer
Gestaltung Innenteil: César Satz & Grafik GmbH, Köln
Lektorat: Carlos Westerkamp
Druck und Bindung: sourc-e GmbH, Köln
Printed in Europe 2025
Erstausgabe 2017
ISBN 978-3-7408-0185-4
Bodensee Krimi
4. Auflage

Unser Newsletter informiert Sie
regelmäßig über Neues von emons:
Kostenlos bestellen unter
www.emons-verlag.de

Für Gabriele F. und ihre Engelsgeduld.
Und für Edith P., meine erste Kritikerin.

Through long December nights we talk in words of rain or snow,
while you, through chattering teeth, reply and curse us as you go.
Why not spare a thought this day for those who have no flame
to warm their bones at Christmas time?
Say Jack Frost and the Hooded Crow.

Aus: »Jack Frost and the Hooded Crow«
von Ian Anderson (Jethro Tull)

I knew a girl who tried to walk across the lake,
course it was winter when all this was ice.
That's a hell of a thing to do, you know.
They say the lake is as big as the ocean.
I wonder if she knew about it?

Aus: »Walking on Thin Ice«
von Yoko Ono

1

Ende November, an einem bitterkalten Mittwochnachmittag gegen zwölf Uhr zwanzig, gleich nach Schulschluss, wagte sich die zehnjährige Sigrun Leitner, im Freundeskreis nur »Sissi« genannt, trotz der Warnungen und Ermahnungen ihrer Eltern zusammen mit ihrer besten Freundin bei Bad Schachen auf das Eis, das sich zum ersten Mal seit Jahrzehnten schon so ungewöhnlich früh an einigen Rändern des Bodensees gebildet hatte und auf die beiden Mädchen eine unwiderstehliche Anziehungskraft ausübte. Ihre Schulsachen hatten sie auf einer Bank abgelegt und tasteten sich erst einmal übervorsichtig die ersten Zentimeter hinaus auf den See, um herauszufinden, ob das Eis sie schon trug. Nach drei oder vier Schritten auf dem knirschenden und geheimnisvoll knisternden Untergrund verloren die beiden Mädchen allmählich ihre anfängliche Scheu und wagten sich immer weiter hinaus, weil es dort noch glatter und aufregender war. Sie kicherten ausgelassen, und jedes wollte dem anderen zeigen, dass es mit einem kleinen Anlauf noch weiter rutschen konnte.

Die Sicht war nicht besonders gut, schwere Nebelschwaden verhängten den Horizont wie ein Theatervorhang.

Zwei Krähen beendeten ihr krächzendes Gezänk und ließen sich in der kahlen Baumkrone einer Ulme nieder, neugierig auf das, was sich vor ihren schwarzen Augen abspielte.

Außer den beiden Mädchen war nur ein einsamer Spaziergänger mit Lodenmantel und tief ins Gesicht gezogenem Trachtenhut am verschneiten Uferweg unterwegs, mit seinem Hund, der hechelnd unermüdlich ein Stöckchen apportierte, das sein Herrchen für ihn immer wieder wegschleudern musste. Während der Hund erneut dem Stöckchen hinterherjagte, sah der Mann die bunten Schulranzen der zwei Mädchen und dann nach einem suchenden Blick die Mädchen selbst, die sich in ihrem Übermut selbstvergessen immer weiter auf die Eisfläche hinauswagten.

»He!«, rief er ihnen zu, so laut er konnte. »He, ihr zwei da – kommt sofort vom Eis runter! Das hält nicht da draußen!«

Die beiden Mädchen reagierten nicht.

Im Gegenteil – sie gerieten immer noch weiter hinaus.

Der Mann achtete nicht mehr auf seinen Hund, der das Stöckchen wieder vor seinen Füßen fallen gelassen hatte und ihn auffordernd anbellte, sondern machte ein paar Schritte durch den knirschenden Schnee auf den Rand der Eisfläche zu, winkte und schrie erneut: »Hallo! Ihr zwei da! Kommt auf der Stelle zurück!«

Sigrun hatte gerade einen unbezwingbaren Lachkrampf, weil ihre Freundin ausgerutscht war und sich unsanft auf ihren Hosenboden gesetzt hatte, und konnte gar nicht mehr aufhören zu lachen, so lustig fand sie das.

Am Ufer schrie ein Mann ihnen irgendetwas zu und fuchtelte herum, aber beide Mädchen waren so in ihr hitziges Spiel vertieft, dass sie immer noch nichts davon mitbekamen oder mitbekommen wollten. Plötzlich gab es einen unheilvollen Ton im Eis, es klang, als ob ein armdickes Stahlseil gerissen wäre. Gleichzeitig bildeten sich in Sekundenbruchteilen Risse im Eis, und Sigrun fuhr der Schreck in alle Glieder. Sie wollte eben noch ihre Freundin packen und mit sich von der zersplitternden Gefahrenstelle wegziehen, da war es auch schon zu spät: Das Eis brach auf einen Schlag unter ihren Füßen weg, und sie versackten bis zu den Schultern im schwarzen Wasser.

Der Mann am Ufer hörte ihre gellenden Schreie und sah, wie die zwei Mädchen verzweifelt um sich schlugen und vollends unterzugehen drohten.

Er überlegte nicht lang, schlüpfte hastig aus seinem Mantel, ließ ihn zu Boden fallen und rannte unter dem hysterischen Gekläffe seines Hundes, der lieber bei seinem Stöckchen blieb, auf die Eisfläche und auf die beiden Mädchen zu. Nach ein paar Schritten schon brach er bis zu den Knien ein, trotzdem mühte er sich weiter, obwohl er gegen die Eisschollen ankämpfen musste und das Wasser eiskalt war, aber er hatte wenigstens noch festen Grund unter den Füßen, weil das Wasser im Uferbereich flach war.

Eine Frau, die ein kugeldick vermummtes Kind auf einem Schlitten hinter sich herzog, tauchte aus dem Nebel auf und erfasste mit einem Blick die gefährliche Situation. Sofort griff sie zu ihrem Handy und setzte einen Notruf ab.

Draußen auf dem See schlugen die Mädchen in wilder Panik um sich, japsten nach Luft und drohten den letzten Halt an einer abbröckelnden Eiskante zu verlieren.
»Hilfe!«, konnte Sigrun gerade noch schreien. »Hil…«, bevor sie, indem sie sich in Todesangst an ihre Freundin klammerte, mit ihr zusammen unterging.

Der Mann, dem das Wasser inzwischen bis zur Brust reichte, verdoppelte seine Anstrengungen und warf sich mit einem letzten, verzweifelten Hechtsprung auf die Stelle, an der die beiden Mädchen ein aufgewühltes Wasserloch im Eis hinterlassen hatten. Wasser und Eisbrocken spritzten auf, als der schwere Körper des Mannes dort eintauchte.

Die Frau mit dem Kind auf dem Schlitten war wie erstarrt stehen geblieben und beobachtete entsetzt, dass von den dreien, die im Loch mitten in der Eisfläche verschwunden waren, niemand mehr auftauchte. Das schwarze Wasser schwappte sprudelnd hin und her, Luftblasen stiegen auf, und dann waren da nur noch das Loch im Eis und eine lähmende Stille, als ob sich Watte auf alles im Umkreis eines Steinwurfs gelegt hätte.
Allein der Trachtenhut des Mannes kreiselte lustig mit seiner kecken blauschwarzen Eichelhäherfeder am Hutband auf der Wasseroberfläche.
Sogar der Hund hatte aufgehört zu kläffen und starrte auf den See hinaus, wo Nebelbänke waberten und sein Herrchen mit den zwei Kindern verschwunden war. Er ließ ein leises Winseln hören.

Es war, als hätte jemand die Zeit angehalten und die ganze Welt wäre gleichsam zu Eis erstarrt.

Das Einzige, das anzeigte, dass es nicht so war, waren die weißen Atemwolken, die aus den Nasen und Mündern derjenigen kamen, die regungslos am Ufer standen und warteten, dass etwas passierte, um den bösen Zauberbann zu brechen – die drei unfreiwilligen Zuschauer, die Frau, das Kind und der Hund. Die zwei Krähen in der Ulme hatten genug gesehen, flogen auf und flatterten unter lautem Gekrächze davon.

Die Zeit schien sich zu dehnen, bis schließlich, als man schon nicht mehr damit rechnen konnte, der Mann aus dem Wasser schoss und sich mit den zwei Mädchen, die er am Kragen gepackt hatte, in jeder Hand eines, auf das Ufer zuschleppte. Er stolperte und strauchelte fast, fing sich im letzten Moment wieder und schaffte es tatsächlich, die beiden Mädchen hinter sich herzuziehen, bis er das Ufer erreichte und dort zusammenbrach, die nach Luft schnappenden und spuckenden Mädchen links und rechts neben sich. Dampf stieg von ihren klatschnassen Körpern in der eisigen Kälte auf.

Vorsichtig näherte sich der Hund seinem Herrchen und leckte über dessen Gesicht.

Das schien seine Lebensgeister wieder zu wecken. Während er sich mühsam in die Höhe stemmte, konnte sich auch die Frau aus ihrer Starre lösen, lief heran und kniete sich zu den beiden Mädchen nieder. Das Wasser in ihren Haaren bildete schon Eiskristalle, sie waren leichenblass, spuckten und wimmerten – aber sie lebten.

In der Ferne waren Sirenen zu hören, die schnell näher kamen.

2

In den Tagen darauf war das Foto des Retters in allen Zeitungen, regional und überregional. Es war ein miserables Bild – anscheinend gab es nur eines –, aber es zeigte den Moment, in dem sich die Eltern von Sigrun und ihrer Freundin persönlich bei ihm mit einem großen Blumenstrauß bedankten. Er lag in einem Krankenbett und lächelte händeschüttelnd nicht sehr glücklich in die Kamera.

Wie der Bildunterschrift zu entnehmen war, hieß der gute Samariter André Maiser und musste noch einen Tag zur Beobachtung im Klinikum bleiben, bevor er wieder entlassen werden sollte. Genauso wie die beiden Mädchen, denen er das Leben gerettet hatte; auch sie hatten glücklicherweise bis auf eine Unterkühlung keine weiteren Schäden davongetragen.

Über André Maiser erfuhr der Leser nicht mehr, als dass er zurückgezogen lebte, eine kleine Kunstgalerie in Lindau sein Eigen nannte und dass sein Hund, ein Husky, Toto hieß und für die Zeit ohne Herrchen im Tierheim untergebracht worden war.

Ein Foto des Hundes, das fast so groß war wie das seines Herrchens im Krankenbett, war am Ende des Artikels. Toto schaute mit einem treuherzigen Hundeblick in die Kamera, der steinerweichend war und mehrere Leser der Lokalzeitung umgehend dazu veranlasste, spontan beim »Südkurier« anzurufen, um anzubieten, den Hund bei sich und ihrer Familie aufzunehmen.

3

Sich einen Generalschlüssel für die Suiten im Hotel »Bayerischer Hof« im Herzen Münchens am Promenadeplatz zu verschaffen war eine seiner leichtesten Übungen. Die Putzkolonnen, die im Akkord die Zimmer und Suiten schnellstens wieder auf Hochglanz bringen mussten, waren so auf ihre Arbeit konzentriert, dass ihnen gar nicht auffiel, wie ihnen in einem unbeobachteten Augenblick eine der Chipkarten abgeluchst wurde.

Die Orientierung im riesigen und unübersichtlichen Grandhotel fiel ihm nicht schwer, er hatte Grundriss und Stockwerke vorher genau im Internet studiert und sich schon seit zwei Tagen unter dem Namen Sven Söderberg in einer Juniorsuite einquartiert, um als unauffälliger Gast alle Treppenhäuser, Flure, Fluchtwege und die grandiose Dachterrasse mit dem Panoramablick über die bayerische Landeshauptstadt abchecken zu können. Die spektakuläre Aussicht auf die Stadtsilhouette und die Zwillingstürme der Frauenkirche im Vordergrund interessierte ihn nicht, wichtig war nur, dass er sich einen allgemeinen Überblick über den gesamten Hotelkomplex verschaffte, das konnte im Fall eines schnellen Rückzugs überlebenswichtig sein.

Er betrat die Cosmopolitan-Suite erst, als er ganz sicher war, dass sie für den gegenwärtigen Gast, einen levantinischen Waffenhändler undurchsichtiger Herkunft namens Konstantin Sokratis, der geschäftlich in der Stadt unterwegs war, fertig präpariert war und er nicht unliebsam von einem Zimmermädchen überrascht werden konnte.

Sanft ließ er die Tür hinter sich ins Schloss gleiten und begann, sich die Räumlichkeiten und jede Einzelheit genau einzuprägen. Bei seiner Inspektion der mit scharlachroten Tapeten ausgestatteten Zimmer, an deren Wänden gefakte Gemälde hingen, die Renaissancebilder von Hofdamen im modernen Stil interpretierten, achtete er sorgfältig darauf, nur ja nichts zu verändern. Mit dem Berühren war das eine andere Sache. Er war ein haptischer Mensch und musste geradezu zwanghaft über den opulenten Blumenstrauß in der teuren Vase streichen oder über die Zweitausend-Euro-Maßanzüge, die im Kleiderschrank fein säuberlich aufgereiht waren – er konnte einfach nicht anders. Aber zu diesem und dem eigentlichen Zweck seines heimlichen Eindringens in die fremden Wohnräume hatte er Vinylhandschuhe an, um keinerlei Spuren zu hinterlassen. Das war die Grundvoraussetzung für seinen Job, den er ausübte, solange er denken konnte. Söderberg war ein Auftragskiller, obwohl er sich selbst nie so tituliert hätte. Er fühlte sich als selbstständig agierender Geschäftsmann, der von seinem Agenten ein Dossier ausgehändigt bekam und danach gegen entsprechende Bezahlung auf das Konto einer Briefkastenfirma auf den British Virgin Islands eine spezielle Transaktion ausführte, exakt und zuverlässig, um dann wieder spurlos zu verschwinden. Die Transaktion bestand darin, die im Dossier aufgeführte Person vom Leben zum Tode zu befördern.

Er war gut in seinem Job.

Der Beste.

Aber er war alt geworden. Und müde. Nicht mehr so schnell wie früher. Das konnte in seinem Metier fatale Folgen haben. Ein Fehler und er wurde geschnappt. Oder noch schlimmer: Ein Fehler und er wurde von seinem Auftraggeber zum Abschuss freigegeben.

Das eine wie das andere glich einem Todesurteil.

An manchen Abenden, wenn alles getan war, was für die erfolgreiche Durchführung seines Auftrags erledigt werden musste, saß er einfach nur da und starrte in seinem Hotelzimmer vor sich hin. Dann träumte er davon, all das hinter sich zu lassen, womit er die letzten fünfundzwanzig Jahre seine Brötchen verdient hatte. Er hatte eigentlich genug Geld gemacht und zurückgelegt. Es reichte für einen Lebensabend in angenehmer, warmer Umgebung und ohne finanzielle Sorgen. Er hatte sich die halbe Welt angesehen und sich dabei lange überlegt, wo er sich einmal niederlassen sollte, wenn er in den wohlverdienten Ruhestand ging. Thailand war lange Zeit eine Option gewesen, Marokko ebenfalls, die Mittelmeerküste der Türkei. Er hatte auch mit Costa Rica geliebäugelt, mit Belize, mit Aruba, mit der Dominikanischen Republik. Er konnte sich theoretisch alles leisten, war nicht auf die örtliche Mafia angewiesen, weil er sein Geld hätte waschen müssen; er konnte nicht verraten oder erpresst werden, weil niemand auch nur ahnte, wie er zu seinem Vermögen gekommen war. Sein Geld war sauber, nicht zurückverfolgbar, niemand kannte seine wahre Identität, und er war nie mit seinem richtigen Namen auf irgendeiner Fahndungsliste gewesen. Aber wenn er eines nicht ertragen konnte, dann war es hohe Luftfeuchtigkeit und tropische Hitze. Wärme im Winter, das ja. In Thailand war es im Winter sommerlich. Doch wenn er zum Beispiel an all die trostlosen Horrorgeschichten dachte, die er über deutsche Rentner in Thailand gelesen hatte, die sich am Ende ihrer Tage für ihr Geld von irgendwelchen Frauen pflegen lassen mussten, deren Sprache und Kultur sie nicht verstanden, bis sie endlich das Zeitliche segneten, dann wurde ihm speiübel.

Nein, er hatte sich letztendlich für ein Refugium in Südfrankreich entschieden, auf der Insel Porquerolles bei Hyères. Dort sah es im Sommer aus wie in der Karibik. Nur dass er in Europa war. Und er sprach perfekt Französisch. Ein ehemaliges Fischerhäuschen, zu Wohnzwecken umgebaut und mit allem ausgestattet, was das Leben angenehm machte. Mit einem Privatsteg, an dem sein kleines Segelboot vertäut lag. Eine Haushälterin kümmerte sich um alles, sie war gleichzeitig seine Geliebte. Keine Schönheit wie aus dem Modemagazin, aber sie war immer für ihn da, wenn er sie brauchte. Er zahlte ihr ein gutes monatliches Gehalt, damit sie das Haus in Schuss hielt, auf ihn wartete und keine Fragen stellte. Das perfekte Zuhause. Schade nur, dass er so selten da war. Aber das würde sich ändern.

Noch dieser eine Auftrag – und dann war Schluss. Für immer.

Obwohl – ein allerletzter Job konnte nicht schaden. Wenn es sich gerade so ergab. Nur um ganz sicherzugehen, dass es für seinen Lebensabend reichte. Frauen waren anspruchsvolle Wesen, und er wollte alles tun, um Madeleine glücklich zu sehen. Denn nur dann, wenn sie glücklich war, würde er es auch sein. Wenn er die Augen schloss, konnte er Madeleine neben seinem

Boot am Anlegesteg im Gegenlicht der provenzalischen Sonne sehen, wie sie ihm zulächelte.

Also doch noch ein weiterer Job nach diesem.

Wenn ihm das Angebot nicht gefiel, konnte er immer noch Nein sagen.

Je nach Bedarf ließ er sein Werk wie einen tödlichen Unfall aussehen oder wie einen Suizid, bei entsprechender Order war er aber auch bereit und in der Lage, den Mord nicht zu vertuschen, sondern ihn ungeschminkt als solchen wie auf einer Bühne des Schreckens zu präsentieren. Gelegentlich war eine entsprechende Ausführung als Abschreckungsmaßnahme sogar ausdrücklich erwünscht, um etwa säumige Schuldner oder potenzielle Verräter oder Whistleblower mit einer dramatischen, aber wirkungsvollen Geste daran zu erinnern, dass es ihnen genauso ergehen könnte, wenn sie nicht spurten.

Die Planung, Vorbereitung und Durchführung seiner Arbeit berührte ihn nicht im Geringsten − wenn er im Arbeitsmodus war, funktionierte er wie ein Schweizer Uhrwerk und ohne jegliche Emotion. Eines jedoch war unumgänglich: Er musste wissen, warum seine Zielperson ihr Leben durch ihn verlieren würde, wozu er den Todesengel spielte. Nicht weil er moralische Skrupel hatte, so etwas kannte er nicht. Sondern weil er, bevor er zur Tat schritt, alles wissen musste, was es über diese Person zu wissen gab. Um perfekt zu sein. Um die Tat auf eine Stufe zu heben, die sie zum Kunstwerk machte. Das Warum interessierte ihn dabei nur zur persönlichen Motivation, das Wie war es, worauf es wirklich ankam. Und natürlich der reibungslose Abgang vom Tatort, den er hinterlassen hatte.

Schwieriger war es, wenn er die Anweisung bekam, jemanden spurlos verschwinden zu lassen. Auch diese Variante gehörte in sein Repertoire. Aber das war hier nicht der Fall. Konstantin Sokratis' gewaltsamer Tod sollte als warnendes Beispiel dafür herhalten, was einem zustoßen konnte, wenn man sich in gewissen Kreisen nicht an bestimmte Regeln und Abmachungen hielt. An ihm musste ein Exempel statuiert werden, das war die Aufgabe von Söderberg im Hotel »Bayerischer Hof«.

Er blickte auf seine Uhr: Es blieb ihm noch genügend Zeit, und er konzentrierte sich darauf, wie er vorgehen würde. Er musste das Überraschungsmoment nutzen, weil sein Auftrag beinhaltete, dass er nicht mit einer Schusswaffe vorgehen durfte.

Die Umstände von Sokratis' Hinrichtung sollten für diejenigen, für die sie inszeniert wurden, ein eindeutiges Menetekel sein, ein Zeichen dafür, wer dahinterstand.

Er fühlte nach der Garotte, einem stabilen Drahtseil mit selbst gefertigten Holzgriffen an den Enden. Ein Mordwerkzeug, das insbesondere von Killern der Cosa Nostra schon im 19. Jahrhundert benutzt worden und dessen Anwendung ein einziger überdeutlicher Fingerzeig war, mit wem man sich besser nicht anlegen sollte.

Den Umgang damit hatte er oft genug geübt, trotzdem konnte es unnötige Komplikationen geben, wenn der erste Zugriff nicht perfekt saß.

Er wusste, dass die zuständige Hausdame den letzten Zimmercheck schon durchgeführt hatte, was für Zimmer dieser Luxuskategorie zum Standard gehörte. Kein Stäubchen durfte sich auf den Marmoroberflächen befinden, den Glastischen oder den Spiegeln, jeder Quadratzentimeter des Teppichbodens musste aufs Penibelste gesaugt worden sein. Aber darauf war das geschulte Hauspersonal spezialisiert. In dieser Kategorie waren zudem zusätzliche Sonder- und Extrawünsche obligatorisch, die anspruchsvollen Gäste konnten selbstverständlich davon ausgehen, dass diese während ihrer Abwesenheit auch bis ins Kleinste so ausgeführt wurden, wie es dem astronomischen Preisniveau des Hauses angemessen war.

Söderberg war beeindruckt, die Zimmermädchen hatten tatsächlich perfekte Arbeit geleistet.

Er konnte das beurteilen – bevor und während er sich erste Meriten in seiner jetzigen Branche verdiente, war er als Hoteltester unterwegs gewesen, so wie ein Restaurantkritiker anonym für den Guide Michelin die gehobene Gastronomie heimsuchte und kontrollierte, ob sie hielt, was sie versprach. Die Bettwäsche war frisch gefaltet und geglättet, die Kopfkissen geradezu kunstvoll drapiert, das Bad makellos, die flauschigen

Handtücher ganz nach Wunsch des Gastes in doppelter Anzahl deponiert.

Er schnüffelte gern noch ein bisschen herum, um ein Gefühl für den bevorstehenden Akt der Gewalt und Grausamkeit zu bekommen, irgendwie erregte ihn das.

Im Kühlschrank standen drei Flaschen SPA-Mineralwasser aus Belgien, zwei Flaschen Tonic Water von Schweppes und eine Flasche Absolut Vodka sowie im Tiefkühlfach Eiswürfel in Kugelformen.

Sven Söderberg sah sich bestätigt: Eiswürfel mit Ecken und Kanten konnte Sokratis nicht ausstehen. Söderberg wusste bestens selbst über die skurrilsten Eigenheiten seiner Zielpersonen Bescheid, er hatte sie genauestens studiert und sein potenzielles Opfer wenn nötig tagelang observiert, seit er den Auftrag mit Fotos, Lebenslauf, Daten und Bedingungen übermittelt bekommen hatte.

Wie immer in Hotels machte er sich einen Spaß daraus, in alte Verhaltensmuster zu fallen und die Arbeit der Zimmermädchen und der Hausdame zu überprüfen, sofern die Zeit es erlaubte. Sein Opfer würde erst in einer Stunde eintreffen. Er war schon in so vielen Hotels gewesen, dass er genau wusste, wo normalerweise geschlampt wurde. Aber hier war wirklich alles tipptopp. Sogar in den kritischen Zonen hinter dem Bidet und unter den Matratzen war kein Härchen oder der geringste Schmutz zu finden.

Er wusste nicht, warum er das nachprüfte, aber es war eine Manie von ihm aus seinem früheren Leben, die er einfach nicht lassen konnte. So wie die Tatsache, dass er sich tagsüber dutzendfach die Hände waschen musste. Eine Zwangsneurose, die ihm durchaus bewusst war, die er sich aber einfach nicht abgewöhnen konnte.

Nach seinem Rundgang blieb er stehen und starrte durch das Fenster im Schlafzimmer ins Nichts. Sven Söderberg war nicht sein richtiger Name, er hieß auch nicht Flavio Rizzitelli oder Bertram Verhaag, aber er hatte Pässe auf diese und noch andere

Namen. Im »Bayerischen Hof« hatte er als Sven Söderberg aus Malmö eingecheckt. Identität und Nationalität wechselte er je nach Bedarf, so wie es eben angebracht war, wenn er in einer heiklen Mission unterwegs war.

Er holte die Garotte aus seiner Tasche und überprüfte sie, indem er sie spannte und gegen das Licht hielt. Der Draht war eine Klaviersaite, und wenn sie erst einmal von hinten um den Hals eines Menschen geschlungen worden war, von einem skrupellosen und entschlossenen Attentäter, der kräftig und lange genug zuzog, war sie mit absoluter Sicherheit tödlich.

Gerade überlegte er, wo in der Suite die geeignete Stelle für den Zugriff war, als er ein Klicken vernahm. Jemand öffnete die Tür zur Suite und kam herein. Die Tür wurde wieder ins Schloss gedrückt.

Söderberg fluchte innerlich – seine Zielperson war anscheinend eher zurück, als er kalkuliert hatte. Verdammt, jetzt musste er improvisieren. Nichts hasste er mehr als das. Er trat hinter den Vorhang, machte seine Garotte scharf, indem er die Holzgriffe mit der rechten und der linken Hand packte und mit der Klaviersaite eine große Schlinge bildete. Dann spannte er die Muskeln an.

Der Duft eines teuren Aftershaves stieg ihm in die Nase. Sein eigenes hatte er an diesem Tag absichtlich weggelassen, aus der professionellen Erwägung heraus, der Geruch könnte seine Anwesenheit in der Suite verraten.

Er hörte hinter dem Vorhang, wie etwas auf das Bett geworfen wurde, und trat lautlos im selben Augenblick hervor.

Konstantin Sokratis kehrte ihm den Rücken zu und zog umständlich sein Jackett aus. Das war genau der richtige Moment, weil die Zielperson ihre Hände nicht im Reflex zur Abwehr hochreißen konnte.

Söderberg machte zwei rasche Schritte nach vorne, schwang die Schlinge der Garotte von hinten über den Kopf des Mannes und zog mit aller Kraft zu.

4

Sun turning 'round with graceful motion
We're setting off with soft explosion
Bound for a star with fiery oceans
It's so very lonely
You're a hundred light years from home ...

Es war noch dunkel.

Kriminalhauptkommissar Max Madlener saß in aller Herrgottsfrüh als Einziger im leeren Großraumbüro des Polizeipräsidiums Friedrichshafen. Er hatte nur seine Schreibtischlampe an und blickte aus dem Fenster, ein paar Lichter glitzerten in der Ferne.

Erst eins, dann zwei, dann drei, dann vier ...

Nur noch ein paar Tage bis zum dritten Advent.

Mist, Mist, Doppelmist!

Ihn schauderte. Aber nicht etwa, weil die Heizung nicht richtig funktionierte, sondern weil es ihm vor den anstehenden Wochen regelrecht grauste. Und das hatte mehrere Gründe.

Je mehr er darüber und über das Leben im Allgemeinen nachdachte, desto deprimierter wurde er. Der private Ärger, der ihm da noch bevorstand, rollte unaufhaltsam mit den kommenden Feiertagen auf ihn zu. Und egal, wie er die möglichen Optionen drehte und wendete: Es war wie mit der Quadratur des Kreises – die absehbaren Konflikte waren nicht lösbar. Jedenfalls nicht in einem Leben.

Vorsichtig betastete er seine Unterlippe. Eindeutige Anzeichen eines aufkeimenden Herpes labialis, er spürte es deutlich.

Natürlich, was sonst!, dachte er missvergnügt und fischte in seiner Tasche nach der Minitube Zovirax, die er normalerweise bei sich trug, für alle Fälle. Außer er hatte sie wie seine Dienstwaffe, die SIG Sauer, wie immer im Safe seines Hotelzimmers vergessen. Wieso er das Zovirax in den Safe tat, genauso wie seine Pistole, statt sie, wie es Vorschrift war, bei sich zu tragen,

war ihm selbst ein Rätsel. Vielleicht eine Art unbewusste Über-
sprunghandlung, wer weiß. Er konnte ja mal seinen ehemaligen
Therapeuten Dr. Dr. h. c. Auerbach danach fragen …
Nein, da war es ja – das Zovirax zumindest. Erleichtert
schraubte er die Tube auf und gab vorsichtig einen kleinen
Klecks der Salbe auf die brennende Stelle an der Unterlippe, in
der stillen Hoffnung, dass es noch rechtzeitig half.

Eigentlich mochte er die Zeit vor dem Morgengrauen ganz
besonders. Weil er dann das Gefühl hatte, dass sie ihm allein
gehörte. Die Stunde, wenn die Nacht am dunkelsten war, wie
es so poetisch hieß. Noch störten weder klingelnde Telefone
noch schwatzende Kollegen oder die hyperaktive Chefin Frau
Schwanitz-Terstegen die göttliche Ruhe, die er genoss. Er
wippte probeweise auf seinem nagelneuen Schreibtischstuhl,
die Füße auf dem Schreibtisch, nippte dazu an seinem mitgebrachten Pappbecher Kaffee und wunderte sich beim Anblick
der auf den Becher gedruckten Worte. »Coffee to go« hieß
das jetzt auf einmal auch in seiner alteingesessenen Lieblingsbä-
ckerei, wo er den Kaffee nebst zwei Croissants mitgenommen
hatte, sie öffnete schon um sechs Uhr dreißig in der Früh. Die
Ladeneinrichtung stammte noch original aus den 1960er Jahren,
»retro« sagte man heutzutage dazu.
Jeden Morgen, wenn er vor Dienstbeginn noch einen kleinen
Umweg an seiner Bäckerei vorbei machte, befürchtete er, dass
Bauarbeiter dort anfingen, alles herauszureißen, weil irgendeine
Drogeriemarktkette den Laden aufgekauft hatte, um dort eine
neue Filiale einzurichten.
Die einzige Kontinuität war, dass sich ständig alles änderte.
Nur nicht unbedingt zum Besseren.
Er seufzte aus vollstem Herzen, was er nur tat, wenn er allein
war und vor sich hin philosophierte. Er wusste genau, was ihn
quälte – es war der Weihnachtsblues. Er musste nur einen Blick
aus dem Fenster auf das trübkalte Winterwetter werfen, das seit
Wochen auf dem Bodensee lastete, und schon war seine Laune
weit unter dem Gefrierpunkt. So wie die Temperatur seit Wochen, die bereits jetzt, zu dieser Jahreszeit, am Ufer für eine dicke

Eisschicht gesorgt hatte, die nach und nach, wenn es so kalt blieb und der eisige Wind wie bisher aus dem Osten blies, weiter in den See hineinwuchs. Und das im Dezember – und nicht erst im Januar oder Februar! Madleners mentale Verfassung schien sich an den Außentemperaturen zu orientieren. Spätestens Mitte Oktober ging es steil bergab mit ihr.

Sobald der hartnäckige Nebel einsetzte und sich wie ein perlgrauer Bleideckel auf das Wasser legte, breitete sich nicht nur über dem gesamten Bodenseeraum, sondern auch in seinem Kopf unvermeidlich eine gewisse Tristesse und Melancholie aus, die in etwa der Trostlosigkeit des Himmels entsprach.

So, wie seine gegenwärtige Gemütsverfassung war, je mehr es auf Weihnachten zuging, würde er sich nicht wundern, wenn der Bodensee ganz zufror, was sehr selten vorgekommen war. Im strengen Winter 1962/63 war es das letzte Mal der Fall gewesen, dass der gesamte See mit so einer kompakten Eisschicht bedeckt war, dass man zu Fuß an der breitesten Stelle von Friedrichshafen zum Schweizer Ufer nach Romanshorn kam und umgekehrt. Er konnte sich noch an Fotos der großen »Seegfrörne« erinnern, wie das die Einheimischen auf Alemannisch nannten, bei der sogar Autos auf dem Eis gefahren waren, so dick war es gewesen.

Er rieb sich die Augen, nahm noch einen Schluck von seinem inzwischen lauwarmen Kaffee und fragte sich, warum er trotz seiner latenten Müdigkeit im späten Herbst oder besser: im frühen Winter nicht richtig schlafen konnte.

Es war wie verhext – sobald die ersten Frostnächte kamen und die Herbststürme einsetzten, die das Laub von den Bäumen fegten und den Bodensee so aufwühlten, dass zornige Wellenberge an die Kaimauer der Seepromenade von Friedrichshafen klatschten und endgültig die letzten Touristen für dieses Jahr vertrieben, da begann für ihn die Zeit der quälenden Schlaflosigkeit. Auch Insomnie, Agrypnie oder Hyposomnie genannt, er hatte das gegoogelt; eine leichte zerebrale Irritation, beruhigte ihn sein Doktor und empfahl ihm Fußbäder, Melissenblätterextrakt und gutes Durchlüften des Schlafzimmers, woraufhin Madlener beschloss, seinen Arzt zu wechseln.

Die einzige Person, bei der er zur inneren Ruhe fand, war seine Lebensgefährtin, die Pathologin Dr. Ellen Herzog, die gelegentlich, wenn es nötig war, auch als Gerichtsmedizinerin bei der Kriminalpolizei aushalf, sie hatte die entsprechende Zulassung. Leider war Ellen momentan auf Fortbildung, und er logierte wieder wie in alten frauenlosen Zeiten in seinem Zimmer im Hotel »Zum silbernen Zeppelin« gleich hinter dem Busdepot. Es war nichts Besonderes, ein kleines, einfaches Drei-Sterne-Hotel in einem Hinterhof zwischen anderen Häuserblocks, aber in Gehweite von der Polizeidirektion und zehn Minuten von der Hafenpromenade entfernt.

Beim Stichwort »Lebensgefährtin« schüttelte er erneut den Kopf und seufzte. Auf seiner Liste der Wörter, die seltsam diffus und irgendwie hässlich waren, nahm »Lebensgefährtin« einen der ganz vorderen Plätze ein. Irgendwo zwischen »Hämorrhoidenverödung« und »Reichsbürger«.

Jedes Mal, wenn er Ellen Herzog vorstellen musste – »... und das ist meine Lebensgefährtin ...« –, blieb ihm dieser Begriff schier im Hals stecken. Gab es denn keinen besseren Ausdruck, der Ellens und seinen Zusammengehörigkeitszustand – auch so ein schreckliches Wort – einigermaßen zutreffend beschreiben konnte, ohne grauenhaft vorgestrig, total verklemmt oder irgendwie anrüchig zu sein?

Als seine Partnerin konnte er sie auch nicht bezeichnen, das war für ihn eine eindeutig berufliche Zuordnung, seine Assistentin Harriet Holtby war das, aber doch nicht Ellen.

Seine Freundin? Das klang nun wirklich albern, wenn man die vierzig weit überschritten hatte. Und mit »Das ist meine Geliebte« konnte er seine Begleitung auch nicht bei einem der alljährlichen obligaten Rathausempfänge der Kripo – mit Anwesenheitspflicht – der Frau des Bürgermeisters präsentieren, ohne Gefahr zu laufen, zu Recht von Ellen geohrfeigt und auf der Stelle verlassen zu werden, obwohl es stimmte.

Für dieses grundsätzliche gesellschaftliche und sprachliche Dilemma hatten sie beide einfach noch keine Lösung gefunden.

»Das ist meine Frau« wäre wahrscheinlich die beste, ehrlichste und einfachste Charakterisierung ihres Zusammenlebens gewesen, aber eine Verheiratung scheuten beide wie der Teufel das Weihwasser. Ellen hatte eine, Madlener bereits zwei gescheiterte Ehen hinter sich ...

Inzwischen konnte man die tief hängenden, vom Ostwind über den Seehimmel gescheuchten Wolken erkennen, aus denen leichter Schnee rieselte. Er dachte daran, wie Ellen im »Pinocchio«, ihrem Lieblingsitaliener in Konstanz, an einem romantischen Abend – sie feierten den Jahrestag ihres ersten Rendezvous, den Madlener trotz seines schlechten Gedächtnisses für Daten erinnert hatte – bei einer Flasche Brunello di Montalcino und Lamm-Pappardelle sowie gegrillter Dorade damit angefangen hatte, ob es denn nicht für beide besser wäre, wenn sie zusammenziehen würden. Konkret: wenn Madlener bei ihr einziehen würde. Ohne Trauschein natürlich.

Wie gesagt: Es war ein romantischer Abend, und Madlener hatte im Überschwang des Augenblicks und der Gefühle bereits die zweite Flasche Brunello geordert. Er musste zugeben – der Gedanke, seinem tristen Hotelzimmer ein für alle Mal Adieu zu sagen, war verführerisch. Einfach so gleichzeitig von seiner unpersönlichen Junggesellenbude im »Silbernen Zeppelin« und seinen Beziehungstraumata Abschied zu nehmen und sie für Ellens geräumiges Erdgeschoss in einer stilvoll renovierten Kaffeemühlenvilla einzutauschen, wäre für beide am unkompliziertesten gewesen, groß genug war die Wohnung allemal.

Aber nachdem er sich diesen Vorschlag eine schlaflose Nacht durch den Kopf hatte gehen lassen – im Übrigen in ebenjenem unpersönlichen Hotelzimmer –, war ihm klar geworden, dass das für ihn absolut nicht in Frage kam. Denn im ersten Stock wohnte der Besitzer des Anwesens, Dr. Dr. h. c. Auerbach, der Vater seiner – schon wieder dieser ätzende Ausdruck – Lebensgefährtin und bis vor Kurzem Intimfeind von Kriminalhauptkommissar Max Madlener. Der renommierte Psychiater Dr. Auerbach hatte sich in den Kopf gesetzt, dass für seine Tochter nur ein ebenbürtiger und selbstverständlich adäquater Partner mit akademisch gleichwertiger Laufbahn in Betracht kam, nachdem ihr erster Eheversuch kläglich an den Seitensprüngen ihres damaligen Ehemannes gescheitert war, der zwar ein namhafter Chirurg, aber auch ein notorischer Fremdgänger gewesen war. Verschärfend war noch dazugekommen, dass Madlener, als er sich von Stuttgart an den Bodensee versetzen hatte lassen, bevor er Ellen kennenlernte, sich bei Dr. Auerbach wegen einiger beruflicher Extratouren, die ihm den Spitznamen »Mad« Max Madlener eingetragen hatten, einer Therapie unterziehen musste, die Madlener damit konterkarierte, dass er Dr. Auerbach nach Strich und Faden belog, was seine innere Verfassung und seine Psyche anging. Er lehnte es grundsätzlich ab, sich analysieren zu lassen, und machte sich einen Jux daraus, den Psychiater an der Nase herumzuführen, indem er die absurdesten Dinge über sich und sein Sexleben fabulierte, was wiederum dazu führte, dass Dr. Auerbach annehmen musste, es mit einem Perversling zu tun zu haben, der sich an seine einzige Tochter heranmachte.

Inzwischen waren alle Missverständnisse dieser Art aus dem Weg geräumt worden. Seit Madlener Ellens Vater, auf den es ein ehemaliger Patient und Amokläufer abgesehen hatte, sogar das Leben gerettet hatte, konnte man tatsächlich von einem halbwegs zivilisierten Umgang miteinander sprechen. Aber unter das Dach eines Mannes zu ziehen, der versucht hatte, ihn zu analysieren und für dienstuntauglich zu erklären, um ihn aus dem Bereich seiner Tochter zu entfernen, kam für den Kommissar trotzdem niemals in Frage.
Never ever.

5

Madlener äugte in seinen Coffee-to-go-Pappbecher und stellte fest, dass er leer war. Seufzend stemmte er sich aus seinem Stuhl und suchte die Teeküche auf, die wie immer von Frau Gallmann, der Sekretärin des früheren Kriminaldirektors – sie war nun die rechte Hand von Frau Schwanitz-Terstegen – tadellos in Schuss gehalten wurde und für sämtliche Bedürfnisse mit Getränken und Snacks ausgestattet war. Dort setzte er die monströse, von Frau Schwanitz-Terstegen als Einstandsgeschenk spendierte und von Frau Gallmann stets ausreichend präparierte Kaffeemaschine in Gang. Für deren Bedienung und Inspektion brauchte man eigentlich ein zweiwöchiges Seminar oder die bibeldicke Gebrauchsanweisung, aber er ging diesmal aufs Ganze und wagte es, die seiner Meinung nach korrekte Tastenkombination zu drücken, wobei er sich vorkam wie ein Astronaut beim Starten der Rakete ohne Checkliste.

Zu seinem großen Erstaunen zapfte er, ganz wie er es vorgehabt hatte, tatsächlich das gewünschte Ergebnis, nachdem das Mahlwerk und diverse Lämpchen und Piepstöne ihre langwierige und umständliche Vorarbeit endlich vollbracht hatten: eine Tasse stinknormalen schwarzen Kaffees, ohne Milchschaum oder künstlichen Coffeecreamzusatz, wahlweise low fat, koscher, halal oder vegan (ganz oben auf Madleners Liste von Dingen, die der Mensch nicht brauchte) oder sonstiges Chichi.

Von seiner unerwarteten technischen Versiertheit selbst überrascht, schlürfte er das starke Gebräu im Stehen, verbrannte sich, wie es sich gehörte, Lippen und Zunge und dachte beim Anblick des am Horizont verblassenden Mondes darüber nach, wie er mit seiner Schlaflosigkeit fertigwerden sollte. In diesem Moment wusste er nicht einmal, ob er in dieser Nacht überhaupt wenigstens für eine oder zwei Stunden geschlafen hatte.

Nein, hatte er nicht.

Er war nach dem x-ten vergeblichen Anlauf, endlich wegzudriften, wütend wieder aufgestanden, hatte geduscht, frische

Sachen angezogen – es war kurz vor fünf Uhr morgens gewesen – und hatte sich zu einem Spaziergang an die Seepromenade aufgemacht. Nur um die Zeit totzuschlagen, bis seine Bäckerei geöffnet hatte. Er war schnell marschiert, um durch die Bewegung ein wenig warm zu werden, und starrte auf der Mole zum Mond hoch, der wie ein unbelegter Pizzafladen aussah und unwirklich groß am Firmament stand.

Es war bitterkalt, und Madleners Atem bildete eine Dampfwolke. Aber er spürte die Kälte nicht, weil er mit seinen Gedanken auf einmal wegdriftete. Ein Song aus den späten 1960er Jahren fing an, in seinem Kopf herumzugeistern.

Two thousand light years from home ...

Der Mond umkreiste zuverlässig die Erde und die Erde die Sonne.

So weit, so gut.

Nur die Marssonde Schiaparelli zickte und war letztes Jahr wegen einer Fehlprogrammierung auf dem Roten Planeten zerschellt.

Und die Rolling Stones gaben bekannt, sich im nächsten Jahr auf ihre wirklich allerletzte, erdumspannende Abschiedstournee zu begeben.

Bei den Stones wunderte sich Madlener über gar nichts mehr. Wahrscheinlich würden sie, wenn sie auf Erden alle Veranstaltungsorte abgeklappert hatten, dann eben in Gottes Namen quer durch die Galaxis touren.

Two thousand light years from home ...

Wenn er an all die Pop- und Rockgrößen dachte, die er verehrte, weil sie irgendwie auf magische Weise imstande waren, sein geheimes seelisches Gleichgewicht aufrechtzuerhalten, und die in letzter Zeit unvermutet ins Jenseits abberufen worden waren – Joe Cocker, Prince, David Bowie, Keith Emerson, der scheinbar unverwüstliche Lemmy Kilmister, Leonard Cohen und Greg Lake –, wurde es ihm um Mick Jagger, Keith Richards, Charlie Watts und Ronnie Wood angst und bange.

Ihre Songs verkörperten den heimlichen Soundtrack seines Lebens und waren wie das Leben selbst, manchmal exaltiert, manchmal zornig, manchmal banal, manchmal brillant, manchmal euphorisch, manchmal todtraurig. Aber sie alle gehörten zu ihm, wie sein Pulsschlag. Unvorstellbar, dass die Welt, so wie er sie kannte und sich mit Müh und Not in ihr zurechtfand, weiter ohne sie existieren konnte.

Und damit auch er selbst.

Wie nannte Phil Collins seine aller-allerletzte Tour? »Not dead yet«.

Irgendwie passend. Die ersten zwei Konzerte waren zwei Stunden nach der Ankündigung ausverkauft, und Phil Collins kam mit Krückstock auf die Bühne gehinkt.

Lange, ganz lange hatte Madlener darauf gewartet, dass vielleicht eine gnädige Sternschnuppe aus dem Sternbild der Geminiden vom Himmel fiel, damit er sich wünschen konnte, dass seine noch übrig gebliebenen Idole ewig leben würden.

Aber es war keine gekommen.

Er merkte, dass er mit seinen mäandernden Gedankenassoziationen wie so oft ganz woanders gelandet war, vorzugsweise gleich in einem anderen Universum, nur nicht in der schnöden Wirklichkeit. Um wieder auf den Boden der Tatsachen zurückzukommen, nahm er widerstrebend den neuesten Bericht zur Hand, der in seiner Ablage zuoberst lag, und warf einen Blick darauf.

In Friedrichshafen war gestern Großalarm ausgelöst worden, weil ein fremdländisch aussehender bärtiger Autofahrer eine Passantin nach dem größten Platz in der Stadt gefragt hatte und ob dort ein Weihnachtsmarkt stattfände. Die gute Frau hatte auf dem Rücksitz des Autos verdächtig aussehende Kabel und eine Gerätschaft gesehen, die ihrer Meinung nach nur eine Bombe sein konnte, als sie aufgeregt unter Angabe des Kfz-Kennzeichens der Notrufzentrale durchgab, dass ein potenzieller Attentäter, der, soweit sie es verstanden hatte, unverständliches Kauderwelsch gesprochen und irgendwie arabisch ausgesehen hatte, am Bodensee unterwegs war.

In Vertretung der Kriminaldirektorin in Friedrichshafen, Rita

Schwanitz-Terstegen, die auf einer Tagung in Stuttgart weilte, zögerte ihr übereifriger Stellvertreter, Jungkommissar Götze, der in diesem Moment als einziger Verantwortlicher im Präsidium anwesend war, keinen Augenblick und gab eine Großfahndung nach Auto und Besitzer durch. Es war Vorweihnachtszeit, und die Angst vor einem hinterhältigen terroristischen Anschlag grenzte schon an Hysterie. Erst kürzlich war in Ludwigshafen ein zwölfjähriger Junge festgenommen worden, der auf dem dortigen Weihnachtsmarkt eine selbst gebastelte Nagelbombe deponiert hatte, die er nach einer Anleitung, die er über einen Messenger-Dienst auf seinem Smartphone erhalten hatte, hergestellt hatte und die Gott sei Dank nicht losgegangen war.

Was Götze sich am wenigsten vorwerfen lassen wollte, war, im Büro gesessen und Däumchen gedreht zu haben, während draußen irgendein durchgeknallter Terrorist Friedrichshafen in die Luft zu sprengen drohte. Heutzutage musste man mit allem rechnen. Also handelte er nach Dienstvorschrift.

Zwei Streifenwagen und eine Zivilstreife konnten den Wagen schließlich auf einer Kreuzung am Stadtrand von Friedrichshafen stellen. Der Verdächtige, der die ganze erforderliche Härte eines baden-württembergischen Polizeieinsatzes abbekam, indem ihm auf dem Bauch auf der Straße liegend Handschellen verpasst wurden und er in die Mündungen von Pistolen sehen und derbe Stiefel auf dem Rücken und im Nacken spüren durfte, stellte sich aber letzten Endes als harmloser Auswärtiger heraus. Sein angeblich morgenländischer Dialekt war Allgäuerisch – die ihn anzeigende Frau hatte ihn nicht verstanden, weil sie eine Zugereiste aus Hamburg war –, sein Salafistenbart die vorbildliche physische Vorbereitung auf das Memminger Wallenstein-Fest, wo er einen Pikenier aus dem Dreißigjährigen Krieg authentisch verkörpern sollte. Die Kabel auf dem Rücksitz seines Autos waren stinknormale Verlängerungskabel und die vermeintliche Bombe ein von seiner Mutter ausgeliehenes Raclette-Gerät, das er seit Wochen mit sich herumkutschierte und ebenso lange zurückgeben wollte, wozu er bisher aber noch nicht gekommen war.

Der Verdächtige war Eventveranstalter und hatte nur herausfinden wollen, ob der Buchhornplatz groß genug sei, um dort im nächsten Sommer ein Beachvolleyballturnier auf aufgeschüttetem Sand zu organisieren.

Madlener seufzte noch einmal tief, blickte auf den Bericht und überlegte sekundenlang, ob er nach dem Anruf der besorgten Passantin genauso gehandelt hätte wie Götze. Er war sich nicht sicher.

Erste Türen gingen auf, klackernde Schritte waren zu hören, allmählich kam Leben in die Bude.

Harriet Holtby, Madleners Assistentin, enterte das Büro, stellte ihren Rucksack und ihren Motorradhelm auf ihrem Schreibtisch ab und ließ sich in den Stuhl Madlener gegenüber fallen, von wo aus sie ihm kurz zunickte – was der Ausdruck ihrer besonderen Zuneigung war –, und versuchte, mit den Händen zuerst einmal ihre durch das Tragen des Helms platten Haare wieder in die punkige Igelfrisur zu verwandeln, die ihr Markenzeichen war.

»Ich wünsche dir gleichfalls einen guten Morgen, Harriet«, sagte er übertrieben freundlich, obwohl er genau wusste, dass er mit seinem süffisanten Morgengruß auf taube Ohren stieß und bei seiner Assistentin nicht den geringsten pädagogischen Effekt erzielte.

Genauso war es.

Vollkommen unbeeindruckt von dem kleinen rhetorischen Nadelstich ihres Chefs schaltete Harriet ihren PC ein, hob kurz die Hand, zum Zeichen, dass sie ihn verstanden hatte, und machte sich ohne ein unnötiges Wort an ihre Arbeit.

Madlener konnte im letzten Moment einen weiteren Weltschmerzseufzer unterdrücken. An Harriets grenzwertig autistisches Benehmen würde er sich nie gewöhnen.

Gedankenverloren blätterte er noch einmal in dem Bericht, den sein junger Kollege Götze geschrieben hatte. »Much ado about nothing«, hätte sein früherer Chef, der in Pension gegangene anglophile Kriminaldirektor Thielen, wohl dazu gesagt. Er hatte englische Zitate geliebt, egal ob passend oder unpassend –

und am allerschönsten war es für ihn, wenn sie auch noch von Shakespeare waren.

Diesmal hätte es gepasst. Viel Lärm um nichts.

Irgendwie vermisste Madlener seinen anstrengenden Chef, bei dem man wenigstens wusste, woran man war. Wenn man es nämlich einigermaßen geschickt anstellte, was Madlener geradezu meisterhaft beherrscht hatte, konnte man ganz nach seinem eigenen Gutdünken handeln. Aber nicht nur das – Madlener trauerte außerdem seinem abgelegenen Büro im Gebäude der Verkehrspolizei nach, wo er und seine Assistentin Harriet konzentriert ihrer Arbeit nachgehen und schalten und walten konnten, wie es ihnen passte, ohne sich ständig beaufsichtigt und beobachtet zu fühlen. Diese Zeiten waren vorbei, seit Frau Schwanitz-Terstegen das Kommando im Polizeipräsidium übernommen hatte. Wichtig war ihr einzig und allein, dass sie alles unter Kontrolle hatte. Als erste Amtshandlung hatte sie deshalb die einzelnen Büros aufgelöst und alle Mitarbeiter der Kripo in ein neu geschaffenes Großraumbüro beordert. Dort hatte sie ihre vier Augen überall. Vier Augen deshalb, weil sie abwechselnde Designerbrillen mit dicken Gläsern trug, über deren Rand sie immer blickte, was ihr ein strenges Aussehen gab und ihre Autorität unterstrich. Wehe, sie ertappte jemanden bei einem Videospiel im Dienst (Götze) oder einem kurzen Einnicken am Arbeitsplatz (Binder). Da gab es nicht nur einen Rüffel, sondern gleich geharnischte Abmahnungen. Kriminaldirektorin Schwanitz-Terstegen führte ein strenges Regiment, und das ließ sie auch jeden spüren. »Jeder Mann und jede Frau handelt ohne Ausnahme strikt nach Dienstvorschrift!«, lautete ihre Devise. Ach was: ihr Glaubensgrundsatz, den sie regelmäßig vor versammelter Mannschaft verkündete – und das meinte sie genau so, wie sie es sagte.

Damit kam Madlener noch klar. Was er viel schlimmer fand, war, dass seine neue Chefin nicht den kleinsten Funken Humor besaß. Alles, was sie äußerte, war wie in Stein gemeißelt und musste Wort für Wort von allen Kripoleuten, für die sie zuständig war, akribisch befolgt und umgesetzt werden. Immerhin hatte Frau Schwanitz-Terstegen so etwas wie Effizienz und ein gewisses Arbeitsethos in den Laden gebracht, das musste Madlener ihr lassen. Alles das, was der ehemalige Kriminaldirektor Thielen jahrelang vergeblich versucht hatte.

Schlendrian war tot, es lebe die Disziplin!

Das galt natürlich nicht für ihn und Harriet Holtby.

Für Madlener nicht, weil er es in der relativ kurzen Zeit, seit er in Friedrichshafen tätig war, mit drei wirklich aufsehenerregenden und komplexen Fällen zu tun gehabt hatte, die er gegen alle Widrigkeiten und Widerstände erfolgreich abschließen konnte. Deshalb war sein Standing entsprechend groß, fast schon unantastbar. Man hatte ihm sogar nach Thielens Abgang die Stelle des Kriminaldirektors angeboten, aber Madlener hatte postwendend abgelehnt. In der Zwangsjacke des hohen Verwaltungsbeamten an den Schreibtisch gefesselt zu sein, war für ihn noch vor einer Bergwanderung oder den unaufhaltsam näher rückenden Weihnachtsfeiertagen die ultimative Horrorvorstellung. Seine berufliche Leidenschaft war die Ermittlungsarbeit auf der Straße und das damit verbundene Gefühl einer gewissen Unabhängigkeit.

Für Harriet Holtby galt das sture Abarbeiten des Schwanitz-Terstegen-Dienstplans ebenfalls nicht, weil sie für Madlener unersetzlich war und ihren nicht zu unterschätzenden Anteil daran hatte, dass alle drei großen Fälle letzten Endes als Erfolg der Kriminalpolizei Friedrichshafen in die Annalen eingegangen waren.

Äußerlich waren die beiden total gegensätzlich. Madlener war groß und breitschultrig, seine Anzüge sahen an ihm irgendwie immer aus, als habe er eine Nacht in ihnen geschlafen, er hatte zu lange Haare und war meistens schlecht rasiert. Harriet war schmächtig, zu stark geschminkt, je nach Laune entweder mit einer Amy-Winehouse-Gedächtnis-Frisur oder punkigen Igelstacheln und farblich stets wechselnden Fingernägeln. Normalerweise trug sie eine schwarze Lederjacke mit Silbernieten und Springerstiefel.

Nach anfänglichen Schwierigkeiten verstanden sie sich inzwischen ohne große Worte. Auf Harriet konnte sich Madlener trotz ihres zuweilen eigenwilligen Verhaltens und ihrer

Unerfahrenheit hundertprozentig verlassen, umgekehrt war es genauso. Keiner mischte sich in den privaten Lebensstil des anderen ein, aber beide wussten um die versteckten Empfindlichkeiten und Marotten ihres Partners und bemühten sich nach Möglichkeit, nicht daran zu rühren. Außer wenn sie sich gegenseitig auf den Arm nahmen, aber das nur, wenn sie unter sich waren. Das war, neben der grundsätzlichen professionellen Einstellung, die Basis für eine gute und erfolgversprechende Zusammenarbeit.

Falls sie einmal nicht einer Meinung waren, konnten durchaus auch die Fetzen fliegen. Madlener war, wie sein Spitzname »Mad« Max schon sagte, als aufbrausender Charakter bekannt und gefürchtet, wenn ihm etwas gegen den Strich ging. Und Harriet war überaus empfindsam, wenn man ihre Kompetenz auch nur im Geringsten anzweifelte, weil sie so gar nicht ins weibliche Polizistenschema passte und nach Kommissarsanwärterin aussah, oder gegen Regeln verstieß, die ihrem Gewissenskodex zuwiderliefen. Vor allem was Gerechtigkeit, Gleichberechtigung und Umweltschutz angingen, war sie kämpferisch darum bemüht, ihre strenge Einstellung dazu mit allen Mitteln zu verteidigen.

Madlener ließ ihr mitunter mehr durchgehen, als er das bei anderen tat. Das Biest in Harriet wusste das und nutzte es bei Bedarf weidlich aus. Sie kannte seine Schwächen besser als er selbst, und nichts bereitete ihr mehr Spaß, als ihn mit todernster Miene damit aufzuziehen.

Warum Madlener bei Harriet gelegentlich ein, zuweilen sogar alle zwei Augen zudrückte, lag wohl – obwohl er das nie zugeben würde – darin begründet, dass er für seinen Schützling eine Art väterliche Verantwortung fühlte – und zwar in jeder Hinsicht. Das tat er aber so unauffällig und diskret wie möglich, weil Harriet mit ihrem übergroßen Ego das nicht für nötig hielt. Im Gegenteil – sie hätte sich eine Vorzugsbehandlung streng verbeten.

Obwohl sie es nie aussprachen: Sie wussten beide, was sie am jeweils anderen hatten.

»Ach, übrigens …«, sagte Harriet unvermittelt und sah von ihrem Bildschirm auf. »Bevor ich's vergesse: Post von Frau Schwanitz.«

Das »Terstegen« sparte sie sich, wenn die Chefin abwesend war.

»Post? Was für Post?«, fragte Madlener irritiert.

»Ein Fragebogen.«

»Wo?«

»In deiner Ablage. So eine Art psychologischer Test. Muss von allen im Hause ausgefüllt werden.«

Bei den Worten »psychologischer Test« und »muss« sträubten sich bei Madlener sofort sämtliche Nackenhaare, er konnte es förmlich fühlen.

»Wer sagt das?«

»Unsere neue Chefin.«

»Bis wann?«

»Bis gestern.«

Jetzt sah auch Madlener hoch, ob Harriet das wirklich ernst meinte. Sie schenkte ihm einen gespielt unschuldigen Blick, klimperte theatralisch mit ihren überlangen schwarzen Wimpern und blies dazu genüsslich eine Blase mit ihrem Kaugummi, die sie gekonnt platzen ließ.

Ja, seine Assistentin wusste genau, wie sie ihn auf die Palme bringen konnte.

Madlener übersah das geflissentlich und kramte in seiner Ablage herum. Er fand ein paar zusammengeheftete Seiten, zog sie heraus und blätterte sie kurz durch.

»Ist das ihr Ernst?«, fragte er schließlich ungläubig und zog ein Gesicht, als hätte er auf eine faule Zwiebel gebissen, wo er einen frischen Apfel erwartet hätte.

»Ich bin nicht in der Position, um Fragebogen unserer Chefin zu kritisieren oder in Zweifel zu ziehen«, antwortete Harriet scheinheilig.

»Heißt das, du hast diesen … diesen …«

»Unfug?«, warf sie ein. »Blödsinn? Bullshit? Brauchst du noch weitere Synonyme?«

»Das hast *du* gesagt! Hast du dieses Elaborat tatsächlich ausgefüllt?«

Sie nickte. »Sorgfältig durchgelesen, akribisch ausgefüllt, mit

Datum und Unterschrift versehen und rechtzeitig abgegeben. Dienst ist Dienst.«

»Aha«, kommentierte er und kratzte sich mit einem Bleistift hinter dem Ohr. Er glaubte Harriet kein Wort.

»Nach bestem Wissen und Gewissen, Mr. Crawford«, fügte sie noch hinzu und legte die drei Schwurfinger treuherzig auf die Brust.

Madlener verstand endlich, wie sie das meinte, und ging darauf ein.

»Na schön, Agent Starling ...«

Es war ein beliebtes Rollenspiel zwischen den beiden – wenn sie sicher waren, dass niemand zuhören konnte, verfielen sie gelegentlich in den Jargon von Jodie Foster und ihrem Chef beim FBI, Scott Glenn, aus ihrem gemeinsamen Lieblingsfilm »Das Schweigen der Lämmer«.

Erst räusperte er sich, dann las er vor.

»Frage sechs. ›Wem stehen Sie näher? Mutter oder Vater?‹«

Er sah Harriet fragend an. So lange, bis sie antwortete. Aber vorher schniefte sie, was ein untrügliches Zeichen dafür war, dass ihr etwas unangenehm war. Zu persönlich zum Beispiel. Das mochte sie schon gleich gar nicht.

»Da hab ich einen Strich gemacht«, gab sie schließlich zu.

»Was heißt das?«

Sie zuckte mit den Schultern. »Dass ich mich nicht daran erinnern kann.«

Aha, dachte Madlener erneut, vermied es aber, seiner Skepsis auch Worte zu verleihen. Typische Reaktion. Wenn es zu privat wurde, klappte Harriet zu wie eine Auster, der man an die Perle wollte.

»Okay. Dann weiter zu Frage acht. ›Sie sind auf einer Party. Zu wem gesellen Sie sich lieber? Zu Leuten, die Ihnen völlig unbekannt sind, oder zu denjenigen, die Sie gut kennen?‹«

Da keine Antwort kam, sah er Harriet mit hochgezogenen Augenbrauen an. »Was hast du da geschrieben?«

Sie feixte ihn an.

»Das darf ich nicht sagen. Das ist geheim. Fällt unter den Datenschutz. Lies doch mal das Vorwort.«

»Jaja, schon gut. Was hast du da geschrieben, Agent Starling?«
»›Ich gehe auf keine Partys.‹ Wortwörtlich.«
Er grinste. »Echt jetzt?«

Das war Originalton Harriet Holtby, damit konnte er sie normalerweise richtig ärgern. Aber diesmal verschränkte sie demonstrativ ihre Arme, bevor sie antwortete.
»Hey, im Ernst: Was geht das irgendjemanden an?«
»Vollkommen richtig, Agent Starling! Du hast den Nagel auf den Kopf getroffen!«
Er hob die Blätter in die Höhe.
»Mit welcher Verbalinjurie hast du dieses Machwerk vorhin noch mal bezeichnet?«
Sie zog ihre Stirn in Falten, als würde sie nachdenken.
»Könnte es Bullshit gewesen sein, Mr. Crawford ...?«
»Genau das ist es. Bullshit, nichts anderes. Wo haben wir gleich noch mal die Ablage für ›Bullshit‹, Agent Starling?«
»Hier«, sagte Harriet und hielt ihm den leeren Papierkorb hin.

Madlener zerknüllte die Fragebogen, setzte im Sitzen wie Dirk Nowitzki zu einem Freiwurf an und traf punktgenau.

6

Söderberg betrat das kirchenschiffgroße Gewächshaus. Bis auf einen Gärtner, der dabei war, die Pflanzen im Eingangsbereich zu wässern, war es menschenleer. Kein Wunder, er war früh dran, der Botanische Garten hatte erst seit zehn Minuten seine Pforten für Besucher geöffnet. Er schlenderte wie ein passionierter Blumenliebhaber mit Dauerkarte an den Palmen und exotischen Pflanzen vorbei in Richtung Tropenhaus, das wie immer der Treffpunkt mit seinem Auftraggeber war, wenn er sich in München aufhielt.

Söderberg hasste Treibhäuser und insbesondere das Tropenhaus und nahm sich ganz fest vor, obwohl sie nie über Privates sprachen, diesmal endlich zu fragen, warum Kowalski, so nannte er sich, ausgerechnet das ihm körperlich unangenehme Gewächshaus für geschäftliche Rendezvous auserkoren hatte, ein anonymes Café im Bahnhofsviertel hätte es seiner Meinung nach genauso getan.

Aber gut – wer zahlt, schafft an, dachte er grimmig, als er vor der beschlagenen Glastür ankam und noch einmal frei durchatmete, bevor er die Klinke zur Dschungelatmosphäre durchdrückte, die ihm sofort unbarmherzig entgegenschlug, als er eintrat. Es war dampfig schwül und stickig, die Luftfeuchtigkeit nahe hundert Prozent, das Licht schimmerte durch die dicht stehenden Pflanzenblätter und -tentakel dumpf-grünlich wie in einem Aquarium mit vermoosten Scheiben. Der widerlich süße Gestank von Orchideen kam ihm vor wie der aufkeimende Verwesungsgeruch scheintoter Witwen, die bei ihrem allwöchentlichen Bridgeabend zu viel billiges Parfüm aufgelegt hatten. Die Glasscheiben und das Dach waren beschlagen, und er hörte es überall tröpfeln und rieseln. Auf der Oberfläche des rechteckigen dunklen Wasserbeckens von den Ausmaßen eines halben Tennisplatzes, das hüfthoch im Zentrum des künstlichen Regenwalds stand, schwammen Seerosenblätter in der Größe eines Gullydeckels, die mit ihrem im Neunzig-Grad-Winkel hochgeklappten, leicht gezackten fingerhohen Rand aussahen wie gigantische umgedrehte Kronenkorken.

Am entfernten Ende des Beckens stand, mit den Händen auf dem Rücken, ein alter, hagerer Mann in einem schweren Lammfellmantel, mit silbernem Haarkranz und Goldbrille, der den Kopf nicht hob, als die im Kies knirschenden Schritte von Söderberg näher kamen. Er wartete, bis Söderberg neben ihm stand. Sein Blick blieb auf eine der faustdicken aufknospenden Blüten auf der schwarzen Wasseroberfläche gerichtet, als er unvermittelt mit einer leisen Stimme zu sprechen anfing. »Ich liebe diese Seerosenblätter. Man könnte glatt annehmen, dass sie mich tragen könnten, wenn ich mich draufsetzte.«

»Probieren Sie's doch aus«, antwortete Söderberg. »Aber glauben Sie nicht, dass ich da reinsteige und Ihnen das Leben rette.«

»Das wäre auch das Letzte, was ich von Ihnen erwarte. Apropos … womit wir gleich beim Thema wären«, sagte Kowalski humorlos und nahm seine Brille ab, die beschlagen war, um sie mit einem Stofftaschentuch abzuputzen, während er seine wässrigen grauen Augen auf Söderberg richtete. »Ich hätte da einen neuen Auftrag für Sie.«

»Ich habe nicht angenommen, dass wir uns hier treffen, um uns über neueste Pflanzenzüchtungen und den bestmöglichen Dünger auszutauschen«, entgegnete Söderberg.

Er vermied es, die Wahrheit zu sagen, nämlich dass dies sein letzter Auftrag war, den er annehmen oder – wenn er ihm nicht passte – ablehnen würde. Er kannte die Gesetze seiner Branche nur zu gut: Hatte sein Auftraggeber den Verdacht, dass er aussteigen wollte, konnte er unter Umständen Maßnahmen ergreifen, ihn auszuschalten, einfach weil er zu viel wusste. Also hielt er diesbezüglich lieber den Mund und wartete erst mal ab, was für ein Angebot er bekam.

Er spürte, wie ihm mehr und mehr der Schweiß aus allen Poren brach, aber er wollte vor Kowalski, der das tropische Gewächshausklima geradezu zu genießen schien, nicht die geringste Schwäche zeigen, also zog er sich Mantel und Schal nicht aus, obwohl er sich beides am liebsten vom Leib gerissen hätte, und kochte weiter in seinem eigenen Saft. Er musste sich zwingen, Kowalskis Blick standzuhalten, der seine Brille wieder umständlich aufgesetzt hatte und ihn mit seinen durch die Gläser grotesk verzerrten Fischaugen mit einer gewissen Boshaftigkeit anstarrte, als würde er Söderbergs zunehmende Unpässlichkeit geradezu auskosten. Er selbst zeigte nicht das geringste Anzeichen davon, dass es ihm vielleicht zu warm wäre in seinem dicken Lammfellmantel. Wahrscheinlich floss statt Blut Frostschutzmittel in seinen Adern.

»Sie sagen es«, meinte er schließlich und holte einen DIN-A4-Umschlag aus der Innentasche seines schweren Mantels, den er Söderberg überreichte.

»Übrigens – gute Arbeit. Steht in allen Zeitungen. Genau das, was wir wollten.«

Söderberg nickte nur und hielt den Umschlag hoch.

»Soll ich das jetzt und hier …?«, fragte er.

»Nein.« Kowalski schüttelte den Kopf. »Das behalten Sie nur, wenn Sie zusagen. Ich setze Sie kurz mündlich ins Bild, und Sie sagen Ja oder Nein.«

»Bedenkzeit?«

»Keine. Entscheidung hier und jetzt.«

»Ich höre.«

»Mann. Single. Mitte vierzig. Es muss wie ein Unfall aussehen.«

»Warum?«

»Er war bei einer Privatbank angestellt. In der Schweiz. Hat die Daten von ungefähr zweihundert Steuerhinterziehern an den Finanzminister von Baden-Württemberg verkauft. Ist seither spurlos verschwunden.«

»Wo ist er jetzt?«

»Am Bodensee. Wir haben Decknamen und Adresse. Beides ist in Ihren Unterlagen.«

»Wann soll die Transaktion ausgeführt werden?«

»So bald wie möglich.«

»Haken?«

»Ja, den gibt es.«

»Welchen?«

»Er besitzt etwas, das wir zurückhaben wollen.«

»Was?«

»Eine weitere Datei mit Namen drauf.«

»Wie viele?«

»Es sollen an die dreihundert sein.«

»Wo finde ich diese Datei?«

»Das ist der Haken. Wir wissen es nicht.« Söderberg knöpfte nun doch seinen Mantel auf und nahm seinen Schal ab, mit dem er sich über die Stirn wischte. Er hatte das Gefühl, mit seinen Winterklamotten in einer überheizten Sauna zu stehen und jeden Moment einen Hitzschlag zu bekommen, weil die verdammte Tür nicht aufging.

»Wie in Teufels Namen soll ich die Datei finden? Das kann eine DVD sein, ein Stick, ein Chip ...«

»So ist es. Dafür wären wir bereit, Ihr übliches Honorar entsprechend zu erhöhen. Vorausgesetzt, Sie finden die Liste.«

Söderbergs Gesicht war eine versteinerte Maske, Kowalski durfte auf keinen Fall merken, was in ihm vorging. Aber die Aussicht auf einen unbeschwerten, wenn nicht sogar luxuriösen Lebensabend ließ seine Vorbehalte dahinschmelzen wie Aprilschnee in der Frühlingssonne.

Er räusperte sich und fragte, dabei bemüht, möglichst normal zu klingen: »Irgendwelche Hinweise?«

Kowalski verzog das Gesicht, als ob ihm seine Antwort unangenehm wäre: »Sie werden ihn wohl fragen müssen. Aber ich befürchte, rhetorischen Argumenten allein wird er sich nicht aufgeschlossen genug zeigen. Ich gehe jedoch davon aus, dass Sie über Mittel und Wege verfügen, ihn überreden zu können ...«

Er machte eine Geste, die andeutete, dass die Art der Vorgehensweise allein Söderbergs Sache sei.

Söderberg wog den Umschlag in seiner Hand. Er spürte, wie ihm ein Rinnsal die Wirbelsäule hinunterlief. Das war sein letztes großes Spiel. Der Jackpot war zum Greifen nah. Anstandshalber gab er sich zögerlich, obwohl er schon kaum noch Luft bekam, so heiß war ihm.

»Und wenn ich Nein sage?«

»Dann trennen sich unsere Wege, und wir sehen uns nie wieder.«

Söderberg beschloss, aufs Ganze zu gehen.

»Doppeltes Honorar?«

Kowalski überlegte zwei Herzschläge lang, dann zwinkerte er einmal überdeutlich, womit er sein Einverständnis signalisierte.

»Die Hälfte sofort?«

»Geht in Ordnung. Übliches Konto?«

»Übliches Konto. Wann bekomme ich den Rest?«

»Sobald Sie den Auftrag ausgeführt haben und wir im Besitz des Datensatzes sind.«

Kowalski nagelte Söderberg, dessen schweißnasses Gesicht allmählich eine dunkelrote Färbung annahm, nach wie vor mit seinen wässrigen Augen hinter seinem goldenen Brillengestell fest.

Söderberg nickte. »Ich mache den Job.«

Kowalski löste seinen Blick und griff wieder in die Innentasche seines Mantels. Er bemerkte, wie Söderberg kurz zuckte und nervös mit der freien Hand in die Tasche seines Mantels fuhr.

»Keine Sorge«, sagte er beruhigend und mit der Andeutung eines maliziösen Lächelns. »Ich habe da noch was für Sie.«

Er zog langsam eine zusammengefaltete Zeitung heraus und tippte mit dem manikürten Finger auf ein Bild, das den Moment zeigte, in dem sich zwei Ehepaare mit einem großen Blumenstrauß bei einem Mann bedankten, der in einem Krankenbett lag. Er lächelte nicht sehr glücklich in die Kamera.

»Das ist unser Mann«, sagte Kowalski. »Hat sich unter falschem Namen am Bodensee verkrochen. Wir suchen ihn seit zwei Jahren. Damit ist er jetzt aufgeflogen. Und wissen Sie, warum? Weil er das getan hat, was Sie unter keinen Umständen für mich tun würden.«

Er deutete mit einer Kopfbewegung auf das Wasserbecken mit den Seerosenblättern. »Nämlich ins Wasser steigen. Genau das hat er getan. Und das hat er nun davon.«

Söderberg hielt die Zeitung so, dass er die Bildunterschrift lesen konnte. Ein Schweißtropfen von seiner Nasenspitze fiel auf das Foto.

»Man sollte sich eben gut überlegen, wann es angebracht ist, den Helden zu spielen, und wann lieber nicht«, sagte er und wollte Kowalski die Zeitung zurückgeben.

»Können Sie behalten«, erwiderte Kowalski, klopfte ihm jovial an den Oberarm, wandte sich um und gab vor, eine Orchidee zu studieren, die ihre leichenfingrigen Luftwurzeln durch ein nestähnliches Gebilde streckte, das an einem Draht von der Decke baumelte.

Damit war das Gespräch beendet.

Söderberg war schweißgebadet. Er wollte nur noch ins Freie und frische Luft schnappen.

Die Tür zum Tropenhaus wurde aufgerissen, und eine lärmende Horde Schüler mit zwei Lehrkräften kam hereingestürmt.

Söderberg hatte Mühe, sich durch zwei Dutzend Grundschüler hindurchzukämpfen, und machte, dass er herauskam, bevor er noch kollabierte.

7

Durch die stille Nacht ta ram tam tam tam
Da ging ein kleiner Junge ram tam tam tam
Hielt seine Spielzeugtrommel in der Hand
Wollt zu dem Stalle wo die Krippe stand
Ram tam tam tam, ram tam tam tam

Ein lausig kalter Ostwind wehte über den grauen See. Von links dudelte George Michael sein »Last Christmas« in einer gefühlten Dauerschleife aus den Lautsprechern, von rechts Heintje. Der Wind trug Gott sei Dank nur bruchstückhafte und doch unverkennbare Fetzen heran, aber das reichte, um Madleners Stimmungspegel vollends unter den absoluten Nullpunkt sacken zu lassen. Er tastete nach seinem Herpes an der Unterlippe und starrte nachdenklich auf seine dampfende Bockwurstsemmel.

Harriet Holtby stocherte mit einer weißen Plastikgabel in ihrer Pappschale mit der aufgeschnittenen Currywurst herum und war darauf konzentriert, ein zu heißes Stück davon so zu kauen, dass sie sich nicht vollständig den Mund verbrannte. Sie standen im Windschatten einer Wurstbude an einem wackligen Stehtisch am Rand des Weihnachtsmarktes von Friedrichshafen und schauten dem Gedränge der Menschen zwischen den tannenzweiggeschmückten Holzhütten zu, die kitschigen Weihnachtskram, klebrige Lebkuchen, sündteuren Schmuck, geschmacklose Wurzelschnitzereien, übersüßten Glühwein und ökologisch korrekt verarbeitete Bio-Wollsocken im Dreierpack feilboten.

»Weißt du, was ich an Weihnachtsmärkten so hasse?«, fragte Madlener und biss endlich in seine Bockwurst.

Hinten, von einem Eiszapfen an der Dachkante der Wurstbude, tropfte ihm Wasser in den Kragen und vorne ein Klecks Senf aus seiner Wurstsemmel auf sein Mantelrevers, ohne dass er es merkte.

Harriet erbarmte sich und tupfte ihm den Senf mit ihrer Papierserviette ab.

»Weisch nicht«, sagte sie dabei undeutlich, weil sie noch mit Kauen beschäftigt war. »Allesch?«

»Kannst du Gedanken lesen?«

»Nein. Ich gehe einfach mal von mir aus.«

Sie hatten sich aus dem Großraumbüro des Präsidiums abgesetzt, weil sich dort schneller als jede Vogelgrippe das hochgradig ansteckende Weihnachtsvirus ausgebreitet hatte.

Frau Gallmann hatte damit angefangen, mit Kommissar Götze eine lange grüne Girlande mit Tannenzweigimitat aufzuhängen und sie mit selbst gebastelten Strohsternen zu verzieren. Sogar Kommissar Binder zwei Schreibtische weiter hatte ganz glänzende Augen bekommen und seinen geheimen Vorrat an Plätzchen, der in einer Tupperschüssel war, aus seinem Versteck in der untersten Schreibtischschublade hervorgeholt, um ihn allen anzubieten, obwohl er sich sonst nur heimlich daraus bediente, wenn er glaubte, dass ihn niemand dabei beobachtete.

Als Frau Gallmann auch noch mit kleinen Gestecken für die einzelnen Schreibtische aufwartete, die aus einem Mistelzweig mit Schleifchen und einer roten Kerze bestanden, und Götze aus einer Tüte jeweils eine Handvoll winzig kleine, ausgestanzte Silbersternchen darüberstreute, war es Madlener endgültig zu viel geworden, und er hatte Harriet ein heimliches Zeichen gegeben. Sie hatte sofort verstanden, was er damit andeuten wollte, und seine Telefonnummer gewählt, obwohl sie ihm direkt gegenübersaß. Madlener riss den Hörer beim ersten Klingelton von der Gabel, täuschte ein kurzes dienstliches Gespräch vor und versprach lautstark, dass er sich sofort auf die Socken machen würde.

Er legte auf, sagte: »Harriet, wir müssen los. Dringende Angelegenheit. Kommst du?«, und verließ fluchtartig das Büro, bevor das Dreigestirn aus Frau Gallmann, Götze und Binder noch auf die naheliegende Schnapsidee kam, dass man doch gemeinsam Weihnachtsliedgut anstimmen könnte. Frau Gallmann summte nämlich schon verdächtig beim Dekorieren vor sich hin, und Götze trällerte dazu: »Kling, Glöckchen, klingelingeling ...«
Er hatte tatsächlich in seiner unerschöpflichen Hawaiihemden-Kollektion anscheinend auch welche mit Weihnachtsmotiven

vorrätig, an diesem Tag trug er eines mit kleinen Rentieren und Schneemännern vor nachtblauem Hintergrund. Am 6. Dezember hatte er sogar mit einer albernen roten Nikolausmütze seinen Dienst versehen, die er den ganzen Tag nicht abnahm, außer für eine Besprechung mit Kriminaldirektorin Schwanitz-Terstegen in ihrem Chefbüro.

Harriet packte rasch ihre Sachen, als Götze eben auf eine Trittleiter gestiegen war, um mit Hilfe von Frau Gallmann und Binder das herabgerutschte Ende der über die Fenster geschwungenen Girlande mit Reißzwecken zu befestigen, und machte sich ebenfalls schleunigst vom Acker.

Madlener hatte draußen auf dem Korridor auf sie gewartet, er schlüpfte schon in seinen Mantel und wickelte sich den Schal um den Hals. Er wusste, dass seine Assistentin genauso wie er unter einer ausgeprägten Weihnachtsallergie litt, gegen die es noch kein Heilmittel gab. In die hauseigene Kantine konnten sie nicht gehen, weil dort der Polizeichor für die alljährliche Weihnachtsfeier probte, was Madlener schon befürchtet hatte. Er verdrehte nur die Augen, als sie an der halb offenen Tür vorbeikamen, aus der ein mehrstimmig intoniertes »Heidschi bumbeidschi bum bum« ertönte, worauf sie schleunigst und endgültig die Flucht aus dem Polizeipräsidium ergriffen.

Da sie beide aber ausgesprochen hungrig waren, hatten sie sich auf den Weg zum Buchhornplatz gemacht.

Während der Adventszeit – in den Supermärkten schon ab Ende Oktober – fand sich eben weit und breit kein Rückzugsort für Weihnachtsabstinenzler, ebenso wenig für Faschingshasser im Januar und Februar in den Karnevalshochburgen in der Gegend – und davon gab es mehr als genug am Bodensee. Zwei Jahreszeiten, die für Madlener und Harriet eine einzige Tortur waren. Sie hatten schließlich endgültig resigniert und sich für eine Wurstbude am Weihnachtsmarkt entschieden, um wenigstens etwas im Magen zu haben, wenn sie schon dem Rummel, der einem einzigen Jahrmarkt glich, nicht entkommen konnten.

In die akustische Dauerberieselungsfolter aus unzähligen Lautsprechern mit Posaunenklängen, gregorianischen Chorälen, »Jingle Bells«, einem gefakten Duett zwischen Helene Fischer und Elvis sowie alpenländischer Volksmusik mischten sich jetzt auch noch die Drehorgelpfeifentöne eines Kinderkarussells, das sich in der Nähe drehte, und machten die Kakophonie komplett.

Nachdem sie sich einigermaßen gestärkt hatten, waren sie sich einig, dass sie dem adventlichen Inferno so schnell wie möglich den Rücken kehren wollten, also suchten sie ein Café abseits vom Buchhornplatz auf, wo sie mit Müh und Not noch einen Tisch in einer halbwegs stillen Ecke ergatterten und sich bei Kaffee und Tee erholen und aufwärmen konnten. Sie hatten nicht vor, sich an diesem Nachmittag noch einmal im Büro blicken zu lassen. Außer einigen Uraltfällen, die Madlener sich schon lange noch einmal vorknöpfen wollte, dem üblichen bürokratischen Papierkrieg und dem Abfassen von Berichten lag momentan sowieso nichts vor, was ihre Anwesenheit im Präsidium dringend erforderlich gemacht hätte.

Als sie durch den starken Kaffee und den heißen Tee und den Blick auf das hektische Treiben der Menschen vor den Fenstern, die zum Glück wenigstens den Geräuschpegel vom Weihnachtsmarkt abschotteten, wieder einigermaßen zu ihrem seelischen Gleichgewicht zurückgefunden hatten, konnte Madlener endlich eine Frage stellen, die ihm schon seit geraumer Zeit auf der Zunge lag. Jetzt, wo sie so privat und ohne Zwang zum beruflichen Dialog beisammensaßen, musste er endlich diese eine Frage stellen, die ihn selbst schon seit Wochen quälte. Vielleicht wusste ja Kommissarsanwärterin Harriet Holtby eine Antwort.

»Und«, fing er in unverfänglichem Plauderton an, »was machst du so an Weihnachten?«

Harriet, die auf ihrem Smartphone herumgewischt hatte, schenkte ihm einen ihrer schrägen Blicke, die ihn stets an seiner geistigen Gesundheit zweifeln ließen. Genauso gut hätte er fragen können, wie Harriets Einstellung zur Heisenbergschen Unschärferelation war.

Obwohl – wahrscheinlich hätte sie darauf eher eine Antwort gewusst.

»Wieso willst du das wissen?«, fragte sie schließlich misstrauisch.

»Na ja, es interessiert mich eben, was du so an den Feiertagen treibst. Bist du allein oder irgendwo eingeladen, gehst du auf eine Fete oder fährst du weg ...«

Jetzt wurde sie noch misstrauischer. Falls das überhaupt möglich war.

»Hat unsere Chefin schon auf dich abgefärbt?«

»Ach so, du meinst wegen dieses Fragebogens? Da solltest du mich aber besser kennen.«

»Nein. Tu ich nicht.«

»Was?«

»Dich besser kennen. Du machst dein Ding, und ich mach mein Ding. War doch bis jetzt immer so. Und das ist okay für mich.«

»Und was ist dein Ding? Jetzt mal ehrlich – ich behalt's auch für mich.«

Sie steckte ihr Smartphone entschlossen in die Hülle mit dem aufgedruckten Totenkopf und den überkreuzten Knochen zurück und sah ihn an.

»Erwartest du jetzt, dass ich dir beichte, dass ich an Heiligabend heulend unter meinem Weihnachtsbaum liege, den ich nicht habe, weil ich so einsam bin? Oder dass ich mir in irgendeinem Club Crystal Meth reinpfeife und zu Techno tanze, bis ich vor Erschöpfung umfalle? Erwartest du das?«

»Nein«, entgegnete er hart. »Ich hoffe wirklich, du machst weder das eine noch das andere.«

Sie schwiegen sich eine Weile an. Harriet blickte ihm in die Augen, um zu ergründen, was er wirklich dachte.

»Du hast doch was, oder?«, sagte sie schließlich. »Was stimmt nicht mit dir?«

»Oh – mit mir ist alles okay.«

Aber Harriet hielt seinen Blick mit ihren Augen fest, als könnte sie ihn dadurch dazu bringen, endlich mit der Wahrheit herauszurücken.

Schließlich gab er nach und fuhr sich in einer erschöpften Geste mit beiden Händen über das Gesicht.

»Nein, das stimmt nicht. Gar nichts ist okay. Ich weiß einfach nicht, was ich machen soll. Harriet, ich bin in einer verdammten Zwickmühle.«

»Ist es wegen Ellen?«, fragte sie mit einer plötzlichen, für sie absolut ungewöhnlichen Sanftheit in der Stimme, die er so von ihr noch nie gehört hatte.

»Ja und nein«, seufzte er. »Du weißt, dass ich eine Ex habe und einen Sohn.«

»Ja, und?«

»Oliver wird siebzehn und ist alles, was sich ein schlechter Vater wie ich nur wünschen kann. In der Schule so lala, aber das wird vom Internat aufgefangen, in dem er Gott sei Dank gern ist. Meldet sich nur, wenn ich ihm die dritte SMS geschickt habe, um ihn zu fragen, wie es ihm geht. Am Wochenende ist er lieber mit seinen Kumpels zusammen, was ich verstehen kann, oder bei seiner Mutter in Stuttgart. Wir sehen uns vielleicht noch alle zwei oder drei Monate, das ist alles. Natürlich freue ich mich, wenn er sich mal Zeit für mich nimmt. Aber ich habe immer das Gefühl, ich werde für ihn mehr und mehr zum lästigen Pflichtprogramm. Und mit mir zusammen in den Urlaub fahren, so wie früher, das will er auch nicht mehr. So weit, so schlecht.«

Er lächelte. Es war ein verlegenes Lächeln. Um es wieder aus dem Gesicht zu bekommen, nahm er einen Schluck Kaffee.

»Ist das in dem Alter nicht normal?«, fragte Harriet, die aus eigener Erfahrung Expertin für pubertäre und postpubertäre Sozialisationsprobleme war, mit denen sie jetzt noch zu kämpfen hatte.

»Irgendwie schon, ja«, antwortete er und spielte geistesabwesend mit den Süßstoffbriefchen, die er mit den Zuckertütchen mischte, als wären es Spielkarten. »Das Problem ist, dass ich mich seit Jahren verpflichtet gefühlt habe, den Weihnachtsabend bei meiner Ex zu verbringen. Sie erwartet das auch. Mit Sohn und Ex-Schwiegereltern. Meinem Sohn zuliebe tu ich das. Und heuer steht dieser Termin wieder an.«

Sie zuckte mit den Achseln. »Das Leben ist eben kein Kindergeburtstag. Wer hat das gleich noch mal gesagt? Ach, jetzt fällt's mir wieder ein. Du warst das.«

Madlener brummte: »Kindergeburtstag hab ich immer schon gehasst, auch als ich noch klein war.«

»Wo ist das Problem?«, fragte Harriet. »Augen zu und durch, auch wenn's schwerfällt.«

»Das Problem besteht darin, dass meine Lebensgefährtin« – er verzog das Gesicht bei diesem Ausdruck – »sprich: Ellen, dieses Jahr mit großem Nachdruck darauf besteht, dass ich den Heiligen Abend samt Feiertagen mit ihr und ihrem Vater verbringe. In seinem Chalet. Ich habe schon eine hochoffizielle Einladung von ihm bekommen. Auf schwerem Büttenpapier, gedruckt mit Goldschrift.«

Er ließ einen tiefen Seufzer hören, der mehr an ein Stöhnen erinnerte.

»Dr. Dr. h. c. Auerbach«, kommentierte Harriet verständnisvoll, sie wusste um die Ressentiments zwischen den beiden und konnte sich gerade noch ein Grinsen verkneifen. »Was macht ihr da so lange? In dem Chalet?«

»Ich nehme mal an, eine Art familienorientiertes Initiationsprogramm mit anschließender Integrationstherapie«, lästerte Madlener. »Im gemütlichen Teil dann wahrscheinlich Bleigießen bis zum Abwinken mit gründlicher Analyse der Bleiklumpen. Wird sicher irrsinnig lustig.«

Wütend stopfte er die Briefchen und Tütchen wieder zurück in die schmale Porzellandose, wo sie hineingehörten, und drückte den Deckel darauf.

»Und Geschenke hab ich auch noch keine«, fügte er resigniert hinzu.

»Warum packst du nicht einfach deine Freundin, und ihr fliegt zwei Wochen nach ... was weiß ich: Teneriffa? Als Weihnachtsgeschenk?«

»Oh, da kennst du Ellen aber schlecht. Weihnachten mit ihrem Herrn Vater zu verbringen ist ihr heilig. Und jetzt, wo ich sozusagen endgültig in ihre Familie aufgenommen worden bin, komme ich da nicht mehr aus.«

Harriet tätschelte ihm halb mitfühlend, halb spöttisch die Hand.

»Echt, du kannst einem wirklich leidtun. Da bin ich tatsächlich mal froh, dass ich den ganzen familiären Terror nicht am Hals habe.«

»Und was machst du dann?«

»Willst du's wirklich hören?«

»Na ja – wenn du's mir sagen willst …«

»Okay. Sobald ich mich von der obligatorischen Weihnachtsfeier im Präsidium loseisen kann, begebe ich mich umgehend in meine eigenen vier Wände und drehe den Schlüssel zweimal herum, dann ziehe ich mir die Decke über den Kopf und wache erst wieder im neuen Jahr auf. Dazwischen pfeife ich mir tütenweise Hot-Chili-Chips und sämtliche Folgen von ›True Detective‹ und ›Fargo‹ rein, und zwar jeweils die kompletten Staffeln auf Blue-ray, die ich mir für so eine Gelegenheit aufgehoben habe. Ach ja – ›Game of Thrones‹ könnte ich mir auch anschauen. Aber das ist nicht cool.«

»Warum nicht?«

Ihr Gesicht blieb todernst. »Weil da Drachen vorkommen.«

»Das ist nicht cool?«

»Nein. Überhaupt nicht. Hört sich doch insgesamt nach einem guten Weihnachtsprogramm an, oder?«

Er sah ihr ins Gesicht und wusste nicht recht, ob er ihr glauben sollte oder nicht. Das war Harriet Holtby, die Sphinx. Undurchschaubar.

Madlener beschloss, Harriets Ausführungen lieber unkommentiert zu lassen, das gefährliche Fahrwasser elegant zu umschiffen und das Thema zu wechseln.

»Wenn wir schon gerade dabei sind, unsere intimsten Geheimnisse preiszugeben – vielleicht verrätst du mir endlich einmal, woher du den Namen Harriet hast«, forderte er sie auf, weil die Gelegenheit günstig war. Er hatte ihr die Frage nach der Herkunft ihres Namens schon einmal gestellt, aber keine Antwort bekommen.

Sie schniefte, es wurde ihr also schon wieder zu persönlich. Schließlich gab sie nach.

»Kennst du den Roman ›Onkel Toms Hütte‹?«

»Den hab ich irgendwann in meiner Jugendzeit mal gelesen. Ist lange her.«

»War das Lieblingsbuch meiner Mutter ...«

»Harriet Beecher Stowe, wenn ich mich recht entsinne«, sagte er langsam. »Die Autorin. Also daher ...«

»Genau. War in der Zeit, als sie noch an das Gute im Menschen glaubte. Meine Mom, meine ich.«

Sie schniefte wieder.

»Bis sie dann mich bekam.«

Einen Moment lang sah Harriet ihrem Gegenüber Madlener in absoluter Offenheit in die Augen, sodass sie ihm für kurze Zeit das Gefühl gab, ihm ihr wahres Ich, ihre Seele zu offenbaren.

Madlener war klar, was es für sie bedeutete, ihm ihre Verletzlichkeit zu zeigen. Wenn auch nur für einen winzigen Augenblick. Ihm zu vermitteln, dass sie ihm etwas anvertraute, was sie sonst niemandem erzählen würde.

Sie zwinkerte, und dann war das Fenster wieder zu.

»Gehen wir?«, fragte sie ansatzlos und erhob sich.

Er nickte, wollte eigentlich noch etwas sagen, stattdessen stand auch er auf.

Zusammen verließen sie das Café und marschierten schweigsam zurück. Es war etwas, das sie gut miteinander konnten: schweigen.

Auf dem Parkplatz vom Polizeipräsidium trennten sich ihre Wege. Harriet fuhr mit ihrem Roller in ihr Apartment nach Immenstaad, er ging nachdenklich zum Hotel »Zum silbernen Zeppelin«, in sein Apartment.

Er fühlte sich auf einmal schrecklich müde.

Vielleicht konnte er in dieser Nacht endlich mal ein Auge zutun.

8

Diesmal hatte er wirklich großen Mist gebaut. Sein möglicher Jackpot war in weite Ferne gerückt. Wie konnte ihm das nur passieren?

Mitten in der Nacht raste Söderberg in seinem alten Mercedes mit Höchstgeschwindigkeit auf der A 96 in nördlicher Richtung weg vom Bodensee. Als er die lang gezogene Steigung hinter sich gelassen hatte, ging er vom Gas. Auf gar keinen Fall durfte er jetzt einer Polizeistreife auffallen oder in eine Radarfalle geraten, weil er zu schnell fuhr.

Schließlich war er mit einer schlimm zugerichteten Leiche im Kofferraum unterwegs.

Unvermittelt setzte heftiger Schneeschauer ein. Der Schnee fiel in immer dichter werdenden Flocken und peitschte schräg von vorne gegen die Windschutzscheibe. Die Scheibenwischer fegten auf höchster Stufe hin und her. Er blinzelte, es kam ihm vor, als fahre er direkt gegen eine weiße Wand, die von den Scheinwerfern seines Wagens nicht durchdrungen werden konnte. Ausgerechnet jetzt schien sich der Himmel seiner gesamten überschüssigen Schneelast zu entledigen, so heftig, dass es lebensgefährlich war, in dem Tempo weiterzufahren.

Wütend über sich selbst und wütend über die Situation, in die er sich gebracht hatte, hämmerte er auf das Lenkrad ein.

Als dabei das Heck seines Wagens im Schneematsch plötzlich ausbrach und er Mühe hatte, das schlingernde Auto unter Kontrolle zu bringen, kam er wieder zur Vernunft. Er reduzierte die Geschwindigkeit weiter, bis er nur noch dahinkroch.

Der Kerl im Kofferraum musste irgendeinen Herzfehler gehabt haben. Nur so war es zu erklären, dass er mir nichts, dir nichts tot zusammengeklappt war, bevor er verraten konnte, wo er die beschissene Liste versteckt hatte.

Dabei war Söderberg erst am Anfang eines umfangreichen Programms zu einem gewaltsam erzwungenen Geständnis gewesen. Was er bis dahin zur Anwendung gebracht hatte, war zwar für sein

Opfer durchaus schmerzhaft, aber kaum der Rede wert. Die von ihm eigens zu solchen Zwecken präparierte Druckluftpistole, die er immer im Kofferraum seines Autos mit sich führte, seine Ultima Ratio bei besonders hartnäckig schweigenden Klienten, war noch überhaupt nicht zum Einsatz gekommen. Was er irgendwie bedauerte, er operierte gern damit und hatte noch nie erlebt, dass jemand bei ihrem Einsatz nicht sofort ausgepackt hätte.

Der ganze Aufwand umsonst, so kurz vor dem Ziel. Die Disc oder den Chip aus dem Versteck holen, in die Tasche stecken, ab ins Auto und fertig. Übergabe und doppeltes Honorar kassieren.

Alles hatte so spielend leicht ausgesehen.

Beim Gedanken daran keimte erneut Wut in ihm auf, aber er zwang sich, sie wie bittere Galle hinunterzuschlucken. Er konzentrierte sich wieder auf das kaum vorhandene Sichtfeld im Scheinwerferlicht seines Wagens. Das ganze Lamentieren nutzte nichts. Er musste den Fauxpas eben wieder ausbügeln. Er wusste auch schon, wie. Aber das war ein Heidenaufwand. Und dazu musste er erst die Leiche von André Maiser verschwinden lassen. Spurlos. Oder zumindest so, dass sie die nächsten Tage nicht gefunden werden konnte.

Abrupt stieg er auf die Bremse, weil unvermittelt zwei rote Rücklichter vor ihm auftauchten. Er fluchte, hupte den im Schneckentempo dahinkriechenden Lastwagen an und betätigte wild sein Fernlicht, scherte aus und setzte zum Überholen an, obwohl der Mittelstreifen kaum noch zu erkennen war. Als er auf der Höhe der Fahrerkabine des Lkw war, ließ der Fahrer als Retourkutsche einen Signalton in einer Lautstärke vom Stapel, der einem Ozeandampfer alle Ehre gemacht hätte.

Söderberg zuckte vor Schreck zusammen, hielt sich aber an die linke Leitplanke, die schemenhaft an ihm vorbeirauschte, und schaffte es, den Truck hinter sich zu lassen. Er beschloss, gleich auf der linken Spur der Autobahn zu bleiben, das kam ihm bei diesen widrigen Wetterverhältnissen sicherer vor.

Die Sicht wurde nicht besser. Ein Straßenschild mit einer Geschwindigkeitsbegrenzung blitzte kurz im Scheinwerferlicht auf und war sofort wieder verschwunden. Er drückte leicht aufs

Gas, fuhr aber immer noch auf gut Glück geradewegs in einen Tunnel aus Schnee, der sich vor ihm auftat, und ihn, so kam es ihm vor, förmlich einsaugte. Er überlegte. Die nächste Ausfahrt musste er nehmen und irgendwo in einer Seitenstraße einen abgelegenen Platz im Wald finden, wo er die Leiche so entsorgen konnte, dass sie wenigstens für ein paar Tage lang nicht entdeckt wurde. Den Vorsprung brauchte er, so lange, bis er die Lebensgefährtin des Toten ausfindig gemacht und zum Sprechen gebracht haben würde. Wenn er das nicht schaffte, dann musste er Kowalski beichten, dass er den zweiten Teil seines Auftrags komplett vermasselt hatte. Die Konsequenz dessen war, dass er selbst damit rechnen musste, liquidiert zu werden. Nein, so weit durfte er es auf gar keinen Fall kommen lassen.

Vor lauter Grübeln über die Folgen seines Versagens nahm er das Schild »Ausfahrt« erst im letzten Moment im Augenwinkel wahr. Instinktiv riss er das Steuer herum und stieg kräftig auf die Bremse. Seine Geschwindigkeit war viel zu hoch und sein Bremsvorgang viel zu heftig für die schnee- und eisbedeckte Straße. Der Wagen kam sofort ins Schleudern. Söderberg versuchte verzweifelt gegenzulenken und kurbelte wie verrückt am Lenkrad, erreichte damit aber nur das Gegenteil. Der Wagen drehte sich um hundertachtzig Grad, geriet aufs Bankett, durchbrach einen Drahtzaun, dahinter tat sich ein tiefer Graben auf, plötzlich war unten oben und oben unten, der Wagen überschlug sich. Mit einem lauten Knall schoss Söderberg der Airbag ins Gesicht, der Wagen hob ab, flog über ein paar Jungfichten hinweg und bohrte sich schließlich in einen Schneehaufen, wo er, halb in Schräglage, stecken blieb.

Ein Rad drehte sich noch eine Weile, dann blieb es stehen.

Auf einmal war es merkwürdig still. Die Stille hatte etwas Unheilvolles.

Ein Scheinwerfer war noch intakt und schielte sinnlos einen Baumwipfel und die Schneeflocken an, die dicht an dicht herunterfegten.

Etwas ächzte metallisch, der Wagen wackelte leicht, dann wurde die Beifahrertür krachend aufgestoßen. Söderberg schaffte es irgendwie, sich hinterrücks aus dem Auto zu zwängen, obwohl ihm die schwere Tür immer wieder ins Kreuz fiel. Als sein Körper wie ein nasser Sack in den Schnee plumpste, stieß er einen Schrei aus, der sowohl Wut- als auch Schmerzensschrei war. Er quälte sich auf die Knie und stemmte sich mit letzter Kraft hoch. Endlich stand er, schwankend wie ein Betrunkener, und fasste sich an sein Knie. Aber er schien sich nichts gebrochen zu haben; versuchsweise brachte er ein paar humpelnde Schritte zustande. Sein Gesicht war von einem Schnitt blutverschmiert. Mit der Hand fuhr er sich über Stirn und Wangen und sah sich die tropfende Handfläche im Licht des Scheinwerfers eine Weile benommen an, bevor er versuchte, sich zu orientieren, wo er überhaupt gelandet war. Das Auto war wohl über eine natürliche Rampe geschossen und eine baumbestandene Böschung hinuntergeflogen. Bis zur Straße hoch, auf der gerade ein Lastwagen vorüberrauschte, waren es gut und gern fünfzig steile Meter.

Dabei hatte er noch Glück gehabt. Hinter dem Schneehaufen, in dem sein Wagen steckte, ging es senkrecht hinab ins schwarze Nichts. Das musste die Schlucht des Flusses Argen sein, er hatte die große Brücke vom Herfahren noch in Erinnerung.

Er tastete in seiner Tasche nach seiner Pistole, einer Beretta. Erleichtert stellte er fest, dass er sie nicht verloren hatte. Trotz seiner Schmerzen und der blutenden Stirnwunde konnte er sich keine Verschnaufpause gönnen. Stöhnend kletterte er unter Aufbietung sämtlicher noch verbliebener Kraftreserven halb in sein Auto und holte aus dem Handschuhfach seine Papiere, die er einsteckte, und eine Taschenlampe, die noch funktionierte.

Er leuchtete den Wagenboden ab, was kein Problem war, weil der Mercedes halb auf der Fahrerseite lag und er sich kaum zu bücken brauchte. Dabei entdeckte er einen Riss im Tank, aus dem Benzin sickerte, der Geruch war unverkennbar. Den Kofferraum bekam er nicht auf, der Deckel musste sich beim Unfall verklemmt haben. Aber das war letzten Endes auch egal, er musste so oder so dafür sorgen, dass so wenig Spuren wie möglich übrig blieben. Dafür gab es nur eine Lösung. Er fischte nach seinem Feuerzeug und machte aus seinem Schal eine Lunte, indem er ihn mit dem Benzin aus dem Leck tränkte. Mit der Taschenlampe leuchtete er nach oben, zur Autobahn. Der Weg zurück auf die Straße war kein Zuckerschlecken, vor allem in seinem Zustand. Er war steil, der Schnee wadentief, aber es würde ihm nichts anderes übrig bleiben, als sich unter Zuhilfenahme der mannshohen Jungfichten hochzuziehen.

Auf allen vieren kraxelte er die steile Böschung nach oben, bis er glaubte, weit genug vom Auto entfernt zu sein, aber noch nahe genug, um den zusammengeknüllten Schal, den er wie bei einer Fackel um einen armdicken Ast gewickelt hatte, bis zum Auto werfen zu können.

Mit dem Feuerzeug setzte er den Schal in Brand, der sofort in Flammen aufging, und warf ihn unter das Autowrack.

Er wartete.

Nichts geschah.

Wenn die Flamme des Schals wirkungslos blieb und wieder verlosch, musste er den beschwerlichen Weg zurückkriechen und es noch mal versuchen. Er fluchte. Er konnte nicht verschwinden, ohne seinen Wagen abzufackeln. Die Bullen würden zu viele Spuren finden, von der Leiche im Kofferraum mal ganz abgesehen.

Immer noch passierte nichts.

Schon wollte er wohl oder übel wieder bergab rutschen, als er sah, dass sich die Flammen bläulich am Unterboden des Autos ausbreiteten.

Das war der Startschuss für ihn, jetzt galt es, alle noch vorhandenen Kräfte zu mobilisieren. Er zog sich von Fichte zu Fichte nach oben durch den verharschten Schnee, rutschte aus, gab nicht auf. Jede Faser seines Körpers schmerzte, das von der Stirn tropfende Blut und der Schweiß von der Anstrengung brannten in seinen Augen, er bekam einen Hustenanfall und spürte sein Herz hart gegen die Rippen schlagen, aber schließlich hatte er es geschafft. Er stolperte durch das Loch im Drahtzaun und auf den Fahrbahnrand der Autobahn.

Dort drehte er sich keuchend nach hinten um und warf einen Blick durch die Schneise, die sein Auto gerissen hatte, nach unten. Immer noch leckten die Flammen den Unterboden des Wagens entlang. Er wunderte sich, dass der Tank, der voll war, nicht schon längst in die Luft geflogen war. Im dichten Schneetreiben sah er ein Paar Autoscheinwerfer auf sich zukommen. Er sprang mitten auf die rechte Fahrspur und winkte mit der Taschenlampe.

Da der näher kommende Wagen angesichts der katastrophalen Wettersituation nur daherschlich, konnte er vor der herumfuchtelnden Gestalt noch rechtzeitig herunterbremsen.

Söderberg wusste, dass er, nass, verdreckt und blutig, wie er war, alles andere als vertrauenerweckend aussah, aber das Unwetter und die miserable Sicht sorgten dafür, dass die Person, die hinter dem Steuer des Kleinwagens vage zu erkennen war, wenigstens anhielt, das war für ihn schon die halbe Miete. Er riss die Beifahrertür auf.

»Um Himmels willen!« Die korpulente Frau am Steuer, die eine selbst gestrickte Ballonmütze trug und um die vierzig war, schlug entsetzt die Hand vor den Mund. »Was ist denn mit Ihnen passiert?«

Söderberg hielt sich nicht erst mit Erklärungen auf. Er warf sich auf den Beifahrersitz und zielte ihr mit seiner Beretta mitten ins Gesicht, das im Licht der Innenbeleuchtung kalkweiß aussah.

»Fahr los!«

Sie war wie erstarrt und reagierte nicht.

Er drückte ihr den Lauf seiner Beretta unmissverständlich gegen den Wangenknochen und zog die Beifahrertür zu.

»Sofort losfahren, habe ich gesagt!«

Sie fing an zu zittern, aber dann legte sie gehorsam den Gang ein und ließ den Wagen ruckelnd anrollen, bevor er an Tempo gewann.

In diesem Augenblick schoss eine gewaltige Feuersäule aus der Tiefe zur Rechten und verpilzte, einen Wimpernschlag später erschütterte eine heftige Detonation die Nacht.

Der Mercedes war doch noch explodiert und brannte lich-
terloh.

Der rote Fiat Panda mit Söderberg auf dem Beifahrersitz
und einem Plüschpandabären auf der Hutablage fuhr davon, die
Rücklichter wurden schnell vom Schnee und der Dunkelheit
verschluckt.

9

Last Christmas, I gave you my heart
But the very next day, you gave it away
This year, to save me from tears
I'll give it to someone special …

Der unerträglichste Weihnachtsohrwurm aller Zeiten spukte immer noch in seinem Kopf herum. Madlener musste unbedingt noch eine Liste der hundert nervigsten Popsongs aufstellen. Aber wie? Er stand auf einer ewig langen Leiter und schmückte den haushohen Weihnachtsbaum vor dem Rathaus von Friedrichshafen. Eine riesige gesichtslose Menschenmenge schaute ihm dabei zu. Sie wartete offensichtlich nur darauf, dass er herunterfiel, aber die Freude wollte er ihnen nicht machen. Mit einer Hand hielt er sich an der höchsten Sprosse der Feuerwehrleiter fest, und Dr. Auerbach in einem Weihnachtsmannkostüm, seltsamerweise ohne Rauschebart, reichte ihm rote Christbaumkugeln hinauf, die so groß waren wie Luftballons. Von einem offenen Fenster des Rathauses aus kritisierte ihn seine Exfrau. Überhaupt – das ganze Rathaus sah aus wie ein Weihnachtskalender, und die geschlossenen Fenster waren nummerierte Türchen. Vom Himmel rieselten statt Schneeflocken silberne Lamettastreifen herunter.

Egal, wo Madlener die Kugeln auch anbrachte, er konnte es seiner Ex einfach nicht recht machen. Sie dirigierte ihn immer höher hinauf, obwohl sie wusste, dass er nicht schwindelfrei war. Oder vielleicht gerade deshalb. An einem anderen Fenster tauchte auf einmal Ellen Herzog auf, die ihm zurief, dass er sie nicht mehr Lebensgefährtin nennen sollte, das sei eine einzige Beleidigung. In Zukunft sollte er, wenn er sie vorstellte, »Das ist meine Pathologin« sagen. Das erschien ihm absurd, was er ihr auch mitteilen wollte, aber er brachte aus irgendeinem Grund keinen Ton heraus.

Dr. Auerbach war auf einmal neben seiner Tochter am Fenster

und fing an, ihm die Christbaumkugeln von dort aus zuzuwerfen. Er versuchte, sie aufzufangen, aber er bekam eine nach der anderen nicht zu fassen, sosehr er sich auch bemühte. Sie zerschellten wie in Zeitlupe tief unter ihm am Boden neben einem Jungen, der den Kopf schüttelte und bockig die Arme verschränkt hatte. Zu seinem Schrecken erkannte Madlener, dass es sein Sohn war, Oliver, der vorwurfsvoll zu ihm hochschaute und auf einmal aussah wie Harriet, der dicke Krokodilstränen die Wangen herunterkullerten, weil er sich da oben auf seiner Leiter so ungeschickt anstellte und weil sie George Michaels Gesang nicht mehr ertragen konnte.

Madlener wollte ihr noch zurufen, dass es ihm genauso ging, aber in dem Moment geriet die Feuerwehrleiter ins Wanken. Er hielt sich krampfhaft fest, aber die Leiter kam endgültig aus dem Gleichgewicht, er fiel mit ihr gegen den Weihnachtsbaum und konnte sich gerade noch am Stamm festklammern. Langsam rutschte er zur großen Belustigung der Meute nach unten. Das homerische Gelächter wurde lauter und lauter und ging in einen penetranten Klingelton über wie bei einem amerikanischen Telefon aus alten Humphrey-Bogart-Filmen.

Das war keine Einbildung mehr, das war sein Handy, das war Realität. Irgendwie war sie ihm sympathischer, er war richtiggehend erleichtert, weil alles besser war als sein surrealer Alptraum. Es gab Träume, die man bisweilen gern noch weiterträumt hätte, aber dieser war nicht von solcher Art.

Wie hatte sein alter Chef in Stuttgart einmal gesagt? »Ich schipperte am Steuer meiner Yacht durch die Karibik. Ich war stinkreich, blutjung und unverschämt sexy. Die Frauen flogen nur so auf mich. Und dann klingelte der blöde Wecker.«

Beim dritten Klingeln tastete er endlich nach seinem Smartphone neben dem Bett. Es war noch dunkel in seinem Hotelzimmer, und er warf, bevor er den Anruf annahm, rasch einen Blick auf die Uhr.

Fünf Uhr siebenundfünfzig.

Er hatte tatsächlich fast vier Stunden durchgeschlafen, ein neuer Rekord für seinen Winterschlaf.

»Ja, Frau Gallmann?«, brummte er ins Handy – so freundlich, wie er es um diese Zeit überhaupt zustande brachte.

»Es isch immer das Gleiche«, schwäbelte Frau Gallmann ihm ansatzlos ins Ohr. »Die Gängschter haltet sich an keine Geschäftszeiten. Ich bin leider gezwungen, Sie wieder einmal aus dem Schlaf zu holen. Das isch auch der Grund, warum ich Ihnen nicht ›Guten Morgen‹ wünschen kann. Weil das eine glatte Lüge wär. Es isch für Sie alles andere als ein guter Morgen. So sieht's aus.«

Dass sie schwäbelte, und dann gleich auch noch ohne Punkt und Komma, verhieß nichts Gutes. Das tat sie nur, wenn etwas Schwerwiegendes passiert war, das in seinen Zuständigkeitsbereich fiel. Augenblicklich war er hellwach.

»Das macht fast gar nichts«, antwortete er. »In dem Fall bin ich Ihnen sogar außerordentlich dankbar. Was gibt's denn?«

»Was wohl, Herr Madlener. Eine Leiche gibt's. Vielleicht auch zwei.«

Er rieb sich die Stirn. »Geht's nicht ein wenig präziser?«

»Leider nein. Eine Leiche isch beschtätigt, eine weitere Leiche könnte eventuell dazukommen. Die Leute von der Feuerwehr suchen noch.«

»Was ist passiert?«

»Verkehrsunfall.«

»Verkehrsunfall? Wozu in aller Welt brauchen Sie da mich?«

»Ja, tut mir auch leid. Aber so wie's aussieht, isch die beschtätigte Leiche im Kofferraum des verunglückten Fahrzeugs gewesen. Sieht nach Tötungsdelikt aus. Und der unbekannte Fahrer isch schpurlos verschwunden. Irrt vielleicht noch im Schock durch die Gegend, wie der Kommandant der Feuerwehr mir sagte. Könnte auch irgendwo liegen und seinen Verletzungen erlegen sein, dem Blut am Unfallort nach zu urteilen. Oder er isch glatt erfroren.«

»Na, das sind aber viele Vermutungen auf einmal.«

»Zugegeben. Aber Sie müsset sich halt selber ein Bild machen, Herr Madlener.«

Madlener war schon aufgestanden, zog die Jalousien hoch und schaute aus dem Fenster. Es stürmte und schneite.

Großartiges Wetter, um stundenlang im Freien herumzuturnen und sich nicht nur nasse Füße, sondern gleich eine Monstererkältung zu holen, dachte er deprimiert. Oh Herr, lass diesen Winter vorübergehen! Und zwar schnell!

Madlener war alles andere als religiös, aber schaden konnte es auch nicht, wenn man gelegentlich eine dringende Fürbitte loswurde, auch wenn es nur eine Art Reflex war. Den Glauben daran, dass es etwas nutzte, wenn man himmlische Mächte anrief oder das Universum, hatte er an seinem achten Geburtstag endgültig verloren, als er statt eines sehnlichst erwarteten roten Tretautos wieder nur Anziehsachen und ein Paar neue Schuhe bekommen hatte.

»Wo muss ich hin?«, fragte er resigniert ins Handy und stöberte gleichzeitig schon mal nach seinen dicksten Winterklamotten im Kleiderschrank.

»Autobahn A 96 Richtung Wangen, kurz vor der Argentalbrücke. Wisset Sie, wo des isch?«

»Kann's mir denken«, erwiderte er. »Aber sagen Sie, vor der Argentalbrücke, ist das nicht in Bayern? Dann wären wir gar nicht zuständig.«

»Da habet Sie natürlich im Prinzip recht. Die betreffende Schtelle isch genau im Grenzgebiet zwischen Bayern und Baden-Württemberg. Aber unsere Chefin Frau Schwanitz-Terstegen hat das bereits auf högschter Ebene abgeschprochen, in dem Fall leischten wir eben Amtshilfe. Reschpektive Sie. Leider. Weil die vielleicht auch zuschtändigen Kollegen von der Kripo in Bayern alle im Krankenschtand sind. Norovirus.«

Madlener stöhnte vernehmlich. »Auch das noch ...«

»Da schickt die Chefin eben unseren beschten Mann«, schmeichelte sie ihm.

»Ich wusste schon immer, dass Sie gut Süßholz raspeln können, Frau Gallmann. Aber bitte schön nicht um sechs Uhr in der Früh ...«

»Not kennt eben kein Gebot.«

Er sah sie förmlich ins Telefon grinsen. Aber was blieb ihm übrig, er musste nolens volens einspringen.

»Na schön. Dann informieren Sie bitte Harriet. Ich hole sie mit dem Dienstwagen ab.«

»Mach ich. Ich darf Ihnen bei der Gelegenheit noch einen guten Rat mit auf den Weg geben: Ziehet Sie sich bloß warm an, es isch ein Sauwetter, da tät ich keinen Hund vor die Tür schicken.«

»Sagen Sie das mal unserer Chefin, Frau Gallmann«, seufzte er ins Handy und drückte sie weg.

Dann kramte er seine gefütterten Winterstiefel aus der hintersten Ecke seines Kleiderschranks sowie den alten Norwegerpullover und seine Fellmütze mit den Ohrenklappen, die man unter dem Kinn festbinden konnte. Damit sah er zwar aus wie ein sibirischer Waldschrat, aber er wusste aus seiner langjährigen Praxis, was es bedeutete, sich stundenlang im Freien bei scheußlichstem Winterwetter den Hintern abzufrieren. Das war ihm lange erspart geblieben. Aber heute schien es wieder mal so ein Tag zu werden.

Er fühlte, wie sein lang vermisstes Jagdfieber allmählich erwachte, und stellte sich noch schnell unter die heiße Dusche, bevor er den Kampf mit den Naturgewalten und einem neuen mutmaßlichen Verbrechen in Angriff nahm.

10

Madlener fuhr mit flackerndem Blaulicht nach Immenstaad, um Harriet abzuholen, die schon im Schneegestöber in einer Montur bereitstand, in der er sie kaum erkannt hätte. Auch sie hatte sich vernünftigerweise in einen schweren, wasserabweisenden Parka gehüllt und sich die Kapuze über eine dicke Wollmütze auf dem Kopf gezogen. Den unvermeidlichen schwarzen Rucksack hielt sie in der Hand. Damit kam sie ihm vor wie ein Schuljunge, der gerade den Schulbus verpasst und sich die Sachen seines großen Bruders ausgeliehen hatte. Als sie wortlos eingestiegen war, erkannte er auch ihr Gesicht kaum wieder. Sie hatte, praktisch begabt, wie sie war, heute ausnahmsweise kein Make-up aufgelegt. Bei diesem nasskalten Sauwetter wäre ihre normale Kriegsbemalung auch wirklich fehl am Platz gewesen und nach zwei Minuten hoffnungslos zerlaufen.

Sie brachte ihn auf den neuesten Stand, was ihren Informationsstatus anging, der auch nicht viel besser war als seiner, während er die Sirene zum Blaulicht dazuschaltete und damit alles aus dem Weg scheuchte, was so früh unterwegs war. Mit einem Höllentempo raste er durch Friedrichshafen und nach Lindau. Harriet klammerte sich, wie immer, wenn er so richtig auf die Tube drückte, mit beiden Händen am Sicherheitsgurt fest.

Es war ein gutes Stück bis zur A 96, und Madlener lotete mit seinem riskanten Fahrstil bei den widrigen Sicht- und Straßenverhältnissen die physikalischen Grenzen seines Dienstwagens bis zum Letzten aus.

Als sie endlich auf die Autobahn in nördlicher Richtung eingebogen waren, dämmerte es, und der Schneefall hatte nachgelassen. Auf den letzten Kilometern vor der Argentalbrücke hatte sich bereits ein langer Stau gebildet. Madlener steuerte durch die Gasse, die ihm Autos und Lastwagen tatsächlich bereitwillig frei machten. Ein paar hundert Meter weiter versuchten alle, sich in die linke Spur einzufädeln, weil die rechte mit Warnhinweisen auf dem Heck von Lastwagen der Straßenmeisterei komplett gesperrt war. Ein Riesenaufgebot mit blinkenden Einsatzfahrzeugen von Verkehrspolizei und Feuerwehr hatte die rechte Seite der Autobahn in Beschlag genommen, einschließlich eines schweren Bergungsfahrzeugs mit einer Kranvorrichtung, das gerade standsicher gemacht wurde und den Ausleger ausfuhr.

Anscheinend waren sie die Ersten von der Kripo, jedenfalls waren weder ihre Chefin noch irgendein Dienstwagen aus ihrer Abteilung noch ein Wagen der Spurensicherung auszumachen. Aber das kam Kriminalhauptkommissar Madlener gerade recht. Dann hatte er wenigstens eindeutig das Kommando, und keiner konnte ihm dazwischenfunken.

Wenn er wollte, konnte Madlener eine Autorität ausstrahlen, die bemerkenswert war.

Und jetzt wollte er.

Er bremste in einer Lücke zwischen zwei Feuerwehrwagen ab, ließ das flackernde Blaulicht an und stieg aus, wobei er gleichzeitig seinen Ausweis gut sichtbar in die Höhe hielt und sich durch die vielen Helfer am Unfallort drängte. Harriet folgte ihm auf dem Fuß.

»Wer hat hier das Sagen?«, fragte er den nächstbesten Feuerwehrmann im Ton eines Feldwebels. Der Mann verwies ihn an seinen Chef, der gerade dabei war, mit seinem Funksprechgerät den Hebekran des Bergungsfahrzeugs an die richtige Stelle zu dirigieren. Dort, wo ein Loch im Maschendrahtzaun klaffte.

Madlener hielt dem Feuerwehrkommandanten seinen Ausweis vor die Nase.

»Madlener, Kripo Friedrichshafen. Was haben Sie für uns?«, sagte er in einem Ton, der unmissverständlich verdeutlichte, dass er ab sofort Herr des Geschehens war. Sogar Harriet hatte ihn so noch nicht erlebt und traute ihren Augen nicht, als der

Feuerwehrchef so etwas wie einen militärischen Gruß andeutete, indem er kurz salutierte, bevor er antwortete:»Sachtleben, Feuerwehr Lindau. Aber sagen Sie, die Kripo Friedrichshafen ist doch hier gar nicht zuständig ...«

»In dem Fall schon. Leider. Die zuständigen Kollegen aus Bayern liegen alle flach. Norovirus.« Sachtleben verzog mitfühlend das Gesicht. Dann drehte er sich zum Loch im Zaun und zeigte darauf.

»Der Wagen da unten ...«

Vom Loch aus ging es durch eine Fichtenschonung steil abwärts. Die Szenerie wurde von Scheinwerfern mit einem angeschlossenen Generator hell erleuchtet.

»... vermutlich ein älterer Mercedes, kam wohl auf eisglatter Fahrbahn ins Schleudern«, fuhr er fort, »durchbrach den Zaun, schanzte über den Kamm der Böschung, flog nach unten, hat sich dabei ein paarmal überschlagen und landete dort bei den zwei großen Tannen. Der Tank ist beim Aufprall wohl explodiert, der Wagen anschließend bis auf die Überreste, die Sie noch sehen können, vollkommen ausgebrannt, Kennzeichen auf den ersten Blick nicht mehr feststellbar. Wir haben die Kripo informiert, als wir im Kofferraum eine verkohlte Leiche gefunden haben beziehungsweise das, was von ihr noch übrig geblieben ist.«

»Der Fahrer?«

»Ist verschwunden. Meine Leute suchen ihn. Aber wie Sie sehen können, ist das Gelände ziemlich schwierig. Und der Neuschnee hat alle möglichen Spuren wieder zunichtegemacht. Wir wollten auf Tageslicht warten, bevor wir die Suche systematisch angehen. Es ist sonst zu gefährlich. Gleich hinter dem verunglückten Wagen fällt das Gelände senkrecht ab.«

Sie waren inzwischen zum Rand der Böschung gegangen und warfen einen Blick in die Schneise hinunter. Bei den Überresten des abgebrannten Wagens war ein halbes Dutzend Feuerwehrmänner zugange und wuselte um das rußgeschwärzte Stahlgerippe herum.

»Die Spurensicherung wird sich freuen«, sagte Madlener angesichts des vollkommen zertrampelten Schnees um das verkohlte

Auto sarkastisch und wandte sich wieder an den Kommandanten der Feuerwehr. »Ich will, dass Ihre Leute alle hier heraufkommen und die Suche nach dem Fahrer auf später verschieben. Der Unfallort muss für die Spurensicherung weiträumig abgesperrt werden. Die Bergungsarbeiten werden eingestellt, bis ich das Gelände wieder freigebe.«

Er drehte sich zu Harriet um. »Harriet, du forderst einen Hubschrauber an, der, sobald es das Licht und das Wetter zulassen, das gesamte Umfeld nach dem verschwundenen Fahrer absucht und alles hier von oben fotografiert. Von mir aus auch eine Drohne, was schneller zur Verfügung steht. Außerdem will ich wissen, ob irgendwo im Bodenseeraum jemand vermisst wird und ob ein Mercedes als gestohlen gemeldet worden ist. Das hat oberste Priorität. Ach ja – und Frau Gallmann soll die Krankenhäuser abfragen, ob in den letzten Stunden jemand mit Verletzungen oder Brandwunden eingeliefert worden ist. Vielleicht hat der Fahrer es nach dem Unfall doch nach oben auf die Autobahn geschafft und ist von jemandem mitgenommen worden. Dann will ich eine Suchmeldung im Radio und im Internet und eine Aufforderung an mögliche Zeugen, die hier ...«

Er sah wieder den Feuerwehrkommandanten an. »Wann ist Ihrer Meinung nach der Unfall geschehen?«

»Zwischen Mitternacht und drei Uhr heute Nacht.«

»Woraus schließen Sie das?«

»Etwa um Mitternacht kamen zwei Schneepflüge auf ihrer Tour hier vorbei. Sie haben nichts bemerkt.«

»Okay, wir suchen Zeugen, die in der fraglichen Zeit etwas gesehen haben, Flammen, eine Explosion. Wer hat den Unfall gemeldet?«

»Ein Mann vom Straßendienst. Die zwei Schneepflüge waren auf ihrer zweiten Tour unterwegs, weil der Schneefall es erforderlich gemacht hat, und einer der Fahrer hat dabei die Schleuderspuren und das Loch im Zaun gesehen.«

»Wann kam die Meldung herein?«

»Zehn nach drei.«

»Harriet, du besorgst dir seinen Namen und seine Aussage.

War der Mann auch einer der Fahrer bei der Tour um Mitternacht? Als noch nichts zu sehen war?«

»Ja«, sagte Sachtleben.

Harriet war schon am Telefonieren. Ihr schien es, als wäre Madlener von jetzt auf gleich in eine zweite Haut geschlüpft, sie erkannte ihn fast nicht wieder. Er schien ganz in seinem Element zu sein, voll konzentriert auf das, was er für angebracht und nötig hielt. Ein Profi, der mit seinen Anweisungen keine Sekunde zögerte, der die richtigen Fragen stellte und der genau wusste, was in diesem Augenblick zu tun war. Sein unkonventionelles Outfit kümmerte ihn nicht die Bohne. Alles, was für ihn zählte, war einzig und allein zielgerichtetes Vorgehen.

Harriet kannte ihn als bescheidenen und manchmal zweifelnden Menschen. Aber jetzt, wo es darum ging, einen kühlen Kopf zu bewahren, war er zu einem Vorgesetzten mutiert, der das Heft in die Hand genommen hatte und sich als das Alphatier entpuppte, das in ihm schlummerte und, wenn es die Umstände erforderlich machten, zum Vorschein kam. Was nun unzweifelhaft der Fall war.

Nachdem sie Madleners Anweisungen an die Zentrale durchgegeben hatte, sah sie, dass er schon die Böschung hinunterrutschte, während die Männer der Feuerwehr dem Funkbefehl ihres Kommandanten nachkamen und mit Hilfe von Halteseilen hinaufkletterten.

Als Madlener unten angekommen war, winkte er Harriet, und sie hangelte sich an einem der Seile hinunter, bis sie neben ihm stand. Er musste ihr keine Anweisungen geben, sie wusste, was sie zu tun hatte, holte aus ihrem Rucksack ihr Tablet und zeichnete alles mit der Videofunktion auf – es war inzwischen hell genug. Madlener nahm unterdessen die verkohlte Leiche näher unter die Lupe, ohne sie zu berühren, nachdem er das Autowrack inspiziert hatte.

»Was siehst du, Harriet?«, fragte er, als sie mit ihren Aufnahmen fertig war. »Und was für Schlüsse ziehst du daraus?«

Harriets Antwort erfolgte prompt.

»Erstens: Die Kennzeichen des Wagens sind nicht mehr lesbar, vielleicht kann die Spurensicherung da noch etwas herauskitzeln. Zweitens: Die Heckklappe ist durch den Aufprall oder durch die Wucht bei der Explosion aufgesprungen, im Kofferraum sind die verkohlten Überreste eines menschlichen Körpers in der typischen fetalen Haltung einer Brandleiche. Alter und Geschlecht des Opfers durch bloßen Augenschein nicht mehr erkennbar. Wahrscheinlich jedenfalls ein Erwachsener. Aber ich würde sagen, das Opfer war nackt und in eine Decke eingewickelt, den spärlichen Spuren nach zu urteilen, vermutlich war es an Händen und Füßen gefesselt. Das lässt vermuten, dass das Opfer schon tot war, als es verbrannte. Meine These ist, dass der Fahrer die Leiche irgendwo loswerden wollte, als er verunglückte.«

»Wieso gefesselt? Woran siehst du das?«

»An der Stellung der Hand- und Fußgelenke, außerdem ist am Fußknöchel ein kleiner gezackter Plastikpartikel sichtbar, vermutlich von einem Kabelbinder, aber das alles muss in der Gerichtsmedizin geklärt werden.«

»Wo bleibt eigentlich Ehrmanntraut?«

»Die Spurensicherung ist unterwegs, müsste jeden Augenblick eintreffen. Ebenso Dr. Ellen Herzog.«

Madlener griff sich an den Kopf. »Ich hab gestern spät am Abend noch mit Ellen telefoniert. Sie war auf der Rückfahrt von der Fortbildung in München und hat auf mich einen ziemlich erschöpften Eindruck gemacht. Na, die wird sich freuen, dass wir sie so früh wieder aus dem Bett geholt haben.«

Sein Handy klingelte, er nahm ab. »Ja, ich höre ... Wo ist sie aufgegriffen worden? ... Und wo ist sie jetzt?«

Harriet wies mit dem Kopf nach oben. »Die Spurensicherungsleute sind da.«

Madlener bedankte sich kurz und beendete das Gespräch, steckte sein Handy wieder weg und sah zu, wie Ehrmanntraut und zwei seiner Männer sich mit ihrer schweren Ausrüstung die Böschung herunterplagten. Er nickte Harriet zu. »Hier können wir nichts mehr tun und stehen Ehrmanntraut und seinen Leuten nur im Weg. Komm mit. Wir haben eine erste Spur. Einen Zeugen.«

Er wartete noch auf Ehrmanntraut und bat ihn, sich als Erstes um Kennzeichen und Fahrgestellnummer zu kümmern, soweit feststellbar. Dann machte er sich hinter Harriet her wieder auf den beschwerlichen Weg nach oben.

11

Madlener stürmte mit wehenden Mantelschößen in einem Tempo vorneweg, dass Harriet Mühe hatte, mit ihm Schritt zu halten.

Am Tresen, hinter dem eine Krankenschwester ihren Dienst versah und an ihrem Computer arbeitete, hielt er an, zückte seinen Ausweis und sagte seinen üblichen Spruch auf. »Kommissar Madlener, Kripo Friedrichshafen. Wo finde ich Frau Dr. Gablitz? Ich muss sie sofort sprechen.«

Er hatte sich mit seiner nassen Fellmütze mit den Ohrenklappen, unrasiert, wie er war, vor dem Tresen aufgebaut und wirkte in seiner Aufmachung wie ein Raufbold, der auf Krawall gebürstet war. Aber die Schwester war eine von der Sorte, die sich nicht so leicht aus der Ruhe bringen ließ. Sie sah ihn mit unverhohlener Skepsis an und sagte mit einer erstaunlich tiefen Reibeisenstimme: »Lassen Sie mal sehen.« Mit diesen Worten schnappte sie ihm seinen Ausweis aus der Hand, dessen Bild sie ausgiebig mit seinem Gesicht verglich, bevor sie ihn mit spitzen Fingern wieder zurückgab.

»Also sehr ähnlich sehen Sie dem Mann auf dem Ausweis aber nicht unbedingt. Vielleicht sollten Sie gelegentlich ein aktuelles Bild machen lassen«, merkte sie bissig an.

»Werd's mir überlegen«, gab er unwirsch kontra und steckte seinen Ausweis weg. »Also – wo ist sie nun?«

»Eine Frau Dr. Gablitz haben wir hier nicht. Aber wenn Sie Frau Dr. Grabitsch meinen …«

Madlener musste sich zusammennehmen, um nicht wirklich patzig zu werden, wozu er durchaus in der Lage war.

Harriet wusste, dass er im Jagdmodus war, da durfte man seine Geduld nicht überstrapazieren, weil er entsprechend unter Strom stand. Aber das konnte die Schwester ja nicht ahnen.

»Hören Sie«, sagte er mit gefährlich leiser Stimme, »ich hab den Namen von der Pforte unten. Gablitz oder Grabitsch – das ist mir so was von schnurzegal. Hauptsache, sie kann uns bei unseren Ermittlungen weiterhelfen. Damit es nicht noch mehr

Tote gibt. Einer reicht schon. Und je länger Sie sich hier aufplustern, desto größer ist die Gefahr, dass noch mehr passiert. Das geht dann auf Ihr Konto. Hab ich mich deutlich genug ausgedrückt?«

»Einen Moment«, sagte die Schwester eingeschnappt und stand auf, dabei überragte sie Madlener noch um einen halben Kopf, und der war schon nicht gerade klein.

»Warten Sie hier«, befahl sie in einem Ton, der keinen Widerspruch duldete, und verschwand um die Ecke.

Madlener trommelte ungeduldig mit den Fingern auf den Tresen. Harriet hatte sich einen frischen Kaugummi in den Mund geschoben und kaute wie wild, um den Krankenhausgeruch zu übertünchen. Madlener sah ihr an, dass sie sich unwohl fühlte, das war prinzipiell immer so, wenn sie Klinikluft atmen musste und Betten mit stöhnenden Menschen an ihr vorbeigeschoben wurden, was in diesem Augenblick der Fall war.

Ihr Handy meldete sich, sie hatte als Klingelton »U Can't Touch This« von MC Hammer, und Madlener wusste, warum. Sie hatte sich durch ihre ruppige Art und ihr stacheliges Äußeres eine Aura geschaffen, die allen Menschen, die ihr direkt oder im übertragenen Sinn zu nahe kommen wollten, signalisierte, lieber einen gehörigen Sicherheitsabstand einzuhalten. Er war sich des exklusiven Privilegs bewusst, diesen Panzer gelegentlich durchbrechen zu dürfen. Falls sie es zuließ.

Sie nahm den Anruf entgegen, dann hob sie den Finger, um Madlener auf sich aufmerksam zu machen, und sagte: »Der Chef von der Feuerwehr ist dran. Er lässt fragen, ob er mit der Bergung des Wagens beginnen kann. Der Rückstau deswegen geht inzwischen bis zur österreichischen Grenze.«

Madlener nickte zustimmend, das hatte er ganz vergessen. Aber er hatte anderes im Kopf. Ihm war von Frau Gallmann gemeldet worden, dass eine halb erfrorene Frau ein paar Kilometer vom Unfallort aufgefunden und ins Krankenhaus nach Wangen eingeliefert worden war, wo sie behauptet hatte, dass sie entführt worden sei. Wenn das wirklich stimmte und die Frau nicht geistig verwirrt war, konnte das vielleicht eine erste heiße Spur sein.

Und heiße Spuren sollte man nicht kalt werden lassen, so lautete Regel Nummer eins, aufgestellt von Kriminalhauptkommissar Max Madlener für den kriminalistischen Alltag.

Endlich kam die Schwester mit einer Ärztin im Schlepptau wieder um die Ecke. Sie hatte ein Namensschild mit der Aufschrift »Dr. Grabitsch« auf der Brusttasche, war jung und freundlich, stellte sich artig vor und schüttelte Madlener und Harriet die Hand.

»Sie wollen bestimmt zu Frau Haug«, sagte sie. »Sie ist vor vier Stunden in die Notaufnahme gebracht worden.«

»Von wem?«, fragte Madlener.

»Von einem polnischen Lastwagenfahrer, soviel ich weiß«, antwortete sie. »Sie war stark unterkühlt und desorientiert. Außerdem hatte sie ein Hämatom auf der Stirn, eine Gehirnerschütterung und Schürfwunden an Händen und Knien. Ich bin aus dem, was sie mir während der Erstversorgung sagte, nicht ganz schlau geworden und habe ihr ein Beruhigungsmittel gegeben. Aber dann kam ein Anruf von der Polizei aus Friedrichshafen herein, ob wir in der Nacht jemanden aufgenommen hätten mit Verletzungen, die auf einen Unfall hindeuten könnten ...«

Madlener sah seine Felle schon davonschwimmen, was die heiße Spur anging.

»Sie haben ihr ein Beruhigungsmittel gegeben«, unterbrach er sie. »Heißt das, sie liegt jetzt im Tiefschlaf und wir können sie nicht vernehmen?«

»Nein. So hoch war die Dosis nicht. Als sie sich wieder einigermaßen erholt und beruhigt hatte, hat sie sogar sehr energisch darauf bestanden, mit jemandem von der Polizei zu sprechen.«

»Wann war das?«

»Vor fünf Minuten. Das trifft sich doch gut, dass Sie schon da sind.«

Sie lächelte Madlener entwaffnend an.

Endlich jemand, der nicht sofort auf Abwehr schaltete, sobald er erfuhr, dass er von der Polizei war. Endlich jemand, der wenigstens einen Funken Humor hatte. Vielleicht war die

Menschheit doch noch nicht ganz dem Untergang geweiht, dachte Madlener.

Er warf Harriet einen Blick zu, den sie erwiderte. Es bestand also noch Hoffnung, dass die Spur doch nicht ganz erkaltet war.

»Können wir sie dann sprechen?«, fragte Madlener.

»Natürlich. Kommen Sie.«

Dr. Grabitsch ging schon voraus, Madlener und Harriet folgten ihr.

12

Frau Haug lag hellwach im Krankenbett ihres Klinikzimmers. Sie hatte ein Pflaster auf der Stirn, und ein Infusionsschlauch endete in ihrem Handrücken. Sie konnte es kaum abwarten, bis Madlener und Harriet sich vorgestellt hatten, um sich ihre Geschichte von der Seele reden zu können. Dr. Grabitsch kontrollierte kurz die Infusion und verließ dann das Zimmer, indem sie leise die Tür hinter sich schloss.

»Wie geht es Ihnen, Frau Haug?«, fragte Madlener anstandshalber und nahm seine Trappermütze ab, um sich wenigstens einen halbwegs seriösen Anstrich zu geben.

»Den Umständen entsprechend«, meinte sie. »Das sagt man wohl in meiner Situation. Und bevor Sie irgendetwas fragen – ich will nur eines: dass Sie den Kerl erwischen, der mir das angetan hat.«

Bevor Madlener antworten konnte, nahm Harriet einen Stuhl und setzte sich neben das Bett.

»Erzählen Sie uns doch, was er Ihnen angetan hat, Frau Haug. Von Anfang an. Dafür sind wir da. Wenn Sie einverstanden sind, dann nehme ich Ihre Aussage auf.«

Sie hatte ihr Smartphone hervorgeholt und zeigte es Frau Haug. Die nickte zustimmend.

Harriet platzierte das Handy auf der Bettdecke und schaltete es ein. Frau Haug legte los.

»Der Typ hat mich mitten auf der Autobahn angehalten, als ich bei beschissenem Wetter mit meinem Auto unterwegs war, um zu meinem Freund nach Leutkirch zu fahren.«

Bei diesem Gedanken erschrak sie und fuchtelte mit der Hand, die nicht an die Infusion angeschlossen war.

»Um Himmels willen – ich muss ihn sofort anrufen! Er macht sich garantiert fürchterliche Sorgen. Wo ist mein Handy? Ach Gott – das hat dieses Monster ja aus dem Auto geworfen, der widerliche Kerl.«

Harriet legte ihre Hand beruhigend auf die von Frau Haug.

»Das mit dem Anruf übernehmen wir. Machen Sie sich keine Sorgen.«

»Aber wenn die Bullen anrufen ... ich meine: die Polizei anruft, kriegt er glatt einen Herzinfarkt! Sie müssen wissen, er ist kein großer Freund von allem, was Uniform trägt.«

»Wir werden darauf Rücksicht nehmen, Frau Haug«, versicherte Harriet ihr in einem Ton, der schreiende Babys beruhigen konnte.

Madlener ließ sie gewähren, weil sie ihre Sache einfühlsam und damit gut machte.

Frau Haug nannte Harriet Namen und Nummer ihres Freundes, und Harriet machte mit der Befragung weiter.

»Bitte schildern Sie uns doch, wo und wann Sie zu Ihrem Freund unterwegs waren und was genau dabei abgelaufen ist«, sagte sie immer noch in einem Ton, der Frau Haug allmählich wieder ruhiger werden ließ. Sie konzentrierte sich erneut und erzählte.

»Okay ... Ich fahre also die Autobahn Lindau Richtung Memmingen entlang, nicht besonders schnell übrigens, weil das Wetter so schlecht war. Ich spielte gerade mit dem Gedanken, an der nächstbesten Ausfahrt wieder umzukehren, weil es mit dem Schneefall immer schlimmer wurde und ich kaum noch die Straße erkennen konnte. Aber Rudi – das ist mein Freund, er ist verheiratet, wissen Sie und ... und seine Frau ist gerade in Würzburg bei ihren Eltern ... und ich habe morgen meinen freien Tag ... aber das vertiefe ich jetzt lieber nicht weiter, weil es ja schließlich mit der eigentlichen Geschichte nichts zu tun hat ...«

Sie schickte ein peinlich berührtes Lächeln an die Adresse von Madlener und Harriet, die keine Miene verzogen.

»Jedenfalls ... da stand plötzlich der Kerl mitten auf der Fahrbahn ...«

»Wo war das genau?«

»Kurz vor der Argentalbrücke ...«

Harriets und Madleners Blicke begegneten sich. Offensichtlich waren sie auf der richtigen Spur.

»Wissen Sie noch die Uhrzeit?«, fragte Madlener.

»Es war ziemlich spät. So um zwei Uhr. Ja, kurz nach zwei. Ich hab mir noch die Unwetterlage im Autoradio angehört, nach den Nachrichten. Hätte ich mir sparen können, war ja selbst mittendrin. Also der Typ hatte eine Taschenlampe und fuchtelte damit herum wie einer, der einen Zug anhalten will, weil ein Bus auf den Schienen stecken geblieben ist, verstehen Sie, was ich meine?«

»Vollkommen«, sagte Harriet. »Wie sah er denn aus?«

»Dazu komme ich noch. Wo war ich gleich? Ach ja, er fuchtelte. Ich hielt an, weil ich so blöd war und Mitleid mit dem armen Kerl hatte, der bei diesem Schneesturm mitten auf der Straße stand. Und dann sah ich es ...«

»Was?«, fragte Madlener. »Was sahen Sie?«

»Das Loch im Zaun. Die Spuren. Eindeutig ein Unfall. Er kam zur Beifahrertür, und erst jetzt erkannte ich, dass er verdreckt und blutig war, und in seinen Augen sah ich, dass er völlig außer Rand und Band war und zu allem fähig, aber ich hab das im ersten Moment dem Schock zugeschrieben. Und dann war es zu spät. Er setzte sich auf den Beifahrersitz und hielt mir seine Kanone ins Gesicht.«

»Kanone?«, fragte Harriet.

»Na ja, so heißt das doch immer in den Filmen. Seine Pistole eben.«

»Was war das für eine?«, wollte Madlener wissen.

»Puh – so ein schwarzes hässliches Ding. Woher soll ich das wissen? Sie sind der Polizist ...« Frau Haug zuckte mit den Achseln.

»Er hielt Ihnen also seine Pistole ins Gesicht«, wiederholte Harriet mit Engelsgeduld. »Und was dann?«

»Dann sagte er so was wie ›Fahr los!‹, und das tat ich dann auch. Halt ... vorher drückte er mir noch den Lauf der Pistole an die rechte Wange. Hier.«

Sie tippte mit ihrer rechten Hand gegen den Backenknochen.

»Eines kann ich Ihnen sagen: Ich hatte eine Scheißangst, dass der Typ tatsächlich abdrückt. Er sah aus, als könnte er das ...«

Sie schloss die Augen und atmete einmal tief durch, bevor sie weitermachte.

»Er war grauhaarig, Bürstenhaarschnitt, Alter ungefähr Ende fünfzig, kräftig, so groß wie Sie, Herr Kommissar, trug eine dunkle Thermojacke, hat Hochdeutsch gesprochen …«

»Würden Sie ihn wiedererkennen?«

»Darauf können Sie Gift nehmen.«

»Wir schicken Ihnen jemanden vorbei für ein Fahndungsbild. Glauben Sie, Sie kriegen das hin mit einem Spezialisten?«

»Na klar doch. Ich bin Kunstlehrerin. Ich habe eine gute Beobachtungsgabe.«

»Hat er sonst noch was gesagt?«

»Nicht viel, war nicht sehr redselig. ›Fahr schon endlich, mach schon.‹ Das war alles. Oder nein – ›Gib mir dein Handy!‹, hat er noch gesagt. Ich hab's ihm gegeben, und er hat's aus seinem Fenster geworfen. Das war aber später. Als wir losfuhren, ist noch etwas anderes passiert.«

»Was?«

»Es war auf einmal taghell. Irgendwas neben der Autobahn ist explodiert. Wumm! Ein Riesenknall. Wahrscheinlich sein Auto. Ich sah noch, wie rechts hinter mir im Graben eine Flamme emporstieg, und dann waren wir auch schon weg. Wir fuhren eine Weile dahin. Er hielt sich ein Taschentuch gegen die Stirn, aus der er blutete. Dann kam das mit dem Handy. Und dann, ein paar Kilometer nach der Brücke, musste ich rechts ranfahren. Als wir anhielten, sollte ich die Fahrertür aufmachen. Als ich nicht gleich spurte, schlug er mir seine Waffe gegen den Kopf und schmiss mich aus dem Auto. Dort lag ich im Schnee und sah noch, wie er mit meinem Auto davonfuhr. Dann weiß ich nichts mehr. Aufgewacht bin ich erst, als ein fremder Mann mir hochhalf und mich in einen Transporter hievte. Er versuchte mir in einer Sprache, die ich nicht verstand, könnte was Osteuropäisches gewesen sein, klarzumachen, dass er mich ins nächste Krankenhaus bringt, ›Clinica‹ oder so hab ich rausgehört. Dann war ich wieder weg und bin erst aufgewacht, als mir die junge Frau Doktor eine Spritze verpasst hat. Sie heißt Gablitz oder so ähnlich.«

Frau Haug lehnte sich erschöpft zurück und schloss die Augen.

Madlener sagte leise: »Grabitsch.«

»Von mir aus auch das. Aber jetzt bin ich auf einmal furchtbar müde«, murmelte sie. »Tun Sie mir einen Gefallen und stellen das Kopfteil flacher? Danke ...«

»Ich denke, wir lassen sie jetzt schlafen«, sagte Harriet zu Madlener und fuhr das Kopfteil des Krankenbetts mit der Fernbedienung nach unten.

»Nur eines noch, Frau Haug«, sagte Madlener, und Frau Haug öffnete mühsam noch einmal ihre Augen.

»Wir brauchen Marke, Farbe und Kennzeichen Ihres Autos.«

Sie flüsterte etwas ins Smartphone, das ihr Harriet an den Mund hielt, dann drehte sie den Kopf zur Seite und war auch schon weggetreten.

Madlener nickte Harriet zu, und die beiden verließen das Krankenhauszimmer.

13

Draußen im Gang, vor der Tür zum Zimmer von Frau Haug, blieben Madlener und Harriet erst mal stehen. Die Spur war noch heiß.

»Harriet«, sagte Madlener, »du gibst sofort eine Fahndung nach dem Wagen von Frau Haug und dem Mann mit dem Bürstenhaarschnitt heraus, so wie sie ihn beschrieben hat.«

Er setzte wieder seine Waldläufermütze auf und stürmte den Gang Richtung Aufzug davon.

Harriet hatte schon ihr Smartphone am Ohr und leitete die Einzelheiten an Frau Gallmann weiter. Mit ihrem eidetischen Gedächtnis hatte sie es nicht nötig, die Aufzeichnung des Gesprächs mit Frau Haug noch einmal abzuhören, sie konnte alles, was notwendig war, auswendig und ohne Fehler wiederholen. Dann hetzte sie hinter ihrem Chef her. Er wartete am geschlossenen Aufzug auf sie und bearbeitete ungeduldig den Knopf.

»Und was machen wir jetzt?«, fragte sie ihn und setzte ihre Hipstermütze wieder auf, die sie so weit in die Stirn zog, dass sie gerade noch die Augen frei hatte.

Er sah sie an. »Alles in die Wege geleitet?«

Als sie zur Bestätigung einmal nickte, atmete er tief durch und sagte: »Ich weiß nicht, was du vorhast. Aber ich für meinen Teil bin seit sechs Uhr morgens auf den Beinen, ohne einen Schluck Kaffee oder sonst was, und mir hängt der Magen in den Kniekehlen. Ich begebe mich jetzt schnurstracks in die Cafeteria dieser Klinik, wo immer die auch sein mag und falls die hier so was überhaupt haben, und dann trinke ich eine komplette Kanne Krankenhauskaffee auf ex aus, ohne einmal abzusetzen, und haue mir rein, was immer der hauseigene Bäcker anzubieten hat. Und wenn er es aus Sägemehl hergestellt hat. An Croissants, die so richtig nach Frankreich schmecken, wage ich nicht im Traum zu denken, aber man sollte ja die Hoffnung nie aufgeben.«

Der Aufzug kam immer noch nicht, sosehr Madlener auch den Knopf dafür malträtierte.

Harriet wollte etwas sagen, aber Madlener ließ sie erst gar nicht zu Wort kommen. »Falls du mich dabei begleiten willst, bist du natürlich herzlich eingeladen. Aber ich kann dir nur raten: Überlege nicht allzu lange, wenn ich schon mal meinen großzügigen Moment habe.« Frustriert schlug er gegen die Aufzugstür. »Komm, wir gehen zu Fuß.« Er stiefelte mit Sieben-Meilen-Schritten los in Richtung Treppenhaus. In dem Moment ertönte ein Klingelton, und die Aufzugstür glitt auf.

Harriet ging hinein und blockierte die Tür für Madlener, der umkehrte und sich neben sie stellte.

Als die Tür endlich zuging und der Aufzug sich nach unten in Bewegung setzte, sahen sich beide aus den Augenwinkeln an und mussten unwillkürlich grinsen. Vielleicht weil ihnen aus der verspiegelten Metalltür ein wetterzerzauster Hinterwäldler und eine in einem XXL-Parka steckende Person, dessen Übergröße sie zusammen mit der tief ins Gesicht gezogenen Mütze wie die Inkarnation eines unförmigen Rumpelstilzchens aussehen ließ, entgegenblickten; vielleicht auch einfach nur so, weil sie überdreht waren. Sie räusperten sich synchron, setzten wieder eine betont neutrale Miene auf und warteten darauf, dass sie unten ankamen.

Madlener knurrte: »Also so, wie wir beide heute aussehen, könnten wir glatt beim Casting für ›Der Schöne und das Biest‹ teilnehmen.«

»Es heißt ›Die Schöne und das Biest‹«, korrigierte Harriet.

»Ach, wirklich?«

Sie sahen sich erneut an, und das Grinsen kehrte in ihre Gesichter zurück, als der Aufzug endlich stoppte und die Tür aufging.

14

Im Großraumbüro des Präsidiums rückte Madlener die rollbare Glaspinnwand in einer Ecke zurecht, die nicht der weihnachtlichen Dekorationswut anheimgefallen war, weil den üblichen Verdächtigen wohl die Mittel dazu ausgegangen waren. Sie diente dazu, alles an Informationen, Bildern, Daten und Zusammenhängen zum neuen Fall für jedermann auf einen Blick gut sichtbar und deutlich darzustellen. Er taufte ihn nach kurzem Überlegen »Argen«, nach dem Fluss, in dessen Nähe der abgebrannte Unfallwagen mit der Leiche im Kofferraum aufgefunden worden war. Mit einem dicken Spezialstift schrieb er »ARGEN« in die linke obere Ecke.

Harriet ordnete auf dem großen Konferenztisch schon Abzüge, die sie von ihren Aufnahmen am Unfallort gemacht hatte und die für die Pinnwand gedacht waren.

Sie beide waren allein zugange, der Rest der Abteilung war samt Chefin noch in der Mittagspause.

Sobald sie alle versammelt waren, wollte Madlener ein erstes Resümee ziehen, die weiteren Schritte erörtern und die Aufgaben verteilen. Er hoffte, dass Ehrmanntraut mit den neuesten Erkenntnissen der Spurensicherung dazustoßen würde. Außerdem erwartete er einen Anruf von Dr. Ellen Herzog. Mit ihr hatte er schon telefoniert, sie hatte ihm versprochen, sich sofort zu melden, sobald sie sich die verkohlte Leiche näher angesehen hatte, die inzwischen unter ihrer Aufsicht in die Pathologie gebracht worden war.

Auf einmal fing er an zu schnüffeln, weil er erst jetzt einen penetranten Geruch nach Weihnachten wahrnahm. Anders war er nicht zu definieren, es roch eindeutig nach einem künstlichen Gemisch aus Glühwein, Bratapfel und Tannengrünextrakt. Von den Girlanden und Gestecken konnte es nicht kommen, die waren allesamt aus Kunststoff oder getrocknet.

»Riechst du das auch?«, fragte er Harriet und schnüffelte noch einmal demonstrativ. »Oder bilde ich mir nur ein, dass jemand einen Bratapfel und ein paar Tannenzweige hat anbrennen lassen?«

»Wenn du den zurückhaltend dezenten Weihnachtsduft meinst – für den ist Frau Gallmann verantwortlich«, klärte Harriet ihn auf. »Also pass auf, was du sagst, wenn sie anwesend ist. In der Hinsicht hat sie eine empfindliche Ader.«

»Wäre mir lieber, sie würde auf die Empfindlichkeiten anderer Leute ein wenig Rücksicht nehmen. Das Zeug stinkt ekelhaft. Sag bloß, es gibt jetzt auch noch ein Raumspray dafür!«, wunderte sich Madlener.

»Gibt es todsicher, aber das ist Frau Gallmann selbstverständlich zu umweltschädlich. Sie hat Löschpapier mit einem Duftöl beträufelt und auf die Heizkörper gelegt. Es nennt sich ›Weihnachtszauber extra stark‹«, flötete Harriet mit aufgesetzter Fröhlichkeit.

»Gütiger Himmel – mir bleibt auch nichts erspart!«, maulte er und fing an, die Pinnwand mit Daten und Ortsangaben zu beschriften.

Eigentlich hatte er nach dem ausgedehnten Frühstück in der Cafeteria des Wangener Krankenhauses noch einen Abstecher in sein Hotelzimmer machen wollen, um zu duschen, sich zu rasieren und frische Klamotten anzuziehen, aber dafür blieb keine Zeit. Er steckte noch immer in seinem dicken Norwegerpulli und seinen gefütterten Winterstiefeln und merkte, dass ihm allmählich zu warm wurde.

Er zog seinen Pullover aus und legte ihn über die Rückenlehne seines Stuhls. Der Pulli war ein Geschenk seiner ersten Frau Ruth, die längst einen anderen Mann und Kinder hatte und zu der keinerlei Kontakt mehr bestand. Gott sei Dank – sonst hätte sie ihn womöglich auch noch zu Weihnachten eingeladen. Zwei Einladungen, von denen er nicht wusste, wie er sie konfliktfrei unter einen Hut bringen sollte, reichten ihm vollauf. Es war seltsam, doch er konnte sich kaum noch an Ruth erinnern, obwohl er vier Jahre mit ihr verheiratet gewesen war. Aber jedes Mal, wenn er den Pullover herauszog – was zugegeben sehr selten der Fall war –, musste er an sie denken, und ein diffuses Schuldgefühl beschlich ihn.

»Ist schon was wegen der Fahndung reingekommen?«, fragte er.

»Bis jetzt nicht«, antwortete Harriet und befestigte die Fotos vom Unfallort und der Leiche im Kofferraum an der Pinnwand.

Die Tür ging auf, und sie betraten alle munter plaudernd das Großraumbüro: Kriminaldirektorin Schwanitz-Terstegen, Frau Gallmann, Götze und Binder. Wie zu einem vergnüglichen Theaterabend, dachte Madlener in diesem Augenblick, und er musste den Conférencier geben, der dem erwartungsvollen Publikum Horrorgeschichten präsentierte. Aber dann wischte er den Gedanken beiseite, das war wohl doch zu defätistisch.

Frau Schwanitz-Terstegen, weiße Bluse unter blauem Kostüm, die graublonden Haare zu einer unzerstörbaren Betonfrisur fixiert, mit kleiner Statur, aber großem Selbstbewusstsein ausgestattet, rückte ihre Brille unter den tätowierten Augenbrauen zurecht und stellte sich neben Madlener vor die Pinnwand, wie die Ministerialbeamtin, die eine Schulvisite macht und ein paar Worte an die Schüler richtet, bevor sie den Studienrat auffordert, mit dem Unterricht zu beginnen.

»Wie allen Anwesenden inzwischen hinlänglich bekannt sein dürfte«, begann sie, »hat uns der heutige Fall von Amtshilfe eine Nuss aufgebürdet, die nicht leicht zu knacken sein dürfte. Nach den ersten Erkenntnissen, die wir den Kollegen Madlener und Holtby zu verdanken haben, könnte es sich dabei durchaus um ein Verbrechen schwerwiegender Natur handeln, obwohl es zunächst, als die erste Meldung hereinkam, nach einem simplen Verkehrsunfall aussah. Lassen Sie uns alles daransetzen, so bald wie möglich die Umstände zu klären, die mit dem unbekannten Toten im Kofferraum zu tun haben. Schließlich ist es unsere Aufgabe, nicht nur nach allen kriminalistischen Gesichtspunkten sauber und gründlich vorzugehen und den Täter aufzuspüren, sondern auch der Bevölkerung gerade in der Vorweihnachtszeit ein Gefühl von Sicherheit zu vermitteln, indem wir alles tun, um für Aufklärung zu sorgen und Licht ins Dunkel zu bringen.«

Sie blickte die Anwesenden scharf über den oberen Rand ihrer Brille an.

»Ich verlange von jedem hier im Raum nicht mehr und nicht weniger, als dass wir das Vertrauen der Bürgerinnen und Bürger in die Arbeit der Polizei hundertprozentig rechtfertigen und, wo es auch nur im Geringsten angezweifelt werden sollte, zum Beispiel von bestimmten Teilen der Medien, schnellstmöglich wiederherstellen. Nicht einen Moment lang darf auch nur der Anflug eines Verdachts entstehen, dass wir nicht genau wüssten, was wir tun. Sie tragen mit Ihrer Arbeit dafür Sorge, dass die Polizei in der Öffentlichkeit als das gesehen wird, was sie ist: der Garant für die innere Sicherheit durch konsequente Anwendung der Gesetze. Bis Weihnachten sollte dieser Fall als gelöst gelten und vom Tisch sein, das werde ich morgen der Presse so mitteilen. Wir wollen den Kollegen in Bayern schließlich zeigen, zu was wir in der Lage sind, wenn es darauf ankommt. Und jetzt kommt es darauf an. Also an die Arbeit!«

Ihr Wort in Gottes Ohr, Frau Kriminaldirektorin!, stöhnte Madlener innerlich und versuchte gleichzeitig, ein der Rede angemessen feierliches und entschlossenes Gesicht zu machen, was ihm wirklich nicht leichtfiel, weil ihm darin zu viele Ausdrücke wie »schnellstmöglich«, »konsequent« und »hundertprozentig« vorkamen. Hatte sich der Vorgänger von Frau Schwanitz-Terstegen, Kriminaldirektor Theophil Thielen, schon immer als Motivationslokomotive ohnegleichen gesehen, schien ihn Frau Schwanitz-Terstegen in seiner Paraderolle noch übertrumpfen zu wollen. Madlener wusste, dass sie politische Ambitionen hatte und es genoss, wenn sie in den Schlagzeilen war. Möglichst positiv natürlich. Solange dies zutraf, war mit ihr gut Kirschen essen und sie ließ ihm freie Hand. Aber wehe, wenn es mal nicht so lief, wie sie es sich in ihrem gnadenlosen Ehrgeiz vorstellte ... Madlener ahnte, was nun auf sie alle – und insbesondere ihn – zukam. Der Regierungsstil von Diktator Kim Jong-un in Nordkorea war ein Kindergeburtstag dagegen. Und er hasste nun mal Kindergeburtstage.

Ganz so einfach, wie sie sich das vorstellte, war dieser Mann, der eine völlig unbeteiligte Frau entführt und mutmaßlich einen Menschen getötet und gegrillt hatte, wohl bestimmt nicht zu fassen.

Madleners Erfahrung nach hatten sie es hier nicht mit einem Zufallsverbrechen zu tun, wo der Täter, von Schuldgefühlen und Reue gepeinigt, nach kurzer Zeit die Waffen streckte und sich freiwillig im Beichtstuhl einer Kirche oder in der nächstbesten Polizeiwache stellte. Hier war etwas Unheilvolles im Gange, das seinem Bauchgefühl nach vielleicht erst der Auftakt zu etwas Größerem war. Aber mit seinem Instinkt brauchte er Frau Schwanitz-Terstegen nicht zu kommen. Bei ihr zählten nur Tatsachen, Beweise und Festnahmen, doch vorerst gab es für ihre Pressekonferenz mehr Fragen als Antworten.

Frau Schwanitz-Terstegen machte eine einladende Geste und setzte sich.

»Bitte«, sagte sie auffordernd, »jetzt sind Sie an der Reihe, Herr Madlener. Jetzt können Sie zeigen, was Sie draufhaben, wenn es ernst wird.«

Allein für diesen Satz wünschte er sie sonst wohin, am besten ins Innenministerium nach Stuttgart. Da war sie mit ihrem kraftmeierischen Politikergeschwafel besser aufgehoben als in den Niederungen der polizeilichen Praxis, in der es primär darauf ankam, sich Schritt für Schritt voranzutasten, in unerwarteten Untiefen des Daseins zu waten und die dunklen Seiten menschlichen Tuns und Treibens aufzudecken. Auch wenn es zuweilen noch so abstoßend und alles andere als angenehm war, einen Blick unter die Oberfläche zu werfen.

Was er ganz und gar nicht brauchte und was er auf den Tod nicht ausstehen konnte, war heuchlerische Lobhudelei verbunden mit versteckten Drohungen. Da ging ihm das Schweizer Messer, das er im Gegensatz zu seiner SIG Sauer immer bei sich trug, in der sprichwörtlichen Tasche auf. Für dieses Mal ließ er es Frau Schwanitz-Terstegen noch durchgehen. Aber er merkte sich ihr Verhalten, ihre Ambitionen und ihre Versprechungen auf seine Kosten. Wenn er eine schlechte Eigenschaft hatte, dann war es, dass er nachtragend war.

»Wir haben folgende Fakten …«, begann er mit seinem Vortrag, und von diesem Moment an rückten sämtliche Vorbehalte und mögliche Kompetenzdefizite, was Frau Schwanitz-Terstegen betraf, in den Hintergrund. Was zählte, war allein der Fortschritt in den Ermittlungen, schließlich standen sie in der Hinsicht noch ganz am Anfang.

Nachdem er ausführlich alles geschildert hatte, was von seiner Warte aus relevant war, kam wie aufs Stichwort Ehrmanntraut, der Leiter der Spurensicherung, herein.

»Störe ich?«, fragte er vorsichtshalber, aber Madlener winkte ihn gleich heran. Er stellte sich vor die Pinnwand und sah den Kommissar fragend an.

»Sie können ruhig loslegen«, forderte Madlener ihn auf. »Was Frau Holtby und ich bisher an Fakten zusammengetragen haben, ist bereits ausführlich erörtert worden.«

»To make a long story short«, fing Ehrmanntraut an, eine Lieblingsfloskel des pensionierten Kriminaldirektors zitierend, womit er zumindest bei Frau Gallmann, Götze und Binder eine entsprechende Reaktion hervorrufen konnte, die sich in einem angedeuteten Lächeln äußerte, »wir haben so gut wie nichts.«

Er machte eine Kunstpause und genoss kurz die Enttäuschung in den Gesichtern seiner Zuhörer. Ehrmanntraut hatte schon immer einen Hang zur Dramatik, den er gern einsetzte, um dann, wenn er doch noch ein Kaninchen aus dem Zylinder zog, als der Zauberer dazustehen, der er war.

»Aber: Wir kriegen vielleicht einiges, das uns weiterhelfen kann. Meine Abteilung und ich sind noch mittendrin, und ich bin nur kurz auf die Bitte von Madlener hier, um einen vorläufigen Bericht abzugeben.«

Ehrmanntraut machte eine entschuldigende Geste. »Ich brauche wohl nicht extra zu erwähnen, dass uns das Wetter nicht gerade in die Karten gespielt hat, was die Spurenlage betrifft. Trotz des Schneefalls haben wir keine relevanten Fußspuren des verschwundenen Fahrers, dazu war viel zu viel Getrampel um das Autowrack herum und am Hang von den zahlreichen Helfern. Wir haben auch den Schnee am Steilhang zum Fluss hinunter abgegrast, da war nichts. Meiner Meinung nach ist der Fahrer zur Autobahn hochgekraxelt und irgendwie von dort weggekommen. Außerdem hat die Explosion des Tanks und das anschließende Feuer alle Spuren im und am Auto zunichtegemacht. Ergo: keine Fingerabdrücke. Auch nicht im Kofferraum oder dem, was von ihm übrig geblieben ist. Was wir aber mit Sicherheit annehmen können: Der Tank muss voll gewesen sein, sonst wäre die Zerstörung des Autos nicht so vollkommen.«

»Götze, das ist wieder was für Sie!«, unterbrach Madlener. Der nickte und machte sich Notizen. »Ich weiß schon: Alle Tankstellen im Umkreis von fünfzig Kilometern abklappern ...«

»Tankstellen sind videoüberwacht. Vielleicht haben wir Glück und bekommen ein Bild unseres gesuchten Fahrers«, sagte Madlener.

»Genau das meine ich«, bestätigte Ehrmanntraut, er studierte nebenbei seine Notizen. »Was wir dann doch gefunden haben, ist Blut. Nicht viel, aber es reicht. Ich habe nach der Bergung des Wracks mit dem Chef der Feuerwehr gesprochen. Keiner seiner Leute hat sich verletzt. Also stammt es vermutlich vom Fahrer beziehungsweise vom Täter.«

»Wir haben seine DNS?«, fragte Madlener.

»Ja. Bringen Sie mir einen Mann, und ich sage Ihnen, ob er am Unfallort war.«

Madlener bekam einen Anruf auf seinem Handy, er nahm ihn an und verzog sich für sein Gespräch aus dem Büro.

Ehrmanntraut konsultierte noch mal seine Notizen. »Was vom Auto übrig geblieben ist, steht in unserer Garage und wird akribisch untersucht.«

»Kennzeichen, Fahrgestellnummer?«, fragte Harriet.

»Wurde beides bereits festgestellt und eruiert. Wenn's was gebracht hätte, hätte ich mich sofort gemeldet. Aber das Kennzeichen war eine Dublette, das Fahrzeug angeblich nach Polen verkauft ... Tja, meine Damen und Herren: Das war's vorläufig von meiner Seite. Wenn ich wieder was anzubieten habe, erfahren Sie's als Erste.«

Er wechselte beim Hinausgehen noch ein paar Worte mit Madlener, der sein Telefongespräch beendet hatte und sich wieder vor die Pinnwand begab.

»Dr. Herzog hat mir eben erste Ergebnisse mitgeteilt, was den verkohlten Leichnam angeht. Frau Holtbys Vermutung war richtig – er war nackt in eine Decke gewickelt, an Händen und Füßen gefesselt und bereits tot, als das Auto explodierte. Der Leichnam ist männlich, zwischen vierzig und fünfzig Jahre alt, Größe zwischen ein Meter fünfundsiebzig und ein Meter achtzig, keine besonderen Merkmale bisher. Gebissstatus wird an alle Zahnärzte im Raum Bodensee weitergeleitet, wenn erforderlich auch weiträumiger. Vielleicht ergibt sich da etwas.«

Er schrieb mit seinem Spezialstift das Wort »Folter« unter das Bild des verkohlten Leichnams auf die Pinnwand, dann drehte er sich wieder dem Auditorium zu. »Vermutlich ist der Tote zu Lebzeiten gefoltert worden, aber das ist vorläufig.«

»Wie hat Dr. Herzog das bei dem Zustand der Leiche festgestellt?«, wollte Binder wissen.

»Es fehlten sämtliche Fingernägel der rechten Hand«, antwortete Madlener ohne Umschweife. »Sie sind wahrscheinlich mit einer Zange herausgerissen worden.«

Nach diesem Satz war es für eine kleine Weile mucksmäuschenstill im Großraumbüro, bis Madlener sagte: »Das wäre bis auf Weiteres alles. Harriet, gibt es schon irgendwelche Reaktionen auf unsere Fahndungsaufrufe?«

»Bis jetzt nicht, nein«, antwortete sie nebenher und wischte weiter auf ihrem Smartphone herum.

Madlener wandte sich an Binder. »Binder, Sie bleiben bitte an den Autos dran. A: Mercedes als gestohlen gemeldet – wo und wann? B: Das Auto von Frau Haug, der Fiat Panda. Er ist nach wie vor verschwunden. Und gehen Sie sämtliche Vermisstenmeldungen nach den Angaben von Frau Dr. Herzog durch. Sie, Götze, übernehmen die Tankstellen. Und lassen Sie bitte den rechten Autobahngrünstreifen der A 96 im relevanten Bereich nach dem Handy von Frau Haug absuchen, das der Entführer aus dem Autofenster geworfen hat. Auch wenn das jetzt nach vergeblicher Sisyphusarbeit im Tiefschnee aussieht, falls es nicht an ist oder so alt, dass es kein ständiges GPS-Signal sendet: Der Täter könnte darauf seine Fingerabdrücke hinterlassen haben. Das wär's.«

Alle standen auf, das Meeting löste sich auf.

Nur die Kriminaldirektorin hatte noch eine Frage.

»Und Sie?«, wollte sie von Madlener wissen. »Was machen Sie und Frau Holtby?«

»Ich?«, sagte Madlener. »Ich gehe jetzt erst mal unter die Dusche und ziehe mir frische Sachen an. Vielleicht hat Frau Holtby ähnliche Pläne. Das müssen Sie sie selber fragen. Wir beide sind nämlich seit fast zwölf Stunden in nassen Sachen auf den Beinen. Und wenn wir uns ab morgen mit Grippe krankmelden und das Bett hüten müssen, wäre das doch eher kontraproduktiv.«

Er schenkte seiner Chefin noch ein wohlfeiles ultrakurzes Lächeln, das schon fast als Unverschämtheit zu deuten war, bevor er sich an Frau Gallmann wandte.

»Frau Gallmann, Sie halten mich bitte ständig auf dem Laufenden. Sie wissen, wo Sie mich erreichen, sobald was Neues reinkommt.«

Ohne eine Antwort abzuwarten, packte Madlener seinen Norwegerpullover und war auch schon verschwunden.

15

Sie traten auf der Stelle.

Die Spur war nicht mehr heiß, vielleicht gerade noch lauwarm. Das wurde ihm schlagartig klar, als er aufwachte und einen Blick auf das Display seines Handys warf. Dreiundzwanzig Uhr achtunddreißig. Und kein einziger Anruf. Nicht mal von Ellen. Langsam setzte sich Madlener in seinem Bett auf. Es war stockdunkel, er hatte beim Hereinkommen die Jalousien heruntergelassen. Nur die stecknadelkopfgroßen Zyklopenaugen der elektrischen Geräte glotzten rot vor sich hin. Er rieb sich über den Kopf und machte Licht. Als er nach der Besprechung im Präsidium in sein Hotelzimmer gekommen war, hatte er sich aus den feuchten Klamotten geschält, war unter die heiße Dusche gegangen, hatte sich gründlich abfrottiert und war dann für ein kleines Nickerchen unter die Bettdecke geschlüpft. Aus dem kleinen Nickerchen waren fünf Stunden geworden. Er konnte es nicht glauben. Erstens, dass er so lange und traumlos durchgeschlafen hatte. Zweitens, dass er nicht angerufen worden war. Die Fahndung nach dem verschwundenen Auto und dem Täter musste doch auf Hochtouren laufen. Vielleicht wurde schon längst jemand als vermisst gemeldet und der zuständige Beamte hatte das bloß aus reiner Vergesslichkeit nicht weitergeleitet …

Als er merkte, dass er schon wieder nur daran dachte, was bei den Ermittlungen alles schiefgehen konnte, und nach möglichen Fehlern in seiner eigenen Vorgehensweise suchte, wurde ihm klar, dass an ein erneutes Einschlafen nicht zu denken war.

Sollte er Ellen noch einen nächtlichen Überraschungsbesuch abstatten? Sie hatten sich jetzt seit zwei Wochen nicht mehr gesehen. Kaum war sie von ihrer Weiterbildung zurück, war sie gleich ins kalte Wasser geworfen worden. Besser, er suchte sie nicht mehr heim, sie brauchte ihre Ruhe.

Er seufzte, stand auf und zog sich an.

Dabei wurde ihm seit langer Zeit wieder einmal bewusst, wie trist und trostlos er eigentlich wohnte. Anfangs, als er nach Friedrichshafen gezogen war, schien ihm die Anonymität eines einfachen Hotelzimmers genau richtig, um mit sich selbst und seiner Situation wieder einigermaßen ins Lot zu kommen. Seine wenigen Möbel, seine Sammlung von zweitausend LPs und CDs und noch einigen anderen Kram hatte er seit seinem Antritt bei der hiesigen Kripo in einem Container bei einer Spedition eingelagert, den er seitdem auch nicht wieder betreten hatte. So, als hätte er sein früheres Leben wie eine alte Haut abgestreift, die ihn längst nicht mehr interessierte.

Und jetzt war er auf einmal des Wohnens in einem Hotelzimmer überdrüssig. Er brauchte dringend einen Tapetenwechsel. Und das im wahrsten Sinne des Wortes.

Während ihm diese Gedanken durch den Kopf gingen, war er schon auf der kalten Straße vor seinem Hotel und schlug den Mantelkragen gegen die eisigen Windböen hoch, die um die Häuserschluchten zogen.

Er war auf dem Weg zurück ins Büro, um in aller Ruhe vor seiner Pinnwand über den Fall nachzudenken und eine oder auch zwei Tassen Kaffee aus Frau Schwanitz-Terstegens intergalaktischer Wundermaschine zu trinken. Falls er bei deren Bedienung nicht aus Versehen und technischer Unkenntnis den Selbstzerstörungsknopf drückte, von dessen Existenz er bisher nichts gewusst hatte, weil er grundsätzlich keine Bedienungsanleitungen las.

Er merkte schon: Heute hatte er seinen destruktiven Tag.

Es begann zu schneien, und prompt fing auch sein Herpes an der Unterlippe wieder an, sich bemerkbar zu machen.

Er tastete nach seiner Tube mit der Salbe.

Da fiel es ihm wieder ein.

Mist, Mist, Doppelmist.

Er hatte das Zovirax geistesabwesend in den Safe gelegt.

Neben die SIG Sauer.

16

Schon im Treppenhaus des Präsidiums bemerkte Madlener den
Lichtschein, der durch die Glastür zu den Büros auf den Gang
fiel. Er blieb erst mal stehen und zögerte einzutreten.
Wer konnte um die Zeit noch die Büroräume unsicher machen? Die übliche Putzkolonne musste doch schon längst durch
sein. Frau Gallmann vielleicht? Der war so etwas durchaus zuzutrauen – es gab Zeiten, da hatte er den naheliegenden Verdacht,
dass Frau Gallmann im Präsidium übernachtete, weil sie von dort
aus in heißen Phasen die Einsätze koordinierte und praktisch
Tag und Nacht zu erreichen war.
Er öffnete die Tür so leise wie möglich und überlegte schon,
welche Ausrede er auftischen konnte, um diplomatisch geschickt
den geordneten Rückzug anzutreten, falls es am Ende noch
seine Chefin Frau Schwanitz-Terstegen war, die so spät im Büro
zu tun hatte.
Tatsächlich aber war es Harriet, die ihren PC bearbeitete und
gleichzeitig ihren Fingernagelauftrag neu interpretierte, wie er
am durchdringend chemischen Geruch von Nagellackentferner
feststellte, der »Weihnachtszauber extra stark« glatt in den Schat-
ten stellte.
Er räusperte sich auffällig und klopfte zusätzlich an den Türrahmen, um Harriet nicht zu erschrecken, die ihm den Rücken
zugekehrt hatte. Sie drehte sich nicht um und wackelte neckisch
grüßend mit den ausgestreckten, frisch manikürten Fingern der
linken Hand, aber vielleicht machte sie diese Bewegung auch
nur, um den Nagellack zu trocknen. Jedenfalls hatte sie schon
längst bemerkt, dass jemand hereingekommen war, und wusste
auch, dass es Madlener war.
Er legte Mantel und Schal ab, stellte sich hinter ihren Bildschirm und sah ihr zu, wie sie konzentriert zwei Arbeitsgänge
gleichzeitig bewältigte: im Netz surfen und Fingernägel be-
malen. Das war ihre leichteste Übung, im Multitasking war sie
unübertroffen. Er bemerkte, dass ihr Make-up ebenfalls wieder

auf den neuesten Stand gebracht worden war: Sie sah aus, als käme sie frisch von einer Gothic-Fete.

Als sie nicht die geringsten Anstalten machte, zu ihm hochzuschauen, sprach er sie nach einer Weile direkt an.

»Darf ich fragen, was du hier um diese Zeit im Büro machst?«

»Siehst du doch. Überstunden«, antwortete sie ungnädig und ließ ihre streichholzlangen Kleopatrawimpern flattern wie Schmetterlingsflügel, ohne ihn anzuschauen.

Madlener seufzte. »Ist die Heizung in deinem Apartment ausgefallen, dass du's daheim nicht mehr aushältst?«

Jetzt sah sie doch zu ihm auf, aber nur, um das letzte Wort zu haben. Ihrem Widerspruchsgeist war wie immer argumentativ nicht beizukommen.

»Und du? Hast du nichts Besseres zu tun, als mich von der Arbeit abzuhalten?«

Er zog seinen Schreibtischstuhl heran und setzte sich neben sie.

»Bei mir ist das eher schon eine Frühform der senilen Bettflucht«, sagte er mit einem Anflug von Resignation. »Wonach suchst du?«

Er deutete mit dem Kinn auf ihren Bildschirm.

Sie warf ihm einen kurzen Seitenblick zu, bevor sie antwortete.

»Ich stöbere in alten Fällen herum. Ich bin der Meinung, wer nachts eine gefolterte Leiche im Kofferraum herumfährt und damit ein großes Risiko eingeht, der macht so etwas nicht zum ersten Mal. Deshalb suche ich nach einem ähnlichen Muster. Modus Operandi, Fesseln, Folter und dergleichen. Ich gehe alle dementsprechenden Datenbanken durch. Nicht nur bei uns im Intranet. Weltweit. ECAP, VICAP, Europol und so weiter. Momentan bin ich im ViCLAS.«

»Bitte, wo bist du?«

»Im Violent Crime Linkage Analysis System. Ich habe das, was wir haben, schon eingegeben, aber das Raster ist zu grob, wir haben noch zu wenige Parameter. Und nebenher gehe ich die Vermisstenanzeigen durch. Quizfrage: Was schätzt du, wie viele Menschen in Deutschland sind momentan als vermisst gemeldet?«

»Keine Ahnung – ein paar hundert?«

»Weit daneben, Herr Hauptkommissar. Die letzten verlässlichen Zahlen sind vom April dieses Jahres. Da waren es achtzehntausendvierhundert.«

»Das ist eine Menge ...«

»Allerdings. Etwa zwei Drittel der Gesuchten sind männlich, die Hälfte Kinder. Achtzig Prozent der Fälle sind innerhalb weniger Tage oder Wochen geklärt, vor allem Kinder kommen meist schnell zurück, viele davon sind Ausreißer. Drei Prozent werden länger als ein Jahr vermisst.«

Sie machte auf ihrem Schreibtischstuhl ein paar Dehnübungen.

»Uferlos«, sagte sie. »Wir haben einfach noch zu wenige Anhaltspunkte. Und ab wann wird ein männlicher Erwachsener, der auf Geschäftsreise ist oder sonst wie unterwegs, als vermisst gemeldet? Doch erst nach ein paar Tagen. Wenn er Angehörige oder Freunde hat oder Nachbarn, die sich an die Polizei wenden. Und unsere Leiche im Autowrack ist vielleicht erst seit gestern verschwunden. Bis wir da eine passende Suchmeldung hereinkriegen – das kann dauern. Nein, wir müssen woanders ansetzen.«

»Du sagst doch selbst, wir haben noch zu wenig.«

»Nicht unbedingt. Ich habe vorher mit Dr. Herzog gesprochen.«

»Sie war noch wach?«, staunte er.

»Hellwach.«

»War sie zu Hause?«

»Nein. Das heißt, in ihrem zweiten Zuhause, wenn du so willst.«

Sie grinste schelmisch.

»Was meinst du damit?«, rätselte Madlener.

»In der Pathologie. Weil sie nicht schlafen kann. Schau uns beide an. Anscheinend geht jeder bei Schlaflosigkeit seinem Hobby nach. Bei mir ist es die Arbeit. Wie mir scheint, bei dir ebenfalls. Dr. Herzog macht also noch ein wenig Freizeitgestaltung in der Pathologie oder wie immer man das nennt, wenn man Leichen aufschneidet.«

Sie rechnete mit einem vorwurfsvollen Blick von Madlener, den sie prompt auch bekam.

»Warum um Himmels willen«, schimpfte er, »schließen wir drei uns dann nicht gleich zusammen und machen ein gemütliches Mitternachtssymposium?«

»Wieso bist du auf einmal so wütend?«, fragte sie erstaunt und schob sich einen Kaugummi in den Mund.

»Ach, vergiss es! Ich bin wütend auf mich selbst. Weil ich nicht so recht weiß, was ich will. Aber jetzt weiß ich es. Und ich ärgere mich darüber, dass ich mir erst von anderen sagen lassen muss, was richtig ist und was falsch.«

»Andere? Meinst du damit mich?«

»Siehst du hier sonst noch jemanden?«

Er zog seinen Mantel wieder an und schlang sich den Schal um den Hals.

»Wo willst du hin?«, fragte Harriet.

»Ich fahre jetzt ins Klinikum und hole Ellen aus ihrer Gruft.«

»Warte eine Sekunde!«, sagte Harriet und sah aus dem Fenster. »Du kannst dir den Weg sparen. Da ist sie schon.«

»Wer?«

»Na, deine Lebensabschnittsgefährtin«, antwortete sie in vollem Bewusstsein ihrer zielgerichteten Provokation, bevor sie ihre Kaugummiblase wirkungsvoll platzen ließ.

Madlener warf ihr einen irritierten Blick zu und schaute aus dem Fenster, das zum Innenhof hinausging.

Und tatsächlich: Auf dem Parkplatz, der für Dienstfahrzeuge reserviert war, fuhr der orangenmarkweiße Volvo P1800 ES vor, ein Oldtimer, dessen Name unter Kennern »Schneewittchensarg« lautete, er war flach wie eine Flunder und hatte die typischen schmalen Fensterscheiben und kleine Heckflossen. Von diesem Modell gab es im gesamten Bodenseeraum nur eines, das dank unzähliger Werkstattaufenthalte aussah, als hätte es erst gestern die Fabrik in Schweden verlassen, und dieses eine war auf Dr. Ellen Herzog zugelassen.

Madlener konnte von seinem Standort aus deutlich erkennen, dass Ellen etwas aus dem Kofferraum holte und in den Händen hielt, es sah wie ein Paket aus.

Harriet stellte sich neben ihn und schaute ihm über die Schulter.

Ellen winkte ihnen vom Hof aus zu, sie hatte anscheinend ihre Silhouetten in den erleuchteten Fenstern des Büros gesehen.

Als Harriet zurückwinkte, wusste Madlener, dass er hier offensichtlich Opfer einer Art weiblichen Verschwörung war, deren Ursache er sich nicht erklären konnte. Irgendwie beschlich ihn das unbestimmte Gefühl, dass Harriet und Ellen so etwas wie eine geheime Koalition gegen ihn geschmiedet hatten oder zumindest schon seit einer Weile zusammen konspirierten. Ausgerechnet die beiden Frauen, von denen er sich einbildete, sie und ihre übliche Denkweise halbwegs zu verstehen – von »durchschauen« wollte er in dem Zusammenhang nicht sprechen, das wäre mehr als übertrieben gewesen –, gaben ihm ständig neue Rätsel auf. Oder bildete er sich das in seiner Paranoia alles nur ein?

Er kam sich verunsichert vor wie in der Schulzeit, als er noch kurze Hosen trug und zwei Klassenkameradinnen bei seinem Anblick auf dem Schulhof sofort anfingen zu kichern. Das hatte ihn als Zehnjährigen doch unverhältnismäßig aus der Fassung gebracht. Bis er merkte, dass er wieder einmal vergessen hatte, seinen »Hosenstall«, wie man im Schwäbischen den Reißverschluss an der Hose bezeichnete, nach dem Aufsuchen der Toilette wieder zuzumachen. Er hatte gleichzeitig gespürt, wie ihm die Röte ins Gesicht geschossen war, drehte sich um und korrigierte den Fauxpas so unauffällig wie möglich.

Und nun, fast vierzig Jahre später, ging es ihm ähnlich. Ein kurzer Blick eine Etage tiefer überzeugte ihn davon, dass seine diesbezüglichen Sorgen Gott sei Dank gegenstandslos waren.

»Jetzt bin ich gespannt, ob Ellen ihre Wettschuld einlöst ...«, meinte Harriet mehr zu sich selbst, als an Madlener gerichtet. Sie kam ihm merkwürdig aufgekratzt vor, was Madleners Misstrauen endgültig ins Kraut schießen ließ.

»Welche Wettschuld?«, fragte er und rechnete mit dem Schlimmsten.

»Na, deinetwegen. Wir haben gewettet, ob du nach ein paar

Stunden Schlaf in deinem Hotelzimmer noch vor Mitternacht ins Büro kommst oder nicht.«

»Und was hast du gesagt?«, wollte er dann doch wissen.

»Ich habe jedenfalls gewonnen!«, sagte sie strahlend und ging zur Tür, um dort Ellen Herzog gebührend in Empfang zu nehmen.

Machten sich die zwei Frauen auf der Welt, auf deren Urteil er wirklich Wert legte und die ihm – jede auf ihre Art – etwas bedeuteten, über seine Marotten lustig, ohne dass ihm das bisher aufgefallen war?

Zugegeben, er hatte genügend davon, das wusste er selbst. Aber er ahnte, dass da noch etwas auf ihn zukommen würde. Fragte sich nur, was.

Jetzt war Harriet auch noch im Korridor vor dem Büro verschwunden, er hörte die beiden Frauen draußen vor der Tür reden und kichern wie zwei kleine Mädchen. Warum kamen sie nicht herein?

Er sah auf seine Armbanduhr – vierundzwanzig Uhr neun – und auf die Datumsanzeige. In dem Moment fiel es ihm wie Schuppen von den Augen.

Sie hatten ihn hereingelegt!

Er saß in der Falle und war ihnen hoffnungslos ausgeliefert ...

17

»Alles Gute zum Geburtstag!«, wünschte ihm seine Lebensgefährtin und küsste ihn, was einigermaßen schwierig war, denn
sie trug einen selbst gebackenen Kuchen, der mit dünnen brennenden Geburtstagskerzen gespickt war, in den Händen. Die
Kerzen mussten sie und Harriet auf dem Gang noch angezündet
haben, das war wohl auch der Grund dafür, dass sie draußen vor
der Bürotür so lang herumgemacht hatten.

Als er sah, dass seine Assistentin Harriet, die genauso wie
er jede mögliche Feier, die zu sehr ins Persönliche abzudriften
drohte, scheute wie der Teufel das Weihwasser, eine funken-
sprühende Wunderkerze in der rechten Hand schwenkte und
dazu »Happy Birthday, Mr. Crawford« sang, war er so überrascht
und überwältigt, dass ihm die Worte fehlten. Aber was blieb ihm
angesichts des geballten weiblichen Überfallkommandos übrig,
als gute Miene zum bösen Spiel zu machen?

Sie kannten ihn besser als er sich selbst: Aus seiner Aversion
gegen ihn betreffende Geburtstagsfeiern hatte er nie einen Hehl
gemacht.

Ob in diesem Fall eine Schocktherapie half?

Er hasste Geburtstagsfeiern seit jenen unseligen Kindertagen,
die er noch allzu gut in Erinnerung hatte als desaströse Nach-
mittage, die stets mit streitenden, weil überforderten Eltern,
verwüsteten Wohnzimmern und vollgekotzten Toiletten ende-
ten, da der wilde Haufen eingeladener Kinder hemmungslos in
einer einzigen Fressorgie alles in sich hineingeschlungen hatte,
was ungesund, zuckersüß und schokoladig war.

Der schauerliche Höhepunkt, als seine Eltern sie für eine
Weile allein gelassen hatten, war, dass sich alle über die versteckten Schnapspralinen hergemacht hatten, die Max junior
in der untersten Schrankschublade entdeckt und zur Freude
seiner Altersgenossen in einer großzügigen Gastgebergeste
zum Plündern freigegeben hatte. Und er, obwohl er für die
Exzesse seiner Freunde letztendlich nichts konnte, wurde von

allen für die Folgen verantwortlich gemacht, weil er ihnen nicht rechtzeitig Einhalt geboten hatte. »Von allen« bedeutete, dass nicht nur seine eigenen Eltern, sondern auch die der Gastkinder vollkommen aus dem Häuschen waren, als sie beim Abholen mit dem desolaten Zustand ihrer Sprösslinge konfrontiert wurden und die Schnapsfahnen rochen. Ihn schauderte heute noch, als er daran dachte, wie lange er mit dem nicht unbegründeten Vorwurf leben musste, eine halbe Schulklasse betrunken gemacht zu haben – als Neunjähriger.

Und Weihnachten war sowieso Jahr für Jahr, so weit er zurückdenken konnte, ein einziges familiäres Desaster. Seine Eltern gerieten sich unweigerlich wegen Nichtigkeiten in die Haare, ob es der krumm gewachsene Christbaum war oder der beim Metzger vergessene Braten – sie schrien sich an, Türen knallten, der Vater kam stundenlang vom Zigarettenholen nicht zurück, die Mutter machte sich deswegen überflüssigerweise Sorgen, kurz: Die Luft war geschwängert von Unfrieden, dröhnender Stille und unverhüllter Aggressivität.

Ja, Max Madlener wusste genau, warum er Weihnachten und Kindergeburtstage hasste, er hatte durchaus nachvollziehbare Gründe dafür. Sie waren die Ursachen von einigen seiner Alpträume, die er tief in seinem Inneren eingegraben hatte und die nun mit einem Mal wieder zum Vorschein gekommen waren.

Bisher hatte er gedacht, in Harriet Holtby eine Seelenverwandte in dieser Beziehung gefunden zu haben. Aber nein, jetzt entpuppte sie sich auch noch – wahrscheinlich von Ellen angestiftet – als Verräterin. Wenn er ganz ehrlich war: Er hatte seinen Geburtstag angesichts des neuen Falles vollkommen vergessen. Oder verdrängt? Vielleicht sollte er doch mit seinem Schwiegervater in spe reden, dem einzigen und letzten Lordsiegelbewahrer des seligen Dr. Freud, was das alles bedeutete und wie er jemals seine Psychosen und Ängste in den Griff bekommen sollte.

Ellen und Harriet hatten seine Phobie und damit ihn gemeinsam und hinterhältig überlistet. Aber wenn er die kindische Freude darüber in ihren Gesichtern sah, konnte er ihnen einfach nicht böse sein. Er blies, wie es sich gehörte, die Kerzen aus, bedankte sich höflich bei beiden für Geschenk und Glückwünsche und gab ihnen das Gefühl, ihn zwar auf dem falschen Fuß erwischt, ihm aber letztendlich doch eine große Freude bereitet zu haben. Dann eilte er in die Teeküche, um Kaffee für alle und ein paar Teller und Kuchengabeln zu organisieren.

Dort holte er erst einmal tief Luft, und dann bearbeitete er die vermaledeiten Multifunktionstasten vom Kaffeemaschinenmonstrum, das sich aber ausgerechnet in diesem Moment strikt weigerte, das zu tun, was er glaubte, ihm korrekt einprogrammiert zu haben. Stattdessen blinkten sämtliche Warnlichter auf, und dann piepste es auch noch penetrant laut und überdeutlich wie in seinem Auto, wenn er den Sicherheitsgurt nicht angelegt hatte.

Je länger es dauerte, desto nervöser wurde er, weil er nicht den Eindruck erwecken wollte, dass er sich vor der kleinen, exklusiv für ihn veranstalteten Feier drückte. Was andere von ihm dachten, war ihm normalerweise herzlich egal. Aber vor Ellen und Harriet wollte er auf keinen Fall als jemand dastehen, der mit seinem Verhalten verdächtig nahe an einem Sonderling anzusiedeln war.

Erst beim dritten Durchgang aller Fehlermeldungen der Teufelsmaschine kam er dahinter, dass der Wasserbehälter leer war. Er füllte ihn auf, und endlich floss das schwarze Gebräu so, wie er es eingegeben hatte. Irgendwie schaffte er es, drei dampfend heiße Kaffeetassen, Kuchengabeln und Teller unfallfrei zurück ins Büro zu balancieren.

Zu seiner grenzenlosen Erleichterung stellte er fest, dass sein zeitweiliges Fehlen der lockeren Stimmung im Büro keinerlei Abbruch getan hatte, im Gegenteil, Ellen und Harriet schienen sich prächtig zu amüsieren, was wohl auch dem Umstand zuzuschreiben war, dass Ellen ihre Wettschuld eingelöst, eine Flasche Champagner mitgebracht und bereits geköpft hatte. Irgendetwas Teures, Französisches, extra brut.

Diesmal staunte Madlener wirklich, er hatte nicht gewusst, dass Harriet auf so eine »prickelnde Plörre« stand, wie sie selbst Champagner immer bezeichnet hatte. Seit er sie kannte, hatte sie immer nur grünen Tee oder Cola light getrunken. Aber heute schien sowieso die Nacht der Überraschungen zu sein, warum also auch nicht.

Beide hatten sie nicht auf ihn gewartet. So viel Etikette schien ihnen angesichts der Tatsache, dass Madlener auf diesbezügliche Formalitäten sowieso grundsätzlich keinen Wert legte, völlig überflüssig zu sein. Die beiden hatten sich schon immer und auf Anhieb gut verstanden, warum das so war, gab Madlener jedes Mal aufs Neue Rätsel auf. Die Chemie zwischen ihnen war eine ganz andere als zwischen ihm und Harriet. Irgendwie ungezwungener, lockerer, und wenn Madlener ehrlich war, dann musste er zugeben, dass dieses Verhalten eine irrationale Form von Eifersucht in ihm auslöste. So, als ob er nicht ganz dazugehörte, als ob Harriet sich Ellen gegenüber offener gab, als sie es jemals in seiner Gegenwart tat.

Harriet hatte auf Ellens Anweisungen hin etwas in ihren Computer getippt, und Madlener wollte wissen, was es war.

»Das Resultat meiner Obduktion. Passt jetzt zwar nicht unbedingt zu unserer kleinen Feier, aber wenn wir gerade so schön beieinander sind ...«, sagte Ellen mit dem typischen Pathologenhumor, an den Madlener sich schon gewöhnt hatte, und reichte ihm einen gefüllten Sektkelch aus Plastik.

»Ich habe ein paar Fotos von den Fesselungen und den Fingern mit den herausgerissenen Fingernägeln mitgebracht«, fuhr sie fort, »kein schöner Anblick, ich weiß, aber immerhin hilft es Harriet bei ihrer Suche nach ähnlich gelagerten Fällen.«

»Das Suchprogramm läuft jetzt von allein«, sagte Harriet und wandte sich Madlener und Ellen zu.

Sie stießen auf Madleners Geburtstag an. Er kam sich dabei ein wenig wie ein Spießer vor, weil er Kaffee geholt hatte, auf den niemand Lust zu haben schien, aber die Situation war sowieso absurd genug. Er beschloss, nicht weiterhin den Außenseiter zu markieren, der er zeit seines Lebens immer gewesen war, und dem kleinen feierlichen Anlass nicht länger im Weg zu stehen.

Sie probierten vom Kuchen und fanden ihn köstlich.

In dem Moment klingelte Madleners Handy. Er schaute nach, es war eine SMS.

»Von meinem Sohn«, sagte er einigermaßen erstaunt. »Er gratuliert mir zum Geburtstag.«

»Ist doch sehr aufmerksam von ihm«, meinte Ellen.

»Um ein Uhr nachts?«, wagte Madlener kritisch anzumerken. »Der Unterricht an seiner Schule beginnt um acht Uhr in der Früh!«

»Ich an deiner Stelle würde mich einfach nur freuen, dass er an dich gedacht hat«, warf Harriet ein und sah ihn gespielt missbilligend an. Madlener merkte, dass er wieder einmal wie ein unverbesserlicher Pedant dastand, und ärgerte sich über sich selbst.

»Du hast recht«, stimmte er Harriet zu.

Er simste zurück, und Harriet verschwand, angeblich, um sich frisch zu machen.

Kaum war sie weg, hielt Ellen auf einmal eine kleine Schmuckschachtel in der Hand. Wieder ahnte Madlener, dass Harriet und Ellen diesen Moment abgesprochen hatten. So gut kannte er Harriet, dass sie sich verzog, sobald es allzu privat zu werden drohte.

»Ich habe hier noch etwas ganz Besonderes für dich«, sagte Ellen.

Er hob abwehrend die Hände.

»Ellen – um Himmels willen«, protestierte er. »Du hast dich doch hoffentlich meinetwegen nicht in Unkosten gestürzt! Wir hatten doch ausgemacht, dass wir uns keine teuren Geschenke kaufen ...«

»Woher willst du wissen, dass es teuer war?«

»Na ja, das sieht mir ganz danach aus.«

»Du kennst das Spielchen?«

Sie hielt die Schachtel, die etwas größer als ein Zigarettenpäckchen war, auffordernd in die Höhe.

»Ja, dreimal darf ich raten ... Ehrlich gesagt: Ich habe keine Ahnung.«

»Jetzt sei kein Spielverderber, komm schon!«

»Sieht nach einer Uhr aus ...«, versuchte er aufs Geratewohl.

Sie schüttelte verneinend den Kopf.

»... oder nach Manschettenknöpfen ...«

»Falsch, ganz falsch«, sagte sie. »Soviel ich weiß, hast du kein

einziges Hemd, das für Manschettenknöpfe geeignet wäre. Wo bleibt dein berühmter detektivischer Spürsinn, Max?«
»Ich hab's: eine Krawattennadel!«
»Kalt, ganz kalt. Eine Krawattennadel für deine drei Krawatten? Wovon zwei von deinem Sohn sind mit Comics drauf und die dritte schwarz für Pressekonferenzen und Beerdigungen? Also ich bitte dich!«
»Du hast recht. Ich gebe auf.«
Sie drückte ihm die Schachtel in die Hand.
»Herzlichen Glückwunsch zum Geburtstag, Max!«, sagte sie dazu und sah ihm extratief in die Augen.
»War es ... war es sehr teuer?«, sagte er immer noch unsicher und wog die Schachtel mit vorwurfsvoll gekräuselter Stirn in der Hand.
»Nein. Sieben Euro fünfundneunzig, um genau zu sein.«
Jetzt sah er sie doch argwöhnisch an – ob sie ihn wieder auf den Arm nahm?
Ein leicht spöttisches Lächeln umspielte ihre Lippen.
»Sag mir, Ellen, was ist da drin?«, fragte er.
»Sieh einfach nach, dann weißt du's«, sagte sie und zuckte mit den Schultern.
Übervorsichtig nahm er den Deckel ab, so, als könnte jeden Moment ein Schachtelteufelchen herausspringen. Aber auf dem schwarzen Samt, mit dem die Schachtel ausgepolstert war, lag kein Schachtelteufelchen.
Sondern ein stinknormaler Haustürschlüssel.
Er nahm ihn so vorsichtig heraus, als wäre es der Koh-i-Noor-Diamant, und hielt ihn vor seine Augen.
»Es ist der Schlüssel zu meiner Wohnung«, erklärte Ellen. »Du kannst damit kommen und gehen, wie du willst. Er verpflichtet dich zu nichts.«
Madlener sah sie an, sah den Schlüssel an, den er zwischen Daumen und Zeigefinger hielt, dann wieder sie.
»Dein Ernst?«, fragte er.
»Mein voller Ernst«, antwortete sie.
Er umarmte sie. »Danke«, sagte er schlicht. »Ich weiß dein Vertrauen zu schätzen.«

»Am besten machst du ihn gleich an deinem Schlüsselbund fest, sonst landet er am Ende noch in deinem Hotelsafe. Neben deiner Dienstwaffe«, sagte sie halb im Spaß, halb im Ernst.

»Und dem Zovirax«, fügte er seufzend hinzu.

»Bitte?«

»Nichts. War nur so ein Gedanke ...«

Wie auf ein Stichwort kam Harriet wieder herein. Sie tat so, als würde sie an ihrem Sektkelch nippen und hätte nichts bemerkt.

Während Madlener den Schlüssel an seinen Schlüsselring fummelte, wusste er genau, dass sie eingeweiht war. Aber es machte ihm nichts aus.

Nicht bei Harriet. Sie gehörte quasi zur Familie.

»Danke euch«, sagte er und erhob seinen Sektkelch. »Ihr habt mir eine große Freude gemacht.«

Sie stießen noch einmal auf sein Wohl an und leerten ihre Gläser.

»Aber das hier muss unter uns bleiben, ja?«, sagte er. »Ich möchte nicht, dass morgen das ganze Präsidium von unserer Privatparty weiß. Versprochen?«

»Versprochen«, bestätigten Harriet und Ellen synchron.

»Und jetzt seht ihr zu, dass ihr nach Hause kommt. Morgen ist auch noch ein Tag. Und der wird für uns alle schwer genug.«

»Und du? Was hast du vor?«, fragte Ellen.

»Ich? Ich werde jetzt ausprobieren, ob dieser Schlüssel wirklich passt«, sagte er, klimperte kurz mit dem Schlüsselbund und ging hinaus.

Harriet und Ellen tauschten einen Blick aus, der bestätigte, dass alles so abgelaufen war, wie sie es verabredet und antizipiert hatten. Sie umarmten sich kurz, und Ellen folgte Madlener.

Harriet räumte die Überreste der kleinen Feier weg, warf noch einen Blick auf den Computerbildschirm und löschte dann das Licht, bevor auch sie das Büro verließ.

In einem Punkt hatte Madlener recht: Morgen war schließlich auch noch ein Tag.

18

Der dumme Köter wollte einfach nicht aufhören zu kläffen. Und das um fünf Uhr in der Früh. Dabei hatte er schon gedacht, dass die Töle auf Nimmerwiedersehen verschwunden war. Söderberg stand unter Schmerzen auf, jeder einzelne Knochen im Leib tat ihm weh, aber das war kein Wunder nach dem Unfall mit seinem Mercedes, dabei hatte er noch Glück gehabt. Er machte kein Licht und schob die Gardine des Schlafzimmers vorsichtig beiseite. Es schneite leicht, der Bewegungsmelder an der Terrasse leuchtete immer wieder taghell auf, weil das blöde Vieh dort nicht nur bellte ohne Unterlass, sondern auch noch ruhelos umherlief. Er musste unbedingt etwas gegen den Lärm und das ständige Lichtangehen im rückwärtigen Teil des Grundstücks tun, bevor noch irgendein Nachbar auf die Idee kam, die Polizei zu rufen.

Er nahm die geladene Beretta in seine Hand und erwog die Optionen. Den Hund über den Haufen zu schießen wäre die beste Lösung gewesen, aber so einfach war das nicht. Erstens hatte er für die Waffe keinen Schalldämpfer, zweitens könnte er gesehen werden, auch wenn der Garten des Einfamilienhauses, in dem er Unterschlupf gesucht hatte, sich ziemlich weitläufig erstreckte und das nächste Haus hinter einer hohen Thujahecke verborgen war. Und drittens bestand die Möglichkeit, dass er den unruhigen Köter verfehlte oder vielleicht nur so traf, dass er verletzt wurde, sich irgendwo ins Gebüsch schlug und erst recht weiterjaulte.

Söderberg quälte sich stöhnend in frische Wäsche seines Opfers, die er im Kleiderschrank fand und die einigermaßen passte. Dann zwängte er seine Füße in fremde, aber trockene Schuhe, packte die Beretta und ging ins Treppenhaus. Während er sich Stufe um Stufe im Dunkeln ins Erdgeschoss tastete, hielt er sich seine geprellten Rippen.

Wieder jaulte der Hund auf der Terrasse zum Erbarmen.

Er musste diesen Köter einfach aus dem Weg räumen.

Nachdem er die Frau am Rand der Autobahn aus ihrem Panda geworfen hatte, war er erst einmal einfach davongeprescht und hatte sich fieberhaft überlegt, was er tun sollte. Mit seinen Verletzungen und blutbesudelt, wie er war, das nächste Krankenhaus aufzusuchen war keine gute Idee, da hätte er ebenso gut gleich zur Polizei fahren und sich stellen können. In ein Hotel zu gehen war ebenfalls ausgeschlossen in dem desolaten Zustand, in dem er sich befand. Er nahm die nächste Ausfahrt und kurvte in der Gegenrichtung wieder auf die Autobahn zurück.

Der mickrige Scheibenwischer des Panda quietschte schlierig vor sich hin, die Sicht im Schneetreiben war nach wie vor miserabel. Aber auf dieser Seite waren vor Kurzem anscheinend Schneepflüge unterwegs gewesen, er kam langsam voran, doch er kam wenigstens voran.

Es half alles nichts – es blieb ihm nur eine Chance. Er musste zurück in das Haus, in dem er sein Zielobjekt André Maiser überfallen und gefoltert hatte, ohne das gewünschte Ergebnis erzielt zu haben, nämlich die versteckte Liste zu finden. Als ihm Maiser buchstäblich unter den Händen weggestorben war, hatte er unüberlegt gehandelt und nur noch den einen Gedanken gehabt, die Leiche irgendwie loszuwerden. Wütend schlug er aufs Lenkrad ein. Dass er so die Nerven verloren hatte, ärgerte ihn über alle Maßen. Doch noch bestand die Chance, dass er diesen unverzeihlichen Fehler wiedergutmachen konnte. Er musste jetzt nur kühl und rational an die Sache herangehen. Aber erst einmal ging es darum, dass er seine Verletzungen behandelte und sich ein paar Stunden aufs Ohr legte.

Als er an der Stelle vorbeigekommen war, an der er auf der anderen Seite der Autobahn seinen verhängnisvollen Unfall gebaut hatte, verlangsamte er sein sowieso schon moderates Tempo noch weiter und sah im Vorbeifahren, dass zwei blinkende Schneepflüge angehalten hatten und einer der Fahrer ausgestiegen war und sich zum Fahrbahnrand bewegte. Söderberg hoffte nur, dass durch die Explosion seines Wagens nicht mehr viel übrig geblieben war, was die Polizei auf seine Spur bringen konnte. Aber das war so gut wie ausgeschlossen. Den

Wagen hatte er für zwei Tausender bei einem Händler gekauft, der nur auf das Geld schaute und keine Fragen stellte. Für die Nummernschilder verlangte er zwei Hunderter extra, es waren Dubletten.

Die Antriebsräder des Panda drehten durch, als Söderberg wieder beschleunigte. Er drosselte sofort die Geschwindigkeit. Nur jetzt nicht noch eine Dummheit begehen, die nicht mehr auszubügeln war. Der Panda konnte ihm zum Verhängnis werden. Sobald jemand die Besitzerin auf der Straße auflas und die Bullen informiert wurden, gaben sie unter Garantie eine Fahndung nach dem Wagen heraus.

Er hätte die Panda-Tante abknallen können. Doch dann hätte er sich noch eine Leiche aufgehalst und seine Waffe benutzt, die er anschließend hätte wegwerfen müssen. Eine eiserne Regel seines Gewerbes seit den Tagen von Al Capone, an die er sich von Anfang an strikt gehalten hatte, besagte, dass eine bei einem Überfall oder Mord benutzte Waffe, mit der geschossen worden war, auf Nimmerwiedersehen verschwinden musste. Aber die Beretta brauchte er noch. Also war es besser gewesen, die Frau einfach loszuwerden. Er musste jetzt jeden seiner Schritte sorgfältig planen, damit ihm auf keinen Fall noch ein Lapsus unterlief.

Er nahm die Ausfahrt nach Friedrichshafen.

Die Straßen waren wie ausgestorben, bei dem Wetter war kein halbwegs vernünftiger Mensch unterwegs, und für den Berufsverkehr war es noch zu früh. Er tastete nach dem Schlüsselbund von Maiser, der Gott sei Dank noch in seiner Tasche war.

In der Siedlung aus Wohnhäusern kurz vor Friedrichshafen angekommen, hatte er Schwierigkeiten, sich zu orientieren, aber schließlich fand er nach zwei Fehlversuchen die richtige Zufahrt. Maisers Haus lag am Ende einer Stichstraße und hatte zum Glück eine Garage. Er ließ den Motor des Panda laufen und stemmte sich unter Schmerzen aus dem Fahrersitz. Im Scheinwerferlicht des Autos fummelte er an Maisers Schlüsselbund herum, bis er endlich den passenden Schlüssel für das

Garagentor gefunden hatte. Jetzt musste er erst den SUV von Maiser herausfahren und vor dem Haus parken, damit er den Panda in der Garage unterbringen und das Tor wieder schließen konnte.

Erschöpft pausierte er einen Moment und hielt sich die Rippen, als das bewerkstelligt und das Tor zu war. Als er den Sack mit dem Trockenhundefutter sah, der auf dem rückwärtigen Regal stand, fiel ihm der Hund wieder ein. Er hatte Maiser mit vorgehaltener Waffe zwingen müssen, seinen Hund in den Garten zu lassen und auszusperren, weil er von ihm wie verrückt angebellt wurde, so als wüsste die Töle, dass es sein Herrchen beschützen musste.

Er horchte und blieb eine Weile still stehen.

Kein Laut war zu hören. Dabei hatte der Hund ununterbrochen im hinteren Gartenteil gebellt und gejault, als Söderberg damit beschäftigt gewesen war, die schwere Leiche von Maiser in den Kofferraum seines Mercedes zu bugsieren.

Er hoffte inständig, dass der Hund inzwischen durch irgendein Loch im Zaun ausgebüxt war. Mit Hunden war nicht zu spaßen. Bei einem früheren Auftrag hatte er übersehen, dass sein Zielobjekt einen Dobermann besaß. Das hinterhältige Vieh kam lautlos herangehetzt und wäre ihm an die Kehle gesprungen – er hatte sich eben über sein Opfer gebeugt –, wenn er nicht gerade noch rechtzeitig den linken Arm hochgerissen hätte, in den sich das Tier verbiss. Er hatte es erschossen und musste danach einen Arzt aufsuchen, der die Wunde nähte. Seitdem war er vor Hunden auf der Hut.

Durch eine Seitentür in der Garage gelangte Söderberg ins Haus, ging durch die Vorratskammer und kam von da aus in die Küche.

Die Jalousien waren im ganzen Haus heruntergelassen, er machte Licht und sah sich im Erdgeschoss um. Alles war sauber und ordentlich aufgeräumt. Bis auf die Küche, in der Maisers Kleider auf dem Boden lagen, der blutverschmiert war. Neben dem Kühlschrank stand der Stuhl, an den er Maiser gefesselt hatte, bevor er anfing, sich näher mit ihm und seiner Schmerzgrenze zu beschäftigen. Die dazu nötigen Folterwerkzeuge lagen noch auf dem Tisch. Es war immer außerordentlich wirksam, die Instrumente gut sichtbar auszubreiten. Meistens reichte das schon, und der Delinquent fing von selbst an zu plaudern. Irgendwo hatte Söderberg mal gelesen, dass die Folterknechte im Mittelalter genauso vorgegangen waren. Er war absolut humorlos, aber bei dem Gedanken an die Folterkammer im Tower in London, die er einmal besichtigt hatte, schlich sich jedes Mal ein Lächeln in sein Gesicht.

Er hatte noch nirgendwo nach der verdammten Liste gesucht, weil er geglaubt hatte, dass André Maiser das Versteck nach oder schon während der Spezialbehandlung sowieso ausplaudern würde. Und jetzt stand er im großen, mit Bildern und Regalen voller Bücher überladenen Wohnzimmer und wusste nicht, wo er am besten anfangen sollte. Er sah schließlich ein, dass es sinnlos war, hier das Unterste zuoberst zu kehren. Aber vielleicht war die Liste im Panzerschrank, den er auf Anhieb entdeckt hatte, weil er ziemlich einfallslos hinter einem der abstrakten Bilder mit kaum sichtbaren seitlichen Scharnieren in die Wand eingelassen war – man konnte das Bild einfach von der Wand wegklappen.

Söderberg untersuchte Maisers Schlüsselbund und fand einen zweibärtigen Schlüssel, der ihm passend erschien. Tatsächlich ließ der Safe sich damit umstandslos öffnen. Ein paar Geldbündel waren darin, um die zehntausend Euro, die er oberflächlich durchblätterte und dann einsteckte. Ausweise, Bankunterlagen, ein paar teure Uhren, die ihn nicht interessierten, das war alles. Keine Namensliste. Er ließ den Safe offen und sah sich um. Wo würde er die Liste verstecken, wenn er ein so ordentlicher Mensch gewesen wäre wie Maiser?

Er fing nun doch an, auf gut Glück ein paar Bücher aus dem Regal zu nehmen, und blätterte die Seiten oberflächlich durch, dann ließ er sie achtlos fallen. So ein Vorgehen war sinnlos. Er konnte das ganze Haus und die Garage auf den Kopf stellen, er würde doch nichts finden.

Als er beim Nachdenken mit leerem Blick vor einem der großformatigen Acrylbilder stand, das fotorealistisch eine im Licht blinkende Wasseroberfläche darstellte und aus nächster

Nähe betrachtet abstrakt wirkte, fiel ihm wieder ein, dass Maiser der Inhaber einer Galerie war, die in Lindau in einer Seitenstraße der Fußgängerzone lag. Das war ausdrücklich in seinem Dossier vermerkt.

Vielleicht hatte Maiser da sein Versteck. Aber eine Galerie und die dazugehörigen Geschäftsräume auf bloßen Verdacht hin zu durchsuchen – das würde er erst machen, wenn alle anderen Stricke gerissen waren. Maiser konnte genauso gut irgendwo ein Bankschließfach mit den entsprechenden Papieren darin haben. Bei dem Gedanken daran knurrte Söderberg unwillig. Es würde ihm nichts anderes übrig bleiben, als nach einem passenden Schlüssel zu suchen.

Aber zunächst einmal würde er anders vorgehen.

Mit seinem Blick war er über zwei silber gerahmte Fotografien gestreift, die auf dem Schreibtisch standen.

Maiser mit Hund auf einem Berggipfel.

Maiser mit einer hübschen brünetten Frau, die um die vierzig war.

Er nahm den Rahmen in die Hand und sah die Frau genauer an, dazu hörte er den Anrufbeantworter auf dem Handy ab, das er Maiser abgenommen hatte. Darauf waren mehrere Anrufe, fast alle geschäftlich, wie er feststellte. Und einer, der persönlicher Natur zu sein schien. Eine weibliche Stimme.

»Hallo André, ich bin's, Iris. Treffen wir uns morgen beim Italiener im ›Lindauer Hof‹ wie ausgemacht? Auf einen Teller Spaghetti? So gegen sechs? Oder hast du was anderes vor? Melde dich doch noch kurz bei mir, ciao, ciao.«

Der Ton war vertraulich, die Nachricht ebenso. Hörte sich wie eine alte Bekannte an. Oder wie Maisers Freundin. In seinem Dossier stand, dass Maiser Single war und allein wohnte. Aber das musste nichts bedeuten. Er las die Nummer vom Display ab und suchte sie in Maisers Adressbuch, das auf dem Schreibtisch lag. Er fand einen dazugehörigen Namen, Iris Blaschke, und eine Adresse in Lindau.

Darüber lohnte es sich nachzudenken, diese Iris Blaschke schien ihm die vielversprechendste Möglichkeit zu sein, doch noch irgendwie an die Liste zu kommen. Wenn jemand außer

Maiser selbst von dem Versteck wusste, dann nur sie. Falls er ihr so vertraut hatte, dass sie eingeweiht war. Ob Maiser das getan hätte? Er bezweifelte es, sehr wahrscheinlich kannte Iris Blaschke nicht einmal Maisers wahre Identität. Aber er musste die Probe aufs Exempel machen und sie ausquetschen, um herauszubekommen, was und wie viel sie wusste. Sonst war sein Auftrag so gut wie im Eimer. Und die Aussicht auf einen gut bezahlten Abgang von der Bühne ebenfalls.

Plötzlich merkte er, dass er schreckliche Kopfschmerzen bekam. Sein Adrenalinschub, der ihn bis jetzt auf den Beinen gehalten hatte, war wohl versiegt. Als er seine Stirn betastete, waren seine Finger voller Blut, und er spürte, dass er todmüde war.

Mühsam schleppte er sich ins Bad neben dem Schlafzimmer im ersten Stock, warf einen Blick in den Spiegel und erkannte sich selbst nicht mehr, so zugerichtet, wie er war. Als Erstes zog er umständlich seine blutbefleckten und nassen Sachen aus und stellte sich unter die Dusche. Seine Wunde an der Stirn brach wieder auf, als er das angetrocknete Blut abwusch. Er presste ein Handtuch darauf, um die Blutung zu stillen, und durchsuchte den Medikamentenschrank nach Desinfektionsmittel und Pflaster. Damit versorgte er seine Verletzung so gut es ging, wickelte sich ein weiteres Handtuch stramm um seine geprellten Rippen und ließ sich erschöpft aufs Bett fallen, wo er nicht mehr weiter über Iris Blaschke nachdachte, wie er es sich eigentlich vorgenommen hatte, sondern sofort einschlief.

Keine Stunde später stand er mit seiner Beretta im Anschlag vor der Terrassentür und drückte auf den Knopf, der die Jalousie hochfahren ließ. Der Hund hörte auf zu bellen und stellte sich schwanzwedelnd vor die Tür. Söderberg entsicherte seine Waffe, wollte die Tür unvermittelt aufreißen und sofort schießen, bevor der Hund die Flucht ergreifen konnte.

Aber dann kam ihm eine bessere Idee. Er ging durch den Vorratsraum in die Garage, holte den angebrochenen Sack mit dem Trockenfutter, öffnete die Tür und schüttete das Futter zur Hälfte aus dem Sack einfach auf den verschneiten Plattenboden.

Der Hund machte sich sofort hungrig darüber her. Söderberg stellte den Sack ab und schloss die Tür wieder. Dann schleppte er sich erneut ins Schlafzimmer hoch und legte sich erschöpft von seinem erzwungenen Ausflug ins Bett.

Bis sechs Uhr war noch genügend Zeit, um sich auszuruhen und darüber nachzudenken, wie Iris Blaschke am besten zum Sprechen gebracht werden könnte.

19

Nachdem die üblichen Formalitäten um Madleners Geburtstag kurz und knapp mit einem Händedruck und einer gemurmelten Gratulation durch alle Anwesenden im Großraumbüro abgetan waren – so wie es sich Madlener ausdrücklich schon vor Wochen von Frau Gallmann zur gelegentlichen mündlichen Weitergabe an alle betreffenden Mitarbeiter im Polizeipräsidium gewünscht hatte –, ging Madlener bei seinem morgendlichen Resümee und dem Verteilen der verschiedenen Aufgaben gleich in medias res. »Was haben wir?«, fragte er in die Runde, die aus Frau Schwanitz-Terstegen, Harriet, Binder und Frau Gallmann bestand. Götze war entschuldigt, er war schon seit Stunden dienstlich unterwegs. Frau Gallmann – alterslos, aber ganz alte Schule – nahm den Begriff »Sekretärin« noch wörtlich und zückte Block und Bleistift, um jedes gesprochene Wort fürs Protokoll mitzustenografieren, eine Gewohnheit aus längst vergangenen Tagen, die sie sich nicht abgewöhnen konnte und die sie immer noch perfekt beherrschte.

Madlener beantwortete seine rhetorische Frage gleich selbst. Er ging vor die rollbare Glaspinnwand mit den Fotos, dem Landkartenausschnitt vom Fundort des abgebrannten Pkws, den Zeichnungen, Querverbindungen und Stichworten und deutete mit seinem Finger auf das Foto der verkohlten Leiche.

»Wir haben ein männliches Opfer, gefoltert und verbrannt. Wir haben den Fundort, aber nicht den Tatort. Vielleicht war das die Wohnung des Toten, vielleicht auch nicht. Das werden wir sehen, sobald wir die Leiche identifizieren können oder jemand den Mann als vermisst meldet. Wir haben eine Zeugin, der Gott sei Dank nicht viel passiert ist, sie ist mit einer Beule, dem Schrecken und mit dem Verlust ihres Autos davongekommen. Was mich zu der Bemerkung veranlasst: Warum hat der Täter, der bei seinem Vorgehen äußerste Gewaltbereitschaft an den Tag gelegt hat, bei Frau ...«

Er suchte nach dem Namen, den Harriet sofort parat hatte.

»Frau Haug«, warf sie ein.

Er nickte ihr dankbar zu.

»Frau Haug«, wiederholte er, »warum also hat er bei Frau Haug einen Anfall von Großzügigkeit gezeigt?«

»Du meinst, weil er sie nicht in einem Aufwasch auch beseitigt hat?«, sagte Harriet.

»Genau. Warum hat er sie nicht erschossen und in den Graben geworfen?«

Frau Schwanitz-Terstegen mischte sich ein. »Weil er im Schock war und nur noch wegwollte. Er brauchte einfach das nächstmögliche Fluchtauto. Deshalb hat er instinktiv reagiert, nicht logisch.«

»Logisch nach seinen Maßstäben«, fügte Madlener hinzu. »Was sagt uns das über ihn?«

»Er wollte nicht noch mehr Staub aufwirbeln«, wandte Binder ein.

Die Kriminaldirektorin schüttelte entschieden den Kopf. »Das glaube ich kaum. Hier am Bodensee einen Pkw abfackeln mit einer übel zugerichteten Leiche im Kofferraum – also viel mehr Aufsehen auf einen Schlag kann man wohl kaum verursachen. Die Medienleute rennen mir jetzt schon die Tür ein und wollen Erklärungen von mir …«

Madlener ging nicht auf die Klage seiner Chefin ein, dass sie sich mit der Presse herumschlagen musste, das gehörte immerhin zu ihrem Job, nicht zu seinem. Er blieb stur bei seiner einmal eingeschlagenen Linie.

»Ich denke, dass der Täter zur Person im Kofferraum in irgendeiner näheren Beziehung stand. Sei es privater oder geschäftlicher Natur. Die Frau im Panda interessierte ihn nur insofern, als dass er ein Fluchtauto brauchte. Apropos – haben wir schon eine Zeichnung des Mannes?«

»Gerade eingetroffen«, meldete Harriet und zeigte auf dem Bildschirm ihres Notebooks das Porträt eines Mannes im Alter zwischen fünfzig und sechzig mit Bürstenhaarschnitt, leichtem Bartschatten und kantiger Kinnpartie herum.

»Kommt keinem bekannt vor, nein?«, fragte Frau Schwanitz-Terstegen sicherheitshalber. Als sie allseits nur Schweigen als

Antwort erhielt, wandte sie sich an Frau Gallmann. »Bitte lassen Sie das für die Pressekonferenz ausdrucken, die im Übrigen in einer halben Stunde stattfindet. Ach ja – Sie, Herr Madlener, werden an meiner Seite Rede und Antwort stehen. Natürlich geben wir nur Erkenntnisse preis, die unsere weiteren Ermittlungen nicht tangieren.«

»Natürlich«, murmelte Madlener und bemühte sich, einen neutralen Gesichtsausdruck beizubehalten, was ihm sichtlich schwerfiel, wie Harriet mit einem Seitenblick bemerkte. Ihr Chef hasste es, im Rampenlicht vor vorgehaltene Kameras und Mikrofone zu treten.

Die kurze unangenehme Stille, die entstand, weil jeder wusste, dass die Kriminaldirektorin Madlener nicht belehren konnte wie einen Kommissarsanwärter, und man schon befürchten musste, dass er seiner Chefin entsprechend in die Parade fuhr, wurde lautstark von Götze unterbrochen, der in diesem Moment die Tür zum Großraumbüro aufriss. Er kam mit letzter Kraft hereingetorkelt wie der Bote der antiken Athener nach der gewonnenen Schlacht von Marathon gegen die Perser nach zweiundvierzig Kilometern Dauerlauf, nur dass er, nachdem er erst einmal durchgepustet hatte, weil er so außer Atem war, statt »Wir haben gesiegt!« die Worte »Wir haben ihn!« ausrief. Er war völlig aus dem Häuschen und sah aus, als hätte er sich die ganze Nacht um die Ohren geschlagen.

Madlener reagierte als Erster, wenn auch einigermaßen argwöhnisch, weil er Götzes oftmals überschäumenden Enthusiasmus in Angelegenheiten, die längst abgehakt waren oder sich als Sackgasse erwiesen hatten, nur zu gut kannte.

»Immer mit der Ruhe! Wen haben wir, Herr Götze?«, wollte er in einem Ton wissen, der geeignet war, sowohl durchgeknallte Fanatiker im Drogenrausch, die mit einer Waffe herumfuchtelten, als auch überdrehte Kommissare zu beruhigen und wieder auf Normalnull herunterzufahren.

»Den Täter«, antwortete Götze mit heiligem Eifer.

Er genoss den Moment, den ihm sein effektvoller Auftritt bescherte, in vollen Zügen. Fast einen Moment zu lange, aber es war auch zu schön für ihn, einmal im Mittelpunkt des Interesses zu stehen und in diesem Match nicht nur wie gewöhnlich der Balljunge zu sein, sondern auch einmal selbst ein Ass zu servieren.

»Wo?«, fragte Madlener mit scheinbarer Engelsgeduld, die seine Skepsis kaum verbarg. »Wo haben wir ihn, Herr Götze?«

»Also nicht die Person direkt ... ich meine: Wir haben ihn noch nicht wirklich ...«, fing Götze an zu stottern, »aber ich habe ein Bild von ihm! Hier ...«

Er steckte einen Stick in sein Laptop und erklärte gleichzeitig: »Ich habe Massel gehabt. Gleich bei der achten oder neunten Tankstelle. Dort hat gestern gegen Mitternacht ein alter Mercedes getankt, gleiches Modell wie das verbrannte Auto. Ich hab mir die Aufzeichnungen der Überwachungskameras angeschaut und ...«

Er suchte nach dem richtigen Wort.

»Bingo«, half Madlener aus. »Das wollten Sie doch sagen, nicht wahr?«

Er klang immer noch wohltemperiert, aber wenn man wollte, konnte man den sarkastischen Unterton sehr wohl heraushören.

»Genau, Chef – bingo!«, begeisterte sich Götze und zeigte mit dem Finger auf Madlener wie ein US-Präsidentschaftskandidat nach seiner bejubelten Wahlrede auf seine Anhänger. Er war vollkommen von sich selbst beglückt und ließ die Bilder von der Tankstelle auf dem Laptop schnell durchlaufen, bevor er verlangsamte und schließlich stoppte. Er vergrößerte den Ausschnitt: Schwarz-weiß war ein Mann zu erkennen, der für einen kurzen Augenblick der Kamera sein Profil zuwandte, bevor er die Tankstelle betrat.

»Es wird noch besser!«, sagte Götze und führte ihnen aus der Perspektive des Verkaufsraums der Tankstelle das Gesicht des Mannes frontal vor, wie er sich über den Tresen beugte und dem Kassierer Bargeld zuschob. Er fror das Bild ein und konnte es sich nicht verkneifen, »Voilà!« zu sagen, als sich alle das deutlich erkennbare Gesicht näher ansahen.

»Das ist der gesuchte Mann.«

»Ja, das muss er sein«, stimmte Harriet zu und hielt zum Vergleich das Phantombild auf ihrem Notebook daneben.

»Ihr habt auch schon ein Bild?«, bemerkte Götze mit leichter Enttäuschung in der Stimme dazu.

Madlener fand, dass der Junge eine kleine Aufmunterung verdiente, und klopfte ihm leicht auf die Schulter. »Trotzdem, Götze: gut gemacht!«

Zum zweiten Mal wurde die Tür aufgerissen, und Ehrmanntraut von der Kriminaltechnik kam herein.

»Sag bloß, ihr habt ihn auch?«, stichelte Madlener. Ehrmanntraut sah ihn irritiert an, weil er nicht wusste, worauf Madlener anspielte. »Wen sollen wir haben?«, fragte er verständnislos.

»Vergiss es!«, winkte Madlener ab. »Du hast was für uns?«

»Ja, wir haben wirklich was. Den Fingerabdruck des Täters. Eine Streifenwagenbesatzung hat den Seitenstreifen der Autobahn an der fraglichen Stelle genauer abgesucht und tatsächlich das Handy der überfallenen Frau gefunden. Und darauf war ein schöner, fetter Daumenabdruck.«

»Habt ihr schon −«

Ehrmanntraut ließ Madlener erst gar nicht ausreden.

»Und ja, wir haben ihn mit den Abdrücken der Panda-Fahrerin abgeglichen. Er muss von diesem Mercedes-Fahrer stammen.«

»Was ist mit der ZFAD?«, fragte Götze, der, aufgekratzt, wie er war, wieder einmal demonstrieren musste, dass er wie seine großen Vorbilder vom FBI militärisch klingende Abkürzungen in die Debatte einzubringen wusste, um zu beweisen, dass er das Einmaleins der gehobenen Kriminalistik aus dem Effeff beherrschte. Es war wie eine Zwangsneurose, die er sich einfach nicht abgewöhnen konnte.

»Wie bitte?«, fragte Ehrmanntraut, erneut sichtlich irritiert.

»Na ja, die zentrale Fingerabdruckdatei. ZFAD. Habt ihr den Abdruck schon eingegeben?«

»Macht der Bär in den Wald?«, entgegnete Ehrmanntraut leicht gereizt und warf Götze einen giftigen Seitenblick zu, bevor er sich demonstrativ an Madlener wandte und mit den Schultern zuckte.

»Leider kein Treffer. Der Mann, den wir suchen, ist ein unbeschriebenes Blatt.«

»Aber wir können ihn mit dem Abdruck festnageln, sobald wir einen Tatverdächtigen haben«, stellte die Kriminaldirektorin fest.

»Das können wir«, stimmte ihr Ehrmanntraut zu. »Ich bin jetzt schon gespannt auf seine Erklärung, wie der Fingerabdruck auf das Handy kam.«

»Noch irgendwas Wichtiges, bevor ich gleich das Büro des Innenministers anrufe? Der Minister will von mir in dieser Angelegenheit persönlich auf dem Laufenden gehalten werden«, sagte Frau Schwanitz-Terstegen, dann deutete sie in Richtung Madlener auf ihre Armbanduhr und fügte an: »Wir sehen uns in zehn Minuten zur Pressekonferenz in der Aula.«

Madlener nickte missmutig.

Da keiner noch etwas vorzubringen hatte, verschwand sie mit Frau Gallmann in ihrem verglasten Büro.

Götze hob die Hand, um die Aufmerksamkeit wieder auf sich zu lenken. »Darf ich einen Vorschlag machen?«, fragte er fast schüchtern.

»Nur zu, wenn's uns weiterbringt«, ermunterte ihn Madlener.

»Ich finde, wir sollten unbedingt nach ähnlich gelagerten Fällen suchen ...«

»Sie meinen Intranet, ECAP, VICAP, FBI-Website, Europol und so weiter«, überraschte ihn Madlener mit absichtlich gespielter professioneller Nonchalance. »Haben wir bereits. Trotzdem danke für den Hinweis. Ach so, ViCLAS hab ich noch vergessen, aber das haben wir auch schon gecheckt, nicht wahr, Harriet?«

Jetzt war es an Götze, ein frustriertes Gesicht aufzusetzen.

Madlener wechselte einen vieldeutigen Blick mit Harriet, weil er Götze ins Leere hatte laufen lassen wie ein Torero den Stier mit einer einzigen eleganten Seitwärtsbewegung.

Auf sein aufforderndes Nicken hin referierte Harriet ohne groß nachzudenken, was sie in den internationalen Polizeidatennetzen gefunden hatte.

»Wir haben zwar noch zu wenig Informationen für eine zielgenaue Suche, aber wir haben allein in Europa drei vom Modus Operandi her ähnliche Vorfälle in den letzten fünf Jahren. Zwei in Italien, einer in Dänemark. Gefolterte männliche Leiche im

Kofferraum eines abgefackelten Wagens. Die Opfer wurden identifiziert, der oder die Täter sind nach wie vor unbekannt. Keine Zeugen, keine verwertbaren Spuren.«

»Das bringt uns momentan nicht weiter«, meinte Madlener. »Wir sind wohl gezwungen, auf eine Vermisstenmeldung zu warten und auf Hinweise, die hoffentlich hereinkommen, wenn jemand den Mann auf dem Bild erkennt. Götze, Sie stellen das beste Bild der Überwachungskamera ins Netz und geben es an die Presse weiter. Binder, Sie kümmern sich um den Mercedes, vielleicht kriegen Sie raus, wo er gekauft oder geklaut wurde. Harriet, du hängst dich noch mal in deine Dateien, vielleicht durchleuchtest du die drei Opfer der ähnlich gelagerten Fälle, ob es da eine Verbindung zwischen ihnen gibt, ob das Rachemotive sein könnten et cetera. Und ich …«

Er holte tief Luft, ging an seine unterste Schreibtischschublade, machte sie auf und zog eine zusammengerollte Krawatte heraus, die er für außergewöhnliche repräsentative Notfälle wie die bevorstehende Pressekonferenz dort deponiert hatte und deren modisch antiquierter Anblick bei Karl Lagerfeld unter Garantie einen spontanen Weinkrampf ausgelöst hätte. Die zwei anderen nicht minder geschmackvollen Binder moderten im Schrank seines Hotelzimmers vor sich hin.

Er hielt den Schlips in die Höhe, ließ ihn abrollen wie ein Jo-Jo und seufzte aus tiefstem Herzen, indem er ihn mit einem missbilligenden Blick ansah, als wäre es sein eigener Galgenstrick.

»… ich gehe jetzt wohl oder übel zur Pressekonferenz.«

Der erste Versuch, sich die Krawatte umzubinden und einen ordentlichen Knoten sowie eine passable Länge hinzubekommen, misslang ihm gründlich. Verzweifelt nahm er einen zweiten, noch hastigeren Anlauf, der wie der erste von vornherein zum Scheitern verurteilt war.

Als Frau Gallmann auch noch hereinschaute und »Die Pressekonferenz, Herr Madlener!« rief, verhedderte er sich aus lauter Nervosität endgültig und fing an, leise zu fluchen, während er sinnlos und blind unter seinem Kinn herumnestelte.

Auf den ersten Blick erfasste Frau Gallmann die prekäre Situation. Ohne zu zögern langte sie zu und bewerkstelligte, was Madlener in seiner Ungeduld nur unzureichend geschafft hatte. Mit schnellen und geübten Griffen brachte sie einen ansehnlichen Knoten zustande – wobei sie sich im letzten Moment einen ihr arg auf der Zunge liegenden Kommentar zur Ästhetik der Madlenerschen Manneszierde verkniff, aber nur deshalb, weil die Zeit drängte und sie Madlener nicht vollends aus dem Konzept bringen wollte.

Madlener atmete erleichtert einmal tief durch, rückte den Knoten, an dem es eigentlich nichts mehr zu rücken gab, noch einmal zurecht, dankte Frau Gallmann mit einem zufriedenen Kopfnicken und folgte ihr entschlossenen Schrittes hinaus zur Pressekonferenz.

20

Söderberg wachte schweißgebadet auf.

Hatte er etwa die Haustürklingel gehört?

Seine pochenden Kopfschmerzen waren nicht verschwunden, wie er gehofft hatte, im Gegenteil, sie waren noch schlimmer als vor dem Einschlafen. Er wunderte sich über sich selbst. Warum zum Teufel hatte er nicht vorher noch ein paar Schmerztabletten eingeworfen?

Dunkel erinnerte er sich – weil er sich so erschöpft gefühlt hatte, dass er sofort wie ohnmächtig eingepennt war, als er sich nach dem Füttern des Hundes wieder hingelegt hatte.

Langsam setzte er sich auf und zuckte zusammen, weil jetzt auch noch ein scheußlicher Schmerz durch seine Rippen stach, dass es ihm die Tränen in die Augen trieb. Vorsichtig holte er Luft, bis er wieder einigermaßen atmen konnte, ohne das Gefühl zu haben, dass ihm die Rippen die Lunge perforierten.

Es war hell, diffuses Tageslicht fiel durch das Fenster ins Schlafzimmer. Er blinzelte verstört und sah sich um, weil er sich zunächst einmal orientieren musste, wo er überhaupt war. Das Kopfkissen war voller Blutflecken, vorsichtig tastete er nach seinem Cut an der Stirn, aber der schien wenigstens inzwischen verkrustet zu sein. Besser, er zupfte nicht daran herum. Aber etwas irritierte ihn.

Das Pflaster. Er erinnerte sich schemenhaft daran, dass er die Schnittwunde zugepflastert hatte. Doch das Pflaster war weg. Er fand es unter der Bettdecke und hob es auf, blutig, wie es war.

Da fiel ihm wieder ein, was ihn geweckt hatte. Die Klingel.

Obwohl – hatte er sie wirklich gehört, oder war das nur Einbildung gewesen?

Er horchte.

Da klingelte es wieder, durchdringend schrill und lange.

Im ersten Augenblick fuhr ihm buchstäblich der Schreck in die Glieder.

Was war bloß los mit ihm?

Sein ganzes Berufsleben hindurch war Gelassenheit und Abgeklärtheit seine große Stärke gewesen. Normalerweise konnte ihn nichts und niemand aus der Ruhe bringen. Schon gar nicht eine banale Türklingel.

Doch jetzt fuhr ihm das durchdringende Geräusch, das so laut schrillte, dass es in der Lage war, Tote aufzuwecken, geradewegs durch Mark und Bein.

Er haderte erneut mit sich selbst. Wie so oft in letzter Zeit. Ausgerechnet jetzt, wo es nur noch darum ging, seinen letzten Auftrag anständig über die Bühne zu bringen, stolperte er von einem Fettnapf zum nächsten! So viele handwerkliche Fehler wie seit seiner Ankunft am Bodensee hatte er während seiner gesamten Laufbahn nicht begangen.

Es wurde wirklich Zeit, dass er Schluss machte, bevor er noch kurz vor dem Ziel Opfer seiner eigenen übereilten Improvisationen wurde, die er früher nicht nötig gehabt hatte. In seiner Branche war Handeln aus dem Stegreif zwar bisweilen nötig, aber nur, wenn die Planung nicht perfekt war oder ein dummer Zufall dazwischenkam, was immer mal passieren konnte. Doch eine ständige Aneinanderreihung von spontanen Aktionen war einfach nur stümperhaft, eines Profis nicht würdig. Bisher hatte er immer gedacht, dass er selbst in der Champions League spielte. Aber das, was er in der Vorweihnachtszeit hier am Bodensee bisher zu bieten hatte, war unterste Kreisklasse. Wenn er so weitermachte, konnte ihn das Kopf und Kragen kosten – im wahrsten Sinne des Wortes.

Herrgott, er befand sich im Haus seines Opfers, eines Mannes, den er gefoltert und abgefackelt hatte, und er benahm sich, als wäre er auf ein paar Tage Urlaub in der Wohnung eines lieben Bekannten, der ihm vertrauensvoll den Schlüssel überlassen hatte gegen das Versprechen, die Wohnung besenrein zu hinterlassen. Dabei sah es in der Küche wie in einem Schlachthaus aus.

Wenn nun diese Iris Blaschke einen Schlüssel fürs Haus von André Maiser besaß und nach ihrem Freund sehen wollte, weil er sie einfach nicht zurückrief? Oder ein Nachbar kam und fragte nach dem Hund und warum dieser die halbe Nacht gebellt hatte? Oder der Hausherr hatte eine Haushaltshilfe, von der er nichts ahnte? Die ganze Wohnung war peinlich sauber gehalten, fast zu sauber für einen Junggesellenhaushalt.

Tausendundein Gedanke flirrten auf einmal durch seinen Kopf, es kam ihm vor, als ob sämtliche Synapsen gleichzeitig einen Kurzschluss hatten und die Funken in seinem Schädel ein wahres Feuerwerk veranstalteten. Er drückte beide Hände an die Schläfen. Aber es wurde nicht besser, sein Schädel pochte erbarmungslos. Was war bloß los mit ihm? Kalter Schweiß brach auf seinem Kopf aus und lief ihm die Schläfen herunter, er spürte, wie sein Herz im Stakkato gegen seine Brust hämmerte. Diffuse Panik kroch in ihm hoch. Es war, als würde ihm ein Ring aus Stahl die Brust einengen. Er versuchte, bewusst ein- und auszuatmen. Das wirkte, gewaltsam riss er sich zusammen. Es half alles nichts – zuerst musste er nachsehen, wer geklingelt hatte.

Fluchend quälte er sich aus dem Bett, tastete nach seiner Beretta, schleppte sich damit auf den Gang hinaus und spähte durch das Fenster, das zur Hausfront hinausging, nach unten zur Straße, indem er die Gardine vorsichtig ein Stück zur Seite schob.

Draußen hatte es aufgehört zu schneien, der Neuschnee war sicher zwanzig Zentimeter hoch. Rumpelnd fuhr ein Hausbesitzer am entfernten Ende der Stichstraße mit seinem kleinen Schneepflug den Gehweg entlang, um zu räumen. Die Straße selbst war von tiefem Schnee bedeckt, bis hierher waren die städtischen Räumfahrzeuge noch nicht gekommen.

An der Gartenpforte stand ein Mann in brauner Uniform und hielt ein Paket im Arm. Hinter ihm parkte sein gleichfarbiger Lieferwagen von UPS. Er steckte eine Benachrichtigung in den Briefkasten und stieg mit dem Paket wieder in den Laderaum.

Nach einer kleinen Ewigkeit trollte sich der Lieferwagen endlich, was ihm wegen des knöcheltiefen Schnees nur mit Schwierigkeiten und durchdrehenden Rädern gelang.

Erleichtert fuhr sich Söderberg mit der freien Hand übers Gesicht und wunderte sich immer noch über seine Panikattacke.

Nichts anderes war es, womit er eben konfrontiert worden war. Eine ihm bisher völlig fremde Anwandlung, die ihm aus dem Nichts mit Wucht in den Solarplexus gefahren war. Diese körperlich-psychische Reaktion irritierte ihn gewaltig, so etwas war ihm noch nie passiert.

Gottverdammt – er würde doch nicht auf seine alten Tage von unvorhersehbaren paranoiden Wahnvorstellungen an der korrekten Durchführung seiner Arbeit gehindert werden? Nein, das konnte er nicht zulassen. Er, der schon Dutzende Zielpersonen kaltblütig aus dem Weg geräumt und nicht die geringsten Gewissensbisse dabei empfunden hatte.

»Gewissensbisse« – allein dieser Ausdruck war ein Fremdwort für ihn, das in seinem persönlichen Wörterbuch nicht verzeichnet war. Und er hatte weiß Gott nicht vor, es jetzt darin aufzunehmen.

Er ging ins Bad hinüber und durchsuchte den großen Spiegelschrank nach Medikamenten. Vielleicht fand er so etwas wie Valium, auf jeden Fall brauchte er ein starkes Schmerzmittel. Allmählich beruhigte er sich wieder. Er hatte von Panikattacken gelesen, es aber nicht für möglich gehalten, jemals selbst davon betroffen zu sein.

Während er die Aufschriften der unzähligen Pillenschachteln und -döschen im Schrank überflog, ohne sie richtig wahrzunehmen, redete er sich ein, dass er nach wie vor nichts zu befürchten hatte. Niemand war jetzt schon hinter ihm her. Kein Polizist, und war er noch so gut, konnte auch nur im Entferntesten ahnen, worum es hier ging. Er hatte keinerlei Spuren hinterlassen, in fahndungstechnischer Hinsicht war er schlicht und einfach nicht existent.

Als ihm eine Tablettenschachtel auf den Boden fiel und er sich reflexhaft nach ihr bückte, fuhr ihm wieder der Schmerz wie ein Messerstich durch die Rippen. Er musste erst einmal stillhalten und vorsichtig Luft holen, bevor er den Schriftzug auf der Schachtel las und verstand, was der Inhaltsstoff bedeutete. Nun wurde ihm auch klar, warum ihm André Maiser unter der Hand weggestorben war. Was da in den Regalen stand, waren zahlreiche verschreibungspflichtige Medikamente aller Art gegen Anfälle von Angina Pectoris und Bluthochdruck. Der Mann war schwer krank gewesen.

Er wunderte sich, dass André Maiser seine Rettungstat im eiskalten Bodensee überlebt hatte. Vielleicht war er doch eine Art Held gewesen, der keinen Gedanken an seine eigene körperliche Konstitution verschwendet hatte, als er die zwei Mädchen im Eis einbrechen sah.

Endlich fand Söderberg einen angebrochenen Blister mit Schmerztabletten und warf ein paar davon ein, bevor er sie mit Wasser, das er direkt aus dem Wasserhahn trank, hinunterspülte.

Er sah auf seine Uhr. Noch gut vier Stunden bis zu seinem Rendezvous mit Iris Blaschke in der Pizzeria in Lindau.

Bis dahin musste er halbwegs fit sein, es konnte eine lange und anstrengende Nacht werden. Er überlegte, was für eine Methode er anwenden sollte, um sie zum Sprechen zu bringen. Er hätte ein Handbuch über »Verstockte Geheimnisträger und deren Schwachpunkte« schreiben können, mit dem Untertitel »... und wie sie ohne viel Aufwand zum Reden gebracht werden«.

Plötzlich merkte er, wie hungrig er war.

Das musste die Erklärung für seine aufkeimende Panik sein, nichts anderes.

Er hatte schlicht und einfach Kohldampf.

Seine momentane Schwäche war ausschließlich darauf zurückzuführen, dass er seit einer gefühlten Ewigkeit nichts mehr gegessen hatte.

Er machte sich auf in die Küche. Dort wollte er einen Blick in den Kühlschrank werfen und sich außerdem einen starken Kaffee zubereiten.

Das würde sein Gemüt und seine allgemeine körperliche Verfassung schon wieder auf Vordermann bringen.

Seine Zuversicht, wieder ganz Herr der Lage zu sein, nahm mit jedem Schritt zu, den er auf der Treppe nach unten machte.

21

Zum wiederholten Mal lugte Franz-Peter Lauffer aus seinem Küchenfenster, von dem aus er das Ende der Stichstraße und damit das Haus von André Maiser samt Garage einsehen konnte. Aber dafür hatte er im Augenblick keinen Nerv, er drehte seinen Kopf und verrenkte sich schier den Hals, um in die andere Richtung zu spähen, zur Einmündung der Straße.

Wo blieben sie denn bloß? Das war wieder einmal typisch für die heutige Zeit: Wenn man die Polizei einmal brauchte, dann kam sie nicht. Oder zumindest zu spät. Dabei hatte er großzügig die miserablen Straßenverhältnisse mit eingerechnet – im Radio, dessen lokale Wetterberichte er ständig in Überlautstärke laufen hatte, weil er schlecht hörte, überschlugen sich die Meldungen von Verkehrsstaus und Unfällen rund um den Bodensee wegen des miserablen Wetters. Aber irgendeinen Streifenwagen mussten sie doch endlich schicken. Schließlich hatte er bei seinem Anruf die Angelegenheit so dringend gemacht, wie es seiner Meinung nach angemessen war.

Da drüben, zwei Häuser weiter, im schick renovierten Einfamilienhaus von André Maiser, dem Junggesellen, ging es einfach nicht mit rechten Dingen zu. Davon war Lauffer felsenfest überzeugt, sonst hätte er nicht auf seinem altmodischen Telefon die 110 gewählt und seinen Verdacht einer Frauenstimme mitgeteilt, an die er geraten war. Lauffer war alt, knapp über achtzig, aber er war weder dement noch auf den Kopf gefallen, ganz im Gegenteil. Er sah sich als Bürgerwehr in einer Person, als Mann, der für die Sicherheit seines Viertels sorgte, auch wenn ihm das niemand dankte. Doch er hielt die Augen offen, auch die halbe Nacht, wenn es sein musste. In seinem Alter brauchte er sowieso wenig Schlaf. Die Welt war von Grund auf schlecht, und wenn er etwas hatte, dann war es Zeit. Zeit, alles zu beobachten, was in seiner Straße vor sich ging. Er tat, was in seinen bescheidenen Kräften stand, um zu gewährleisten, dass das Böse in Person von

Einbrechern oder Störenfrieden aller Couleur wenigstens in diesem Viertel nicht Einzug hielt.

Den ganzen Tag über saß er mit seinem Feldstecher auf der Lauer, hörte Nachrichten und las den »Südkurier«, um sich über die Weltlage mit ihren zahlreichen neuen Despoten, die wie Pilze aus dem Boden schossen, und all die anderen Plagen der Menschheit zu informieren, auch wenn er manches Mal schier am Verzweifeln war über deren Dummheit und Grausamkeit. Doch seiner Meinung nach durfte man nicht aufgeben, sich jederzeit für eine bessere Welt einzusetzen.

Wie hatte Martin Luther noch gesagt?

»Und wenn ich wüsste, dass morgen die Welt unterginge, ich würde heute noch ein Apfelbäumchen pflanzen.«

Franz-Peter Lauffer war Lehrer im Ruhestand, ehemaliger Gymnasialprofessor für Deutsch, Latein und Geschichte, Dr. phil. und seit vier Jahren Witwer. Noch heute hatte er für jede Gelegenheit das passende Zitat eines Klassikers oder aus seiner Sammlung der geflügelten Worte zur Hand, die er sich regelmäßig vor dem Schlafengehen zu Gemüte führte, obwohl er schon längst alles auswendig kannte.

Er warf einen Blick auf die Küchenuhr – seit seinem Anruf in der Notrufzentrale war jetzt fast eine geschlagene Stunde vergangen, und noch immer war kein Streifenwagen in Sicht.

Ob man ihn einfach vergessen hatte?

Ihn, einen promovierten Mann, der bei seinem Anruf neben dem Anlass sowie Namen und Adresse selbstverständlich seinen akademischen Grad nicht vergessen hatte zu erwähnen, um die Seriosität und Wichtigkeit seines Telefonats zu unterstreichen?

Oder, noch wahrscheinlicher in diesen Tagen: Die offensichtlich junge Frau am anderen Ende der Telefonleitung hatte ihn einfach nicht ernst genommen.

Dabei hatte er den konkreten Verdacht geäußert, dass ins Haus seines Nachbarn Maiser eingebrochen worden war. Vielleicht war ihm sogar etwas zugestoßen. Auch war sein Auto plötzlich draußen geparkt, obwohl er eine Garage hatte und es schneite.

Und was war die Antwort?

Sie würden jemanden vorbeischicken, sobald ein Streifenwagen zur Verfügung stand.

Beim Gedanken an diese lapidare Ansage kochte unchristliche Wut in ihm hoch. Wut auf diese präpotenten und klugscheißerischen jungen Schlampen, die sich garantiert einen Ast lachten, wenn ein seniler und tattriger Grufti wie er seinen staatsbürgerlichen Pflichten nachkam und etwas Verdächtiges zu melden hatte. Oder war »Grufti« etwa schon wieder aus der Mode? Letzthin hatte er sogar den Ausdruck »Komposti« für alte Leute gelesen, was sein Blut noch mehr in Wallung gebracht hatte. Schließlich war es seine Generation gewesen, die nach dem Zweiten Weltkrieg ein kaputtes Land wieder aufgebaut und zu dem gemacht hatte, was es heute war. Darauf konnte man zu Recht stolz sein. Aber diese Verdienste zählten eben nicht mehr in einer globalisierten Welt, die längst aus den Fugen geraten war.

Wer hatte das mit der Welt, die aus den Fugen war, gleich noch mal gesagt?

Richtig, Shakespeare, »Hamlet«, erster Aufzug, fünfte Szene.

Die Zeit ist aus den Fugen – Fluch ihren Tücken,
Dass ich zur Welt kam, sie zurechtzurücken!

Ja, seine Klassiker hatte er im Kopf. Er war sich sicher: Solange er sie Wort für Wort zitieren konnte, war er immun gegen so etwas wie Alzheimer oder Altersdemenz.

Er merkte, dass er wieder einmal mit seinen Gedanken weit abgeschweift war, wie das manches Mal passierte, wenn er ihnen freien Lauf ließ und in seinem Kopf vor sich hin monologisierte. Seit er allein lebte und wegen seiner Hüftprobleme nur noch selten außer Haus kam, war er unzweifelhaft ein wenig eigenbrötlerisch geworden, so viel Selbstkritik brachte er dann doch hin und wieder auf. Oder war das unchristliche Bitterkeit, weil das Gefühl immer größer wurde, dass er seinen Glauben, der ihm ein Lebtag lang Halt und Stütze gegeben hatte, am Ende seiner Tage nach und nach verloren hatte?

Wie lange hatte er die Bibel, die immer noch auf seinem kleinen Schreibtisch lag, nicht mehr in der Hand gehabt? Hatte darin gelesen und Trost gefunden? Er konnte sich nicht mehr erinnern, wahrscheinlich seit dem Tod seiner Frau. Er strich mit den Fingern darüber in der vergeblichen Hoffnung, durch die Berührung des Buchdeckels Kraft und Stärke zu spüren.

Abrupt zog er seine Hand wieder weg. Sein Entschluss war gefasst. Er würde die Polizei im Polizeipräsidium in Friedrichshafen direkt anrufen und sich über die Frau in der Notrufzentrale beschweren. Beim ranghöchsten Beamten persönlich. Sich an einen Vorgesetzten zu wenden war immer noch die beste Waffe, die einem zu Recht empörten Bürger wie ihm zur Verfügung stand.

Normalerweise brachte er seine Beschwerden über staatliche Fehler und städtische Versäumnisse in Briefform vor, seitenlange Pamphlete, die er tagelang ausformulieren und korrigieren konnte, bevor er sie abschickte. Je nach Tonlage und Schärfe der schriftlichen Ergüsse anonym oder unter seinem richtigen Namen, mit Titel selbstverständlich. Doch in diesem Fall war Eile geboten. Sein Wutpegel schwoll wieder an, wenn er an all die saumseligen Behörden dachte, die einem Menschen wie ihm das Leben schwer machten. Er wollte doch mal sehen, ob er nicht in der Lage war, ein wenig Bewegung in diesen eingerosteten Sauhaufen zu bringen, der sich selbst »Dein Freund und Helfer« titulierte. Oder war das auch schon wieder einer dieser vorgestrigen Ausdrücke, die schon längst aus der Zeit gefallen waren?

Egal, man konnte sich schließlich nicht alles bieten lassen.

Im Kopf formulierte er schon mal vor, mit welchen Worten er erst gar nicht den Verdacht aufkommen lassen würde, dass man ihn nicht ernst zu nehmen habe. Er wählte die Auskunft, deren Nummer er im Gedächtnis hatte, und landete in der Warteschleife.

Mit Ingrimm lauschte er der impertinenten Dudelmusik und irgendeiner Computerstimme, die ihm ständig erneut mitteilte, dass er jeden Moment mit einem freien Mitarbeiter verbunden würde, räusperte sich vorsichtshalber und wollte nach endlosen Minuten, in denen nichts passierte, außer dass ihm die grässliche Fahrstuhlmusik das Hirn kontaminierte, gerade wütend auflegen, weil er sich von der Telekom auch noch verschaukelt vorkam, als er ein Auto in die verschneite Stichstraße einbiegen sah. Es kam langsam näher, und Lauffer erkannte, dass es ein Streifenwagen war. Er knallte den Hörer auf die Gabel und machte sich zur Eingangstür auf, um die verspäteten Freunde und Helfer gebührend in Empfang zu nehmen und sie an ihre Pflichten zu erinnern. Diese Nichtsnutze in ihren schlecht sitzenden Uniformen sollten endlich mal was leisten für das Geld, das sie vom Steuerzahler bekamen.

Er marschierte entschlossen hinkend zur Haustür, indem er seine kaputte Hüfte einfach ignorierte. Im Vorbeigehen nahm er seine Winterjacke vom Haken an der Garderobe und zog sie an. Eine Erkältung wollte er nicht riskieren, weil er sich schon innerlich auf eine längere Diskussion am Gartentor einstellte, ins Haus würde er die Polizisten garantiert nicht bitten, Fremde kamen ihm nicht über die Türschwelle.

22

Polizeiobermeister Schmiedinger steuerte den Streifenwagen vorsichtig durch den tiefen Schnee die Stichstraße entlang.

Sein langjähriger Partner Michael Lange, unter Kollegen nur »Mike« genannt, der sich endlich auf Befehl seiner Frau von seinem Schnauzbart getrennt hatte, saß neben ihm und vertilgte mit unverhohlenem Abscheu eines seiner obligatorischen Sandwiches, die ihm seine treu sorgende Gattin wie immer in einer Tupperdose für den Dienst mitgegeben hatte. Wieder einmal hatte sie entgegen seiner ausdrücklich geäußerten Bitte, ihm zwei ordentliche Salamischnitten mit Holzofenschwarzbrot, gesalzener Butter und Spreewaldgurkenscheiben zu machen, zwei bierdeckeldünne Vollkornscheiben mit Lowfat-Margarine bestrichen und mit veganem Lyoner-Imitat auf Tofu- und Weizeneiweißbasis belegt, wie er bei der optischen Kontrolle feststellte, was durch die anschließende Geruchs- und Geschmacksprobe aufs Grauenhafteste bestätigt wurde.

Langes Frau hatte ihre alljährlich ausgerechnet zur Vorweihnachtszeit wiederkehrende fanatische Diätphase, die sie mit geradezu religiöser Inbrunst zelebrierte, und demzufolge war sie der alternativlosen Überzeugung, dass es bei ihrem Mann ebenfalls angebracht war, ihn mit kalorienarmer und fettloser Magerkost zu traktieren, um ihn allmählich wieder von VBE auf BE herunterzutrimmen. Sie war als Modeberaterin in einer Boutique für Übergrößen namens »Pfundig« tätig, und in ihrem internen Jargon bezeichneten die Verkäuferinnen eine XXXL-Größe als Very Big Elephant und die Größe darunter als Big Elephant. Das klang in der Abkürzung zeitlos elegant, und die ahnungslose Kundin kam sich nicht diskriminiert vor. Jedenfalls sollten die Diensthosen ihres Gatten wieder einigermaßen passen, ohne dass ständig der Bund weiter gemacht werden musste.

Zum Nachtisch waren zwei Selleriestangen und eine Karotte beigelegt, die so groß war wie eine halb abgebrannte Kerze am

Weihnachtsbaum. Immerhin war noch ein Miniaturbecher mit Magerquark plus Plastiklöffel als besondere Zugabe dabei.

Beim ersten Augenschein seiner frugalen Vesper war Lange eigentlich schlagartig der Appetit vergangen, und er hatte den Deckel der Tupperdose ganz schnell wieder zugedrückt, als hätte er einen kurzen Blick in die Büchse der Pandora geworfen. Aber inzwischen war er so hungrig, dass er schließlich sämtliche geschmacklichen Vorbehalte über Bord geworfen hatte und alles in sich hineinstopfte, was seine Frau fabriziert hatte – obwohl er eine Zeit lang ernsthaft mit dem Gedanken gespielt hatte, den Inhalt der Tupperdose bei nächstbester Gelegenheit in einem Abfalleimer zu entsorgen und seinen Partner zu »Ali Babas Kebabbude« im Gewerbegebiet von Friedrichshafen zu dirigieren, um sich dort einen Dürüm-Roll-Döner im Kingsize-Format mit allem und extrascharf zu genehmigen.

Aber das war nur ein durch starke Unterzuckerung hervorgerufener Wunschtraum und schon deshalb unmöglich, weil seine Frau den kulinarischen Seitensprung olfaktorisch sofort bemerkt hätte, sobald er auch nur den ersten knoblauchgeschwängerten Atemzug im heimischen Hausflur tat. Und auf die zweiwöchige Ehekrise, die in der Folge unausweichlich war, konnte er getrost verzichten. Mit Schaudern dachte er daran, wie lange er das beleidigte Schweigen und das versteinerte Gesicht seiner Gattin hatte ertragen müssen, als er kurzfristig eine heftige Magen-Darm-Verstimmung simulierte, um einen lang geplanten Feiertagsbesuch bei seiner Schwägerin und deren grauenhafter Sippe absagen zu können – und sie prompt dahintergekommen war.

Nein, das wollte er nicht noch einmal riskieren. Nicht ausgerechnet vor Weihnachten. Die Weihnachtszeit war für ihn die friedlichste Zeit des Jahres, die Zeit, in der es daheim nach Plätzchen, Lebkuchen und Braten duftete. Die Zeit, in der seine Ehefrau ihren Diätplan von einem Tag auf den anderen einstellte und anfing, sich zusammen mit ihrer Schwester auf Koch- und Backrezepte zu stürzen und sie Wirklichkeit werden zu lassen ...

Aber nur dann, wenn ihr vorher keine Laus in Form eines meineidigen Ehemanns über die Leber gelaufen war.

Mit Todesverachtung löffelte er seinen Magerquark im hoffnungsvollen Gedanken daran, dass die letzte Adventswoche mit ihren ganzen Köstlichkeiten noch vor ihm lag, während sein beneidenswerter Partner, der nach seiner Scheidung wieder glücklicher Single war, den lieben langen Tag gekochte Eier und Pizzaleberkässemmeln aus der Metzgerei futterte und dabei wundersamerweise kein Gramm zunahm, nach der Hausnummer Ausschau hielt, die ihnen von der Zentrale durchgegeben worden war.

23

Schmiedinger bremste ab.

»Da ist es, die Nummer fünfundzwanzig«, sagte er und hielt an, während Lange die Tupperdose verstaute und seine Dienstmütze aufsetzte. Den Inhalt seiner Thermosflasche mit dem ungesüßten Ingwertee würde er später trinken, jetzt galt es, sich um den aufgebrachten Wutbürger mit dicker Steppjacke und noch dickerer Brille zu kümmern, der schon auf sie gewartet zu haben schien und sich in diesem Augenblick seinen Weg mit einer Schneeschaufel von der Haustür bis zum Gartentor bahnte.

Lange stieg aus und stapfte auf den alten Mann zu, der sich hinter der verschlossenen Gartentür abwartend auf den Griff seiner Schneeschaufel stützte und eine Miene aufgesetzt hatte, die wohl eine Mischung aus gerechtfertigter Empörung und Autorität darstellen sollte.

Lange seufzte innerlich. Er wusste, dass seit dem Funkspruch aus der Zentrale über eine Stunde vergangen war. Aber was konnte er dafür, dass sie außerplanmäßig eine durch Schneeglätte verursachte Unfallstelle absichern mussten, bis die Kollegen von der Verkehrspolizei eingetroffen waren? Es war Winter, und für die extremen Straßenverhältnisse und deren Folgen waren sie schließlich nicht verantwortlich zu machen. Obwohl der alte Mann ganz den Eindruck vermittelte, dass er genau so etwas dachte.

Lange tippte sich zum Gruß an die Dienstmütze und fragte: »Sie haben in der Zentrale angerufen?«

»Allerdings!«, war die vorwurfsvolle Antwort. »Vor über einer Stunde!«

Im Laufe seiner Dienstjahre hatte Lange gelernt, dass es am besten war, Provokationen kleineren Ausmaßes geflissentlich zu ignorieren, um etwaige Konfrontationen von Anfang an herunterzukochen.

»Dann sind Sie der Herr Lauffer?«, fragte er.

»Auch das ist korrekt, wenn auch nur teilweise«, entgegnete

der alte Mann mit der Steppjacke und der Schneeschaufel. »Mein vollständiger Name ist Dr. Lauffer. Und Sie sind?«

»Polizeiobermeister Lange. Sie sagen, Sie haben etwas Verdächtiges zu melden? Etwas, das polizeirelevant sein könnte?«

»Allerdings, Herr Polizeiobermeister. Sehen Sie dieses Haus?«

Er zeigte auf Maisers Einfamilienhaus, als ob dort der Teufel persönlich Einzug gehalten hätte und nun dort sein Unwesen trieb.

»In diesem Haus stimmt etwas nicht.«

»Was konkret meinen Sie damit?«

»Nun, dem genauer nachzugehen ist nicht meine Aufgabe.«

Na, das konnte ja heiter werden, wenn sie in dieser Tonlage so weitermachten, seufzte Lange innerlich und beschloss, die Sachlage ein wenig zu forcieren. Er hatte nicht vor, sich bei dieser lausigen Kälte den Hintern länger als nötig abzufrieren. Der Freiluftaufenthalt beim Absichern des Verkehrsunfalls bei gefühlten zweistelligen Minusgraden hatte ihm für diesen Tag voll und ganz gereicht.

»Was ist denn Ihrer Meinung nach Verdächtiges passiert?«

»Gar nichts«, sagte Lauffer. »Das ist es ja.«

»Tut mir leid. Das verstehe ich jetzt nicht.«

»Na, sehen Sie doch mal auf den Gehsteig.«

»Ja und?«

»Er ist nicht geräumt.«

»Ihrer ist es auch nicht.«

»Bin ja eben dabei.«

Er nestelte ein Taschentuch aus seiner Jacke, entfaltete es umständlich und schnäuzte sich kräftig, bevor er es wieder wegsteckte.

»Ein alter Mann ist kein D-Zug.«

Lauffer wusste selbst, dass dieser Ausdruck aus der Adenauer-Ära stammte, also aus heutiger Sicht aus dem Pleistozän, aber da er etwa genauso alt war, hielt er ihn durchaus für angebracht. Oder hätte er etwa sagen sollen: »Ein alter Mann ist kein ICE?«

Um dem offensichtlich begriffsstutzigen Polizeiobermeister auf die Sprünge zu helfen, fügte er hinzu: »Herr Maiser pflegt normalerweise seinen gemeinschaftlichen Pflichten überaus gewissenhaft nachzukommen. Wenn es schneit, räumt er. Wenn es Herbst ist, kommt er mit dem Laubbläser. Wenn es glatt ist, ist er der Erste in der Straße, der Salz streut. Und was sehen Sie jetzt?«

»Nichts dergleichen.«

»Eben.«

»Was meinen Sie damit?«

Lauffer hätte glatt glauben können, einen seiner begriffsstutzigsten Schüler aus früheren Zeiten vor sich zu haben, jedenfalls benahm sich Lange so. Also half er ihm übergeduldig auf die Sprünge.

»Was folgern wir also daraus?«

Als er immer noch keine Antwort bekam, gab er sie selbst.

»Ich will es Ihnen sagen. Dass er entweder mit einem Herzinfarkt auf dem Boden seines Badezimmers liegt oder von einem Gewohnheitsverbrecher niedergeschlagen wurde, weil er ihn bei einem Einbruch überrascht hat. Ich habe im Laufe der letzten Stunden ein gutes Dutzend Mal bei ihm angerufen. Sein Auto steht vor der Garage, also muss er da drinnen sein. Aber er meldet sich nicht.«

Lange dachte noch über die seiner Meinung nach weit hergeholte Hypothese mit dem Gewohnheitsverbrecher nach, schob seine Dienstmütze zurecht und überlegte, wie er jetzt weiter vorgehen sollte. Schnellschüsse jeglicher Art, vor allem gedanklicher, gehörten nicht gerade zu seiner Kernkompetenz.

»Außerdem kommt noch ein wichtiger Punkt ins Spiel«, fügte Lauffer hinzu, indem er den Zeigefinger hob, um die Wichtigkeit seiner zusätzlichen Anmerkung zu unterstreichen.

»Und der wäre?«

»Na, die Statistik.«

Lange kratzte sich im Nacken. Auf was der alte Herr jetzt wieder hinauswollte, war ihm rätselhaft.

»Die Statistik?«, fragte er vorsichtshalber.

»Selbstverständlich. Kennen Sie Ihre eigene Statistik nicht? Was haben wir für eine Tageszeit?«

»Nachmittag.«

»Und wann geschehen die meisten Einbrüche? Soviel mir

bekannt ist, ist das nicht in der Nacht, wie man vielleicht annehmen könnte. Nein, am helllichten Tag! Weil da die meisten Leute in der Arbeit sind und es nicht so auffällt, wenn sich Fremde im Viertel herumtreiben und so tun, als wären sie Handwerker oder irgend so was. Verstehen Sie?«

Inzwischen hatte POM Schmiedinger seine Meldung über ihren gegenwärtigen Standpunkt per Funk abgesetzt und kam seinem Kollegen zu Hilfe.

»Polizeiobermeister Schmiedinger. Grüß Gott«, sagte er höflich.

Lauffer nickte ihm ungnädig zu.

»Der Herr Doktor sagt, dass in das Haus dort drüben seiner Meinung nach eingebrochen wurde«, meldete Lange.

»Dann sehen wir uns das doch gleich mal an«, meinte Schmiedinger, der es mit seiner jovialen Art fast immer schaffte, aggressivem Verhalten von Zivilpersonen von Anfang an den Wind aus den Segeln zu nehmen.

»Wie heißt der Hausbesitzer?«, wollte er noch wissen.

»Maiser. André Maiser. Sie müssten ihn kennen. War kürzlich groß in der Zeitung.«

»In der Zeitung?«

»Lesen Sie keine Nachrichten? Hat zwei Mädchen das Leben gerettet. Hatten sich zu weit aufs Eis gewagt und sind eingebrochen. Er hat sie rausgezogen.«

»Ach, der ist das.«

»Ja. Mein Nachbar.«

»Lebt er allein?«

»Er ist Single. Ab und zu kommt eine Dame zu Besuch. Aber eher selten. So einmal pro Woche. Keine Verwandten, soweit mir bekannt ist. Wohnt erst seit ungefähr zwei Jahren hier. Ein ruhiger Mensch, hat eine Galerie in Lindau. Moderne Kunst, soviel ich weiß.«

Er holte sein Taschentuch heraus und schnäuzte sich erneut, dabei war ihm noch etwas eingefallen, das er loswerden wollte.

»Ach ja – einen Hund hat er noch. So einen Husky mit blauen Augen. Der jault die ganze Zeit. Was er sonst nie tut.«

Schmiedinger horchte und zuckte dann mit den Achseln.

»Also ich höre nichts.«

»Vielleicht hat ihn der Einbrecher ... Sie wissen schon ...« Er machte die Halsabschneidergeste. »Den Hund würde er nie aus den Augen lassen.«

»Bissig?«

»Hab's noch nie darauf ankommen lassen«, entgegnete Lauffer in einem raren Anflug von Humor und bleckte seine dritten Zähne.

»Na, dann wollen wir doch mal«, sagte Schmiedinger entschlossen, rückte seinen Gurt mit der Dienstwaffe im Holster zurecht und stapfte los durch den knöcheltiefen Schnee, den noch niemand geräumt hatte.

Lange ging hinterher.

Fuß- und Reifenspuren vor Garage und Gartenpforte des Maiserschen Anwesens zeigten an, dass zumindest jemand da gewesen und unverrichteter Dinge wieder gegangen war, denn auf dem Weg von der Gartenpforte zum Hauseingang war alles frisch zugeschneit.

Schmiedinger klingelte.

Aus sicherer Entfernung sah Dr. Lauffer zu und schüttelte entrüstet den Kopf. Wie man einen Einbrecher in flagrante delicto schnappen wollte, wenn man sich per Klingelzeichen anmeldete, war ihm schleierhaft. Kein Wunder, dass die einschlägigen Herrschaften mit entsprechender krimineller Energie bei solchen Methoden immer frecher wurden und der Polizei und dem Bürger auf dem Kopf herumtanzten.

Erwarteten die zwei Leimsieder – wie man im schwäbischalemannischen Sprachraum besonders umständlich agierende Menschen nannte – in Uniform tatsächlich, dass jetzt jemand mit einem Damenstrumpf über dem Kopf und erhobenen Händen herauskam und sich freiwillig ergab?

Als sich auch nach mehrmaligem Klingeln immer noch nichts in dem Haus rührte, ging der Polizist, der sich als Polizeiobermeister Lange vorgestellt hatte, durch das Gartentor hinein, das anscheinend nicht abgeschlossen war, der andere folgte ihm.

Sie klopften an die Haustür, spähten durch das runde Glas-
fenster in Kopfhöhe und klopften noch mal, dann ging Lange
linksherum, der andere rechts.

Den Schnee auf dem Gehsteig vor seinem Grundstück zu räumen hatte Dr. Lauffer vorerst auf seiner Tagesagenda nach hinten
geschoben. Jetzt war das aktuelle Geschehen an die erste Stelle
gerückt. Gespannt wartete er auf das Eintreten eines spektaku-
lären Ereignisses, das ihn mit höchster Wahrscheinlichkeit als
Augenzeugen groß in die Zeitung bringen würde. Und zwar
mindestens in den »Südkurier«, wenn nicht sogar in die Abend-
nachrichten im landesweiten Fernsehen.

Dann konnte er endlich einmal vom Leder ziehen und auf
großer Bühne loswerden, was seiner Meinung nach seit Ade-
nauer alles aus dem Ruder gelaufen war in Friedrichshafen,
am Bodensee, in Baden-Württemberg und überhaupt in ganz
Deutschland.

24

Polizeioberwachtmeister Lange setzte vorsichtig Fuß um Fuß in den tiefen Schnee und ging zwischen der Garage, die auf der linken Seite fest mit dem Haus verbunden war und in die man offensichtlich auch vom Haus aus Zugang hatte, und einer Hecke in den weitläufigen Garten, der sich hinter Haus und Garagenanbau ausbreitete. Nirgendwo waren menschliche Fußspuren, der Schnee war unberührt. Aber Abdrücke von Tierpfoten waren zu erkennen, frische und halb zugeschneite. Lange war kein Tierexperte, doch er vermutete, dass es Hundespuren waren.

Bei jedem Fenster, an dem er vorbeikam, stellte er sich auf seine Zehenspitzen und versuchte, einen Blick ins Innere des Hauses zu werfen.

Beim dritten Fenster war keine Gardine, sodass er erkennen konnte, dass dies die Küche sein musste.

Er entdeckte einen zugeschneiten Metalleimer neben dem Kellerabgang, befreite ihn vom Schnee und stellte ihn verkehrt herum so vor das Fenster, dass er daraufsteigen und besser hineinblicken konnte.

Was er sah, kam ihm mehr als seltsam vor und ließ sämtliche inneren Alarmglocken losgehen. So penibel und aufgeräumt das Haus von außen wirkte – in der Küche sah es aus, als hätte dort ein Kampf oder zumindest eine handfeste Auseinandersetzung stattgefunden. Ein Stuhl lag umgekippt auf dem Boden, daneben ein Kleiderhaufen, Scherben von zerbrochenem Geschirr und ein paar große dunkle Flecken.

Konnte das Blut sein?

Herrgott – es musste angetrocknetes Blut sein, da war er sich ziemlich sicher. Er versuchte, auch die entlegeneren Winkel der Küche zu inspizieren, konnte aber weiter nichts Auffälliges entdecken.

Aber das, was er gesehen hatte, reichte seiner Meinung nach vollkommen, um es zu rechtfertigen, irgendwie in das Haus einzudringen. Er stieg vom Eimer und tastete sich die verschneite äußere Kellertreppe hinunter. Unten rüttelte er an der Kellertür. Sie war abgesperrt, irgendwelche Spuren eines Einbruchs waren nicht zu erkennen.

Er stieg wieder nach oben und gelangte, inzwischen schon vorsichtiger geworden, um die Ecke zur rückwärtigen Terrasse. Der Schnee dort war wie umgepflügt, überall Hundespuren und braune, keksartige Bröckchen, die aussahen wie ... Er hob eins auf und roch daran. Trockenfutter für Hunde, eindeutig. Und in der Ecke lagen, durchnässt und aufgerissen, die Überreste eines Papiersacks, aus dem dasselbe Zeug quoll. Von einem Hund war nichts zu sehen, aber mehrere Hundespuren führten zur hinteren Gartengrenze, die von einer mannshohen Thujahecke gesäumt wurde, die etliche Löcher aufwies. Gut vorstellbar, dass der Hund dort das Weite gesucht hatte.

Die Fenster des Hauses auf der Gartenseite, die nach Süden gingen, sowie die Terrassentür waren blickdicht mit Jalousien verschlossen. Er rüttelte daran, sie ließen sich nicht per Hand nach oben schieben. Er sah die hintere Häuserfront hoch. Auch im ersten Stock waren bei allen Fenstern die Jalousien heruntergelassen.

Seine Hand zuckte zur Dienstwaffe, als plötzlich eine Gestalt um die andere Hausecke kam. Erleichtert entspannte er sich wieder, als er erkannte, dass es sein Partner war, der sich ihm näherte. Auch er hatte seine Hand an der Dienstwaffe am Holster, auch er sah besorgt aus und fragte: »Auf meiner Seite war nichts, keine Spuren, kein kaputtes Kellerfenster oder so. Aber ganz geheuer kommt mir das nicht vor. Und bei dir?«

Lange wies mit dem Kopf zum Haus.

»Die Küche. Dort stimmt was nicht. Willst du einen Blick hineinwerfen?«

Schmiedinger nickte und folgte seinem Kollegen, der vorausging.

Am Küchenfenster kletterte er ebenfalls auf den Eimer und riskierte einen Blick hinein. Er klopfte ans Fenster. »Herr Maiser – hallo!«

Als er nichts hörte, stieg er wieder hinunter und meinte mit ernstem Blick: »Es hilft nichts. Wir müssen da rein.«

»Gefahr in Verzug?«, fragte Lange.

Schmiedinger verzog sein Gesicht. »Klingt arg weit hergeholt, oder? Ich will kein Fenster einschlagen und dann feststellen, dass der Hausherr im Bett liegt und seinen Rausch ausschläft.«

»Soll ich die Zentrale informieren?«

»Tu das. Es ist besser, wir haben Rückendeckung von oben. Ich sehe mich noch mal um, ob nicht doch irgendein Fenster offen ist. Ansonsten fordern wir einen Schlüsseldienst an.«

Lange eilte zwischen Hecke und Garage wieder nach vorne und wollte zum Streifenwagen. Als er in seinen eigenen Fußspuren durch die Gartenpforte und auf den Gehsteig trat, fiel ihm Dr. Lauffer auf, der begonnen hatte, den Schnee auf seinem Gehsteig zu räumen, weil ihm ohne Bewegung kalt geworden war. Außerdem kam es ihm inzwischen dröge vor, Maisers Haus nicht aus den Augen zu lassen in der anscheinend vergeblichen Hoffnung, dass dort die Post abging.

Trotzdem verrichtete er seine Räumarbeiten so, dass er das Maisersche Anwesen nicht aus dem Blickfeld verlor. Vielleicht konnte er ja doch noch Zeuge eines Vorfalls werden, der in die Annalen von Friedrichshafen eingehen würde. Das durfte er natürlich um keinen Preis versäumen.

Als Lange den am Straßenrand abgestellten Streifenwagen fast erreicht hatte, ging alles plötzlich schneller und noch viel dramatischer, als Dr. Lauffer es sich in seinen schlimmsten Alpträumen hätte vorstellen können.

Lange hörte ein Geräusch in seinem Rücken, es klang wie der Anlasser eines älteren Autos. Er drehte sich um. Das Geräusch, eine Art Wimmern, musste aus der geschlossenen Garage kommen.

In dem Moment öffnete sich das elektrisch betriebene Garagentor nahezu lautlos und schwenkte nach oben. Gleichzeitig sprang der Motor des in der Garage mit der Front nach vorne abgestellten Fiat Panda an.

Lange zögerte einen Wimpernschlag lang, bevor er nach seiner Dienstwaffe tastete.

Kaum war das Garagentor weit genug nach oben geschwenkt, schoss der Fiat mit quietschenden Reifen aus seinem Hinterhalt heraus und auf Lange zu, der mitten auf der Straße stehen geblieben war. Er nahm das Gesicht des Fahrers hinter dem Steuer verschwommen wahr, zog gleichzeitig in einer einzigen flüssigen Bewegung seine Waffe aus dem Holster, entsicherte sie und versuchte gleichsam in einem irrationalen Impuls, nämlich einer fatalen Mischung aus falschem Heldenmut und schierer Verzweiflung, den Wagen aufzuhalten, indem er sich ihm in den Weg stellte und mit seiner HK P2000 auf den Fahrer zielte. Der Fahrer bremste nicht ab, im Gegenteil, er beschleunigte und hielt unbeirrt auf Lange zu, der vielleicht fünfzig PS starke Motor jaulte hysterisch auf, und Lange feuerte, einmal, zweimal, dreimal, traf dabei die Frontscheibe, aber einen Sekundenbruchteil später rammten ihn schon Stoßstange und Kühlergrill des Fiat frontal, sodass es ihm die Beine wegriss und er auf die Motorhaube und gegen die Scheibe geschmettert wurde.

Im Hintergrund war Schmiedinger mit gezückter Waffe am Gartentor aufgetaucht und hatte mit einem Blick die Situation erfasst. Er feuerte auf den davonjagenden Panda, was sein Magazin hergab.

Die Bremslichter des Fiat leuchteten kurz auf, auf dem glatten Untergrund geriet das leichte Auto ins Schlingern, da es schlagartig verlangsamte. Wie eine Puppe wurde Lange von der Motorhaube heruntergeschleudert und landete im Schnee am Straßenrand.

Plopp,

plopp,

plopp

traf Schmiedinger das Heck des Panda, dessen Fahrer wieder Gas gab. Der Wagen holperte erbarmungslos über die auf die Straße ragenden Beine von Lange und nahm erneut Fahrt auf.

Schmiedinger feuerte immer noch ununterbrochen, bis er merkte, dass der Abzug nur noch »klick« machte, weil er seine dreizehn Patronen verschossen hatte.

Der Fahrer im Fiat jagte den Motor wieder kreischend hoch, die Antriebsräder drehten durch, dann bekamen sie endlich Grip, der Wagen beschleunigte und jaulte an Dr. Lauffer vorbei, der wie zur Salzsäule erstarrt mit seiner Schneeschippe auf dem halb geräumten Gehsteig stand und den Mund nicht mehr zubrachte vor ungläubigem Staunen darüber, was sich da vor seinen Augen in seiner sonst so friedlichen Straße abspielte.

Schmiedinger verharrte in perfekter Schusshaltung wie im Schießstand beim alljährlichen Schießtraining und konnte nur noch zusehen, wie der Kleinwagen ohne abzubremsen auf die Einmündung zur Hauptstraße fuhr, dort um Haaresbreite einen querenden Lastwagen verfehlte und nach links in die Vorfahrtsstraße hineinschleuderte, bevor er auf dem geräumten und mit frischem Tausalz bestreuten Untergrund wieder in die richtige Fahrspur zurückfand, Vollgas gab, in den nächsthöheren Gang schaltete und endgültig verschwand.

Lange lag kopfunter am Straßenrand in einem Schneehaufen, der sich unter seinem regungslosen Körper ganz allmählich rot färbte.

Dr. Lauffer stand immer noch wie erstarrt da und konnte nicht fassen, was da eben abgelaufen war.

Das Erste, was Schmiedinger registrierte, als er das Fluchtauto endgültig aus den Augen verloren hatte, war der Abgasgestank des Fiat Panda, der wie ein perfider Abschiedsgruß des Flüchtigen in der Winterluft zurückgeblieben war und jetzt in die Nase von Schmiedinger gelangte. Ein abstoßender und bösartiger Geruch, so empfand es Polizeiobermeister Schmiedinger, wie ein höhnisches Äquivalent dessen, was eben geschehen war, schäbig und erbärmlich.

Schmiedinger kam es vor, als wäre der urplötzliche Ausbruch

von Brutalität und Erbarmungslosigkeit wie in Zeitlupe abgelaufen. Noch viel später konnte er sich an jedes Detail, jedes Geräusch und jede Bewegung erinnern, so sehr hatte sich das Geschehen in sein Gedächtnis eingebrannt. Im Laufe seiner Dienstzeit war er schon oft an Schauplätzen von Verbrechen, Fund- und Tatorten gewesen, auch bei schweren Verkehrsunfällen, bei denen Dutzende Autos bei Nebel auf der Autobahn ineinandergekracht waren, und hatte stöhnende Verletzte im Schock auf der Straße herumirren sehen. Aber so eine Explosion von bewusster Gewalt ohne Rücksicht auf Verluste war ihm in seiner ganzen Laufbahn noch nie untergekommen.

Er nahm an, dass er unter Schock stand, weil es ihm für einen Moment lang so vorkam, als ob er sich nicht bewegen konnte, selbst wenn er gewollt hätte. Dabei wusste er gleichzeitig, dass er keine Sekunde mehr zögern durfte.

Der Anblick seines Partners, der fünfzig Meter vor seinen Augen von einem Auto gnadenlos dahingestreckt worden war, löste den Bann.

Er rannte zu seinem Kollegen, der bäuchlings auf der Straße lag und dessen Beine seltsam verrenkt abstanden, als würden sie nicht zu ihm gehören. Vorsichtig drehte er Lange halbwegs in die stabile Seitenlage, bevor er nach dem Puls am Hals fühlte. Er war kaum noch zu spüren, doch Lange atmete, wenn auch röchelnd. Er wollte etwas sagen, aber Schmiedinger konnte ihn nicht verstehen, obwohl er sein Ohr nahe an dessen Mund hielt. Lange krallte sich an Schmiedingers Uniform fest, versuchte, seinen Oberkörper anzuheben, was ihm nicht gelang, ächzend sank er wieder zurück. Blutbläschen bildeten sich auf seinen Lippen.

»Ganz ruhig, Mike, das wird wieder!«, sprach Schmiedinger so laut, dass ihn sein Kollege hören musste. »Der Sanka ist schon unterwegs!«

Das war glatt gelogen. Verzweifelt sah Schmiedinger sich nach Hilfe um, aber es gab keine. Außer Dr. Lauffer, der immer noch wie angewurzelt auf dem Gehsteig stand und jetzt seine Schneeschaufel achtlos umkippen ließ und wie ein Zombie langsam hinkend auf Schmiedinger und Lange zusteuerte.

»Jetzt kommen Sie schon her und reden Sie mit ihm!«, schrie

Schmiedinger, und seine Stimme überschlug sich. »Halten Sie ihn und reden Sie mit ihm! Ich muss einen Notruf durchgeben!«

»Was ... was soll ich denn sagen?«, stotterte Lauffer.

Schmiedinger stemmte sich hoch, er merkte, dass er am ganzen Leib zitterte. »Herrgott – nehmen Sie seinen Kopf und reden Sie einfach mit ihm. Egal was, jetzt machen Sie schon! Er heißt Mike mit Vornamen. Sprechen Sie ihn mit Mike an!«

Lauffer hatte Mühe, sich mit seiner kaputten Hüfte hinzuknien, aber er tat es.

Während Schmiedinger zum Funkgerät im Streifenwagen hastete und einen dringenden Notruf absetzte, bettete er Langes blutigen Kopf in seinen Schoß.

Lauffer dachte nicht großartig nach und fing an, auf Polizeioberwachtmeister Michael Lange mit dem Nächstbesten einzureden, was ihm in diesem Augenblick in den Sinn kam, ließ die Verben »schlafen« und »sterben« dabei weg, als er während des Zitierens merkte, dass es unpassend war, dass das ganze Zitat eigentlich unpassend war, aber was war schon passend, wenn ein Mensch im Sterben lag und höllische Schmerzen haben musste? Jetzt hatte er schon einmal damit angefangen, und was anderes fiel ihm auf die Schnelle nicht ein. Er gab jedenfalls alles, was in seiner Macht stand, um Lange bei Bewusstsein zu halten, und bemühte sich dabei, langsam und überdeutlich zu formulieren, sodass jedes Wort zu verstehen war.

»*Sein oder Nichtsein; das ist hier die Frage: Obs edler im Gemüt, die Pfeil und Schleudern des wütenden Geschicks erdulden oder, sich waffnend gegen eine See von Plagen, durch Widerstand sie enden?* He, Mike, hören Sie mir zu – nicht bewegen, bleiben Sie bei mir, gleich kommt der Notarzt! Hören Sie mich?«

Als er ein schwaches Röcheln vernahm, das er als Antwort deutete, fuhr er leiser, aber immer noch deutlich genug fort: »*Und zu wissen, dass ein Schlaf das Herzweh und die tausend Stöße endet, die unsers Fleisches Erbteil, 's ist ein Ziel, aufs Innigste zu wünschen ...*«

25

Söderberg raste kopflos die Ausfallstraße entlang, die von Friedrichshafen wegführte, obwohl er kaum etwas sah. Zwei Schüsse hatten die Windschutzscheibe getroffen und spinnennetzartige Sprünge im Sicherheitsglas verursacht, durch das man nur mit Müh und Not noch ausmachen konnte, wohin man steuerte. So kam er nicht weit, ohne Gefahr zu laufen, irgendwo dagegenzufahren. Rechts vor ihm tauchte ein riesiges Bauareal auf, auf dem zu dieser Jahreszeit nicht gearbeitet wurde.

Zu seinem Glück war der Panda leicht und hatte Vorderradantrieb, sodass er nicht im Schnee stecken blieb, als er kurz entschlossen auf die Baustelle lenkte und hinter einen Haufen mit Bauschutt gelangte, wo er von der Straße aus nicht mehr gesehen werden konnte.

Mühsam stieg er aus. Erst jetzt bemerkte er, dass er schweißgebadet war und sein Puls raste. Ob das wieder einer dieser Panikattacken war? Wohl eher die Nachwirkung seiner halsbrecherischen Flucht.

Verfluchte Bullen – beinahe hätten sie ihn geschnappt. Das war verdammt knapp gewesen. Aber hier und jetzt war beileibe nicht der Ort und die Zeit, darüber nachzusinnieren, was er diesmal noch für ein unfassbares Riesenglück gehabt hatte, und zwar in dreifacher Hinsicht.

Dass der altersschwache Panda überhaupt angesprungen war, als es darauf ankam.

Dass er genau den richtigen Moment erwischt hatte, um aus der Garage herauszufahren.

Und dann, dass ihn die Kugeln aus der Waffe des Bullen, der sich ihm in den Weg gestellt hatte, nicht erwischt hatten.

Er sah sich die Einschusslöcher in der Windschutzscheibe an, die beide auf der Fahrerseite waren. Die Heckscheibe war ebenfalls durchlöchert. Die Projektile mussten ihn nur um Haaresbreite verfehlt haben. Dass er keinen Kratzer abbekommen hatte, grenzte nicht nur an ein Wunder – es war schon eines!

Das ungute Gefühl überkam ihn, dass er seinen Vorrat an Glück allmählich aufgebraucht hatte.

Er sah sich um. Die Baustelle war riesig, das verschneite Skelett eines mehrgeschossigen Rohbaus und die davor gelegene gewaltige Aushubgrube zogen sich weit an der Ausfallstraße entlang. Auf dem gesamten Areal war kein Mensch zu sehen. Und leider auch kein Auto, das er sich unter den Nagel hätte reißen können.

In der Ferne hörte er jede Menge Martinshörner, die sich näherten.

Jetzt blieb ihm nicht mehr viel Zeit, wenn er noch eine Chance haben wollte, von hier wegzukommen. Er hatte einen Bullen in voller Absicht über den Haufen gefahren, höchstwahrscheinlich war der Mann tot. Das würde die Polizei im Umkreis von hundert Kilometern auf den Plan rufen. In der Folge überall Straßensperren und Personenkontrollen, Aufrufe an die Bevölkerung und Luftüberwachung per Hubschrauber. Kurz: Eine Großfahndung nach ihm würde so schnell wie möglich ausgelöst werden. Ihm blieb vielleicht noch ein Zeitfenster von zehn, fünfzehn Minuten, bevor sich der weit gezogene Ring aus Polizei und allen verfügbaren Einsatzkräften, der sich unerbittlich um den Tatort bilden würde und aus dem es kein Entkommen mehr gab, geschlossen hatte.

Was sollte er jetzt tun? Von nun an durfte er sich keinen Fehler mehr erlauben. Aber was wussten die Bullen schon von ihm? Na gut, ab sofort hatten sie seine Fingerabdrücke und seine DNS im Haus von Maiser. Was ihn nicht weiter juckte, er war in keiner entsprechenden Datei zu finden. Okay – ein Phantombild konnten sie erstellen, aber das war nicht sehr beweiskräftig. Er würde sich eben einen Vollbart wachsen lassen und seine Haare dunkel färben, außerdem hatte er eine Nerdbrille mit schwarzer Fassung und Fenstergläsern an seinem Rückzugsort deponiert, einer Suite im Fünf-Sterne-Hotel »Bayerischer Hof« in Lindau, die er für zwei Wochen gebucht und im Voraus bezahlt hatte, für alle Fälle, jetzt war er froh darüber. Nur musste er erst einmal nach Lindau kommen, ohne auf dem Weg dahin angehalten, erkannt und festgenommen zu werden. Bei der Beweislage war es nun unmöglich für ihn geworden, dann noch den Kopf aus der Schlinge ziehen zu können.

Fieberhaft dachte er nach. Er musste den Panda loswerden, das war klar. Aber ihn einfach abfackeln wie den Mercedes bei seinem Unfall auf der Autobahn konnte er nicht, er brauchte den Wagen noch, zu Fuß kam er in dieser abgelegenen Gegend nicht weit. Oder sollte er mit Waffengewalt im einsetzenden Feierabendverkehr ein Auto auf offener Straße anhalten? Das war reiner Irrsinn und würde womöglich in einem Amoklauf und letztlich im Kugelhagel der Polizei und des SEK enden, da gab Söderberg sich keinen Illusionen hin. Wenn ein Polizist, ein Mann aus ihren eigenen Reihen, Opfer eines Verbrechens geworden war, fackelten seine Kollegen nicht lange, wenn sich der Täter, der gestellt worden war, nicht auf der Stelle ergab. Und eines wusste er genau: sich ergeben − das würde er nie tun.

Er musste kühl bis ans Herz vorgehen, so wie früher, und durfte sich auf keinen Fall dazu verleiten lassen, dass seine mit Gewalt unterdrückte, brodelnde Panik erneut die Oberhand gewann. Momentan drehte sich alles nur darum, sich jetzt nicht nach seiner tollkühnen und gelungenen Flucht aus dem Haus von Maiser doch noch schnappen zu lassen.

Wieder hörte er Autos mit Sirenengeheul auf der Hauptstraße vorüberjaulen.

Wie ein Wolfsrudel auf der Jagd, das ein Wild zu Tode hetzt, dachte er.

Allmählich wurde es eng.

Er suchte und fand im Kofferraum des Panda einen Radschlüssel, mit dem er von innen die Frontscheibe des Wagens komplett herausschlug, so gut es ging.

Das war gar nicht so einfach, vor allem mit seinen schmerzenden Rippen. Dummerweise zerschnitt er sich dabei noch die rechte Hand. Er umwickelte sie mit seinem Taschentuch, die Schnittwunden waren nur oberflächlich. Die winterliche Dämmerung hatte eingesetzt, noch bestand die Aussicht, dass er mit seinem Vorhaben erfolgreich war. Es war mit heißer Nadel gestrickt und nicht ohne Risiko. Aber er hatte keine andere Option.

Er setzte sich wieder in den Panda, betätigte den Anlasser, der wimmerte und wimmerte und nicht mehr anspringen wollte.

Die Schweißperlen, die sich auf seiner Stirn bildeten, konnte er mit dem Ärmel einfach wegwischen, aber die Horrorvorstellung nicht – dass er von dieser Großbaustelle nicht mehr wegkam und er die Nacht im Keller des Rohbaus bei Nässe und Kälte verbringen und sich wie eine Ratte verstecken musste, während draußen knatternde Hubschrauber den Bau umkreisten und die Scheinwerfer ihre Lichtkegel durch die Winternacht schickten und den Rohbau nach ihm abtasteten.

Erst beim dritten Versuch sprang der Motor an, er schaltete die Scheinwerfer ein, wendete, steckte kurz fest, schaukelte sich mit abwechselndem Gasgeben und Gaswegnehmen wieder frei und wartete an der Einmündung zur Straße, bis er endlich eine Lücke im zunehmenden Verkehr fand und einbiegen konnte. Ohne Windschutzscheibe fuhr er in der Gegenrichtung zurück in Richtung Friedrichshafen.

Der Himmel färbte sich allmählich bedrohlich schwarz, und es fing an zu graupeln. Schon bei Tempo fünfzig peitschte ihm der eisige Fahrtwind wie mit Nadeln ins Gesicht, sodass er kaum noch die Augen aufhalten konnte, aber er gab nicht auf. Dass der flüchtige Täter direkt nach Friedrichshafen hineinfahren würde – damit rechneten sie erst einmal bestimmt nicht. Das Letzte, was der Bulle, der ihn von hinten beschossen hatte, von ihm gesehen haben musste, war, dass der Panda nach links von Friedrichshafen weggefahren war.

Es war inzwischen stockdunkel geworden. Söderberg war froh, dass wenigstens die Scheinwerfer des Fiat Panda noch funktionierten, und behielt die Nerven, als auf der Gegenfahrbahn ein ums andere Mal Streifenwagen mit Blaulicht und Martinshorn herangerast kamen. Gott sei Dank fiel ihnen nicht auf, dass in seinem Auto die Windschutzscheibe fehlte. Es schien, als wäre die Polizei des gesamten Bodenseeraums mobilisiert worden, um

Jagd auf den Mann zu machen, der einen Polizisten über den Haufen gefahren hatte. Und höchstwahrscheinlich war es auch so. Unter Garantie war das SEK schon unterwegs. Aber noch vermuteten sie ihn in der falschen Richtung.

Zunehmend wurde der Verkehr dichter, es ging nur noch stoßweise voran, weil jetzt eine Ampel nach der anderen kam. Dem miserablen Wetter verdankte er wenigstens, dass kaum Leute zu Fuß unterwegs waren, denen der Zustand seines Autos aufgefallen wäre. Sobald er den Panda anhalten musste, spielte er ständig mit dem Gaspedal, weil er befürchtete, der Motor könnte absterben und nicht mehr anspringen.

Als er sich dem Fährhafen von Friedrichshafen näherte, musste er direkt an einer roten Ampel anhalten. Ein Mann mit Hut blieb beim Überqueren des Fußgängerstreifens kurz stehen und gaffte den Fahrer an, der ohne Windschutzscheibe an einem scheußlichen Winterabend mit seinem Kleinwagen durch die Gegend kutschierte. Söderberg schaute weg, der Mann ging gebückt gegen die anstürmenden Graupelschauer weiter und hielt dabei seinen Hut fest, bevor er schließlich in der Dunkelheit verschwand.

Ein paar hundert Meter musste er das Stop-and-go noch durchhalten, dann war er da, wo er hinwollte. Als seine Ampel nach einer Weile einfach keine Anstalten machte, endlich auf Grün umzuschalten, war er kurz davor, bei Rot loszufahren. Seine zunehmende Ungeduld wurde im Nu zum Flächenbrand und breitete sich als unbezähmbare Wut wieder in seinem Bauch aus.

Wut auf sich selbst.

Dieser gottverdammte, verfluchte letzte Auftrag!

Hätte er ihn nur nie angenommen. Aber die Gier in ihm hatte seine Vernunft überstimmt.

Wie hätte er auch ahnen können, dass sich ausgerechnet diesmal alles – aber auch wirklich alles! – gegen ihn verschworen hatte! Die gesundheitlich angeschlagene Zielperson, die Umstände, das Wetter und ein dummer Zufall nach dem anderen.

Das ursprüngliche Vorhaben, sich Iris Blaschke, die Lebensgefährtin von André Maiser, am Treffpunkt in der Pizzeria in Lindau vorzuknöpfen, konnte er sich getrost abschminken. Jetzt ging es nur noch darum, aus dem Desaster, in das er geraten war, wieder heil herauszukommen und als Sven Söderberg aus Malmö, schwedischer Staatsbürger, in seiner Hotelsuite unterzukriechen, um zur Ruhe zu kommen und sein weiteres Vorgehen zu überdenken. Jetzt, wo er so weit gegangen war, gab es kein Zurück mehr. Der Point of no Return war längst überschritten.

Schließlich hatte er sein Ziel ohne weitere Zwischenfälle erreicht: das Parkhaus am Romanshorner Platz hinter dem Zeppelinmuseum. Es war ein großes, viel frequentiertes Parkhaus, das zugleich Teil eines Einkaufszentrums war.

Er fuhr aufs oberste Parkdeck und stellte den Panda in der abgelegensten Parkbucht ab, die er finden konnte.

Ihm war klar, dass es hier Überwachungskameras gab, aber das konnte er nicht ändern. Er musste sie eben so gut es ging überlisten.

Dann stieg er aus, holte seine Tasche aus dem Kofferraum und begab sich erst einmal mit dem Aufzug in den Eingangsbereich des Einkaufszentrums.

Kaum öffnete sich die Aufzugstür, schlug ihm auch schon eine geballte Kakophonie aus wuselnder Geschäftigkeit, gestresstem Rummel, rührseligen Weihnachtsliedern und nervtötenden Werbejingles entgegen, was er kaum registrierte, weil er mit seinen Gedanken ganz woanders war.

Er stellte seine Tasche in einem dafür vorgesehenen Schließfach ab und suchte sich in der Drogerieabteilung des Supermarkts ein Haarfärbemittel aus. Anschließend entschied er sich für eine unscheinbare blaue Winterjacke, nahm Textilklebeband in Schwarz und Weiß sowie eine Baseballkappe mit und bezahlte an der Kasse. Gleichzeitig hatte er auch schon jemanden ausgespäht, der geeignet für sein weiteres Vorhaben aussah. Eine gut gekleidete Frau Mitte fünfzig mit voll beladenem Einkaufswagen, die damit augenscheinlich zu ihrem im Parkhaus abgestellten Auto unterwegs war.

Rasch holte er seine Tasche aus dem Schließfach, zog die blaue Jacke an und die Schirmmütze über den Kopf, stopfte seinen Mantel in die Tasche und folgte der Frau so schnell wie möglich.

Gerade noch rechtzeitig zwängte er sich zu ihr in den Aufzug, bevor die Tür sich schloss und der Lift sich in Bewegung setzte.

26

Das Parkdeck, auf dem die Frau den Aufzug wieder verließ, war nicht so menschenleer, wie Söderberg sich das erhofft hatte. Autos auf der Suche nach einer Parklücke oder der Ausfahrt waren unterwegs, Familienväter mit quengelnden Kindern und ein streitendes Seniorenpaar, das sich nicht einigen konnte, wie ihr Einkauf am besten im Kofferraum zu verstauen war.

Söderberg hatte völlig außer Acht gelassen, dass Vorweihnachtszeit war. Die Leute strömten massenweise im Konsumrausch in die Stadt und kauften ein, als ob es morgen nichts mehr geben könnte.

Beinahe hätte er die Frau, der er nachgegangen war, aus den Augen verloren, weil er durch ein umständlich rückwärts aus der Parkbucht manövrierendes Auto aufgehalten wurde, aber im letzten Moment sah er noch aus dem Augenwinkel, wie sie bereits dabei war, ihren silbernen Nissan Qashqai zu beladen.

Verstohlen sah er sich um. Egal, ob hier Überwachungskameras waren, er musste die Gelegenheit beim Schopf packen.

Er öffnete seine Tasche, in der alles Wichtige war, das er für seine Arbeit benötigte. Unter anderem ein Strumpf, der mit Glasmurmeln gefüllt war und der sich als hervorragendes Schlaginstrument bewährt hatte.

Er stellte die Tasche ab, packte den selbst gefertigten Totschläger am Knoten, trat hinter die Frau, die sich gerade mit dem Oberkörper tief in den Laderaum ihres Wagens gebeugt hatte, und schlug ihr einmal kräftig den gefüllten Strumpf über den Hinterkopf.

Mit einem Seufzer klappte sie zusammen. Sie war leicht, trotz seiner immer noch schmerzenden Rippen konnte er sie ohne große Mühe und ungesehen in ihren Kofferraum bugsieren, suchte und fand den Autoschlüssel in einer ihrer Manteltaschen und schaufelte den Rest ihres Einkaufs achtlos zu ihr hinein, bevor er die Heckklappe schloss und den Einkaufswagen zur Seite schob.

Er wollte schon zum Parkautomaten, da fiel ihm doch noch etwas ein, das er vergessen hatte. Ab sofort durfte ihm kein folgenreicher Flüchtigkeitsfehler mehr passieren!

Er wartete, bis eine Patchworkfamilie vorbeigegangen war, der er den Rücken zukehrte, öffnete dann erneut die Heckklappe und durchsuchte die Taschen seines bewusstlosen Opfers noch einmal, bis er das Smartphone fand und es auf den Boden legte. Mit ein paar kräftigen Tritten seines Absatzes zerstörte er es und warf den Hardwaremüll in den Abfalleimer beim Aufzug.

Dann wartete er am Qashqai, bis niemand mehr in der Nähe war. Mit ein paar Stücken der Textilklebebänder änderte er die Kennzeichen vorne und hinten so ab, dass eine neue Zahlen-Buchstaben-Kombination entstand. Wenn man genauer hinschaute, konnte man die Manipulation erkennen, aber für eine unscharfe Überwachungskamera und den Verkehr bei Dunkelheit und winterlichem Schmuddelwetter reichte es vollkommen, und die nassen Straßen würden für den nötigen Schmutz sorgen, der die Nummernschilder sowieso nahezu unlesbar machte.

Außerdem: Die Polizei suchte nach einem Panda, nicht nach einem Nissan Qashqai.

Mit dem bei seiner Einfahrt erhaltenen Parkchip ging er anschließend in aller Seelenruhe zum nächsten Parkautomaten, bezahlte und klemmte sich endlich hinter das Steuer des SUV.

Bei der Ausfahrt gab er sich größte Mühe, auf keinen Fall jetzt noch einen Blechschaden zu verursachen. Gestresste Fahrer kamen aus allen Ecken, von überall her quietschten Reifen und hupte es, und wie in fast allen Parkhäusern waren die Kurven für die modernen, übergroßen Automobile viel zu eng angelegt, aber er gelangte reibungslos bis auf das Deck mit den Ausfahrtschranken, vor denen sich bereits die Autos stauten.

Sein erhöhter Fahrersitz spiegelte sein Hochgefühl wider, das ihn in diesem Augenblick mit einem Mal erfasst hatte. Seine Baseballkappe hatte er so weit wie möglich heruntergezogen, als er seinen Parkchip in den dafür vorgesehenen Schlitz warf und endlich die Schranke hochklappte.

Er war draußen und ordnete sich im sicheren Gefühl, dass er wieder zurück im Spiel war, in den fließenden Verkehr ein, der in Richtung Lindau durch wechselnd heftige Schneeschauer am Bodensee entlangführte.

27

You come to me like a moth to the flame
It's love you need but I don't play that game
'Cos you could be my greatest fan
But I'm nobody's friend
I'm a demolition man
I'm a walking nightmare, an arsenal of doom
I'm a walking disaster
I'm a demolition man

Es gab den Tag der Deutschen Einheit und den Tag des deutschen Butterbrotes, den Welttoilettentag, den Weltpsoriasistag. Sogar einen Welttag des Stotterns und einen Internationalen Tag der Putzfrau, Tatsache, er hatte es gegoogelt. Aber heute hatte Madlener das Gefühl, es war wieder ein Tag des Zweifels für ihn, des Zweifels an seiner eigenen Persönlichkeit. Heute war für ihn der Madlener-was-stellst-du-mit-deinem-Leben-an-Tag, von dem er nur wünschte, dass er bald vorübergehen möge. An eine Art göttliche Eingebung, wie er seinen Problemberg mit einem Schlag loswerden konnte, glaubte er schon lang nicht mehr.

Ausgelöst worden war seine Sinnkrise von diesem Police-Song, den er zufällig beim Frühstücken in Ellens Küche im Radio gehört hatte, »Demolition Man«. Ellen war schon vor ihm aufgestanden und bereits unterwegs zu ihrer Arbeit in der Klinik. Er mochte den Song und Police sowieso, sie waren mit mindestens zwei Liedern in seiner persönlichen Hitparade der hundert besten Popsongs aller Zeiten vertreten. Er war oft gecovert worden, unter anderem von Manfred Mann's Earth Band und sogar für eine ausgesprochen originelle und erstklassig produzierte Version von Grace Jones, aber das Original von Sting, Stewart Copeland und Andy Summers war unerreicht.

Als er den Refrain mitsang, was er nur tat, wenn er wusste, dass er allein war, lief es ihm auf einmal kalt den Rücken herunter. Beim Singen wurde ihm mit einem Mal bewusst, dass es ein Song über ihn selbst war, »Demolition Man« war ein Slang-Ausdruck für »eiskalter Bulle«. Das hatte er mal gelesen, weil er sich schon immer dafür interessiert hatte, was in und hinter den Texten von diversen Popsongs steckte. Wie jedes gute Musikstück erfasste auch »Demolition Man« ein ganz bestimmtes Lebensgefühl in einem ganz bestimmten Zeitabschnitt, ein sehr gutes war auch noch in der Gegenwart von aktueller Bedeutung, und sei es auch nur auf der emotionalen Ebene. Obwohl der von Sting geschriebene Text Anfang der 1980er Jahre entstanden war, passte er wie die Faust aufs Auge zu seiner gegenwärtigen Lebenssituation, jedenfalls so, wie er sie im Augenblick empfand.

War er das wirklich?

Ein eiskalter Bulle?

Ein Mensch, der nur für seinen Beruf lebte und dann, sobald sein Leben in ein ruhigeres Fahrwasser gekommen war, es zunehmend langweilig und angepasst fand? Das machte ihn unzufrieden und kritisch – mit sich selbst?

Oder war das immer noch die gewöhnliche Weihnachtsmelancholie, die sich allmählich in seinem Fühlen und Denken zur Depression auswuchs?

Er machte das Radio nach den Versen

Tied to the tracks and the train's fast coming
Strapped to the wing and the engine running
You say that this wasn't in your plan
And don't mess around with the demolition man

aus, beschloss, alle damit verbundenen negativen Gedankenassoziationen zu verdrängen, schob in den CD-Player seines Autos seinen momentanen Lieblingstitel ein, der nur instrumental war – The Nice, »Brandenburger« –, und zwar die Langversion mit Orchester, die ihn jedes Mal umhaute, so gut war sie, und fuhr mit einer Lautstärke im Innenraum seines Wagens zum Polizeipräsidium, die in der Lage war, seine Gehirnwindungen und Gehörgänge so richtig durchzupusten.

Dort saß er nach der allgemeinen Besprechung nun und merkte, dass er Frau Gallmanns Weihnachtsdekoration seit einer geraumen Weile anstarrte, ohne sie wirklich wahrzunehmen. Die Gespenster, die das Police-Lied in ihm geweckt hatte, waren wieder zurückgekommen.

I'm a walking nightmare, an arsenal of doom
I kill conversation as I walk into the room …

Als wäre er aus einem Tagtraum aufgewacht, blickte er sich im Großraumbüro um. Alle waren sie mit ihren Computern oder mit Telefonieren beschäftigt.

Noch immer war keine Vermisstenmeldung hereingekommen, niemand hatte den Mann auf dem Phantombild erkannt, der Fall bewegte sich auf der Stelle.

Irgendwie stach ihm wieder »Weihnachtszauber extra stark« in die Nase. Frau Gallmann musste die Gelegenheit genutzt und dieses Duftöl auf Löschpapier geträufelt und auf irgendeinen Heizkörper gelegt haben, als er vorhin kurz in der Teeküche gewesen war, um sich einen Kaffee zu machen. Er warf einen Blick in seine Tasse, die er in der Hand hielt – sie war nur noch lauwarm und die dunkle Brühe unberührt.

Madlener hatte plötzlich das Gefühl, ersticken zu müssen. Er stellte die Tasse auf dem Schreibtisch ab, stand ruckartig auf, packte Schal und Mantel und verließ Hals über Kopf seinen Arbeitsplatz.

28

Er stürmte die Treppe zum Hintereingang hinunter und begab sich auf den Parkplatz des Polizeipräsidiums neben den dort positionierten Standaschenbecher, der an einer besonders windigen Ecke untergebracht war, um auch noch dem letzten Unbelehrbaren unter den Nikotinsüchtigen des Polizeipersonals das Rauchen endgültig zu vermiesen. Schon das Zustandebringen einer brauchbaren Flamme mit dem Feuerzeug war wegen der heftigen Zugluft fast ein Ding der Unmöglichkeit. Trotzdem hatte er es irgendwie geschafft, sich eine Zigarette anzustecken, nachdem er die immer wieder leicht brennende Stelle an der Lippe mit einem winzigen Klecks aus seiner diesmal nicht im Hotelzimmer vergessenen Tube Zovirax betupft hatte.

Wahrscheinlich würde er noch bis Weihnachten damit zu tun haben, einen heftigen Ausbruch von Herpes labialis mit prophylaktischer Dauerbehandlung zu verhindern, bis die leidige Angelegenheit, gleichzeitig bei mehreren familiären Weihnachtsfeiern anwesend zu sein, ohne sich klonen zu können, irgendwie ausgestanden war. Wenn er nur wüsste, wie er das anstellen sollte, ohne bei allen Parteien in Ungnade zu fallen!

Er verspürte auf einmal große irrationale Lust, einfach alle damit zu brüskieren, Harriets Ratschlag vom Weihnachtsmarkt, Urlaub zu machen, dahin gehend zu befolgen, dass er über die Feiertage nach Honolulu oder sonst wohin abhaute – Hauptsache, so weit weg wie nur irgend möglich auf diesem Planeten – und endlich einmal total verantwortungs- und respektlos zu sein.

Gewann in solchen Wunschvorstellungen wieder sein Peter-Pan-Syndrom die Oberhand über den dünnen – allzu dünnen – Firnis seines bürgerlichen Daseins, das ihm von seinem Schwiegervater in spe und ehemals behandelnden Psychiater Dr. Dr. h. c. Auerbach attestiert worden war?

Er inhalierte tief und gab sich größte Mühe, wenigstens für eine Zigarettenlänge nicht an den Madlenerschen Welt-Zweifel-Tag, familiäre Zwickmühlen oder den verkohlten Leichnam zu denken, dessen Identität sie immer noch nicht aufgedeckt hatten. Er betrachtete den Himmel, der zunehmend dunkler wurde. Er war kein Meteorologe, aber diese bedrohliche Wolkenformation, die sich da zusammenbraute, verhieß nichts Gutes. Vielleicht sollte er zusehen, rechtzeitig nach Hause zu kommen, bevor das aufziehende Unwetter während des üblichen chaotischen Feierabendverkehrs über Friedrichshafen hereinbrach.

Nach Hause – was war das?

Seine Bude im Hotel »Zum silbernen Zeppelin« gleich hinter dem Busdepot oder die geschmackvoll eingerichtete, großzügige Wohnung von Ellen, die ganz und gar ein Abbild ihrer Persönlichkeit war und für die er jetzt sogar einen eigenen Schlüssel hatte?

Im Prinzip und auf den ersten Blick war das angenehm und reizvoll. Keine Frage – er fühlte sich dort wohl und willkommen. Aber trotz allem wurde er das dumme Gefühl nicht los, dort nur ein Gast zu sein, sosehr Ellen auch versuchte, diesen Eindruck erst gar nicht aufkommen zu lassen.

War er schon zu lange Single, hatte zu lange allein gelebt, um auf Dauer wieder damit klarzukommen, sich eine Küche zu teilen, das Schlafzimmer, das Bad?

Letzte Nacht war er an der Seite von Ellen aufgewacht und merkte, dass er nicht mehr einschlafen würde. Er stand so leise wie möglich auf, schlich sich in die Küche und trank dort an der Spüle ein eiskaltes Glas Sancerre. Nicht nur, weil die angebrochene Flasche von Ellens Lieblingsweißwein noch im Kühlschrank war, sondern einfach, weil er Lust darauf hatte und hoffte, danach wieder einschlafen zu können. Anschließend ging er ins gemeinsame Schlafzimmer zurück, wieder auf Zehenspitzen, um Ellen nicht zu wecken. Prompt schlug er sich dabei das Schienbein schmerzhaft an der Bettkante an, weil er aus Rücksichtnahme kein Licht angemacht hatte. Davon wurde Ellen wach. Als er endlich neben ihr unter der Bettdecke lag, bekam er ein gemurmeltes »Wo warst du denn?« zu hören, gefolgt von einem vorwurfsvollen »Du riechst nach Alkohol ...«, bevor sie sich wegdrehte und weiterschlief.

Beim Gedanken daran seufzte er und überlegte: War das ein erstes Anzeichen von Kontrolle, etwas, bei dem sich ihm sämtliche Nackenhaare sträubten? Weil er allein schon den Versuch, ihn zu kontrollieren, auch wenn es vielleicht gar nicht absichtlich war, nicht einmal im Ansatz ertragen konnte?

Da er die Antwort nicht wusste, nicht wissen wollte, nahm er einen tiefen Zug von seiner Zigarette, von der er sich vorgenommen hatte, dass dies die letzte des Tages war.

War es Freiheit, auf niemanden Rücksicht nehmen zu müssen?

Sich die Zähne zu putzen, wann man wollte? Ein lächerlicher Gedanke, auf den ersten Eindruck banal. Aber wenn man ein wenig tiefer bohrte ...

Wie hieß es so schön? Wehret den Anfängen ...

Oder war es im Grunde die Unfähigkeit, mit jemandem, den man liebte, zusammenzuleben und notwendige Kompromisse einzugehen?

Bevor er sich noch mehr von diesen existenziellen Fragen stellen konnte, gesellte sich Harriet aus dem Nichts zu ihm, ohne auch nur »Hallo« zu sagen.

Wie aufs Stichwort, dachte er, als er sie ansah. Harriet war die Verkörperung der Unabhängigkeit. Die Fleisch gewordene Unabhängigkeitserklärung sozusagen.

War sie deshalb glücklicher? Er wusste es nicht.

Seit Neuestem hatte sie damit angefangen, ihre Zigaretten selbst zu drehen. Sie behauptete, wenn sie das tat, würde sie weniger rauchen. Ob sie das selbst glaubte? Er bezweifelte es.

Jedenfalls legte sie in dieser aussterbenden Kunst inzwischen eine geradezu magische Fertigkeit an den Tag, auf die sich David Copperfield etwas hätte einbilden können – bevor Madlener sich's versah, hatte sie mit einer Hand aus einem zurechtgefingerten Tabakstrang und einem dünnen Blättchen Papier, das sie blitzschnell mit der Zungenspitze anfeuchtete, eine absolut perfekte Zigarette gedreht.

Er hatte auch schon dergleichen Versuche hinter sich, war aber jedes Mal grandios gescheitert. Entweder zerbröselte alles unter seinen Fingern, oder das unansehnliche Ding, das er mit Müh und Not zusammengeschustert hatte, war so krumm und unförmig, dass er es wegwarf und lieber wieder zu einer herkömmlichen Zigarette aus der Schachtel griff.

Mit dem Selberdrehen von Zigaretten war er so hoffnungslos überfordert wie mit dem Binden von Krawatten – feinmotorisch war mit ihm einfach kein Staat zu machen.

Außerdem schmeckte ihm der Halfzware-Tabak nicht, den Harriet ihm zum Drehen empfohlen hatte. Selbst der milde war ihm viel zu kratzig im Hals.

Verschärfend kam noch hinzu, dass die abschreckenden Bilder von Kehlkopflöchern und Lungenkarzinomen auf den Tabaksbeuteln aus Plastik noch monströser waren als auf den normalen Zigarettenschachteln – und die waren schon obszön genug. Zum wiederholten Mal nahm er sich fest vor, ein geschmackvolles silbernes Zigarettenetui zu kaufen, damit er nicht andauernd von diesen Gruselfotos daran erinnert wurde, mit welchen schrecklichen Folgen er als Raucher zu rechnen hatte.

Obwohl – er wollte es sich ja sowieso abgewöhnen.

Wortlos hielt er Harriet sein Feuerzeug hin. Sie nahm es und wandte Madlener und dem Luftzug geschickt den Rücken zu. Schon beim ersten Versuch schaffte sie es, ihre Zigarette zum Glimmen zu bringen. Sie gab ihm sein Feuerzeug zurück, während er aus seiner Kippe noch einen letzten, tiefen Zug herausholte.

»Dachte, du hast es aufgegeben«, sagte sie und sah irgendwohin, nur nicht zu ihm.

»An Weihnachten ist Deadline, da höre ich endgültig auf«, entgegnete er. »Hundertprozentig.«

»Schon klar«, antwortete sie lakonisch, ohne auch nur im Geringsten den Eindruck zu erwecken, seine vollmundige Ankündigung ernst zu nehmen. Dass sie ihre Augen kurz gen Himmel verdrehte, war Kommentar genug.

»Bitte sag jetzt nicht: Und die Erde ist eine Scheibe«, brummte er und machte seine Kippe aus.

»Nein«, antwortete sie. »Ich wollte dich eigentlich nur fragen, ob du heute mit dem falschen Fuß aufgestanden bist. Aber das geht mich im Grunde genommen nichts an, deshalb hab ich's gelassen.« Sie schniefte einmal.

Kein gutes Zeichen, wenn seine Assistentin schon an seinem Gesicht ablesen konnte, was mit ihm los war. Manchmal hatte er den Eindruck, dass sie ihn schneller durchschaute, als ihm lieb war.

Mist, Mist, Doppelmist.

Dass Harriet auch immer geradeheraus und unverblümt sagen musste, was sie dachte!

Wenn er ehrlich war, beneidete er sie darum. Dass sie mit ihrer bisweilen schonungslos brutalen Offenheit so manches Mal aneckte, war ihr dabei anscheinend vollkommen egal. Er in seiner Eigenschaft als leitender Ermittler war allein schon durch seine Stellung gezwungen, sich entsprechend diplomatisch zu verhalten, während seine Assistentin kein Blatt vor den Mund zu nehmen brauchte. Manchmal gab es Situationen, da war es einfach angebracht, seine wahre Meinung nicht nur beruflich, sondern auch privat besser für sich zu behalten.

Oder, noch schlimmer, er zog es vor, sich fremdbestimmten Konventionen zu unterwerfen, bisweilen sogar in vorauseilendem Gehorsam. Nur um Konflikten aus dem Weg zu gehen und seine Ruhe zu haben. Wenn er das im Nachhinein feststellte, ärgerte er sich maßlos darüber, schon wieder seine insgeheim gezogene rote Linie überschritten zu haben. Für ihn war das eine bedeutsame rote Linie. Eine, die er grundsätzlich für sein Leben gezogen hatte.

War er schon so tief gesunken, dass er immer mehr den Weg des geringsten Widerstands ging und seine Persönlichkeit der Bequemlichkeit geopfert hatte?

Harriet bemerkte, dass Madlener mit seinen Gedanken wieder einmal in seinem eigenen Universum war und nicht auf festem Boden im Polizeipräsidium von Friedrichshafen. Sie blies ihm eine Abfolge von perfekten Rauchkringeln um die Ohren, die der nächste Windstoß gleich wieder zerstörte.

Das brachte ihren Chef wieder zurück ins Hier und Jetzt.

Ihn fror, aber aus Solidarität wollte er noch warten, bis Harriet fertig geraucht hatte.

Es fing an, richtig ungemütlich zu werden, denn auf einmal öffnete der schwarz verhangene Himmel seine Schleusen, und ein Graupelschauer kam herunter. Die Raucherecke hatte kein schützendes Dach. Zuerst tröpfelte es nur, aber schnell wuchsen sich die Niederschläge zu einem regelrechten Trommelfeuer aus. Madlener hielt schon die Tür zurück ins Gebäude auf. Harriet nahm noch einen letzten Zug und drückte ihre Kippe im Standaschenbecher aus. Dann verzogen sie sich gemeinsam ins Trockene.

Durch die große Glasscheibe sahen sie, wie im selben Augenblick die Tür zum Innenhof aufgerissen wurde und nacheinander vier uniformierte Polizisten im Laufschritt herauskamen, sich paarweise in ihre Dienstwagen warfen und in Höchstgeschwindigkeit mit Blaulicht und Sirene knapp hintereinander vom Hof rasten. Das war an sich nichts Besonderes und kam fast jeden Tag vor.

Als aber dann noch weitere Polizisten herausrannten und dabei im Laufen ihre schusssicheren Westen stramm zogen, bevor sie in ihre Wagen hechteten und vom Hof jagten, tauschten Madlener und seine Assistentin einen beredten Blick.

Harriet griff zum Handy in ihrer Tasche. Sie hatte es noch nicht ganz herausgezogen, da ertönte schon ihr Klingelton »U Can't Touch This«.

Gleichzeitig schrillte Madleners Handy los wie ein altes amerikanisches Telefon. Er nahm den Anruf sofort entgegen.

»Ja, Frau Gallmann«, sagte er. »Wo brennt's diesmal?«

29

Im dichten Schneetreiben war im Licht seiner Autoscheinwerfer das Schild am Straßenrand nur mit Müh und Not zu erkennen, es wies auf einen Parkplatz in tausend Meter Entfernung hin.

Söderberg fuhr mit seinem Qashqai inmitten einer zäh dahinkriechenden und endlosen Kolonne aus Lastwagen und Pkws in Richtung Lindau, an ein Überholen war nicht zu denken.

An der Ausfahrt scherte er aus und hielt in der Parkbucht an. Den wetterbedingt notwendigen Schnellmodus seiner Scheibenwischer schaltete er auf Intervall herunter und sah sich um. Zwischen der Parkbucht und der Straße war ein breiter Grünstreifen mit dichtem Gebüsch und Bäumen, die jetzt schneebedeckt waren. Rechts neben den Parkplätzen verloren sich ein paar vom Schnee mit dicken weißen Hauben verzierte Steinhocker und -tische, an denen man im Sommer Brotzeit machen konnte, danach kam ein Zaun und dann steil abfallendes Waldgelände, soweit man das im Scheinwerferlicht der vorbeiziehenden Autos erkennen konnte. Bei diesem Wetter und zu dieser Stunde machte niemand freiwillig hier Rast, alle hatten es eilig, nach Hause oder an ihr Fahrtziel zu kommen.

Nur ein einsames Auto stand da. Dessen Fahrer löste sich gerade vom Maschendrahtzaun am Waldrand, knöpfte seine Hose zu, setzte sich in seinen Wagen und fuhr auf die Straße zurück, wo er sich zügig in den stetig fließenden Verkehrsstrom einreihte.

Eigentlich hatte Söderberg schon viel früher nach einer Gelegenheit gesucht, um anhalten zu können und die Frau im Kofferraum loszuwerden. Er wusste nicht, wie lange sie noch bewusstlos war. Vielleicht wachte sie auch gar nicht mehr auf. Das war ihm gleichgültig, solange sie sich nicht rührte und keinen Laut von sich gab.

Jedenfalls musste er sie so schnell wie möglich loswerden, das war zwingend notwendig.

Aber bei der ersten Möglichkeit, die er hatte nutzen wollen, um von der Hauptstraße wegzukommen, stimmte etwas nicht, das sah er von Weitem. Es hatte sich ein Stau gebildet, der kilometerweit ging, er kam nur noch im Stop-and-go-Verfahren vorwärts. Da die Straße einen lang gezogenen Bogen machte, konnte er den Autolindwurm aus unzähligen Rücklichtern bis zum Sichthorizont überblicken, an dessen Ende flackernde Blaulichter von Polizeistreifenwagen einen Unfall oder eine Kontrolle anzeigten.

Verdammt – damit hatte er nicht gerechnet. Er hatte angenommen, dass die Bullen die Suche nach ihm auf die nördlichen Ausfallstraßen von Friedrichshafen konzentrierten.

Wenden und umkehren war unmöglich, der Gegenverkehr war genauso dicht wie in seiner Richtung, eine endlose Kolonne Wagen an Wagen. Und selbst wenn er alles auf eine Karte setzte und es riskierte, zog er nur die Aufmerksamkeit der Polizei auf sich. Ihm blieb nichts anderes übrig, als abzuwarten, was geschah, wenn er in Sichtweite des Kontrollpunktes kam. Er konnte erkennen, wie einzelne Autos stichprobenartig herausgewinkt wurden und wie Polizisten in neongelben Warnwesten die Papiere in Augenschein nahmen und mit Taschenlampen einen prüfenden Blick ins Wageninnere und auf die Fahrer warfen.

Je näher er kam, desto mehr fing er an zu schwitzen. Wieder spürte er, wie sein Herz gegen seine Rippen hämmerte, dass es wehtat.

Er ließ das Fahrerfenster herunter, die eiskalte Luft brachte ein wenig Erleichterung. Den Schild seiner Kappe zog er so weit ins Gesicht, wie es nur möglich war.

Fieberhaft überlegte er, wie er reagieren sollte, falls sie ihn herausholten. Seine Tasche hatte er neben sich auf dem Beifahrersitz.

Da es nur im Schritttempo weiterging, hatte er Zeit genug, den Reißverschluss aufzuziehen und nach seiner Beretta zu tasten. Sie gab ihm kein Gefühl der Sicherheit wie sonst, aber er steckte sie sich schon mal in seine rechte Jackentasche.

Dann waren nur noch zwei Lastwagen und ein Transporter mit Firmenaufschrift zwischen ihm und der Kontrollstelle. Einer der Polizisten mit Neonweste hatte eine Maschinenpistole umhängen, also war es keine normale Verkehrskontrolle, was angesichts des hohen Verkehrsaufkommens am vorweihnachtlichen Feierabend auch absurd gewesen wäre, sondern eine Kontrolle im Rahmen der Fahndung nach ihm.

Der Bulle mit der Maschinenpistole widmete seine ganze Aufmerksamkeit den langsam vorbeidefilierenden Fahrzeugen, ein zweiter war mit einer Leuchtkelle ausgestattet und winkte die Lastwagen weiter. Dann warf er einen Blick auf das Auto vor Söderberg, den alten Ford-Transporter, den er gleich wieder weiterscheuchte, um sich dem Qashqai zuzuwenden.

Söderberg tat so, als würde er sich zu ihm hinüberbeugen, um seine Bereitschaft zu signalisieren, gegebenenfalls nach rechts zu seinen kontrollierenden Kollegen auszuscheren. In Wirklichkeit zog er seine Schusswaffe heraus und entsicherte sie unter dem Armaturenbrett.

Der Bulle leuchtete ihn direkt mit seiner Taschenlampe an. Söderberg spürte, wie der Lichtstrahl kurz über sein Gesicht strich, dann forderte der Bulle ihn mit ungeduldigen Handbewegungen auf weiterzufahren.

Söderberg ließ sich das nicht zweimal sagen, grüßte scheinheilig und beschleunigte, um wieder zum Transporter aufzuschließen.

Im Rückspiegel sah er, wie sein Hintermann, der einen Kleinwagen fuhr, herausbefohlen wurde, dann machte die Straße eine Linkskurve, und die flackernden Blaulichter verschwanden in der Dunkelheit.

Erst als er die Kontrollstelle ein gutes Stück hinter sich gelassen hatte, entspannte er sich wieder im Bewusstsein, noch einmal davongekommen zu sein. Er schnaufte erleichtert durch und steckte die Beretta in seine Tasche zurück.

Beinahe hätte er sich aus reiner Routine bekreuzigt, eine schlechte Angewohnheit aus frühester Jugend, als er ein Jesuiteninternat besucht hatte. Damals war ihm das Bekreuzigungsritual bei jeder passenden und unpassenden Gelegenheit in Fleisch und Blut übergegangen. Es hatte ihn regelrecht Mühe gekostet, sich das wieder abzugewöhnen. Und jetzt kam das alles erneut hoch, als nicht endgültig löschbarer Automatismus seines Unterbewusstseins.

Er ahnte, warum.

Weil die Angst in ihm hochkochte, erwischt zu werden und den Rest seines Lebens hinter Gittern verbringen zu müssen statt auf seiner kleinen Insel vor der südfranzösischen Mittelmeerküste mit seiner Geliebten, die so eine phantastische Bouillabaisse machen konnte.

Merde!

Er fixierte die roten Rücklichter vor sich, um sich aufs Fahren zu konzentrieren, und versuchte, sich von den monotonen Bewegungen und dem quietschenden Geräusch der Scheibenwischer hypnotisieren zu lassen.

Einen erneuten Panikanfall durfte er jetzt nicht bekommen.

Er fing an, bewusst und tief im Rhythmus der Scheibenwischer ein- und auszuatmen.

Das half.

Ganz allmählich flaute das Gefühl wieder ab, das begonnen hatte, ihm die Brust wie mit einem Eisenband abzuschnüren, das enger und enger wurde.

Die nächste Ausfahrt musste er raus.

Und nun war er als Einziger mit seinem Qashqai in der Parkbucht und hatte eine Frau im Kofferraum, die er auf Biegen und Brechen loswerden musste. Den Motor hatte er ausgemacht, er kühlte leise klickend ab. Söderberg wartete noch zweimal das Wusch-Wusch der Scheibenwischer ab, bevor er die Zündung ganz ausschaltete, ausstieg und sich die Nummernschilder des Wagens ansah. Sie waren so verdreckt, dass man sie unmöglich ablesen konnte. Aber das war bei den anderen Fahrzeugen ebenso gewesen. Er hätte sich die Mühe mit den Klebebändern sparen können. Egal – etwas, das die Bullen in die Irre führte, konnte gar nicht kontraproduktiv sein.

Diesmal hatte ihm das winterliche Schmuddelwetter, das er bei seinem Unfall mit dem Mercedes so verflucht hatte, doch noch einen Gefallen getan.

Er blickte sich um und überlegte, was er mit der Frau im Kofferraum anstellen sollte. Und zwar möglichst so, dass sie mindestens bis zum nächsten Frühjahr nicht gefunden werden konnte.

Sie einfach irgendwo auszusetzen und wieder laufen zu lassen war von Anfang an keine Option gewesen. Den Fehler hatte er schon bei der Frau mit dem Panda begangen.

Waren die Bullen über sie auf seine Spur gekommen? Oder war es nur ein dummer Zufall, ein Nachbar, der die Polizei gerufen hatte, weil der Hund so lange gebellt hatte und sein Herrchen ihn nicht ins Haus ließ?

Es konnte auch die Freundin gewesen sein, die Verdacht geschöpft hatte, weil sich André Maiser einfach nicht zurückmeldete.

Aber das glaubte er eher nicht. Eine Freundin, die Maiser wirklich nahestand, wäre selbst gekommen, um nachzusehen, was da mit ihm los war. Vielleicht hätte sie sogar einen eigenen Schlüssel gehabt oder zumindest geklingelt.

Wie dem auch sei – mit einem Schlag war er plötzlich für die Polizei sichtbar geworden, wo er vorher noch hinter der Maske der Anonymität völlig unbehelligt seiner Arbeit hatte nachgehen können.

Er war gleichsam enttarnt worden, mit den Spuren im Haus von Maiser war er endgültig zu einem Menschen aus Fleisch, Blut und DNS geworden, nach dem gesucht werden konnte.

Vielleicht hätte er doch das ganze Haus in Brand stecken und damit alles, was ihn verraten konnte, aus der Welt schaffen sollen.

Das hatte er nun von seiner falschen Zurückhaltung.

Er ging ein Stück den Maschendrahtzaun entlang, der die gesamte Parkbucht zum Wald hin abgrenzte, und suchte nach einer Lücke, die groß genug war. Er fand aber keine.

Als Autoscheinwerfer in seinem Rücken auftauchten, ein Sportwagen auf den Parkplatz gefahren kam und ein paar Wagenlängen hinter dem Qashqai anhielt, sah Söderberg ein, dass es viel zu gefährlich war, neben dieser viel befahrenen Straße ungesehen jemanden loszuwerden, ohne aufzufallen.

Er musste das Problem auf andere Art lösen.
Für diesen Fall und in seiner prekären Situation gab es nur ein Patentrezept.
Er wusste auch schon, welches.
Er stieg wieder in den Qashqai und fuhr weiter.

30

»Fahr langsam, wir haben Zeit«, sagte Madlener zu Harriet, die am Lenkrad des Dienstwagens saß, den sie mit Blaulicht und Sirene durch den dichten Verkehr zu der Stichstraße in der etwas außerhalb der Stadt gelegenen Wohnsiedlung steuerte, die ihnen als Tatort durchgegeben worden war. Über sein Handy ließ er sich von Frau Gallmann über alles informieren, was es bis zu diesem Zeitpunkt an polizeibekannten Fakten gab.

»Der Kollege lebt noch, den der flüchtige Täter überfahren hat. Sie sind gerade dabei, ihn auf einer Spezialliege zu stabilisieren, bevor sie ihn in die Klinik fahren. Aber er ist schwer verletzt, sie wissen noch nicht, ob er durchkommt«, gab Madlener die Neuigkeiten von Frau Gallmann an Harriet weiter, nachdem er den Anruf beendet hatte. »Unsere Chefin ist ebenfalls unterwegs, wir treffen sie am Tatort.«

Frau Schwanitz-Terstegen kam von einer Besprechung aus Konstanz und würde deshalb wohl etwas später aufkreuzen, was Madlener ganz recht war. Er wusste schon, dass Dutzende Beamte, Techniker und Forensiker sich gegenseitig an einem frischen Tatort auf die Füße traten. Wenn dann noch seine nassforsche Chefin mit ihren tausend Fragen dazukam, die er auch noch nicht beantworten konnte, weil er gerade drei Minuten zuvor den Tatort betreten hatte – das war einfach zu viel des Guten. Er fühlte sich dann immer wie der Fremdenführer eines Kriminalmuseums, der seiner Chefin die pikanten Einzelheiten unterhaltsam zeigen und erläutern musste, anstatt ruhig und allein auf sich gestellt seine Arbeit tun zu können, was seine liebste Vorgehensweise war und seiner Meinung nach die vielversprechendste. Aber ein Tatort war nun mal kein Ponyhof, allgemeines professionelles Chaos an Ort und Stelle eines Kapitalverbrechens war unvermeidlich in der ersten heißen Phase.

Harriet bedrängte einen vor ihr fahrenden VW Golf, der ihr nicht schnell genug Platz machte, zusätzlich mit der Lichthupe.

»Wir haben's nicht eilig, Harriet«, betonte Madlener noch einmal. »Eine Großfahndung nach dem möglichen Täter ist eingeleitet, am Flughafen und den Fährhäfen Friedrichshafen und Meersburg wird strengstens kontrolliert, das Haus, in das er mutmaßlich eingebrochen worden ist, wird kriminaltechnisch unter die Lupe genommen. Bis Ehrmanntraut und seine Leute damit halbwegs fertig sind, stehen wir uns sowieso nur die Füße in den Bauch. Also schalt mal einen Gang runter. Da vorne muss es abgehen.«

Sie kamen von einem Gewerbegebiet in eine Wohngegend, größtenteils bestehend aus Siedlungshäuschen aus den 1950er und 1960er Jahren, die inzwischen alle weitervererbt und durch mehr oder weniger geschmackvolle Anbauten und Wintergärten auf gut das Doppelte der ursprünglichen Wohnfläche hochgerüstet worden waren.

Nahezu alle Häuser hatten übergroße Garagen oder wenigstens einen Zwillingscarport, unter deren Dächern zu neunzig Prozent panzerähnliche SUVs der Premiumklasse Unterschlupf gefunden hatten.

Eigentlich das typische deutsche Vorstadtidyll, in dem man seine Ruhe haben wollte.

Mit der Ruhe war es allerdings vorläufig vorbei.

Harriet brauchte das Navi und Madleners Hinweis nicht, um die Stichstraße zu finden, sie war gespickt mit Polizeiautos und Ambulanzwagen, die alle ihre flackernden Blaulichter angelassen hatten.

Als müssten sie damit einen Ufo-Landeplatz für Außerirdische markieren, dachte Madlener.

Harriet hielt so an, dass der Sanka, in den eben eine Person auf einer fahrbaren Spezialtrage hineingeschoben wurde, auf seiner eiligen Fahrt ins Friedrichshafener Klinikum noch vorbeikam.

Madlener stieg aus und sah sich das Tohuwabohu an. Die Spurensicherung war schon dabei, ein einfaches Zelt vor dem Hauseingang aufzubauen, damit die dortigen Spuren nicht vom immer noch fallenden Schnee überdeckt wurden, bevor sie dokumentiert werden konnten.

Ein Fotograf schoss ein Foto nach dem anderen, ein anderer machte Aufnahmen mit einer Videokamera, wieder andere vernahmen Nachbarn aus den Häusern, die frierend vor ihren Gartentoren ausharrten, sich aber nichts von dem Spektakel entgehen lassen wollten, das sich hier vor aller Augen abspielte.

Für einen absurden Moment kam es Madlener so vor, als ob Ehrmanntraut und seine Techniker in ihren weißen Kapuzenoveralls und mit ihren glänzenden Metallkoffern tatsächlich wie eine Ufo-Besatzung auf Landgang aussahen, die mit Sack und Pack in ein gut erhaltenes Einfamilienhaus einzogen.

Aber der Anlass, der dieses ganze Wahnsinnsaufgebot nötig gemacht hatte, war viel zu ernst, deshalb ließ Madlener es sein, weiterhin seinen Gedankenspielen freien Lauf zu lassen. Er wandte sich an den nächsten Polizisten in Uniform, den er vom Sehen kannte und der dabei half, lichtstarke Scheinwerfer aufzustellen, die mit Hilfe von knatternden Generatoren die nächtliche Szenerie genügend ausleuchteten.

»Wo ist der Hauptzeuge?«, fragte er, und der Polizist wies auf POM Schmiedinger, der in sich zusammengesunken auf der Kante der Ladefläche eines Sankas saß, eine goldene Folie um die Schultern, und an einem dampfenden Becher Tee nippte.

»Kümmerst du dich um mögliche Augenzeugen?«, sagte Madlener zu Harriet. »Anschließend kannst du dich mit Ehrmanntraut herumstreiten, ob du schon einen Blick ins Haus werfen darfst«, fügte er hinzu. »Ich nehme mir mal eben den Kollegen des Opfers vor.«

Harriet nickte und machte sich an die Arbeit.

Madlener setzte sich neben den Polizisten in der Goldfolie. Ein Sanitäter bot ihm einen Pappbecher mit Tee an, den er mit einem dankbaren Lächeln nahm.

»Wir kennen uns«, fing er an. »Sie sind Polizeiobermeister Schmiedinger, nicht wahr?«

»Ja«, antwortete der Mann an seiner Seite mit leiser Stimme, ohne den stieren Blick vom Inhalt seines Pappbechers abzuwenden, den er ohne Unterlass in seiner rechten Hand drehte. »Und Sie sind Kommissar Madlener.«

Madlener blies in seinen Tee und verbrannte sich trotzdem Lippen und Zunge, als er sich einen Schluck genehmigte. »Der bin ich«, bestätigte er.

»Ich weiß nicht, ob Mike das überleben wird«, fing Schmiedinger plötzlich an und schüttelte verständnislos den Kopf. »Wie kann ein Mensch absichtlich einfach einen anderen mit dem Auto überfahren? Er hat Mike voll erwischt, einfach so, als wäre er ein Dummy.«

Erneut schüttelte er den Kopf und ließ den Inhalt seines Pappbechers im Kreis schwappen. »Das kann man nicht überleben ...« Er sah auf. »Ich muss seine Frau informieren ...«

Schmiedinger wollte aufstehen, aber Madlener legte ihm seine Hand auf den Arm und drückte ihn wieder zurück. »Das wird schon erledigt, keine Sorge. Mike – ist das Michael Lange?«

»Ja.«

»Bei den Ärzten im Klinikum ist er in besten Händen. Da können wir nichts mehr tun. Was wir aber tun können, ist, den Kerl so schnell wie möglich zu erwischen, der ihn überfahren hat. Je mehr Sie mir von ihm erzählen können, desto besser. Warum waren Sie und Lange hier? Verdacht auf Einbruch?«

Schmiedinger nickte und wies mit einer Kopfbewegung auf einen weißhaarigen älteren Mann mit blutbeschmierter Jacke und dicker Brille, der von Harriet befragt wurde.

»Das ist Dr. Lauffer. Er hat die Zentrale informiert, weil er seit einiger Zeit mehrfach vergeblich versucht hat, den Hausbesitzer dort zu erreichen. Mike und ich haben uns das Haus angesehen, von außen, mehrfach geklingelt und geklopft. Bis mein Kollege in der Küche sah, dass dort etwas nicht stimmen konnte. Wir sahen Blut auf dem Boden, Spuren eines Kampfes.«

»Lange war drin?«, fragte Madlener überrascht.

»Nein. Wir spähten durchs Fenster. Dann wollten wir die Zentrale informieren. Mike war auf dem Weg zum Funkgerät im Wagen, als auf einmal das Garagentor dort aufging und das Auto herausgeschossen kam. Es fuhr direkt auf Mike los. Er zog die Waffe und feuerte, da erwischte es ihn schon frontal. Mike wurde von dem Auto regelrecht auf die Hörner genommen, knallte gegen die Frontscheibe, der Fahrer bremste, Mike rutschte nach vorne von der Motorhaube auf die Straße. Der Wagen gab wieder Gas und überrollte Mike, der vor ihm auf dem Boden lag. Er fuhr einfach über seine Beine. Es war …«

Er fand nicht die richtigen Worte und wischte sich mit der freien Hand über das Gesicht, als würde er damit die Bilder vertreiben können, die immer wieder wie in einer Endlosschleife in seinem Kopf auftauchten.

»Sie haben dann auf ihn geschossen?«, fragte Madlener.

»Ja, habe ich. Das ganze Magazin. Ich bin sicher, ich habe das Auto mehrfach getroffen. Aber leider weder den Fahrer noch die Reifen. Schließlich ist er da vorne an der Einmündung auf die Hauptstraße nach links, und weg war er.«

»Wir werden den ganzen Ablauf noch ganz genau und Schritt für Schritt durchgehen müssen«, sagte Madlener. »Später.«

»Natürlich, das ist mir klar.«

»Was jetzt erst mal zählt, sind die Details …«

»Ich habe Wagentyp, Farbe und Kennzeichen schon an die Fahndung weitergegeben, falls Sie das meinen.«

»Sie haben das Kennzeichen erkannt und sich gemerkt – trotz der extremen Stresssituation?«

»Klar. Das ist mein Job, oder?«

»Was war es für ein Auto?«

»Es war ein roter Fiat Panda, älteres Baujahr, mindestens zehn Jahre alt …«

Jetzt wurde Madlener hellhörig.

»Ein Panda? Es ging alles rasend schnell, die Sicht war schlecht – sind Sie sicher?«

»Absolut. Ich kenne mich mit Autos aus.«

»Und der Fahrer?«, fragte Madlener. »Konnten Sie den erkennen?«

»Nein. Ich sah den Wagen ja nur von hinten.«

Madlener holte sein Handy hervor und zeigte Schmiedinger das darauf gespeicherte Bild des unbekannten Mannes, das sie von der Überwachungskamera der Tankstelle hatten.

»Könnte er das gewesen sein?«

Schmiedinger zuckte mit den Schultern. »Gut möglich. Aber beschwören kann ich das nicht.«

Er wurde leise und flüsterte:»Das, was ich Ihnen jetzt sage, ist nicht fürs Protokoll. Wenn Sie den Kerl am Kanthaken haben: Geben Sie mir nur fünf Minuten mit ihm, und er wird ein Geständnis ablegen, das kann ich Ihnen versprechen.« Er zerdrückte den Pappbecher, den er inzwischen leer getrunken hatte.

Madlener kommentierte das nicht, nickte nur und stand auf. »Halten Sie sich bitte zu unserer Verfügung. Ein Kollege von mir wird alles noch einmal Punkt für Punkt mit Ihnen durchgehen und ein genaues Ablaufprotokoll erstellen. Das muss leider sein. Sie kennen die Vorschriften.«

Zum ersten Mal sah Schmiedinger hoch und Madlener in die Augen.

»Ich verstehe es einfach nicht«, sagte er.

»Was verstehen Sie nicht?«, fragte Madlener.

»Dass ich den verdammten Typ nicht getroffen habe. Dreizehn Schuss habe ich abgegeben. Gezielt abgegeben, wohlgemerkt. Und dieser Kerl fährt einfach davon, als wäre nichts gewesen. In einem Auto, dessen Blech so dick ist wie das einer Bierdose. Der muss einen mächtigen Schutzengel gehabt haben.«

»Ja«, gab Madlener ihm recht. »Sieht ganz so aus. Bis jetzt jedenfalls. Aber Sie können mir glauben: Bald wird ihm der beste Schutzengel nicht mehr helfen können. Schon sehr bald!«

31

Es hatte eine ganze Weile gedauert, bis Söderberg eine Stelle am nördlichen Bodenseeufer gefunden hatte, die für sein Vorhaben geeignet war und mehrere Kriterien gleichzeitig erfüllte:
Es durfte auf keinen Fall irgendwelche Zeugen geben, sollte also dementsprechend abgelegen sein.
Das Ufer musste für ein Fahrzeug zugänglich und im Wasser relativ steil abfallend sein.
Idealerweise sollte das Wetter so scheußlich bleiben wie bisher, damit hinterher alles wieder schön zugeschneit wurde und in ein paar Stunden, wenn es hell wurde, keinerlei Spuren mehr zu erkennen waren.
Des Weiteren durfte es auch nicht allzu nahe an seinem Rückzugsort sein, aber auch nicht zu weit entfernt vom nächsten Bahnsteig oder Taxistand.
Der Qashqai, den sich Söderberg unter den Nagel gerissen hatte, war mit Allradantrieb und Automatikgetriebe ausgestattet und erfüllte somit auch noch die letzten zwei Kriterien.

Zehn Meter vom Ufer entfernt hielt Söderberg an und ließ den Motor laufen. Nach wie vor schneite es im Licht seiner Scheinwerfer. Als er sie ausschaltete, war es stockdunkel. Der Himmel war wolkenverhangen, vom Mond war nichts zu sehen.
Söderberg stieg aus, stellte seine Tasche ab, holte die Taschenlampe und seine Beretta heraus, öffnete dann vorsichtig den Kofferraum und trat einen Schritt zurück, die Beretta auf die Frau gerichtet.
Ihr Körper lag immer noch so da, wie er ihn hineinbugsiert hatte. Im Lichtstrahl seiner Taschenlampe sah er, wie sich ihr Brustkorb leicht hob und senkte. Also lebte sie noch. An ihrem Hinterkopf glänzte geronnenes Blut.
Bei ihrem Anblick musste er zugeben, dass er froh war, nicht selbst das tun zu müssen, was ihm der Bodensee abnehmen würde. Er sah auf seine Armbanduhr. Allmählich wurde es Zeit.

Die Beretta wurde zurück in die Tasche gesteckt, die Taschenlampe behielt er in der Hand, als er zum letzten Mal den Fahrersitz bestieg. Er ließ alle Fenster ganz nach unten, legte den Schalthebel von »P« auf »D« um und löste die Handbremse, bevor er ausstieg und die Fahrertür zuschmiss.

Der Qashqai kam ins Rollen, vom wadentiefen Schnee ließen sich der Allradantrieb und die Winterreifen nicht aufhalten, schnurstracks hielt er auf den schmalen Schilfgürtel zu. Es raschelte, knackste und knisterte, als die Vorderräder auf das Eis trafen.

Unbeirrt setzte der Wagen seinen Weg im Kriechgang fort und schlich auf den See hinaus. Wie ein Raumschiff, das auf ein schwarzes Loch zusteuerte in der Gewissheit, auf immer von ihm verschlungen zu werden.

Söderberg war gespannt, ob sein Plan aufging. Wenn der Wagen zwar einsank, aber auf Fensterhöhe stecken blieb, musste er doch mit einem brennenden Benzintank nachhelfen, was zeitraubend, umständlich und schmutzig war. Das wollte er natürlich unbedingt vermeiden, weil er schließlich an seinem Rückzugsort, dem feinen Fünf-Sterne-Hotel in Lindau, nicht mitten in der Nacht in einem Aufzug aufkreuzen konnte, als hätte er bei der Bergung eines versunkenen Bodenseedampfers mitgeholfen.

Es knackste bedrohlich, als der SUV weiter aufs Eis hinausglitt.

Völlig unvermittelt sackte er mit den Vorderrädern ein. Seine Nase zeigte sofort steil nach unten, die Hinterräder schoben weiter.

Ein paar Lidschläge später brach der Wagen mit einem dumpfen Klatschen auch mit dem Heck ein.

Söderberg leuchtete mit seiner Taschenlampe hinaus auf den See und sah, wie das schwarze Wasser durch die Fensteröffnungen ins Wageninnere drang. Schließlich starb der Motor ab. Die Stille, die nur durch das zwischenzeitliche Knistern von Eis und das Gurgeln von Wasser unterbrochen wurde, war unheimlich.

Sogar die Wasservögel, die sonst die halbe Nacht krakeelten, verhielten sich absolut ruhig.

Langsam, Zentimeter für Zentimeter, ruckelte der Wagen

nach unten und gab dabei glucksende Laute von sich, bis nur noch das silberne Wagendach aus dem schwarzen Wasserloch lugte. Mit einem Ruck kam die Abwärtsbewegung auf einmal ins Stocken.

Söderberg wartete.

Aber es geschah nichts weiter. Das Wagendach blieb eine Handbreit über Wasser und bewegte sich nicht mehr.

Der Wagen war doch tatsächlich stecken geblieben und ging nicht vollkommen unter.

Er sah noch zwei oder drei Herzschläge lang zu, aber dann gab er die Hoffnung auf.

Hier konnte er nichts mehr tun, als abzuhauen.

Er packte seine Tasche und wollte gerade durch die stetig fallenden Schneeschauer zur Straße vorlaufen, da hörte er in seinem Rücken ein schmatzendes Geräusch.

Es klang nach Endgültigkeit.

Schnell kramte er die Taschenlampe wieder heraus und leuchtete damit auf die Eisdecke des Sees.

Ein paar zerplatzende Blasen in einem schwarzen, vom Eis umschlossenen Rechteck zeigten an, wo der Qashqai gerade eben vollständig versunken war.

Der Schneefall würde dafür sorgen, dass am Morgen keine Fahrspuren mehr zu sehen sein würden.

Jetzt war Söderberg sich sicher: Vor der nächsten Schneeschmelze im März oder April wurde der Wagen nicht entdeckt.

Bis dahin würde er schon die ersten richtig heißen Strahlen der Frühlingssonne auf Porquerolles spüren und mit Wehmut und Stolz an all die Aufträge denken, die er zeit seines Lebens erfolgreich ausgeführt hatte, während er seine Angel am Bootssteg vor seinem Haus ins Wasser hielt und geduldig darauf wartete, dass ein Fisch anbiss.

Mit diesen Gedanken, die ihn innerlich wärmten, machte er sich auf den Weg zur Bahnstation. Es war ein gutes Stück bis dorthin, aber wenn er kräftig durchmarschierte, erwischte er noch den letzten Regionalzug nach Lindau.

32

Madlener stand im Wohnzimmer von André Maiser und hatte den Rahmen mit dem Bild von Maiser und seiner Freundin in der Hand, die natürlich in einem Vinylhandschuh steckte. Er sah das Bild lange an, dann löste er die Rückwand mit der herausklappbaren Stütze vom Rahmen und zog die Fotografie aus dem Passepartout. Auf der Rückseite stand ein handgeschriebenes Datum, das Bild war vor einem Jahr im Sommer gemacht worden, und daneben waren zwei Buchstaben, »A + I«. André und ... ja, wer?

Die Techniker von der Spurensicherung waren noch bei der Arbeit, aber Ehrmanntraut hatte Madlener und Harriet sein Okay gegeben, sich schon mal im Haus umzusehen.

Harriet war dabei, alles akribisch auf Video zu dokumentieren, auch die Spuren und das verstreute Trockenfutter für Hunde auf der Terrasse. Ehrmanntraut hatte den Rollladen der Terrassentür selbst hochfahren lassen, weil man von der Wohnung aus bessere Aufnahmen machen konnte, ohne die sowieso schon desolate Spurenlage im Schnee, der auf der Terrasse lag, noch mehr zu verschlimmern.

Madlener stellte den Rahmen auf den Schreibtisch, nachdem er die Fotografie wieder zurückgesteckt hatte, und stöberte weiter in den Unterlagen herum. Er entdeckte das Adressbuch und blätterte es durch. Ein Handy lag daneben, es war schon in der Plastikhülle der Spurensicherung, die es bereits gecheckt hatte. Trotzdem sah Madlener kurz die letzten Anrufe durch, dann hörte er die Mailbox ab. Jetzt hatte er einen Vornamen, Iris, und eine Telefonnummer. Er suchte im Adressbuch und fand einen dazugehörigen Nachnamen, Blaschke, und eine Adresse in Lindau. Er fotografierte Namen und Adresse mit seinem Handy ab. Dann streifte er die Bücherregale und die Bücher, die anscheinend achtlos auf den Boden geworfen worden waren, mit einem Blick. Er bückte sich, hob nach dem Zufallsprinzip eines auf und blätterte es oberflächlich durch. Er stellte fest, dass es wie fast alle anderen Bücher in den Regalen und auf dem Boden nur kunsthistorische Schwarten waren, teuer und schwer. Sorgfältig legte er das Buch mit dem Titel »Bohème am Bodensee« wieder an dieselbe Stelle am Boden zurück, von wo er es aufgehoben hatte.

Er warf einen Blick in die Küche, registrierte die eingetrockneten Flecke, die wirklich Blut waren und keine ausgelaufene Soße oder sonst etwas Harmloses, das hatte Ehrmanntraut als Erstes getestet. Er bemerkte die Scherben und die Unordnung, wo sonst alles penibel aufgeräumt und sauber war. Und er sah die durchsichtige und beschriftete Beweismitteltüte, die auf dem Tisch lag und die blutigen Fingernägel des Opfers enthielt.

Im ersten Stock war er schon gewesen, dort war es offensichtlich, dass ein Fremder im Bett gelegen, das Bad benutzt und sich Anziehsachen aus den Schränken und Schubladen herausgewühlt hatte. Gebrauchte Kleidung lag auf dem Boden, ein Techniker war dabei, alles einzutüten und zu beschriften. Auf das Labor wartete eine Menge Arbeit.

In der Küche trat Harriet neben Madlener.

»Weißt du, was ich mich frage?«, sagte sie zu ihm.

»Ich kann's mir denken«, antwortete Madlener. »Dass André Maiser verschwunden und wahrscheinlich einer Gewalttat zum Opfer gefallen ist, zeigen die Spuren hier in der Küche. Ob er die verkohlte Leiche ist, wird sich bei einem DNS-Abgleich herausstellen. Also bleibt die Frage —«

»Ja, genau«, fiel Harriet ihm ins Wort. »Wo ist Toto?«

Sie hielt ihm mit ihren Vinylhandschuhen das zweite gerahmte Foto unter die Nase, das er sich auch schon angesehen hatte.

»Wer ist Toto?«, fragte Madlener leicht irritiert.

Harriet googelte blitzschnell die Nachricht von den zwei geretteten Mädchen im »Südkurier« auf ihrem Smartphone und vergrößerte das Foto mit dem Hund des Retters, das sie Madlener ebenfalls zeigte.

»Das ist der Hund. Heißt Toto.«

Sie wischte ein Bild weiter.

»Und das ist sein Herrchen. André Maiser.«

Madlener nahm das Smartphone und las den zu den Bildern gehörenden Artikel.

»Wie kommst du auf diesen Zusammenhang?«, fragte er und gab ihr das Handy zurück.

»Dr. Lauffer, der Zeuge, der die Polizei gerufen hat. Der alte Mann vom Nachbarhaus. Er hat mir die Geschichte erzählt, dass Maiser zwei Mädchen das Leben gerettet hat, die im Eis eingebrochen waren.«

»Wusste er sonst noch was?«

»Nichts Neues. Er stand immer noch unter Schock. War voller Blut. Hat Langes Kopf gehalten und auf ihn eingeredet, bis die Ambulanz kam.«

»Seit wann ist Maiser nicht mehr von ihm gesehen worden?«

»Seit zwei Tagen, meinte er. So lange hat der Hund auch immer mal wieder geheult. Dann war plötzlich Ruhe. Und das Auto von Maiser stand auf einmal über Nacht vor der Garage, obwohl es geschneit hat wie lange nicht mehr. Was außergewöhnlich war und ihm gleich aufgefallen ist. Muss in etwa gleichzeitig passiert sein. Aber gesehen hat er niemanden.«

»Hat er etwas gehört? So was wie eine vermeintliche Fehlzündung vielleicht?«

»Du meinst einen Schuss? Wegen Toto? Nein.«

»Hast du schon im Garten nachgeschaut?«

»Ja. Überall Hundespuren. Aber keine frischen.«

»Vielleicht ist er einfach ausgebüxt …«, brummte Madlener und sah auf seine Uhr.

»Ach ja, Frau Schwanitz steckt im Stau, falls du sie schon vermisst«, gab Harriet eine Nachricht von Frau Gallmann nicht ohne eine gewisse Süffisanz weiter.

Im letzten Moment konnte es Madlener vermeiden, Harriet einen erleichterten Blick zuzuwerfen und »Gott sei Dank!« zu sagen, obwohl es ihm auf der Zunge lag. Er musste sich regelmäßig Mühe geben, in Harriets Gegenwart nicht allzu sehr seine antiautoritäre Grundeinstellung zur Schau zu stellen. Schließlich hatte der Fokus seiner Arbeit auf die Ermittlungen gerichtet zu sein und nicht darauf, hierarchische Strukturen nach ihrer

Sinnhaftigkeit zu hinterfragen. Aber in dieser Beziehung konnte er einfach nicht aus seiner Haut.

Wenn er etwas auf den Tod nicht ausstehen konnte, dann war es, bloßer Befehlsempfänger zu sein. Unter der Ägide seines pensionierten Chefs, Kriminaldirektor Thielen, war er ebenso wenig glücklich geworden wie unter der Kuratel seiner neuen Chefin. Unter Thielen hatte er allerdings einfach getan, was er für richtig hielt. Was ihm neben zahlreichen Suspendierungen auch den Respekt von Harriet eingetragen hatte, immerhin. Die Grenzen von Kriminaldirektorin Schwanitz-Terstegen hatte er dagegen noch nicht ausgetestet. Aber er befürchtete, dass diese zwei Fälle, die verkohlte Leiche im Kofferraum und der überfahrene Polizist, die offensichtlich miteinander zusammenhingen, es in sich hatten, dass es so weit kommen konnte.

»Ich denke, wir sind hier vorläufig fertig. Wo sind Binder und Götze?«, wollte er von Harriet wissen.

»Vernehmen alle Nachbarn und erstellen einen genauen zeitlichen Ablauf der bisher bekannten Vorkommnisse«, berichtete seine Assistentin nebenbei. Sie machte schon wieder weiter und zog alle Schubladen von André Maisers Schreibtisch heraus, um sie zu durchforsten.

Madlener sah Ehrmanntraut in seinem weißen Astronautenaufzug auf sich zukommen. Normalerweise durfte man den Leiter der Spurensicherung lieber nicht ansprechen, wenn er einen Tatort unter die Lupe nahm, weil er dabei so konzentriert zu Werke ging, dass er mit einer gewissen Schroffheit reagierte, falls man im falschen Augenblick etwas von ihm wollte. Aber jetzt hatte er ein erstaunlich strahlendes Gesicht unter seiner Kapuze aufgesetzt, als wäre er eben dem Weihnachtsmann persönlich begegnet.

»Wir haben eine Übereinstimmung!«, verkündete er stolz.

»Zwischen wem oder was?«, fragte Madlener, der wusste, dass Ehrmanntraut das gefragt werden wollte.

»Zwischen zwei Fingerabdrücken. Einem internen, also aus dem Haus, und einem externen.«

»Von wem?«

Madlener war geduldig. Er wusste, Ehrmanntraut wollte immer ein wenig gebauchpinselt werden, aber dafür leistete er auch erstklassige Arbeit.

»Intern haben wir einen Fingerabdruck des flüchtigen Täters – das ganze Haus ist voll davon, er hat sich keine Mühe gegeben, seine Spuren zu verwischen.«

»Und die Übereinstimmung?«, fragte Madlener.

»Die gibt es extern mit dem Fingerabdruck auf dem Handy von Frau Haug, der Panda-Besitzerin.«

»Dann war er anschließend hier, nachdem er sich den Panda unter den Nagel gerissen hat.«

»Das war er. Nachher auf jeden Fall. Aber vielleicht auch schon vorher.«

»Warum?«

»Schau dir das Gemetzel in der Küche an, das der Täter hinterlassen hat. Das Blut dort dürfte mindestens vierundzwanzig Stunden alt sein. Das Blut oben im Bad ist höchstens sechs Stunden alt.«

»Was hat das deiner Meinung nach zu bedeuten?«

»Ist verschiedenes Blut, unten in der Küche vermutlich Maisers, oben vom Panda-Mann, ich nenne ihn jetzt mal so. Auf den blutigen Handtüchern, die überall herumliegen, waren eindeutig seine Fingerabdrücke. Aber das muss noch hieb- und stichfest analysiert werden. Warum das so ist, da musst du den Täter fragen oder dir eine schlüssige Theorie ausdenken. Ist schließlich nicht mein Job.«

»Und der vermisste Hausbesitzer André Maiser … habt ihr von seinen Sachen schon eine DNS-Probe?«

»Der DNS-Abgleich von Maiser mit der verkohlten Leiche ist schon in Auftrag gegeben. Aber das geht nicht von jetzt auf gleich. Ihr beiden seid die Ersten, denen ich das Ergebnis mitteile, sobald ich es habe. Bis dahin müsst ihr euch schon selber den Kopf zerbrechen, wie und warum sich das alles hier abgespielt hat.«

Damit drehte er sich um und stapfte mit seinen Plastiküberschuhen wieder davon.

»Was machen wir jetzt?«, fragte Harriet.

»Wir zwei gönnen uns eine kleine Denk- und Kaffeepause. Von diesem Tee, den die Sanis ausschenken, habe ich schon einen Wasserbauch. Und dabei machen wir genau das, was Ehrmanntraut gesagt hat. Wir zerbrechen uns den Kopf über das alles hier. Und wenn wir damit fertig sind, statten wir dieser Freundin von André Maiser einen Besuch ab.«

»Iris Blaschke. Ohne Voranmeldung?«

»Ohne Voranmeldung. Ich will sehen, wie sie reagiert, wenn wir ihr sagen, was passiert ist.«

Er schwenkte einen Beweismaterialbeutel, in dem ein dicker Schlüsselbund war.

»Was für Schlüssel sind das?«, wollte Harriet wissen.

»Den Schlüsselbund habe ich aus Maisers Manteltasche aus der Garderobe. Hausschlüssel, Autoschlüssel und ein Schlüsselring mit drei Schlüsseln und dem Anhänger ›Galerie‹. Gehe ich richtig in der Annahme, dass du Maisers Galerie bereits gegoogelt hast?«

»Aber sicher. Was denkst du denn? In dem Artikel im ›Südkurier‹ über die Rettung der Mädchen stand in einem Nebensatz, dass er eine Galerie hat. Nennt sich Galerie ›Bodenlos‹. In Lindau, auf der Insel. Fußgängerzone.«

»Richtig. Und was ist am gleichen Schlüsselring angebracht wie der Galerieschlüssel? Außer einem kleinen Doppelbartschlüssel, der wohl zu einem Safe gehört?«

»Jetzt bin ich wirklich überfragt ...«

»Den Tag muss ich mir rot im Kalender anstreichen, an dem meine Assistentin überfragt ist! Im Ernst: Ich weiß es auch nur, weil er am Griff mit einem kleinen W gekennzeichnet ist. W wie Wohnung. Neben oder über der Galerie muss eine Wohnung sein. Gleiche Adresse, steht hier drin.«

Er hob das Adressbuch von Maiser hoch.

»Und dort wohnt Iris Blaschke.«

33

Oh, jingle bells, jingle bells
Jingle all the way
Oh, what fun it is to ride
In a one horse open sleigh …

»Abgeschickt«, sagte Harriet, steckte ihr Smartphone wieder in die Hülle mit dem aufgedruckten Totenkopf und den überkreuzten Knochen zurück und tauchte ein Pommesstäbchen in Ketchup, bevor sie es sich in den Mund schob.

»Gut«, meinte Madlener und tat es ihr nach. »Dann wird der Mann von der Tankstelle bald einen Namen bekommen. Früher oder später geht er uns ins Netz. Der Panda-Mann, wie Ehrmanntraut ihn nennt … wir sollten ihm diesen Nom de guerre geben, bis wir seinen richtigen Namen haben.«

Sie wärmten sich im einzigen Café auf, das um die Zeit noch auf war. Es hatte bei bestem Willen nicht den Ansatz eines gewissen Charmes, sondern die Gemütlichkeit einer Kantine für die Generation Facebook, einen schottischen Namen, amerikanisches Fast Food und Mitarbeiter jeder nur erdenklichen Herkunft und Nationalität, Hauptsache, sie waren bereit, einen Vierhundertfünfzig-Euro-Job ohne Murren und soziale Absicherung abzureißen. Wenigstens gab es bis tief in die Nacht heißen Kaffee, den Madlener nebst zwei Cheeseburgern für jeden plus Pommes mit Mayo und Ketchup spendiert hatte.

Mayo und Ketchup kosteten extra. Das »Jingle Bells«-Gedudel, mickrige Papierservietten und die Weihnachtsdeko gab's gratis dazu. Das konnte die Horden von prä-, real- und postpubertierenden Jugendlichen nicht davon abhalten, sich hier zusammenzurotten, weil sie es zu Hause nicht mehr aushielten und sich ungeheuer erwachsen vorkamen, wenn sie mit ihren hochgetunten und tiefergelegten Prollfahrzeugen die viel zu engen Parkplätze unsicher machten und überhaupt auf den Putz hauten.

Madlener und Harriet ignorierten beides, Weihnachtslieder und Halbstarkengetue – allmählich hatten sie Übung darin, die akustische Adventsdauerfolter zum einen Ohr rein- und zum anderen wieder rauszulassen, ohne dass auch nur eine Note in den Gehirnwindungen hängen blieb. Wenn sie mitten in einem Fall waren, der ihre ganze Konzentration beanspruchte, waren sie beide sowieso in der Lage, ihren Kopf von der Außenwelt abzuschotten.

Harriet hatte soeben allen Polizisten, die an der nach wie vor ergebnislosen Fahndung nach dem Panda-Fahrer beteiligt waren, das Bild des Mannes geschickt, das ihn recht deutlich beim Bezahlen in der Tankstelle zeigte und der den Fingerabdruck-vergleichen nach ein und derselbe war, der Polizeiobermeister Lange überfahren hatte.

»Dann fassen wir doch mal zusammen«, sagte Madlener und nahm einen vorsichtigen Schluck von dem wie immer superheißen Kaffee, an den er sich inzwischen irgendwie schon gewöhnt hatte. »Was haben wir, Harriet? Und was haben wir noch nicht?«

»Und vor allem: Was schließen wir daraus?«, vollendete Harriet die übliche Fragen-Trilogie ihres Chefs ohne jegliche Ironie, die er immer auftischte, wenn sie unter sich waren und noch wild drauflosspekulieren konnten, ohne irgendjemandem – zum Bespiel Frau Schwanitz-Terstegen – Rede und Antwort stehen zu müssen, falls sie sich in ihrem Brainstorming einmal vergaloppierten und auf eine völlig falsche Fährte gerieten.

Madlener war der Meinung, dass es im Anfangsstadium ihrer Ermittlung noch durchaus gestattet sein musste, dass jeder frank und frei seine Meinung kundtun konnte, ohne für besonders bizarre Beiträge oder Gedankenmodelle gemaßregelt oder nicht ernst genommen zu werden.

Aber so viel hatte er inzwischen schon festgestellt: Diese Art, laut frei zu denken und zu assoziieren, funktionierte nur zwischen ihm und Harriet. In der Gegenwart anderer hielt er sich an die Normen und das übliche Prozedere einer Ermittlung, was normalerweise auch vollkommen ausreichend war. Zum Beispiel wenn ein krankhaft eifersüchtiger Gatte seine Frau mit

siebenundzwanzig Messerstichen erstochen hatte und anschließend behauptete, es sei Notwehr gewesen, weil sie ihn verbal
attackiert habe. Was unter die Rubrik »normaler Fall« fiel.
Aber dieser Fall war kein normaler Fall.

Sein sechster Sinn für die Dimension ungewöhnlicher Tö-
tungsdelikte sagte ihm, dass das, was sie bisher diesbezüglich
gesehen hatten, nur die Spitze des Eisbergs war.

»Okay«, fing Harriet an und schob sich schnell ein Pommesstäbchen in den Mund, solange sie noch nachdachte. Aber dann
legte sie in ihrem üblichen Tempo los.

»Wir haben im Panda-Mann einen brutalen Täter, der vor
nichts zurückschreckt. Zweifelsohne hat er André Maiser zu
Tode gefoltert und den Leichnam im Kofferraum seines eigenen
Wagens durch die Gegend gekarrt, um ihn loszuwerden. Er ist
leichtsinnig oder übernervös – jedenfalls baut er bei miserablem
Wetter einen verhängnisvollen Unfall. Er vernichtet sämtliche
Spuren, indem er den Wagen abbrennt. Danach kehrt er in
das Haus seines Opfers zurück. Warum? Offensichtlich sucht
er etwas. Vielleicht hat er Maiser deshalb gefoltert, weil er ihn
zwingen wollte, das, wonach er sucht, herauszugeben ...«

»Warum sind dann aber nur ein paar Bücher auf dem Boden
und sonst nichts? Bei einem normalen Einbruch hätte ein Täter
alles rigoros herausgerissen und das ganze Haus nach Wertsachen
durchwühlt ...«

»Ja – warum hat der Panda-Mann nicht das Unterste zuoberst
gekehrt?«

»Vielleicht hat er gefunden, was er wollte. Oder Maiser hat
es ihm unter der Folter gesagt.«

»Dann wäre er nicht noch mal zurückgekommen. Viel zu
gefährlich. Er hätte mit seiner Beute das Weite gesucht und wäre
auf Nimmerwiedersehen verschwunden.«

»Stimmt. Warum kehrt der Panda-Mann dann zurück? Unter
widrigsten Umständen – anstatt abzuhauen. Immerhin muss er
damit rechnen, dass das brennende Auto gefunden wird und
man früher oder später nach ihm fahndet.«

»Weil das, was er sucht, eminent wichtig ist für ihn. So wichtig, dass er einiges riskiert, um es an sich zu bringen.«

»Er baut also einen schweren Unfall, bei dem er sogar verletzt wird, wie schlimm, wissen wir nicht. Er reagiert absolut cool und rational, fackelt den alten Wagen ab und kapert den nächstbesten, der vorbeikommt ...«

»Wonach sieht das deiner Meinung nach aus? Was verbindet Maiser und den Panda-Mann?«

»Du meinst, was für ein Motiv steckt dahinter?«

»Das auch. Aber zuerst mal: Wir haben es hier nicht mit einem Amateur zu tun, der seinen Erbonkel erwürgt und im Wald verscharrt. Die Vorgehensweise ist mir zu brutal, zu professionell, zu zielgerichtet.«

»Was will er? Geld, Gemälde, Papiere ...«

»Wenn er an Wertsachen interessiert gewesen wäre, hätte er viel radikaler alles ausgeräumt. Nein, auf gar keinen Fall.«

»Was ist mit Gemälden?«

»Hast du gegoogelt, was für Gemälde Maiser in seiner Galerie ausstellt? Sind die wertvoll?«

»Was heißt wertvoll ... Maiser hat sich auf Pop-Art und Fotorealismus konzentriert. Nichts Billiges, aber auf den ersten Blick auch nichts dabei, von dem man sagen könnte, das ist eine sechsstellige Summe wert.«

»Also in der Richtung finden wir kein Motiv. Es muss etwas anderes sein.«

»Warum kehrt er dann mit dem Fiat Panda wieder zu Maisers Haus zurück?«

»Er plant, dort eine Weile zu bleiben. Fährt den Wagen von Maiser aus der Garage und stellt den Fiat hinein, damit er nicht gesehen werden kann. Das weist darauf hin, dass er sich in aller Ruhe im Haus umsehen will oder einfach nur ausruht. Wir dürfen nicht außer Acht lassen, dass er verletzt ist und sich im Bad mit Verbandszeug versorgt. In ein Krankenhaus kann er nicht. Dann legt er sich ein paar Stunden aufs Ohr.«

»Weil er weiß, dass Maiser Single ist und allein lebt.«

»Er hat ihn vorher observiert und ausgekundschaftet.«

»Ja. Unser Panda-Mann ist ein Profi. Er überlässt nichts dem

Zufall. Wer weiß, wie lange er Maiser schon beschattet hat, bevor er endgültig zugeschlagen hat.«

»Wir müssen alles über Maiser herausbekommen. Es gibt eine Verbindung zwischen ihm und dem Panda-Mann, da bin ich mir sicher. Das ist der Schlüssel zum Fall.«

»Vielleicht weiß Iris Blaschke mehr.«

»Unter Garantie. Wir werden sie fragen. Jetzt.«

Er stand auf, Harriet nahm das Tablett mit dem Abfall und schob es, wie es sich gehörte, in ein freies Fach des dafür bereitstehenden Abstellwagens.

Ihre noch halb vollen Kaffeebecher nahmen sie mit.

Erst jetzt, als er sich durch die vielen Kids und die übergewichtigen Kohlenhydrat- und Milchshake-Monster drängte, fiel Madlener auf, dass sein meistgehasster Weihnachtssong »Last Christmas« anfing, aus den Lautsprechern hervorzuquellen wie sacharinsüße Sahne aus der Spraydose.

Er spurtete zum Ausgang und machte, dass er ins Freie kam. Bei einer vollen Dröhnung George Michael bestand die Gefahr einer schweren weihnachtlichen Gehörgangsintoxikation, und die hatte er momentan ebenso dringend nötig wie einen akuten Ausbruch seines Herpes labialis.

34

Die Regionalbahn fuhr langsam in den Lindauer Kopfbahnhof ein. Söderberg stand schon an der letzten Tür bereit zum Aussteigen, er war gar nicht mehr kontrolliert worden, seit er vor ein paar Haltestationen zugestiegen war. Außer ihm waren nur noch eine Handvoll Leute über die vier Waggons verteilt, alle wirkten müde und abgestumpft und hatten kein Auge für ihre Mitreisenden, sondern interessierten sich nur dafür, ihre mitgeschleppten Tüten und Taschen nicht zu vergessen und so schnell wie möglich nach Hause zu kommen, als der Zug endlich zum Halten kam.

Söderberg stieg aus und ging durch die alte Bahnhofshalle, die noch aussah wie ein Relikt aus den 1950er Jahren, weil sie nicht modernisiert worden war, und gelangte durch den Ostflügel auf den Bahnhofsvorplatz.

Er blickte nach oben – nach wie vor schneite es, was ihm ganz recht war.

Zwei Polizisten in einem Streifenwagen hielten an der leeren Bushaltestelle neben dem Bahnhof Ausschau, hinter ihnen stand ein Wagen mit der Aufschrift »Zoll«. Ein schwarzer Audi stoppte neben ihnen, die Insassen tauschten sich von Fenster zu Fenster aus.

Gleich gegenüber, keine fünfzig Meter von Söderberg entfernt, war der Eingang zu seinem Hotel, dem »Bayerischen Hof«. Sein Rückzugsort, den er nun endlich nach langer Odyssee erreicht hatte, so schien es ihm. Selten zuvor hatte er sich so nach einer heißen Dusche, einem feuchten Drink und einer weichen Daunendecke gesehnt wie in diesem Augenblick.

Er zögerte kurz, als er den Streifenwagen und das Zoll-Dienstfahrzeug sah. Er wusste, im Grenzgebiet zu Österreich und der Schweiz wurde ziemlich streng kontrolliert, weil hier immer wieder Flüchtlinge mit und ohne Schleuser versuchten, illegal einzureisen. Wahrscheinlich waren sie auf ganz andere Kundschaft aus. Sein Trotz und sein Ego hatten schnell wieder

Oberwasser – warum sollte man ihn ausgerechnet hier vermuten und erkennen? Er war ein stinknormaler Geschäftsmann, der in Lindau zu tun hatte. Es gab überhaupt keinen Grund, ihn auch nur zu verdächtigen und anzuhalten. Außerdem waren seine Papiere auf den Namen Sven Söderberg einwandfrei. Betont cool marschierte er mit seiner Tasche los. Nach drei Schritten fuhr der unauffällige Audi mit Friedrichshafener Nummernschild los, aber dann hielt er an, um ihm den Vortritt zu lassen. Mit seinem untrüglichen Gespür für Polizisten war sich Söderberg sicher, dass die zwei Personen hinter der Windschutzscheibe Zivilbullen waren, der Typ hinter dem Steuer winkte ihn freundlich über die Straße, neben ihm saß eine junge Frau, die zwar eher nach Punkerin aussah, aber wahrscheinlich gut mit dem Computer umgehen konnte, was heutzutage wichtiger war als alles andere. Er heuchelte Dankbarkeit, hob seinen freien Arm und grüßte scheinheilig zurück. Sein Gesicht konnten sie bei dem Wetter und mit der tief gegen die Schneeflocken heruntergezogenen Kappe garantiert nicht erkennen, irgendwie fand er die Situation sogar ausgesprochen komisch.

Er war momentan sicher der meistgesuchte Mann Deutschlands. Die beiden im Streifenwagen auf der Lauer liegenden Uniformierten und die zwei in ihrem Audi hätten nur auszusteigen brauchen und ihm Handschellen anlegen können – die Auszeichnung »Polizisten des Jahres« wäre ihnen sicher gewesen, falls es so etwas gab.

Da war nicht viel, was einem ein besseres Hochgefühl bescherte, als den Bullen im übertragenen Sinn den Mittelfinger gezeigt zu haben. Er lächelte in sich hinein, ohne eine Miene zu verziehen.

Er hatte es geschafft, ihnen nicht nur einen, sondern inzwischen wieder mehrere Schritte voraus zu sein. Das musste eigentlich ausreichen, um seinen Auftrag erfolgreich zu Ende führen zu können.

Trotzdem war er froh, als er schließlich die Eingangshalle des Hotels betrat und nicht mehr das Gefühl hatte, dass ihre Blicke auf seinen Rücken gerichtet waren. Auf einmal spürte er jeden einzelnen Knochen im Leib und hatte das übergroße Bedürfnis, endlich ein paar Stunden vollkommen abzuschalten, bevor er in die dritte und entscheidende Runde ging. Die erste Runde hatte er glatt verloren, beinahe wäre er dabei sogar ausgezählt worden. Die zweite Runde wertete er als eindeutiges Unentschieden. Wenigstens war er nicht k. o. gegangen, sondern hatte kräftig dagegengehalten. Er würde die nun vor ihm liegende Pause nutzen, um zumindest die dritte Runde eindeutig für sich zu entscheiden.

Aber zuerst musste er schlafen, nur schlafen …

Die Rezeption war unbesetzt, er sah den Portier im Restaurant mit einer Kellnerin über die korrekte Anordnung der vorweihnachtlichen Tischdekoration debattieren.

Eine gute Gelegenheit, ungesehen die Treppe zum ersten Stock hochzueilen. Dort ging er den langen Gang entlang bis zu seiner Suite, die auf die Seeseite hinausging, steckte die Karte mit dem Magnetstreifen in den Schlitz im Türschloss, bis das grüne Licht aufleuchtete, drückte die Tür auf, trat in das Zimmer, versah die Türklinke von außen mit dem Schild »Bitte nicht stören!«, schloss die Tür, stellte die Tasche ab und ließ sich erst einmal aufs Bett fallen in der beruhigenden Gewissheit, dass er fürs Erste in Sicherheit war.

35

Es war weit nach Geschäftsschluss und deshalb so gut wie kein
Verkehr mehr, als Madlener und Harriet über die Seebrücke von
Lindau auf die Insel im Bodensee fuhren. Am Bahnhofsvorplatz
hielten sie neben einem Streifenwagen und fragten nach dem
Stand der allgemeinen Fahndung und dem Weg zur Galerie von
Maiser. In der Fahndungssache gab es nichts Neues, die Kollegen
beschrieben ihnen den Weg zur Galerie – sie müssten einen
U-Turn machen und dann die Erste rechts. Es ginge noch um
zwei oder drei Ecken, und schon wären sie da.

Sie fuhren also bis zum Hafenkai vor, um dort zu wenden,
und Madlener winkte vorher noch einen aus der Bahnhofshalle
kommenden Mann vorbei, der wohl gerade mit dem letzten
Zug angekommen war. Er stemmte sich mit einer schweren
Tasche und einem Baseballkäppi gegen den Wind, der immer
noch Schneeflocken vor sich hertrieb und bedankte sich mit der
freien Hand dafür, dass sie für ihn angehalten hatten.

»Warst du mal Pfadfinder?«, stichelte Harriet, als Madlener
wieder anfuhr.

»Wieso?«, fragte er.

»Jeden Tag eine gute Tat«, kommentierte Harriet. »Da vorne
musst du übrigens rechts rein. Die Maximilianstraße ist Fußgängerzone, ab hier können wir parken, falls du einen freien Platz
findest.«

Sie hatten Glück, und Madlener stellte den Wagen zwischen
zwei Schneehaufen ab, von da aus gingen sie zu Fuß weiter. Der
eiskalte Wind war böig geworden und hatte eine unangenehme
Schärfe. Die Schaufenster der Geschäfte waren alle festlich de-
koriert und vorweihnachtlich illuminiert und ausgestattet, aber
es war kein Mensch mehr unterwegs.

Vor zwei Schaufenstern mit 3D-New-York-Wimmel-Stadt-
bildern im Comic-Look und einem fotorealistischen Acryl-
Gemälde, das eine mondäne Chicagoer Hotelbar im sechsund-

zwanzigsten Stock eines Hochhauses als Motiv hatte, blieben Madlener und Harriet stehen. Das war die Galerie »Bodenlos« von Maiser. Der Eingang lag in einer Seitenpassage, die in einen Hinterhof führte, der mit einem Eisengitter abgesperrt war. Neben dem Eingang zur Galerie war eine zweite Tür mit einem Klingelschild, auf dem der Name »I. Blaschke« stand.

Harriet drückte ausgiebig auf die Klingel, die man von außen nicht hören konnte. Nach einer längeren Pause, in der sich nichts rührte, drückte sie noch einmal.

Die Gegensprechanlage fing an zu rauschen, und eine unfreundliche weibliche Stimme sagte: »Ja?«

»Kripo Friedrichshafen, die Kommissare Madlener und Holtby«, meldete sich Madlener und trat einen Schritt zurück in der Meinung, dass nun aufgetan würde.

Aber wieder tat sich eine Weile nichts, bis die nächste rauschende Frage kam: »Was wollen Sie?«

»Wir müssten Sie dringend sprechen. Es ist wichtig. Es geht um André Maiser.«

»Ja und?«

»Sie arbeiten doch für ihn. Ist das richtig?«

»Was geht Sie das an?«

Madlener warf Harriet einen beredten Blick zu. Frau Blaschke schien eine harte Nuss zu sein.

»Frau Blaschke, bitte öffnen Sie die Tür. Wir müssen Sie dringend sprechen. Aber das möchten wir nicht hier auf der Straße tun. Es ist eine sehr persönliche Angelegenheit, verstehen Sie?«

Eine Pause entstand.

Madlener und Harriet sahen sich an, voller Erwartung, was jetzt passieren würde.

»Was tun wir, wenn sie nicht aufmacht?«, fragte Harriet.

Dazu kam es nicht. Ein kurzer Summton zeigte an, dass die Tür entriegelt worden war. Madlener stieß sie auf, und sie traten ein. Harriet fand den Lichtschalter, eine ausgetretene Treppe führte nach oben, es war ein altes Treppenhaus, eng und ein wenig muffig.

Sie nahmen die knarzenden Stufen hinauf.

36

Die Aufmachung von Iris Blaschke war ganz businesslike, als
wäre sie kurz zuvor von einem Geschäftsessen mit wichtigen
Kunden gekommen oder gerade im Begriff, dazu aufzubrechen.
Sie war schlank, sportlich und groß, Konfektionsgröße vierzig,
schätzte Madlener, als er sie, von unten die Treppe hochkom-
mend, über sich an der offenen Tür warten sah. Sie trug eine
weiße Bluse zum schwarzen Hosenanzug, und, was ihm seltsam
erschien, schwarze Pumps – zu Hause, nach Feierabend. Sie sah
relativ jung aus, war höchstens Ende dreißig, hatte ihre langen
brünetten Haare zu einem Pferdeschwanz zusammengebunden,
war geschminkt und präsentierte einen penetrant neutralen Gesichtsausdruck, der beinahe schon als abweisend bezeichnet werden konnte, so als wollte sie nicht zulassen, dass ihre Gefühlslage
auch nur im Mindesten interpretierbar war. Madlener kam es
vor, als hätte sie nicht nur irgendwelchen Besuch erwartet,
sondern welchen von der Polizei. Sie sah entschlossen aus und
benahm sich von Anfang an so, wie er das von Tätern kannte, die
sich ihre Aussage zusammen mit ihrem Anwalt zurechtgebogen
hatten und kein Jota davon abwichen.

»Kommen Sie herein«, begrüßte sie Madlener und Harriet
ohne große Umschweife, hielt die Tür zu ihrer Wohnung auf,
wartete, bis die beiden eingetreten waren, schenkte ihren Aus-
weisen, die sie pflichtgemäß vorzeigten, keinen Blick und schloss
die Tür hinter ihnen wieder.

»Bitte!«, sagte sie und führte sie in ein modern und teuer
eingerichtetes Wohnzimmer mit zwei türgroßen Gemälden im
Querformat an den Wänden, die im Stil von David Hockney
gemalte türkisblaue Swimmingpool-Wasserwellen zeigten, die
sich im kalifornischen Sonnenlicht spiegelten. Madlener glaubte
nicht, dass die Bilder echt waren, es mussten Epigonen sein, ein
Hockney war für Normalsterbliche unbezahlbar.

Iris Blaschke musterte Madlener und Harriet, so wie sie von
den beiden gemustert wurde. Als Iris Blaschke keine Anstalten

machte, sie zum Sitzen aufzufordern, und die kleine Pause peinlich zu werden begann, fing Madlener an.

»Vielleicht sollten wir uns besser setzen, Frau Blaschke ...«, sagte er, und Harriet hörte aus seiner Stimme heraus, dass er in einen Modus übergewechselt hatte, der dafür reserviert war, Angehörige vom tragischen Tod eines ihnen nahestehenden Menschen zu unterrichten. Madlener nahm dann immer die Tonlage eines mitfühlenden Landpfarrers an, was sie durchaus als angemessen und positiv empfand. Der Umgang mit Menschen, denen der gewaltsame Tod eines lieben Freundes oder Verwandten mit Anstand und gebührender Einfühlsamkeit beigebracht werden musste, war nicht gerade ihre Paradedisziplin, das war ihr hinlänglich bekannt. Und sie wusste auch, dass es nicht nur darauf ankam, so empathisch wie möglich vorzugehen, sondern auch, jedenfalls im kriminalistischen Bereich, die Reaktion auf eine solche Nachricht genau zu beobachten und zu analysieren. Im Augenblick größter emotionaler Verwundbarkeit offenbarte sich zuweilen mehr von der Psyche eines potenziellen Mitwissers oder sogar Täters, als demjenigen, der die Botschaft erhielt und darauf reagierte, lieb sein konnte.

Das alles hatte Harriet von Madlener gelernt. Sie war zwar eine gelehrige Schülerin, doch sie hatte nach wie vor erhebliche Defizite im zwischenmenschlichen Bereich. Das war ihr klar, aber so einfach war das auch nicht zu beheben, weil es in ihren Genen angelegt war.

Iris Blaschke griff nach einem Glas, das halb mit einer honigfarbenen Flüssigkeit gefüllt war und auf einem Tisch stand. »Ich trinke Single Malt. Wollen Sie auch etwas?«

»Nein danke«, antwortete Madlener und hob die Hände in einer Geste, die gleichzeitig entschuldigend und mitfühlend war, »Sie müssen uns nichts anbieten. Wir sind gekommen, um Ihnen mitzuteilen, dass Ihrem Chef André Maiser mit hoher Wahrscheinlichkeit etwas zugestoßen ist.«

»Bitte setzen Sie sich«, sagte Iris Blaschke jetzt auf einmal zu Madleners Verblüffung in einem Ton, der absolut wertneutral war und keinerlei Überraschung offenbarte oder schockiert klang. Sie selbst nahm mit natürlicher Eleganz auf einem puristischen Sitzmöbel Platz, das aus der Farb- und Formenpalette von Piet Mondrian stammte: Gestell und Sitzfläche bestanden aus geraden, rechteckig geschnittenen Buchenholzteilen in den Primärfarben Gelb, Blau und Rot und der Nichtfarbe Schwarz, ein Stuhl, der als »Rot-Blauer Stuhl« der »De Stijl«-Bewegung in die Designergeschichte eingegangen war.

Madlener nahm das alles mit einem Blick auf, er hatte ein Faible für Kunst und stellte fest, dass alle Möbel und Gegenstände im großzügigen Wohnbereich wirkten und so gestellt waren, als wären sie Teil einer Ausstellung und nicht einer Wohnung, in der man lebte, den Feierabend verbrachte und sich wohlfühlen sollte. Im Gegenteil – Iris Blaschke kam ihm vor wie der Teil einer Inszenierung, in der sie die Hauptrolle spielte und sich alle Mühe gab, nicht aus der Rolle zu fallen und nicht die Contenance zu verlieren, komme, was da wolle.

Hier stimmte etwas nicht.

Hier stimmte etwas ganz und gar nicht.

»André ist tot«, stellte sie tonlos fest. »Das ist es doch, was Sie mir mitteilen wollen. Sie brauchen nicht um den heißen Brei herumzureden.«

»Woher wissen Sie von seinem Tod?«, fragte Harriet, weil Madlener nicht antwortete und nur merkwürdig seinen Blick umherschweifen ließ, als ob er damit rechnete, in eine Art Hinterhalt geraten zu sein.

»Die Herrschaften, die hinter Ihnen in der Küche auf Sie warten, haben mir das vor einer Viertelstunde mitgeteilt«, sagte sie in einem gleichgültigen Ton, als ginge es um das Wetter an Weihnachten und nicht um eine existenzielle Frage, gleichzeitig kippte sie ihren Drink hinunter, indem sie den Kopf wie ein Vogel nach hintenüber beugte.

Im Rücken von Madlener und Harriet, hinter einem hohen Esstisch, der die Küche vom Wohnbereich trennte und mit Barhockern bestückt war, tauchten auf einmal vier Personen auf, die wie auf dem Jahrmarkt im Spiegelkabinett mit einem Mal sichtbar wurden, weil ein Mechanismus die Spiegel in ihren

Achsen gedreht hatte. In Iris Blaschkes Wohnung bestand der Trick darin, dass sie einfach ein paar Schritte nach vorne ins Licht gegangen waren. Der Auftritt war deshalb nicht weniger wirkungsvoll und überraschend.

Madlener und Harriet drehten sich um und sahen sich Frau Schwanitz-Terstegen und drei unbekannten Männern gegenüber. Zwei der Männer waren um die fünfzig, einer mit Kaschmirschal, dichten Silberlocken und dickem Siegelring, der andere mit Kamelhaarmantel, schütterem Haar und teuren Handschuhen, die er in der rechten Hand hielt und mit denen er ständig in die leere linke Handfläche schlug, anscheinend eine Marotte, die ihm selbst gar nicht bewusst war. Der dritte war zwanzig Jahre jünger, extrem schlank, und er steckte in einer schwarzen Steppjacke.

»Guten Abend«, ergriff Frau Schwanitz-Terstegen das Wort. »Entschuldigen Sie, dass wir uns ein wenig im Hintergrund gehalten haben, aber wir wollten erst mal abwarten, wer da bei Frau Blaschke auftaucht. Darf ich vorstellen: Das sind meine beiden Mitarbeiter Kriminalhauptkommissar Madlener und Kriminalanwärterin Holtby.«

Der letzte Satz war direkt an die Männer neben ihr gerichtet. Dann drehte sie sich wieder zu Madlener und Harriet um, wobei sie keinerlei Anstalten machte, ihre drei Begleiter, die einen selbstbewussten und arroganten Eindruck erweckten, ebenfalls vorzustellen.

Harriet wusste nicht, was sie von diesem völlig unerwarteten Auftritt halten sollte, und warf ihrem Chef einen irritierten Seitenblick zu. Madlener schien bereits innerlich zu kochen und wurde von Sekunde zu Sekunde wütender.

Aber bevor er richtig explodieren konnte, hob Frau Schwanitz-Terstegen ihre Hand und sprach auf ihn ein. »Ich kann nachvollziehen, Kommissar Madlener, dass Sie von unserer Gegenwart einigermaßen überrascht worden sind. Aber ich kann Ihnen versichern: Wir haben alles unter Kontrolle. Es ist für alle Beteiligten besser, wenn wir uns erst einmal beruhigen und uns später zu einem gemeinsamen Meeting im Polizeipräsidium zurückziehen, wo wir alle unsere Informationen austauschen können und das weitere Vorgehen besprechen. D'accord?«

»D'accord? Was zum Teufel soll das? Gar nichts ist d'accord, Frau Kriminaldirektorin, überhaupt nichts! Ich will jetzt sofort wissen, warum wir nicht von Ihrer Unterredung bei einer wichtigen Zeugin informiert worden sind, und dann will ich wissen, wer diese drei Schnüffler in Ihrer Begleitung sind und warum sie so geheim tun, dass sie für uns anscheinend gar nicht zu existieren haben! Die Staatsanwaltschaft wird sich höchstwahrscheinlich auch für diese – gelinde gesagt – seltsame Vorgehensweise Ihrerseits interessieren, darauf können Sie Gift nehmen!«

»Die Staatsanwaltschaft ist selbstverständlich eingeweiht, das nur zu Ihrer Beruhigung«, sagte Frau Schwanitz-Terstegen.

Madlener ging gar nicht auf sie ein, sondern deutete auf den Mann mit dem schütteren Haar, der sichtlich älter war als die anderen zwei.

»Sie kenne ich doch. Sie sind Böhm vom Landeskriminalamt – stimmt's, oder hab ich recht? Was macht das LKA hier, ohne die Kripo miteinzubeziehen? Und warum spielen wir da mit, Frau Kriminaldirektorin, wenn ich fragen darf?«

»Wen meinen Sie mit ›wir‹?«

»Die Kripo Friedrichshafen, wenn's recht ist. Deren Chefin Sie sind und deren Verantwortung für diesen Fall ich übernommen habe von dem Punkt an, wo er mir übertragen worden ist. Und damit habe ich jedes verdammte Recht, über jeden Schritt unterrichtet zu werden, der unternommen wird, um den Täter zu fassen. Über jeden, Herrgott noch mal!«

Der Mann, den Madlener mit »Böhm« angesprochen hatte, ließ einen demonstrativen Seufzer hören, als stünde Madlener mit seinen impertinenten Fragestellungen wegen Majestätsbeleidigung – wobei er die Majestät war – bereits mit einem Fuß im Knast, bevor er sagte: »Madlener, lassen Sie's gut sein. Frau Blaschke hat gerade eben vom Tod ihres Chefs und Lebensgefährten erfahren. Wir alle wollen doch nicht ausgerechnet hier und jetzt ein unnötiges Kompetenzgerangel anzetteln.«

»So ist es«, beeilte sich Frau Schwanitz-Terstegen hinzuzufügen. »Wir treffen uns in einer Stunde im Präsidium. Da kommen alle Karten auf den Tisch. Gedulden Sie sich bis dahin und fahren Sie schon mal voraus. Wir kommen nach. Das, was es hier zu tun gibt, erledigen wir. Herr Böhm ist ein kompetenter Mann.«

Sie wartete darauf, dass Madlener einknickte und zusammen mit Harriet die Wohnung Blaschke verließ. Aber so simpel war Max Madlener nicht kleinzukriegen.

»Moment mal! Bei allem Respekt, Frau Kriminaldirektorin, aber ich ermittle hier hochoffiziell mit meiner Kollegin in einer Mordsache. Kann gut möglich sein, dass aus versuchtem Mord bereits ein vollendeter Mord geworden ist, so schwer verletzt wie der Kollege ins Krankenhaus gebracht wurde. Der Täter ist immer noch auf freiem Fuß und eine Gefahr für die Allgemeinheit. Ich bin überzeugt, dass er jeden umbringt, der sich ihm in den Weg stellt. Es ist meine verdammte Pflicht und Schuldigkeit als Chefermittler in diesem Fall, dafür zu sorgen, dass der Täter so schnell wie möglich erwischt und vor ein Gericht gestellt wird, wo er sich für seine Taten zu verantworten hat. Wenn Sie mich daran hindern, dann fällt das, soweit ich das juristisch beurteilen kann, unter die Rubrik Strafvereitelung im Amt und ist ein Offizialdelikt. Wenn der Täter auf seiner Flucht weitere Menschen verletzt oder als Geiseln nimmt oder noch Schlimmeres, dann stehen Sie dafür in der Verantwortung. Sie, Frau Kriminaldirektorin! Oder glauben Sie vielleicht, ein Herr Böhm vom LKA stellt sich hin, wenn tatsächlich so etwas passiert, und sagt: ›Ja, dass das schiefgegangen ist, geht auf meine Kappe, weil ich den Madlener daran gehindert habe, seine Ermittlungen so zu führen, wie er es für richtig hält‹? Ich hoffe, ich habe mich klar genug ausgedrückt!«

»Durchaus!«, antwortete Frau Schwanitz-Terstegen säuerlich. »Sie bewegen sich auf verdammt dünnem Eis, Herr Madlener. Ich warne Sie – mäßigen Sie sich, es sind genug Zeugen im Raum, die gegebenenfalls gegen Sie aussagen, wenn Sie hier übers Ziel hinausschießen. Ich lasse Ihnen ja so einiges durchgehen aufgrund Ihrer Verdienste, aber ich kann Ihnen nur raten, den Bogen nicht zu überspannen.«

Am liebsten hätte Harriet Madlener am Arm gepackt und ihn hinausgezerrt, bevor er sich noch zu einer Handlung oder einer Verbalinjurie hinreißen ließ, die nicht mehr gutzumachen war, denn ganz danach sah es aus, wenn sie seine blitzenden Augen richtig deutete. Ihr Chef hatte nicht im Geringsten vor, jetzt nachzugeben. Hier ging es ihm ums Prinzip. Und das Prinzip, auf das er im Allgemeinen nicht allzu viel Wert legte, wenn es sich um behördliche Abläufe oder bürokratische Obliegenheiten handelte, war ihm in diesem Fall, einem Mordanschlag auf einen Kollegen, heilig.

Kompetenzgeschacher, Intrigen und Zuständigkeitspoker waren ihm grundsätzlich schon verhasst. Wenn all diese in seinen Augen verachtenswerten Handlungen aber auch noch zu einem echten Hindernislauf in einer Ermittlung führten, in der es um Tod oder Leben ging, dann war für Madlener Schicht im Schacht.

Frau Schwanitz-Terstegen wollte etwas sagen, aber er ließ sie nicht zu Wort kommen.

»Sehen wir doch mal der nackten Wahrheit ins Auge. Je mehr Zeit wir hier mit juristischen Spitzfindigkeiten verplempern, desto besser für den Täter. Desto mehr Vorsprung bekommt er, bis dieser Vorsprung vielleicht so groß ist, dass er durch unser engmaschig gezogenes Fahndungsnetz schlüpfen kann und endgültig von unserem Radar verschwindet. Das ist dann aber auf Ihrem Mist gewachsen, Frau Kriminaldirektorin! Ganz allein auf Ihrem Mist, weil Sie uns daran gehindert haben, unsere Ermittlungsarbeit korrekt auszuführen. Frau Blaschke hier ...«

Er zeigte auf Iris Blaschke, die in ihrem Sessel saß und sich eine Zigarette angezündet hatte, als ginge sie die ganze absurde Situation nichts an.

»Frau Blaschke«, fuhr Madlener unbeirrt fort, »ist eine wichtige Zeugin in diesem Zusammenhang, und ich erwarte mir von ihrer Aussage einige Hinweise, die uns dabei weiterhelfen können, dem flüchtigen Täter auf die Spur zu kommen –«

»Das alles ist uns bekannt«, unterbrach ihn Böhm, der Mann vom LKA, und legte alle Autorität und Aufgeblasenheit in Stimme und Haltung. »Wir haben selbst alles Nötige in die

Wege geleitet, das kann ich Ihnen versichern, Herr Madlener. Ich bin seit über zwanzig Jahren an verantwortlicher Stelle beim LKA und was Ermittlungs- und Fahndungsarbeit angeht auch nicht auf der Brennsuppe dahergeschwommen. Wenn Sie es unbedingt so deutlich hören wollen, dann sage ich es Ihnen hiermit: Von jetzt an halten Sie sich aus dieser Sache raus. Das ist nicht mehr Ihr Bier! Das ist unser Job! Haben Sie es jetzt kapiert?«

»Sie haben mir gar nichts zu sagen, Böhm, Sie sind mir gegenüber nicht weisungsbefugt. Das ist mein Fall!«

»Ab sofort nicht mehr«, gab Frau Schwanitz-Terstegen unmissverständlich kund. »Und das ist nicht auf meinem Mist gewachsen, um es mit Ihren Worten auszudrücken, sondern ein Beschluss von ganz oben.«

»Was bitte heißt ›von ganz oben‹?«

»Das kommt aus dem Büro des Innenministeriums, reicht das?«

»Und wozu?«, wollte Madlener wissen. »Was ist der verdammte Grund?«

»Wir sehen uns in einer Stunde im Polizeipräsidium«, sagte Frau Schwanitz-Terstegen. »Wir besprechen das nicht hier. Das ist mein letztes Wort.«

Harriet befürchtete schon, dass Madlener darüber nachdachte, ob er zuerst gegen Böhm und diese anderen schnöseligen Typen handgreiflich werden sollte, die betont unbeteiligt blickten und kein Wort sagten, oder ob er gleich seiner Vorgesetzten an den Kragen ging.

Zu ihrem Erstaunen machte er auf dem Absatz kehrt und stürmte wortlos aus der Wohnung.

Harriet blieb nichts anderes übrig, als ihrem Chef zu folgen, der bereits die alte Holztreppe hinunterpolterte.

37

Harriet zog ihren Sicherheitsgurt im Dienstwagen auf dem Beifahrersitz so stramm, dass kein Blatt Papier mehr zwischen Gurt und ihre Jacke gepasst hätte, denn sie wusste: Wenn Madlener sich in diesem Zustand, in dem er sich nach der grundsätzlichen Auseinandersetzung mit Frau Schwanitz-Terstegen befand, ans Steuer setzte, war er imstande, jede nur mögliche Geschwindigkeitsbegrenzung oder sonstige Einschränkung seiner Fahrweise nicht nur zu ignorieren, sondern sie mit voller Absicht zu übertreten.

Nur so gelang es ihm halbwegs, seinen biblischen Zorn auf ein erträgliches Maß herunterzuschrauben und wieder er selbst zu sein.

Sie hatte ihn schon bei der einen oder anderen Gelegenheit erlebt, in der Madlener vollkommen ausgerastet war. Zum Beispiel wenn er sich ungerecht behandelt fühlte oder ihm fälschlicherweise etwas vorgeworfen wurde, für das er überhaupt nichts konnte. Oder wenn man versuchte, ihn für dumm zu verkaufen.

Das alles waren Kinkerlitzchen gegen das, was sie selbst gerade mitbekommen hatte.

Sie hatten ihrem Chef quasi ohne Begründung einen Fall weggenommen, an dem er schon seit geraumer Zeit zielstrebig und ohne Fehl und Tadel arbeitete. Einfach so.

Sie fragte sich, warum. Und was dahintersteckte.

Madlener wusste es wohl, oder er ahnte es zumindest. Aber Harriet würde sich hüten, ihn jetzt danach zu fragen. Da musste er schon von selbst damit anfangen. Irgendetwas mit André Maiser konnte nicht stimmen. Sonst hätten sich nicht hohe und höchste Kreise in einen banalen, wenn auch äußerst brutalen Mordfall, der nach Rache aussah, eingeschaltet.

Während sie durch die winterliche Nacht rasten, sah Harriet ihren Chef von der Seite an. Seine versteinerte Miene verhieß nichts Gutes. Er hatte sich vor der Abfahrt einen Kaugummi in den Mund gesteckt und malträtierte ihn derart, dass sich Harriet

Sorgen um seine Backenzähne und Kaumuskeln machen musste. Das Schneetreiben hatte nicht nachgelassen, und er donnerte über die Seebrücke zurück aufs Festland und nahm die nächste Straße nach Friedrichshafen. Den Gasfuß hatte er, sobald er freie Fahrt hatte, bis zum Bodenblech durchgedrückt. Das flackernde Blaulicht gab seinem Gesicht ein seltsam fahles und krankes Aussehen.

Seit sie die Treppe von der Wohnung Blaschkes heruntergetrampelt waren, hatte er kein Wort gesprochen. Harriet hielt ebenfalls den Mund. Sie kannte ihren Chef inzwischen so gut, dass sie genau wusste, wann man ihn lieber in Ruhe ließ und wann man sich so richtig mit ihm fetzen konnte. Letzteres war jetzt garantiert nicht angebracht.

Erst als Madlener wegen eines Streufahrzeugs seine halsbrecherische Fahrweise auf Schritttempo reduzieren musste, spürte Harriet, dass ihr Chef nicht nur den Dienstwagen heruntergebremst hatte, sondern auch seinen Wutpegel, denn er sprach sie unvermittelt mit seiner normalen Stimme an, während das Salzgranulat vom Räumdienstfahrzeug vor ihnen gegen Kühlerhaube und Windschutzscheibe prasselte.

»Harriet«, sagte er, »kannst du uns einen großen Gefallen tun?«

»Einen legalen oder einen illegalen?«, fragte sie. »Ich meine, wenn du schon so anfängst …«, beeilte sie sich hinzuzufügen.

»Wenn ich das richtig verstanden habe«, begann Madlener, »dann haben sie mir beziehungsweise uns den Fall ›Argen‹ entzogen. Folglich ist eigentlich alles, was wir in dieser Sache weiter unternehmen, illegal. Macht dir das was aus?«

»Warum sollte es? Ist ja nicht das erste Mal. Dann komme ich wenigstens nicht aus der Übung.«

»Du kannst dir alles erlauben …«, fing Madlener mit einem seiner Lieblingssprüche an, den Harriet ohne Unterbrechung fortsetzte: »… solange du dich dabei nicht erwischen lässt.«

»Siehst du«, sagte Madlener, »dann ist die Zeit, die du mit mir verbracht hast, doch nicht ganz umsonst gewesen. Du hast das A und O unseres Berufsstands verinnerlicht und kannst es jederzeit zur Anwendung bringen.«

Ihr Chef war zwar immer noch stinkwütend, aber daran, dass er seinen Humor wiedergefunden hatte, merkte sie, dass es nichts mit ihr zu tun hatte.

»Ich bin durchaus lernfähig«, meinte sie.

»Dann pass jetzt gut auf. Ich werde dir zeigen, wie man damit umgeht, wenn sie dich mobben wollen, weil du ihnen im Weg stehst …«

»Sie einfach ignorieren und weitermachen, wenn's sein muss, eben auf eigene Faust?«, erwiderte Harriet.

»Ich hab's ja geahnt«, sagte er gespielt resigniert. »Dir kann man nichts mehr beibringen. Also, jetzt hör mir zu: Sobald wir im Präsidium sind, gehst du mit deinem Computer in sämtliche Dateien vom Einwohnermeldeamt und der Kfz-Zulassungsstelle und überhaupt in alle Institutionen, die etwas über André Maiser haben könnten und in die du dich einloggen kannst. Oder einhacken – ist mir in dem Fall auch egal. Ich will alles über den Mann wissen, was wir an Daten und Informationen kriegen können. Woher er kommt, wo er vorher gewohnt hat, womit er wirklich seine Brötchen verdient, ob er schon mal falsch geparkt hat, ob er vielleicht aktenkundig ist, weil er was auf dem Kerbholz hat, ob er irgendwo Geld gebunkert hat, ob sein Großvater seine Großmutter betrogen hat und mit wem – einfach alles. Alles, an was du in der kurzen Zeitspanne kommst, bis die Viererbande wie abgemacht bei uns im Büro auftaucht.«

»Da ist eine Stunde nicht viel.«

»Ich weiß. Aber die werden länger als eine Stunde brauchen. Und bis dahin sollen sie mich so richtig kennenlernen. Erstens lasse ich mir von Frau Schwanitz nicht so ohne Weiteres den Stuhl unter dem Hintern wegziehen. Und zweitens lasse ich mich doch nicht von einem Kerl anmachen, der sich benimmt wie Graf Rotz von und zu Hohenpopel. Hat mein Vater immer gesagt. Dabei erkennt er seinen eigenen Arsch nicht, wenn er ihn im Spiegel sieht.«

»Hat das auch dein Vater gesagt?«

»Weiß nicht. Schieben wir's ihm mal ebenfalls in die Schuhe. Er kann sich ja nicht mehr wehren. Entschuldige bitte meine vulgäre Ausdrucksweise, aber wenn ich an den Typen im Kamelhaarmantel denke, der meint, er wäre was Besseres ...«

»An Böhm?«

»Ja. Dann platzt mir immer gleich der Kragen. Er ist ein Scheißkerl, der seine eigene Mutter für eine Beförderung an den Galgen liefern würde. Zufällig weiß ich, dass er nur mit Vitamin B die Karriereleiter hochgeklettert ist. Und weil er weiß, dass ich das weiß, wird er alles versuchen, mich aus dem Spiel zu nehmen. Aber dieses Süppchen werde ich ihm gründlich versalzen.«

»Was meinst du mit Vitamin B?«

»B wie Beziehungen. Sein Schwiegervater ist Polizeipräsident gewesen ...«

»Du kennst ihn?«

»Vage. Als ich in Stuttgart war, hat Böhm im Dezernat für Wirtschaftskriminalität gearbeitet. Hat dann einen großen Fall versaut. Wurde daraufhin zum LKA versetzt. Als Belohnung gewissermaßen. Die ganze Abteilung hat aufgeatmet, als er weg war.«

Der Gedanke daran hatte Madleners Wutpegel erneut anschwellen lassen. Jetzt reichte es ihm mit der Bummelei vor seiner Nase. Er überholte hupend das Fahrzeug vom Winterdienst und drückte trotz glatter und ungeräumter Schneedecke aufs Tempo, sodass Harriet sich wieder voll darauf konzentrieren musste, sich am Sicherheitsgurt festzuklammern, weil der Dienstwagen in jeder Kurve anfing mit dem Heck auszubrechen, bis Madlener kurzfristig vom Gas ging, damit er wieder in die Spur zurückfand.

38

Während Harriet in der einzigen Lichtinsel im Großraumbüro des Polizeipräsidiums, die von ihrer Schreibtischlampe gebildet wurde, wie eine Besessene auf ihr Keyboard einhämmerte, telefonierte Madlener im Dunkeln. Er stand an einem weit entfernten Fenster, das ausnahmsweise nicht von Tannenzweigen eingerahmt war – dafür hatte Frau Gallmanns Weihnachtsschmuck nicht mehr ausgereicht –, und sah dabei in die menschenleere Winternacht hinaus, in der böige Winde bizarre Schneeverwehungen auf den Straßen formten und in Madlener die kurzfristige Anwandlung auslösten, dass es in Anchorage, Alaska, auch nicht viel schlimmer sein konnte. Wenigstens hatten sie das scheußliche Neondeckenlicht nicht eingeschaltet, das sonst immer an war und bei dem er nach einem langen Arbeitstag im Büro stets mit Kopfschmerzen den Weg nach Hause antrat und sich dann auch noch wunderte, wieso ihm der Schädel brummte.

Er schnüffelte. Es roch immer noch, wenn auch dezent, nach »Weihnachtszauber extra stark«. Er vermisste Frau Gallmann, die lebende Institution, die sich tatsächlich bereits im Feierabend befand. Er mutmaßte, dass sie wahrscheinlich absichtlich von ihrer Chefin nach Hause geschickt worden war, weil die Kriminaldirektorin verhindern wollte, dass Frau Gallmann Madlener vorwarnte und ihm gegenüber ausplauderte, was für ein falsches Spiel da im Busch war.

In der freien Hand hatte er eine frisch gebrühte Tasse Kaffee, er wusste nicht, die wievielte es heute war, aber irgendwie musste er seine kleinen grauen Zellen ja auf Trab halten. Sein Anruf hatte nichts ergeben, die Fahndung nach dem Panda-Mann lief noch immer, was ein schlechtes Zeichen war, denn mit jeder Minute, die erfolglos verstrich, wurde die Wahrscheinlichkeit größer, dass der Ring mit den Straßensperren und Kontrollpunkten zu spät geschlossen worden und der Gesuchte schon längst über alle Berge war.

Er führte ein zweites Gespräch mit Ellen und dann noch eines mit dem Krankenhaus, wo er sich nach dem Zustand des schwerstverletzten Polizisten erkundigte. Lange war notoperiert worden und lag im künstlichen Koma, sein Zustand war zwar momentan stabil, aber man konnte Madlener nicht sagen, ob er die Nacht überstehen und durchkommen würde.

Er bedankte sich, legte auf und sah ein dunkles Auto, das auf den Parkplatz für Dienstfahrzeuge geschlichen kam. Frau Schwanitz-Terstegen stieg aus und beeilte sich, durch das Schneetreiben ins Trockene zu gelangen.

»Der Schwan rückt an«, warnte er Harriet vor, die noch einen letzten Endspurt an ihrem Computer hinlegte und nebenbei sagte: »Wusste gar nicht, dass du ein heimlicher Lyriker bist.«

»Ich auch nicht. Frau Schwanitz bringt eben die verborgensten Talente in mir zum Vorschein.«

Nach einem letzten Blick auf den Bildschirm schaltete Harriet resigniert aus und schüttelte den Kopf.

»Ich hätte mehr Zeit gebraucht. Dann hätte ich tiefer graben können. Aber nach ein paar oberflächlichen Suchanfragen kann ich dir jedenfalls schon mal eine grundlegende Erkenntnis mitteilen: Einen André Maiser gibt es nicht.«

»Was?«

»Tatsache. Er ist nirgends registriert. Nirgends gemeldet, hat keinen Führerschein, keine Sozialversicherung, bei der Krankenversicherung bin ich noch auf der Suche, nichts. Auch nicht im Intranet, keine kriminelle oder sonstige Vergangenheit. Jedenfalls nicht als André Maiser. Da gibt es nur seine offizielle Website mit ein paar Bildern und Infos über seine Galerie. Wir bräuchten einen richterlichen Beschluss für seine Bankkonten, dann kämen wir weiter. Ich könnte mir seinen Computer vorknöpfen, den sich Ehrmanntraut geschnappt hat ...«

Madlener unterbrach sie. »Lass gut sein, Harriet. So etwas habe ich fast vermutet nach der Nummer bei Iris Blaschke. Mal sehen, wie viel sie uns jetzt verraten. Die Wichtigtuer vom LKA sind Gott sei Dank nicht mit von der Partie. Wenigstens unsere Chefin hält sich an ihr Versprechen ...«

Sie warteten in aller Ruhe ab, bis sie Schritte hörten, die Tür aufgerissen wurde und Frau Schwanitz-Terstegen hereinstürmte. »Geben Sie mir fünf Minuten!«, sagte sie. »Dann will ich Sie in meinem Büro sehen. Warum machen Sie eigentlich kein Licht an?«

Und schon war sie wieder auf dem Gang verschwunden. Madlener und Harriet sahen sich nur kurz an, sagten aber nichts. Während Madlener nachdenklich an seinem Kaffee schlürfte, drehte Harriet ein paar Kippen auf Vorrat. Madlener bewunderte ihre flinke Fingerfertigkeit und bekam beim Anblick von Tabak und Zigarettenpapier prompt Lust auf eine Zigarette.

Aber da in diesem Moment hinter der Glaswand vom Büro der Chefin das Licht anging, blieb für eine diesbezügliche Pause keine Zeit. Sie nickten sich zu und betraten gemeinsam das Büro, in dem die Kriminaldirektorin schon hinter ihrem Schreibtisch auf sie wartete.

39

Madlener sagte kein Wort, als er sich setzte, ohne darauf zu warten, von Frau Schwanitz-Terstegen dazu aufgefordert zu werden. Sie studierte mit der Brille auf der Nasenspitze erst einmal noch irgendwelche Papiere, bevor sie sie beiseitelegte, ihre Brille nach oben auf die Nasenwurzel schob und Madlener und Harriet musterte.

»Wir hören«, sagte Madlener nur und erwiderte ihren Blick, ohne ihm auszuweichen. Das konnte er um etliches länger als jede Person aushalten, die ihm gegenübersaß, in seinem durchdringenden Blick lag die Erfahrung von Hunderten von Vernehmungen und Verhören. Schließlich sah auch die Kriminaldirektorin ein, dass sie Madlener in diesem Spielchen unterlegen war und endlich zur Sache kommen musste, falls sie heute noch irgendwann nach Hause wollte.

»Wo soll ich anfangen?«, stöhnte sie aufreizend, ganz in der Rolle der Vorgesetzten, die unter der Last ihrer schweren Verantwortung beinahe zusammenzubrechen drohte.

Aber auf diesen Trick fiel Madlener nicht herein. Er war nicht bereit, es seiner Chefin auch nur ein bisschen leichter zu machen.

»Am besten damit, dass Sie uns eine Menge Erklärungen schuldig sind«, konstatierte er deshalb und verschränkte erwartungsvoll seine Arme. Seinen Blick hatte er immer noch nicht von Frau Schwanitz-Terstegen gelöst. »Warum sollen wir vom Fall ›Argen‹ abgezogen werden? Dafür hätte ich gern eine plausible Begründung. Es kommt noch ein ganzer Rattenschwanz von Fragen, aber zuerst will ich darauf eine nachvollziehbare Antwort. Ich denke, ich habe ein Recht darauf. Ach ja – ich bin zwar ziemlich unempfindlich, aber wie Sie uns da in der Wohnung von Iris Blaschke abgefertigt haben, war nicht gerade die feine englische Art. Wenn ich ein Paragrafenreiter wäre, was ich bei Gott nicht bin, könnte ich mir unter Umständen sogar überlegen, Dienstaufsichtsbeschwerde gegen Sie einzulegen. Gründe genug hätte ich.«

Frau Schwanitz-Terstegen setzte eine übertriebene Mitleidsmiene auf, als sie spöttisch entgegnete:»Ach Gottchen, habe ich Sie vielleicht beleidigt, Kommissar Madlener? Vor den drei Herren? Hat das Ihre Ehre angekratzt? Das tut mir leid. War nicht meine Absicht. Ich hatte ja keine Ahnung, dass Sie so empfindlich sind. Aber wissen Sie was? Ich wollte Sie einfach so schnell wie möglich wieder loswerden. Weil ich es als äußerst kontraproduktiv angesehen habe, vor einer wichtigen Zeugin einen Kompetenzstreit auszutragen, nicht wahr?«

»Warum haben Sie uns dann nicht rechtzeitig vorher informiert, dass Sie schon bei Frau Blaschke sind? Ein einfacher Anruf hätte genügt. Dann hätten wir uns diese wahrhaft blamable Vorstellung sparen können, in der Tat.«

»Die Zeit war zu knapp. Und die Herren, die dabei waren, drängten darauf, vor Ihnen bei Frau Blaschke zu sein. Und seien Sie doch mal ehrlich: Hätte ein kurzer Anruf von mir ausgereicht, Sie davon abzuhalten, der Zeugin einen Besuch abzustatten?«

»Ohne Erklärung – definitiv nein.«

»Sehen Sie. Es hätte alles nur noch schlimmer gemacht. Außerdem hatten wir eigentlich damit gerechnet, dass Sie erst am nächsten Tag kommen würden. Nicht am selben Abend.«

»Woher wussten Sie, dass wir überhaupt nach Lindau unterwegs waren?«

»Nun, wir haben es in Betracht gezogen. Wir alle kennen Ihre Fähigkeiten.«

»Danke, aber gegen falsche Lobhudeleien bin ich immun. Kommen wir zur Kardinalfrage: Warum? Warum haben sich drei Außenstehende in unseren Fall einzumischen? Und was qualifiziert sie dazu?«

»Die drei Herren haben eine Menge Gründe für ihr Interesse am Fall ›Argen‹, die ich Ihnen erläutern werde. Herr Böhm und Herr Dahlkamp sind vom Landeskriminalamt, Abteilung Wirtschaftskriminalität, und Mr. Unger ist Special Agent vom FBI, kommt also von der gleichen Fakultät.«

»Wie bitte – FBI?«, rutschte es Harriet heraus.

»Ja. Sie haben schon richtig gehört, Frau Holtby. FBI. Mr. Un-

ger hat allerdings keine Befugnis, irgendwelche Amtshandlungen durchzuführen, er ist nur in beobachtender Funktion tätig.«
»Na, da bin ich ja wieder beruhigt«, ätzte Madlener. »Also: Was soll der ganze Zirkus?«
»Ich sehe ein, dass ich Ihnen die eine oder andere Antwort schuldig bin. Die kriegen Sie von mir, sobald Sie mir folgende Erklärung unterschreiben, Datum und Ort hat Frau Gallmann schon eingetragen. Ihre Unterschrift genügt.«
Mit diesen Worten schob sie Madlener und Harriet je ein Blatt Papier zu, es waren die Seiten, die sie anfangs überflogen hatte.
»Was ist das für eine Erklärung?«, wollte Madlener wissen.
»Sie geht ein wenig über das normale Bewahren von Dienstgeheimnissen hinaus. Darin versichern Sie an Eides statt, dass alles, was wir hier besprechen, strikter Geheimhaltung unterliegt und Sie keine Silbe nach außen dringen lassen. Und natürlich, dass Sie den Schrieb durchgelesen, verstanden und akzeptiert haben. Bitte …«
Sie streckte Madlener ihren Kugelschreiber hin.
Madlener nahm ihn nicht.
»Und wenn ich nicht unterschreibe?«, wollte er wissen. »Und darauf bestehe, in meinem Fall ›Argen‹ weiter so zu ermitteln, wie ich es für richtig halte?«
»Dann beurlaube ich Sie augenblicklich und entbinde Sie von sämtlichen dienstlichen Aufgaben. Sie geben mir Ausweis und Waffe, hier und jetzt, und dann können Sie über Weihnachten nach Timbuktu fliegen oder wo immer Sie es sich mit Ihrem Gehalt leisten können, Urlaub zu machen, und zwar so lange, bis der Fall ›Argen‹ abgeschlossen ist. Dasselbe gilt für Sie, Frau Holtby. Ich habe keine andere Wahl. Es geht hier um mehr als persönliche Eitelkeiten, glauben Sie mir.«
Madlener entriss Frau Schwanitz-Terstegen den Kugelschreiber förmlich, setzte seine Unterschrift unter die Erklärung und warf beides auf den Schreibtisch zurück, weil er sah, dass Harriet schon mit einem eigenen Stift unterschrieb.
»Okay«, sagte Frau Schwanitz-Terstegen. »Kommen wir zur Sache. André Maiser ist seit zwei Jahren im Zeugenschutzpro-

gramm. Er hat vom LKA eine komplett neue Identität bekommen und hier am Bodensee angefangen, sich eine Existenz aufzubauen. André Maiser ist natürlich nicht sein richtiger Name, seine Vorgeschichte tut in dem Zusammenhang nichts zur Sache, nur so viel: Er hat als Banker im mittleren Management einer Schweizer Privatbank gearbeitet und dem Land Baden-Württemberg eine Liste mit zweihundert Namen von prominenten deutschen Steuerhinterziehern samt Konten und Kontobewegungen angeboten. Der Innenminister hat sich in Absprache mit seinem Kollegen vom Finanzministerium und dem Ministerpräsidenten bereit erklärt, die Liste aufzukaufen. Bei der Summe der hinterzogenen Steuern handelt es sich um eine hohe dreistellige Millionenzahl, Aufschläge und Strafzinsen noch gar nicht eingerechnet, also eine Win-win-Situation für den Fiskus. Sie werden einsehen müssen, dass dies eine Geschichte von hoher, auch politischer Tragweite und Brisanz ist.«

Madlener und Harriet nahmen das ohne äußerliche Regung zur Kenntnis.

Frau Schwanitz-Terstegen fuhr fort:»Angeblich hat André Maiser noch eine zweite Liste, von der bisher niemand wusste. Er hat sie wohl als eine Art von Lebensversicherung betrachtet. Auf der zweiten Liste sollen über dreihundert Namen sein, und die hinterzogene Steuersumme ist noch um einiges höher als die erste. An der sind auch die Finanzbehörden der USA interessiert, weil US-Bürger darunter sind, deshalb Mr. Unger vom FBI. Böhm und Dahlkamp waren so etwas wie Kontaktoffiziere für Maiser, so sagt man, glaube ich, beim Geheimdienst: die Einzigen, die von seiner wahren Identität und einer zweiten Liste wussten. Mit dem Tod von Maiser ist das ganze schöne Konstrukt – von wegen sicherer Zeugenschutz – zusammengebrochen. Wir wissen nicht, wo die zweite Liste ist, und wir wissen nicht, wie die Gegenseite auf Maiser gekommen ist. Es muss eine undichte Stelle geben, und solange die nicht identifiziert ist, herrscht bei den zuständigen Stellen große Panik, dass noch mehr falsche Identitäten aufgedeckt werden könnten. Das ist für alle Beteiligten ein Horrorszenario. Dass eine Art Konsortium oder auch nur einer, der verhindern will, dass diese Liste in die Hände des Staates gerät, jemanden auf Maiser angesetzt hat, ist unseres Erachtens evident.«

»Einen echten Profi ... Der Panda-Mann ist also ein Profikiller«, warf Madlener ein.

»Sieht ganz so aus«, stimmte ihm die Kriminaldirektorin zu.

»Dann wiederum finde ich es absolut unverantwortlich, für Frau Iris Blaschke nicht sofort Personenschutz anzufordern – und zwar rund um die Uhr. Der Panda-Mann läuft noch frei herum und ist äußerst gefährlich.«

»Das ist der Grund, warum die Herren Böhm und Dahlkamp nicht mitgekommen sind. Sie sind bei Frau Blaschke geblieben. Mr. Unger ist wieder nach Frankfurt zurück.«

»Werden Böhm und Dahlkamp abgelöst?«

»Ja. Aber vorläufig sind sie für Iris Blaschke verantwortlich.«

»Von wem werden sie abgelöst?«

»Das liegt nicht in unserem Kompetenzbereich. Das übernehmen Leute vom Landeskriminalamt.«

»Für wie lange?«

»Bis entschieden ist, wie in dieser Angelegenheit weiter verfahren wird.«

»Wer entscheidet das?«

»Ich nehme an, ein Gremium, bestehend aus den zuständigen Ministerialbeamten und dem Generalstaatsanwalt.«

»Ich muss Frau Blaschke sprechen. Es ist wichtig.«

»Bedaure, das ist vorläufig ausgeschlossen.«

Madlener schlug mit der Faust auf den Tisch, dass sämtliche Utensilien darauf nur so wackelten.

»Ja Herrgott noch mal«, regte er sich auf, »wollen Sie den Panda-Mann fassen oder nicht?«

Frau Schwanitz-Terstegen zuckte nicht mit der Wimper.

»Die Sicherheit der Zeugin hat Vorrang.«

Madlener versuchte, sich wieder zusammenzureißen.

»Hören Sie: Dass die Nummer mit der gekauften Namensliste politisch umstritten ist – geschenkt. Damit sollen sich die verantwortlichen Politiker in ihren Ministerien herumschlagen. Mir geht es darum, dass ein Killer herumläuft, der aufgehalten und zur Rechenschaft gezogen werden muss. Bevor er noch weitere Straftaten begeht oder Amok läuft und unschuldige Menschen auf seinem Rachefeldzug gefährdet ...«

Frau Schwanitz-Terstegen nickte dazu nur, zuckte mit den Schultern und sagte:»D'accord.«

Madlener stand auf.

»Habe ich den Fall noch?«

»Den Fall ›Argen‹? Ja sicher. Aber Sie ermitteln nur im Rahmen dessen, was ich Ihnen vorgebe. Über André Maisers wahre Identität darf nichts an die Öffentlichkeit gelangen.«

»Wie stellen Sie sich das vor? Wie sollen wir mit angezogener Handbremse ermitteln?«

»Tun Sie, was Sie können. Entweder nach den vorliegenden Richtlinien, die ich Ihnen erläutert habe, oder ich ziehe Sie ganz ab. Dann können Sie höchstens noch um eine Versetzung in eine nette Kleinstadt irgendwo im Schwarzwald bitten, das kann ich Ihnen versichern.«

»Sie drohen mir?«

»Nein. Ich erwähne nur die Alternativen, damit Sie sich frei entscheiden können, was Ihnen lieber ist.«

Madlener hatte schon die Türklinke in der Hand, als Frau Schwanitz-Terstegen doch noch einmal auf konziliant umschaltete. »Ich tue das bestimmt nicht gern, Madlener. Aber mir sind die Hände gebunden. Ich habe strikte Anweisung vom Innenminister persönlich, so zu handeln. Ich verstehe, dass Sie sich auf den Schlips getreten fühlen. Ihre Aufgabe ist es, den Panda-Mann zu finden. Den Rest erledigt das LKA.«

»Dazu muss ich mit Iris Blaschke reden. Arrangieren Sie das.«

»Gut. Ich werde es versuchen.«

»Ach ja, vielleicht hilft Ihnen folgendes Argument dabei: Wir wissen, wo die undichte Stelle ist.«

Mit diesen Worten ging Madlener aus dem Büro.

So schnell war ihm Frau Schwanitz-Terstegen noch nie nachgelaufen.

»Wie bitte? Was war das eben?«

Madlener blieb stehen und drehte sich langsam um.

»Sie haben richtig gehört. Quid pro quo, Frau Kriminaldirektorin. Ich darf mit Iris Blaschke reden, und wir sagen Ihnen, wie der Panda-Mann beziehungsweise seine möglichen Auftraggeber auf Maisers neue Identität gestoßen sind.«

»Wie?«

Madlener schüttelte verneinend den Kopf.

»Quid pro quo. Eine Hand wäscht die andere. Gute Nacht, Frau Schwanitz-Terstegen.«

Er nahm Mantel und Schal vom Haken und verschwand.

Harriet wollte schnell wie ein Wiesel hinterher, aber Frau Schwanitz-Terstegen trat ihr in den Weg und hielt sie auf.

»Was wissen Sie, Frau Holtby? Sagen Sie's mir jetzt! Das ist eine dienstliche Anweisung!«

Harriet hatte ihre Unschuldsmiene aufgesetzt, als sie ihrer Vorgesetzten mit treuherzigem Blick in die Augen sah und entgegnete: »Ich habe nicht die geringste Ahnung, wovon der Kriminalhauptkommissar gesprochen hat.«

»Das kaufe ich Ihnen nicht ab. Sie beide stecken doch grundsätzlich unter einer Decke!«

»Es tut mir leid, aber er weiht mich längst nicht in alles ein, was er so denkt.«

»Er hat ›wir‹ gesagt. Er hat gesagt: ›Wir sagen Ihnen, wie der Panda-Mann auf Maisers neue Identität gestoßen ist.‹«

»Damit hat er nicht mich gemeint. Das muss der Pluralis Majestatis gewesen sein, jedenfalls habe ich ihn so verstanden.«

»Frau Holtby, ich glaube Ihnen kein Wort. Das wird für Sie ein Nachspiel haben. Nur dass Sie's wissen. Gute Nacht.«

Damit drehte sie sich um und knallte die Tür ihres Büros zu.

Harriet eilte die Treppe hinunter und traf am Ausgang auf Madlener, der auf sie gewartet hatte.

»Hast du's ihr gesagt?«

»Nein.«

Madlener klopfte ihr anerkennend auf die Schulter. So etwas durfte sich nur er erlauben. Aber es war sowieso scherzhaft gemeint, und das wusste Harriet.

»Gut gemacht«, sagte er. »Wir sehen uns morgen. Nimm

du den Dienstwagen. Ich laufe zum Hotel. Tut mir ganz gut heute.«

»Wirklich?«

»Ja, wirklich.«

Er zog den Mantelkragen hoch und verschwand im nächtlichen Schneegestöber.

40

Skating away –
Skating away –
Skating away on the thin ice of the New Day

Schon um kurz vor sieben Uhr morgens war Madlener allein im Frühstücksraum seines Hotels. Er hatte es vorgezogen, im Hotel zu übernachten und nicht bei Ellen, weil er wusste, dass er sowieso viel zu aufgedreht war, um auch nur ein Auge zuzutun. Und um über Komplikationen von Beziehungskisten zu reden, hatte er momentan wirklich keinen Nerv. Erstaunlicherweise war er für zwei oder drei Stunden tatsächlich eingenickt, aber trotz seines Schlafmangels hatte er sich beim Duschen felsenfest vorgenommen, sich davon nicht herunterziehen zu lassen und den neuen Tag mit Elan und Tatkraft anzugehen. Against all odds, wie es so schön bei Phil Collins hieß.

Zur emotionalen Einstimmung hatte er nach dem Aufstehen seinen Lieblingswintersong in den CD-Player eingelegt, »Skating Away« von Jethro Tull, auf Wiederholungsmodus gedrückt und unter der Dusche kräftig mitgesungen. Beides zusammen brachte seine Lebensgeister und den Kreislauf wieder in Schwung. Sein Zimmernachbar war von der musikalischen Darbietung und dem ausgiebigen Duschen nicht so begeistert wie der Verursacher und brachte dies durch wütendes Klopfen zum Ausdruck, das Madlener angemessen fröhlich erwiderte.

Er holte sich Croissants, Semmeln, Käse, Wurst, eine doppelte Portion Rührei und eine Kanne Kaffee am Büfett. Dann nahm er zwei Servietten, mit denen er seinen Anzug, den er vor zwei Tagen frisch von der Reinigung geholt hatte, sorgfältig abdeckte. Seine Ungeschicklichkeit im Umgang mit Flüssigkeiten und sonstigen Fleckverursachern vor allem zu so früher Stunde war ihm nur allzu bewusst. Aber Schusseligkeit in Tateinheit mit gelegentlicher Gedankenlosigkeit war wohl in seinem Gencode, dagegen war kein Kraut gewachsen. Wenigstens hatte er sich mit dem Geschäftsführer seines Hotels in einem eindringlichen Verhandlungsmarathon unlängst auf den Kompromiss einigen können, auf die Mini-Aludöschen für Butter und Marmelade zu verzichten und wenigstens diese Produkte frisch in Schälchen zu präsentieren. So konnte er sich schon mal das Bekleckern durch unsachgemäßes Aufreißen ersparen, weil diese Dinger ohne Anwendung von Gewalt einfach nicht aufzubekommen waren. Ganz davon abgesehen, dass es umweltfreundlicher war und er seine Einstellung dazu um hundertachtzig Grad geändert hatte, seit ihm Harriet einen Vortrag darüber gehalten hatte, wie man sich in dieser Beziehung vorbildlich verhielt. Kondensmilch und undefinierbare Wurstpasteten gab es weiterhin in verschweißten Kleinstverpackungen, aber das Zeug rührte er sowieso nicht an. Seit er sich einmal vor einer wichtigen Besprechung seinen besten Anzug mit Kondensmilch versaut hatte, ließ er die Finger von den Döschen und trank seinen Kaffee nur noch schwarz.

Er griff herzhaft zu und studierte nebenbei den »Südkurier«, in dem ausführlich über die Geschehnisse vom Vortag berichtet wurde. Die Spekulationen schossen natürlich ins Kraut, aber so viele Informationen waren noch nicht durchgesickert, dass auch nur eine Theorie in die Nähe dessen kam, was da wirklich in der Wohnsiedlung bei Friedrichshafen abgelaufen war. Madlener hatte sich schon telefonisch bei Frau Gallmann, die natürlich um diese Zeit schon längst wieder auf dem Posten war, nach den neuesten Entwicklungen erkundigt.

Es gab aber keine.

Polizeiobermeister Lange lag im künstlichen Koma, seine Werte waren nach wie vor besorgniserregend.

Weder hatte man den Panda-Mann erwischt, noch war wenigstens der Fiat Panda irgendwo aufgefunden worden, was Madlener wunderte – wenn der Täter wirklich ein Profi war, wonach es aussah, dann hätte er den auffälligen Kleinwagen mit der kaputten Windschutzscheibe und den diversen Einschusslöchern, so wie ihn Schmiedinger beschrieben hatte, schon längst loswerden müssen. Vielleicht war das ja bereits der Fall, und der Panda-Mann hatte sich irgendwo einen anderen Wagen unter den Nagel gerissen und war auf und davon. Obwohl Madlener das nicht glaubte. Wenn der Panda-Mann wirklich ein Auftragskiller war, dann würde er nicht eher ruhen, bis er seinen Job auch komplett erledigt hatte. In diesen Kreisen fackelte man nicht lang mit jemandem, der unzuverlässig war oder es bevorzugte, den Schwanz einzuziehen, ohne das angepeilte Resultat erzielt zu haben.

Wenn Madlener sich in den Täter hineinversetzte, was eine seiner großen Stärken war, dann war der Mann der Polizei wahrscheinlich nicht ins Netz gegangen, weil er erst gar nicht versucht hatte, den Fahndungsring zu durchbrechen. Madlener an seiner Stelle hätte sich erst einmal des Wagens entledigt und wäre dann irgendwo untergekrochen, bis die erste Aufregung über seine brutale Tat sich einigermaßen gelegt hatte.

Alle Hotels und Pensionen in der Bodenseeregion nach dem gesuchten Mann zu durchkämmen erschien ihm sinnlos. Es gab schlicht und einfach zu viele davon. Bis sie damit durch wären bei der dünnen Personaldecke, die sie hatten, wäre es Ostern.

Er goss sich noch ein Glas frischen Multivitaminsaft ein und leerte es in einem Zug – ein paar prophylaktisch eingenommene Vitamine auf Vorrat konnten nicht schaden. In dieser Phase durfte er sich nicht das Handicap einer Erkältung leisten, er wunderte sich sowieso, dass er sich nicht schon längst eine eingefangen hatte.

Dann gab er vorsichtshalber noch einen Klecks seiner Anti-Herpes-Salbe auf die übliche Stelle an seiner Unterlippe. Nun fühlte er sich voll und ganz gerüstet, es mit diesem neuen Tag aufzunehmen.

Er sah sich im leeren Frühstücksraum um und wusste plötzlich, wen er vermisste. Den Mann mit der Schuhgröße 48, der Stirnglatze und dem Brilli im Ohrläppchen, der ebenfalls ein Stammgast im »Silbernen Zeppelin« war. Am Büfett pflegte er sich für zwei zu bedienen und hatte eine dementsprechende Figur, die Madlener immer ein wenig an Obelix erinnerte.

Er kramte in seinem Gedächtnis, das ziemlich gut funkti-

onierte, wenn auch nicht so perfekt wie bei Harriet Holtby.
Jetzt fiel es ihm wieder ein: Franz Humbert hieß er und war
seinen Angaben nach First Assistant Sales Manager im mobilen
Sanitärbereich. Vielleicht brauchte man seine Dienste im Winter nicht.
Madlener lächelte in sich hinein. Was es heutzutage für euphe-
mistische – und fast ausschließlich hochtrabend amerikanische –
Berufsbezeichnungen gab, war schon erstaunlich. Erst kürzlich
hatte er sich beim zufälligen Überfliegen der Stellenanzeigen
in der »Stuttgarter Zeitung« noch gewundert, was ein Vision
Clearance Engineer war und Ellen danach gefragt, die es auch
nicht wusste. Schließlich hatte er es gegoogelt – die Firma suchte
nichts anderes als einen ordinären Fensterputzer. Franz Humbert war Vertreter für Dixie-Toiletten, hatte aber einen Titel,
Umgangsformen und ein Ego, als wäre er mindestens für die
Innenausstattung von Luxusyachten zuständig, die nach Abu
Dhabi exportiert wurden.

Eigentlich, fand Madlener, waren sie in verwandten Branchen
tätig: Beide hatten sie sich damit auseinanderzusetzen, was die
Menschheit an Abfall produzierte, im wahrsten Sinne des Wortes
und im übertragenen, den schließlich auch jemand wegräumen
musste.

Und irgendwie waren sie beide Parias – niemand hatte gern
mit ihnen zu tun, obwohl man sie brauchte.

Bevor er angesichts seiner Verantwortung, den »Argen«-Fall
schnellstmöglich zu lösen, um noch mehr Unheil zu verhindern, und im Gedenken an den furchtbaren Zustand des
niedergefahrenen Streifenpolizisten und wie es dazu gekommen war, wieder zwangsneurotisch anfangen konnte, sich in
melancholische Gefilde und deprimierende Abgründe des
menschlichen Daseins hineinzuphilosophieren, kam Gott sei
Dank eine junge, schwarz gekleidete Frau mit frisch gewachster
Stachelfrisur und einer sportlichen Figur herein und erlöste ihn
von seinem plötzlichen Morgenblues, indem sie statt zu grüßen
eine rosarote Kaugummiblase platzen ließ, zwei Äpfel vom Büfett nahm, »Kommst du?« sagte, sich wieder umdrehte und in

ihren Lederstiefeln hinausmarschierte, wobei sie geschickt mit den Äpfeln jonglierte.

Seufzend stand er auf, war durch ihr übliches unkonventionelles Verhalten auf unerklärliche Weise wieder versöhnt mit sich und der Welt, nahm einen letzten Schluck Kaffee im Stehen und folgte Harriet.

Es gab Momente, da freute er sich trotz aller Widrigkeiten auf seinen Job. Warum das so war, konnte er sich auch nicht erklären. Wahrscheinlich lag es daran, dass er merkte, wie sein Jagdfieber wieder erwachte, und er sich nun mal über seine Arbeit definierte – schließlich konnte er in dieser Hinsicht den Schwaben in sich nicht verleugnen. Außerdem hatte er in seiner Assistentin jemanden, auf den er sich hundertprozentig verlassen konnte.

Auch wenn sie nicht unbedingt danach aussah.

Vielleicht sollte er ihr das einmal sagen.

Natürlich ohne die Anspielung auf ihr Äußeres.

Nein, besser nicht.

Zu viel Lob verdarb den Charakter.

Außerdem war er sicher, dass sie auch so wusste, was er von ihr und ihren versteckten Fähigkeiten hielt.

41

»Sie werden nicht gerade begeistert sein«, sagte Harriet aus heiterem Himmel und schniefte vernehmlich. Es war noch stockdunkel, als sie durch die verschneiten Straßen zum Präsidium fuhren.

»Wen meinst du?«, fragte Madlener. »Und wieso?«

»Die Typen vom LKA und der vom FBI.«

»Warum?«

»Na ja – wenn wir ihnen die banale Story auftischen, dass André Maiser zwei Mädchen aus dem Eis gerettet hat, dummerweise dadurch in die örtlichen Schlagzeilen geraten ist und sich auf diese Weise unfreiwillig geoutet hat. Ergo: Es gibt gar keine undichte Stelle im LKA.«

»Das ist doch durchaus eine gute Nachricht für sie, oder? Kein Maulwurf, sondern schlicht und einfach Kismet.«

»Und du hast die ganz große Nummer daraus gemacht. Quid pro quo!« Sie grinste ihr Pippi-Langstrumpf-Grinsen. »Dr. Hannibal Lecter lässt grüßen. Das war ganz schön dick aufgetragen, Mr. Crawford.«

Madlener grinste zurück.

»Ja, Agent Starling. Das war es. Aber bei einem Bluff ist man gezwungen, auf dicke Hose zu machen, sonst ist es ja keiner. Leider wird das nur kurzfristig funktionieren. Solange Maisers Name nicht preisgegeben wird. Heute stand noch nichts davon in der Zeitung. Entweder sie gehen am Vormittag darauf ein, oder ich brauche meine Karten gar nicht mehr aufzudecken, weil sie auch so wissen, was ich in der Hinterhand habe. Nämlich nichts.«

Er sah kurz von seinem Smartphone hoch, auf dem er eine Nachricht von Ellen gelesen hatte, die ihm einen schönen Tag wünschte und bestätigte, dass der DNS-Abgleich zum Ergebnis hatte, dass die verkohlte Leiche André Maiser war. Sie hatte dafür die Nacht durchgearbeitet.

Er gab die Information an Harriet weiter und sagte: »Also –

du hast jetzt lange genug Zeit gehabt, dir alles noch mal durch den Kopf gehen zu lassen. Was sagst du zum Ablauf der ganzen Geschichte? Nach allem, was wir jetzt über André Maiser wissen?«

»Okay. Maiser hat die Liste verkauft, dafür eine neue Identität und eine Menge Geld bekommen. Zweihundert stinkreiche Leute und eine Privatbank in der Schweiz sind echt sauer und würden ihn am liebsten kreuzigen. Aber er ist wie vom Erdboden verschluckt. Einer oder mehrere sind so sauer, dass sie Ernst machen und den Panda-Mann engagieren. Oder über einen Mittelsmann engagieren lassen. Der soll Maiser beziehungsweise den Mann, der er vorher war, für seinen Verrat über die Klinge springen lassen. Und zwar so, dass es für alle, die Ähnliches im Schilde führen, eine Warnung ist, lieber die Finger von solchen Geschäften zu lassen, wenn ihnen ihr Leben lieb ist. Aber dazu müsste man ihn erst finden. Weil Maiser im Zeugenschutzprogramm ist und demnach eigentlich für immer von der Landkarte verschwunden sein sollte. Doch dann fliegt sein schönes Inkognito als Galeriebesitzer dummerweise auf. Jetzt hat Maiser aber noch eine zweite Namensliste. Unser Auftragskiller weiß das und will sie haben. Vielleicht verspricht man ihm einen Bonus, wenn er sie findet, vielleicht sucht er sie auch aus eigenem Antrieb, weil er weiß, was sie wert ist. Nämlich eine ganze Menge. Wie dem auch sei: Er foltert Maiser, um an die Liste zu kommen. Vielleicht ist er zu grob, vielleicht verrät Maiser auch etwas – jedenfalls will der Killer die Leiche loswerden, baut dabei einen Unfall, schafft es, in Maisers Haus zurückzukommen, um … ja, um was zu tun? Die Liste zu holen? Das Haus in aller Ruhe zu durchsuchen? Seine möglichen Verletzungen vom Unfall zu versorgen? Schließlich war dort eine Menge Blut. Und das stammt nicht nur von Maiser. Vielleicht – wir wissen es noch nicht.«

»Eine Menge ›vielleicht‹ in deiner Aufzählung.«

»Das haben Spekulationen grundsätzlich so an sich. Möglicherweise kann uns ja Iris Blaschke dabei helfen, einige davon aufzuklären …«

Harriet lenkte den Dienstwagen auf den Parkplatz des Polizeipräsidiums und bremste abrupt ab.

»Gratuliere, Mr. Crawford«, sagte sie.

Madlener war mit seinem Smartphone beschäftigt, gerade simste er Ellen seinen Dank für die Überstunden und einen freundlichen Morgengruß zurück und fragte zerstreut, ohne hochzusehen: »Wozu, Agent Starling?«

»Dein Bluff. Er hat tatsächlich funktioniert.«

Madlener blickte hoch und sah, wie Böhm und Dahlkamp Iris Blaschke in ihrer Mitte vom Auto zum Hintereingang des Präsidiums führten und sich dabei nervös umschauten wie Leibwächter eines Staatsoberhaupts beim Besuch eines zwielichtigen Stadtviertels.

42

»Sie haben genau eine halbe Stunde mit Ihrer Zeugin. Keine Minute länger«, sagte Frau Schwanitz-Terstegen.

Mit diesen Worten verließ die Kriminaldirektorin ihr eigenes Büro, das sie für die Vernehmung zur Verfügung gestellt hatte. Iris Blaschke war Zeugin, keine Verdächtige, deshalb hatte Madlener darum gebeten, sich in einem abgeschlossenen Büro inoffiziell mit ihr unterhalten zu können, ohne sie der für Außenstehende doch zuweilen beklemmenden Atmosphäre eines Verhörraums auszusetzen. Madlener wollte nicht, dass Iris Blaschke noch verkrampfter wurde, als sie es ohnehin schon war. Sie saß am Besprechungstisch, der Platz für vier Personen bot, und bekam von Frau Gallmann Kaffee eingeschenkt und einen Teller mit Weihnachtsplätzchen hingestellt, selbst gebackenen natürlich. Sie bedankte sich höflich. Im Gegensatz zum Abend vorher war sie ungeschminkt, sah deshalb blass aus und hatte Ringe unter den Augen. Sie nippte am Kaffee und knabberte an einem Mohnstern mit Johannisbeermarmelade, einer Spezialität von Frau Gallmann, die schon ihr früherer Chef Kriminaldirektor Thielen sehr geschätzt hatte, ebenso wie Binder das heute noch tat, aber vor ihm hatte sie die Mohnsterne versteckt, das wusste Madlener.

Er und Harriet warteten, bis Frau Gallmann die Tür hinter sich zugemacht hatte, dann setzten sie sich Iris Blaschke gegenüber.

»Danke, dass Sie sich bereit erklärt haben, mit uns zu sprechen«, fing Madlener an. »Wie war die Nacht?«

»Grauenvoll. Ich habe gerade mal ein oder zwei Stunden gedöst, konnte einfach nicht schlafen. Was geschieht jetzt mit mir? Die beiden Cops da draußen lassen mich keine Sekunde aus den Augen. Die haben mich die halbe Nacht ausgequetscht. Sie haben mir auch gesagt, dass mein Leben in Gefahr ist. Ich verstehe das alles nicht. Ich weiß doch gar nichts! Absolut nichts.«

»Sie wissen Bescheid über die wahre Identität von André Maiser?«

»Ja. Das ist alles ein bisschen viel für mich. André ist tot, ermordet. Und jetzt stellt sich heraus, dass er mich die ganze Zeit angelogen hat. Ich wusste nicht, dass er in Wirklichkeit ein anderer Mensch ist als der, den er mir vorgespielt hat. Dass er anders heißt. Dass nichts stimmt, was er mir erzählt hat. Aber niemand glaubt mir das. Und niemand kann mir sagen, was jetzt weiter geschieht. Muss ich jetzt für den Rest meines Lebens fürchten, dass plötzlich auf der Straße jemand fragt, ob ich Iris Blaschke bin, um mir dann ins Gesicht zu schießen?«

»Das wird nicht passieren«, versuchte Madlener sie zu beruhigen.

»Wer sind Sie, dass Sie mir das garantieren können?«

»Ist Ihnen mitgeteilt worden, was genau mit André Maiser geschehen ist?«

»Ja.«

»Sie haben für ihn gearbeitet?«

»Ja. Von Anfang an. Als er die Galerie eröffnet hat. Ich habe mich auf eine Anzeige hin beworben. Und er hat mich gleich angestellt.«

Madlener gab Harriet einen Wink, zu übernehmen. Er hatte eine SMS von Ehrmanntraut auf seinem Smartphone und las sie. Die Nachricht lautete, dass ein schrottreifer Panda im Parkhaus des Einkaufszentrums von Friedrichshafen am Romanshorner Platz aufgefunden worden war, wahrscheinlich das gesuchte Tatfahrzeug.

»André Maiser war mehr als nur Ihr Chef?«, fragte Harriet.

Iris Blaschke nickte. »Wir hatten eine feste Beziehung, ja.«

»Seit wann?«

»Das hat sich so ergeben. Etwa nach einem halben Jahr unserer Zusammenarbeit.«

»Aber Sie wohnten nicht zusammen.«

»Nein. Feste Beziehung ist vielleicht auch der falsche Ausdruck. Jeder hatte sein eigenes Leben. André wohnte in seinem Haus und ich in der Wohnung über der Galerie. Manchmal übernachtete er dort. Oder ich bei ihm. Je nach Abmachung.

Er wollte, dass jeder von uns seine Freiräume hat. Dass wir nicht ständig aufeinanderhockten.«

»War das auch Ihre Vorstellung von einer Partnerschaft?«

»Ich sage mal so: Ich habe es akzeptiert.«

»Er hat also mehr oder weniger bestimmt, wie es zwischen Ihnen abzulaufen hat?«

»Ja. So war er. Gegen seinen Willen ist da nichts gegangen.« Sie zuckte mit den Achseln. »Aber wie gesagt: Ich habe mich ihm angepasst.«

»Sie wussten über seine Geschäfte Bescheid?«

»Soweit sie die Galerie betrafen – natürlich. Ich war seine rechte Hand. Es ging alles über meinen Schreibtisch. Ich hatte das Gefühl, er vertraut mir da voll und ganz … und dieses Vertrauen war gegenseitig …«

Sie schlug die Hände vor ihrem Gesicht zusammen.

»Mein Gott, dabei habe ich mit einem Phantom zusammengelebt, das mir die ganze Zeit etwas vorgespielt hat. Wahrscheinlich hat er mich nur als Staffage benutzt. Aber ich bin ja so naiv, mit mir kann man das ja machen …«

Harriet reichte ihr ein Papiertaschentuch, damit sie sich schnäuzen konnte. Madlener mischte sich wieder ein.

»Heißt das, dass Sie schon länger einen Verdacht hatten, dass mit André Maiser etwas nicht stimmen konnte?«

»Jetzt, wo Sie mich das fragen – ja.«

»Warum?«

»Weil er immer so verschlossen war. Nie hat er über seine Familie oder seine Vergangenheit geredet. Da hat er immer abgeblockt, wenn ich danach fragte. Das ist doch nicht normal, oder?«

»Wie hat er das begründet?«

»Damit, dass er eine furchtbare Kindheit und Jugend hatte und deshalb von niemandem aus früheren Zeiten etwas wissen wollte. Außerdem waren seine Eltern angeblich schon lange tot. Behauptete er. Wahrscheinlich war das auch gelogen.«

»Ist er jemals in Ihrer Gegenwart bedroht worden, am Telefon zum Beispiel?«

»Nicht, dass ich wüsste.«

»Haben Sie ihn jemals dabei überrascht, dass er etwas versteckt hat vor Ihnen?«

»Nein.«

»Haben Sie mal in seiner Abwesenheit zufällig etwas entdeckt, beim Herumstöbern, beim Putzen, was er vor Ihnen verborgen hat?«

»Wie meinen Sie das? Wir haben unsere Privatsphäre gegenseitig respektiert.«

Harriet stellte die nächste Frage. »Hat André Maiser eine Zweitwohnung oder ein Ferienhaus?«

Iris Blaschke überlegte und schüttelte dann den Kopf.

»Soviel ich weiß: nein.«

»Oder ein Boot, das in irgendeinem Bootshaus untergestellt ist?«

»Das schon. Es heißt ›Devil's Answer‹. Blöder Name, aber André hat's gefallen. Nichts Großartiges. Ein normales Segelboot. Ich verstehe nicht viel davon. Aber wenn schönes Wetter war, sind wir manchmal rausgefahren und haben mitten auf dem See ein Picknick veranstaltet. Hat Spaß gemacht. André war ein begeisterter Segler.«

»Wo ist das Boot jetzt den Winter über?«

»Bei irgendeinem Bauern in der Scheune. Wo genau, das kann ich Ihnen nicht sagen.«

Harriet holte ihr Notebook hervor und zeigte Iris Blaschke das Bild des Panda-Mannes.

»Kommt Ihnen der bekannt vor? War er vielleicht mal als angeblicher Kunde in der Galerie?«

Iris Blaschke sah sich das Bild genau an, dann schüttelte sie den Kopf.

»Ich denke nicht. Ist er das? Ist das der Mann, der André gefoltert und umgebracht hat?«

»Ja.«

»Nein. Ich bin sicher – ich habe den Mann nie zuvor gesehen.«

»Sie wissen, warum André Maiser ermordet wurde?«

»Ja. Die Cops haben es mir erzählt. Es geht um eine zweite Namensliste. Mit Kontonummern in der Schweiz. Schwarzgeldkonten.«

»Irgendeine Ahnung, wo diese Liste sein könnte?«

»Das haben mich diese beiden Cops auch schon unzählige Male gefragt. Was glauben Sie denn: André Maiser verheimlicht mir, wer er in Wirklichkeit ist, teilt mir aber mit, wo er eine Liste versteckt hat, die Millionen wert ist?«

»Ist ein Safe in der Galerie?«

»Ja, natürlich. Und ich habe einen Schlüssel dafür. Ich habe ihn im Beisein der Cops aufgemacht. Keine Liste, keine DVD, nichts dergleichen. Hören Sie – ich bin hundemüde. Ich möchte irgendwohin, wo ich mich ausruhen kann. Wo, ist mir egal. Aber ich muss mich für ein paar Stunden aufs Ohr legen, dann kann ich vielleicht wieder klar denken.«

»Kann ich nachvollziehen«, sagte Madlener.

Er warf Harriet einen Blick zu. »Noch irgendwelche Fragen, Harriet?«

»Ja. Nur ganz kurz: Haben Sie sich keine Sorgen gemacht, als Sie André Maiser nicht erreichen konnten?«

»Eigentlich nicht. Er war häufig geschäftlich unterwegs, sagte, er würde sich dann schon melden, sobald er zurück wäre.«

»Und auf die Idee, bei ihm zu Hause nachzusehen, was los ist, sind Sie auch nicht gekommen?«

»Nie im Leben. Das hätte er sich schön verbeten.«

»Heißt das, Sie hatten keinen Zweitschlüssel für das Haus?«

»Nein. Das wollte er nicht. Wenn er das Gefühl hatte, man schnüffelt hinter ihm her, konnte er ziemlich pampig werden. Ich habe ihn einmal gefragt, warum die Putzfrau, die einmal pro Woche in die Galerie und meine Wohnung kommt, nicht auch noch sein Haus sauber macht, da hat er nur gesagt, dass er das selber erledigt, weil er nicht will, dass eine Fremde ihre Nase in seine Sachen steckt.«

Von draußen klopfte Frau Schwanitz-Terstegen gegen die Glastür und deutete demonstrativ auf ihre Armbanduhr.

Madlener nickte und zeigte ihr drei Finger. Drei Minuten noch.

»Eine letzte Frage, Frau Blaschke«, sagte er. »Wie war das, als er plötzlich ein Held wurde?«

»Das mit den Mädchen, meinen Sie?«

»Ja. Das mit den Mädchen. Immerhin hat er den beiden das Leben gerettet.«

»Oh, das hat ihn furchtbar geärgert. Nicht, dass er sie aus dem Bodensee gezogen hat, verstehen Sie mich richtig. Geärgert hat er sich über das, was danach passiert ist. Er wollte alles, nur nicht im Mittelpunkt stehen. Jetzt weiß ich natürlich auch, was der Grund für die Publicityscheu war. Er war außer sich, als er erfuhr, dass er in die Zeitung kommt. Aber dann sah er ein, dass er es nicht verhindern konnte, ohne noch mehr Staub aufzuwirbeln. Also hat er es stillschweigend erduldet in der Hoffnung, dass es schnell und unbemerkt vorübergeht.«

Harriet und Madlener standen schon auf, da fragte Harriet:
»Wo ist eigentlich Toto?«

»Sein Husky? Ja war er denn nicht im Haus von André?«

»Nein. Er ist spurlos verschwunden.«

»Das hat er schon ein paarmal gemacht. Es hat Leute gegeben, die ihn behalten wollten. Irgendwann tauchte er aber immer wieder bei André auf. Wenn er sich wieder blicken lässt: Ich möchte ihn gern mit zu mir nehmen. Ich habe ihn immer gerngehabt.«

Sie erhob sich.

»Dann war's das?«

»Vorläufig ja«, antwortete Madlener.

»Wo werde ich jetzt hingebracht?«

»Irgendwohin, wo man Sie nicht finden kann. Darüber wissen nicht mal wir Bescheid. Zu Ihrer eigenen Sicherheit.«

»Wann ist es vorbei?«

»Sobald wir den Kerl haben, der Ihren Lebensgefährten umgebracht hat.«

»Und wenn Sie ihn nicht erwischen?«

»Wir tun alles, damit das nicht passiert. Das kann ich Ihnen versichern. Jeder Polizist in Baden-Württemberg, Bayern, der Schweiz und Österreich hat sein Bild und ist hinter ihm her.«

Er wandte sich an seine Assistentin.

»Harriet, bitte gib Frau Blaschke unsere Nummern.«

Harriet schrieb die Nummern auf einen Zettel und reichte ihn Iris Blaschke.

»Sie können uns jederzeit anrufen«, sagte Madlener, »wenn Ihnen noch was einfällt. Tag und Nacht.«

»Melden Sie sich bei mir, wenn Sie den Täter haben?«

»Sie erfahren es als Erste, das wenigstens kann ich Ihnen zusichern.«

Iris Blaschke druckste herum, sie hatte noch etwas auf dem Herzen, das war ihr buchstäblich vom Gesicht abzulesen.

»Da wäre noch was ...«

»Ja?«

»Sie können mir noch einen großen Gefallen tun ...«

»Kommt darauf an.«

»Die beiden finsteren Gestalten da draußen ...«

»Böhm und Dahlkamp.«

»Ja, die meine ich. Sie weigern sich, eine für mich grundsätzliche Frage zu beantworten. Dabei ist es mein gutes Recht, sie zu stellen und darauf eine Antwort zu erhalten, finde ich. Ich weiß nicht, warum sie mir das verweigern. Aber sie sagen, sie können das noch nicht verantworten. Erst wenn das alles vorbei ist. Und wann das der Fall sein wird, das wollen oder können sie mir auch nicht sagen ...«

»Was meinen sie?«

»Ich will nur eines wissen: Wie lautet der richtige Name von André Maiser?«

Madlener schüttelte betrübt den Kopf. »Wir kennen ihn auch nicht, Frau Blaschke. Aus Sicherheitsgründen.«

»Aber das ist doch kompletter Unsinn. André Maiser ist tot. Wem kann es noch schaden, wenn ich seinen richtigen Namen erfahre?«

»Ich kann Sie verstehen. Wir kümmern uns darum. Sie kriegen seinen wirklichen Namen.«

»Versprochen?«

»Versprochen.«

»Danke.«

Sie streckte Madlener die Hand hin, er schlug ein. Dann gab sie auch Harriet die Hand.

»Alles Gute«, wünschte Madlener ihr. »Wir lassen von uns hören.«

Sie ging hinaus, drehte sich in der Tür noch mal kurz um und sagte:»Kriegen Sie ihn! Diesen … diesen Panda-Mann.«

Im Großraumbüro warteten Böhm und Dahlkamp schon auf sie und nahmen sie in ihre Mitte. Frau Schwanitz-Terstegen kam auf Madlener und Harriet zu und sagte:»Quid pro quo. Wo ist die undichte Stelle im LKA?«

Madlener winkte Harriet:»Harriet, zeigst du der Frau Kriminaldirektorin den Artikel im ›Südkurier‹?«

Harriet zückte ihr Notebook, hatte den Artikel mit dem Retterfoto von André Maiser schnell gefunden und hielt ihn Frau Schwanitz-Terstegen so hin, dass sie ihn betrachten konnte.»Das ist Maiser. So sind sie auf ihn gekommen.«

Während Frau Schwanitz-Terstegen noch die Bildunterschrift las, hatte es Madlener plötzlich eilig.

»Nimm deine Sachen«, forderte er Harriet auf.»Wir müssen los.«

»Ist das alles?«, fragte Frau Schwanitz-Terstegen.

»Ja, das ist alles. Aber damit ist das LKA aus dem Schneider.«

»Da haben Sie allerdings recht«, sagte sie und gab Harriet das Notebook zurück. Dann ging sie zu Böhm und Dahlkamp hinaus, die mit Frau Blaschke gewartet hatten, um sie zu unterrichten und zum Wagen hinauszubegleiten.

Harriet schlüpfte schon in ihre Lederjacke und schlang sich den Schal um den Hals.

»Wo soll's denn hingehen?«

»Erzähl ich dir unterwegs«, sagte Madlener und eilte voraus.

43

Harriet und Madlener kurvten im Dienstwagen bis ins oberste Stockwerk des Parkhauses am Romanshorner Platz, einen Katzensprung entfernt vom Fährhafen hinüber in die Schweiz. Vor die letzte Auffahrtsrampe war ein Absperrband gespannt, und ein Streifenbeamter passte auf, dass niemand durchfuhr, der nicht dazu berechtigt war. Er erkannte Madlener und Harriet beim genaueren Hinsehen, grüßte und hob das Absperrband hoch, sodass der Dienstwagen passieren konnte.

Das letzte Stockwerk war fast leer, sie sahen schon von Weitem, dass ihre Kollegen mit großem Besteck am Werk waren. Zwei Streifenwagen flankierten am entfernten Ende des Parkdecks die Spurensicherungsleute, die unter der Leitung von Ehrmanntraut in ihren weißen Overalls an der Arbeit waren.

Madlener stellte den Dienstwagen ab und ging mit Harriet auf Ehrmanntraut zu, der keine Zeit mit Formalitäten verschwendete, gleich zur Sache kam und auf den roten Fiat Panda zeigte, der so ramponiert aussah, als hätte er an einem Stockcar-Rennen teilgenommen und dabei den letzten Platz gemacht.

»Das ist er«, sagte Ehrmanntraut. »Verbeult, zerschossen und verlassen. Die Besitzerin wird ihre helle Freude haben, wenn sie ihn wiedersieht.«

Madlener und Harriet umrundeten das Auto. Front und Motorhaube hatten Dellen, die Windschutzscheibe war nur noch in wenigen Restsplittern vorhanden, ein Hinterreifen war platt. Ein Techniker markierte eben die Einschusslöcher im Heck und in der Heckscheibe, es waren mindestens zehn.

»Der Anruf kam vor einer Stunde«, schilderte Ehrmanntraut nebenher. »Von einem Mann, der hier arbeitet. Er steht da drüben …« Dabei zeigte er auf einen Mann um die dreißig in blauen Arbeitsklamotten mit schwarzen Haaren und Vollbart, der am Abfalleimer neben dem Aufzug rauchte und auf seinem Smartphone herumwischte.

»Ich hab ihm gesagt, dass er auf den Kommissar warten soll, der sicher ein paar Fragen an ihn hat. Er hat mir erzählt, er macht jeden Morgen einen Rundgang und sieht nach dem Rechten. Hier oben entdeckte er den Panda und rief die Polizei an. Als er Marke und Zustand beschrieben hat, hat der Beamte in der Zentrale sofort geschnallt, was das für ein Auto ist, uns informiert, und wir haben uns gleich auf die Socken gemacht.«

»Dass der Panda es überhaupt bis hierher geschafft hat, so, wie er aussieht ...«, wunderte sich Madlener immer noch.

»Das haben wir uns allerdings auch gefragt.«

»Habt ihr Blut gefunden?«

»Ja. Am Kühler, auf der Motorhaube und am Fensterrahmen.«

»Und innen?«

»Bis jetzt nichts. Aber wir schleppen das, was von dem Fahrzeug übrig ist, sowieso in unsere Werkstatt und gehen dann zentimeterweise vor. Es sieht so aus, als ob der Fahrer die Windschutzscheibe von innen herausgeschlagen hat. Wahrscheinlich, um überhaupt noch Sicht nach vorne zu haben. Vermutlich war sie von den Projektiltreffern und dem Aufprall des Polizisten so zersprungen, dass man kaum noch etwas sehen konnte.«

»Das da drüben ist der Hausmeister, sagst du?«, fragte Madlener und zeigte auf den Mann am Fahrstuhl.

»Parkhausbetreuer nennt sich das offiziell, soviel ich weiß«, korrigierte Ehrmanntraut. »Ja, das ist der Mann.« Dann machte er sich wieder an seine Arbeit.

Madlener seufzte. Mit den Berufsbezeichnungen stand er heute wirklich auf Kriegsfuß.

Parkhausbetreuer – typisch deutsch.

Als der bärtige Mann Madlener und Harriet auf sich zukommen sah, machte er seine Kippe im Abfalleimer aus und steckte das Smartphone weg. Auf der Brust seines Arbeitskittels war ein Namensschild, auf dem »Mehmet Oktay« stand.

Madlener zückte seinen Ausweis.

»Madlener, Kripo Friedrichshafen. Sie haben den Panda gemeldet, Herr Oktay?«

»Ja. Fiel mir gleich auf. Kein Wunder, so kaputt, wie der aussieht. Ist das die Kiste von dem Polizistenattentäter? Kam gestern Abend nichts anderes als die Schießerei in Friedrichshafen in den Nachrichten.«

»Sieht ganz so aus. Wo haben Sie denn die Videoaufzeichnungen von den Überwachungskameras?«

»Hab mir schon gedacht, dass Sie das fragen. Kommen Sie.«

Er ging zum Aufzug, drückte auf den Knopf und tat so, als ob er nur Interesse für seine blitzblank gewienerten Schuhe hatte, in Wirklichkeit schielte er zu Harriet.

Während sie warteten, hielt er es schließlich nicht mehr aus und fragte sie direkt: »Und Sie sind auch bei der Kripo?«

Harriet ließ ihren rosaroten Kaugummi platzen und antwortete: »Sieht man das denn nicht?«

Er grinste. »Ehrlich gesagt: nicht unbedingt.«

»Das genau ist der Trick!«, sagte Harriet.

Der Aufzug kam, und Oktay hielt ihnen zuvorkommend die Tür auf, bevor er sich zu ihnen gesellte und den Knopf nach unten drückte.

44

Sie fuhren hinunter ins Untergeschoss, wo eine Stahltür mit der Aufschrift »Zutritt nur für Personal« in einen Gang führte, von dem mehrere weitere Stahltüren abgingen. Auf einer stand »Facility Manager«. Madlener behielt einen möglichen Kommentar dazu für sich.

Oktay sperrte die Tür auf, und sie betraten sein Büro. Es war einfach, aber zweckmäßig ausgestattet: mehrere Metallspinde, Schreibtisch, Telefon, ein kleiner Kühlschrank, zwei Stühle und eine Wand mit Monitoren und dem dazugehörigen technischen Equipment.

Es roch nach Zigarettenrauch, und Madlener sah den versteckten Aschenbecher, in dem mehrere Kippen waren. Direkt unter einem runden Schild mit einem roten Querbalken über einer qualmenden Zigarette.

»Dann wollen wir mal«, sagte der Parkhausbetreuer, schlug im Vorübergehen so zufällig wie möglich eine Spindtür zu, die, wie Madlener noch mitbekam, innen mit einigen sparsam bis gar nicht bekleideten Schönheiten bepflastert war, und ließ sich in den Stuhl vor den Monitoren fallen, um die richtigen Tasten auf seinem Keyboard zu bedienen.

Er zeigte auf einen Monitor mit Zeitcodierung.

»Das ist die Einfahrt gestern Abend. Ab siebzehn Uhr.«

Er ließ die Aufzeichnung so schnell durchlaufen, dass Madlener und Harriet vor lauter durchflitzenden Autos kaum noch etwas erkennen konnten.

»Können Sie das auch ein klein wenig langsamer machen?«, fragte Madlener, aber Oktay drückte schon auf die Stopptaste, fuhr ein Stück zurück und hatte den Panda auf den Bildschirm gezaubert.

»Alles nur eine Sache der Übung«, kommentierte er stolz und wies auf den Timecode. »Siebzehn Uhr neunzehn. Das ist der Wagen.«

Er schaltete auf Einzelbild um, bis man einen Mann mit

Igelfrisur erkennen konnte, dessen Hand aus dem Seitenfenster langte und den Chip aus dem Automaten angelte. Die Schranke klappte hoch, und der Panda fuhr aus dem Bild, die Einschusslöcher waren deutlich erkennbar.

»Die Kiste sieht aus wie bei ›Bonnie und Clyde‹«, kommentierte Mehmet Oktay. »Dass ihr den nicht erwischt habt ...«

»Der Kerl hat eine unglaubliche Chuzpe«, brummte Madlener. »Geben Sie uns das beste Bild von ihm, Herr Oktay. Geht das?«, fragte er.

Oktay probierte ein wenig herum, bis er das deutlichste Standbild vom Fahrer hatte. Es taugte nicht viel, weil er das Gesicht schräg nach unten hielt in der eindeutigen Absicht, so wenig wie möglich von sich preiszugeben. Aber man konnte erkennen, dass es der Gesuchte war, wenn man sich die Erscheinung des Mannes von der Tankstelle in Erinnerung rief.

»Da haben Sie Ihren Mann«, sagte Oktay. »Bei der Gelegenheit fällt mir ein: Gibt's eigentlich schon eine Belohnung für Hinweise, die zu seiner Ergreifung führen ...?« Er grinste Madlener an.

»Ich kann Ihnen gern ein Bild von der Kriminaldirektorin mit Autogramm und Danksagung besorgen, wenn Sie scharf darauf sind«, entgegnete Madlener mit todernster Miene.

Oktay kratzte sich am Bart und verzog das Gesicht.

»Eher nicht. Für meinen Spind bevorzuge ich andere Bilder. Solche, die man auseinanderfalten kann, wenn Sie verstehen, was ich meine.«

Er schenkte Harriet einen anspielungsreichen Blick. Aber die zeigte ihm ostentativ die kalte Schulter, verzog keine Miene und fotografierte vom Bildschirm ab.

»Und jetzt«, sagte Madlener, »kommt die eigentliche Preisfrage. Wie ist er wieder da raus, unser Mann? Mit einem anderen Auto? Oder zu Fuß und ab durch den Supermarkt?«

»Zum Busbahnhof sind es nur ein paar Meter. Oder er hat versucht, auf die Fähre und in die Schweiz zu kommen ...«, merkte Harriet an.

»Bus könnte sein ... Aber auf die Fähre ist er bestimmt nicht. Da gab es im Rahmen der Fahndung um die Zeit schon strenge personenbezogene Kontrollen. Das hätte er nicht riskiert. Außerdem hatte er seinen eigentlichen Job noch nicht erledigt ...«

»Soll ich?«, unterbrach der Parkhausbetreuer leicht verunsichert die Debatte von Madlener und Harriet. »Ich meine, ich kann einen Schnelldurchlauf machen, ob wir ihn mit einem anderen Auto rausfahren sehen ...«

»Aber wenn er tatsächlich ein anderes geklaut hat, dann wäre es doch bestimmt längst als gestohlen gemeldet worden«, überlegte Madlener.

»Ich habe heute Morgen deswegen bei Frau Gallmann angefragt. Bisher gab es keine solche Meldung«, sagte Harriet. »Außerdem: Die Autos heutzutage kann man nicht so einfach knacken und mal eben schnell kurzschließen, wie das früher der Fall war. Da braucht man geeignetes Werkzeug und Knowhow.«

»Und wenn er jemanden gezwungen hat, ihn mitzunehmen?«

Sie wechselten einen kurzen Blick, weil sie beide wussten, was das bedeuten konnte. Auf jeden Fall nichts Gutes.

»Schauen wir uns den Durchlauf mal an«, entschied Madlener und nickte Oktay auffordernd zu. »Aber nicht so schnell wie vorhin!«

»Das wird schwierig. Dann sitzen wir morgen früh noch hier. Was glauben Sie, wie viele Autos hier in der Vorweihnachtszeit raus- und reinfahren?«

Er schaltete auf das Live-Bild der Aus- und Einfahrt, um den Andrang vor den Schranken zu demonstrieren. Vor der Einfahrt zum Parkhaus hatte sich tatsächlich schon eine lange Autoschlange gebildet.

»Uns interessieren nur die, die rausgefahren sind«, meinte Harriet kühl. »Und zwar in einer Zeitspanne zwischen siebzehn Uhr dreißig bis ungefähr zwanzig Uhr, würde ich sagen.«

»Okay, ganz wie Sie meinen.« Oktay zuckte mit den Schultern und betätigte die entsprechenden Tasten. »Sie machen die Spielregeln.«

Er ließ die ausfahrenden Autos im entsprechenden Zeitfenster im Sekundentakt durchlaufen, stoppte drei- oder viermal, weil Madlener und Harriet glaubten, etwas gesehen zu haben.

Was sich aber jedes Mal bei Einzelbildschaltung und genauer Betrachtung als Trugschluss herausstellte.

»Halt!«, rief Harriet plötzlich. »Noch mal zurück.«

Oktay befolgte die Anweisung. Auf dem Monitor fuhr der silberne Nissan Qashqai noch mal vor der Schranke vor, und der Fahrer, der eine tief ins Gesicht gezogene Baseballkappe trug, warf noch einmal den Chip in den Automaten, der die Schranke hochgehen ließ.

Oktay spielte so lange mit dem Bild herum, bis er die optimale Einstellung fand. Trotzdem war das Gesicht nicht zu erkennen.

»Er ist es«, sagte Harriet. »Geben Sie mir noch mal das Bild von der Einfahrt des Fiat Panda. Siebzehn Uhr neunzehn.«

Oktay fand allmählich Spaß daran, den beiden Bullen zu zeigen, dass er mit der Parkhausvideoanlage genauso virtuos umgehen konnte wie mit seiner Playstation zu Hause. In Windeseile hatte er den Fiat Panda wieder auf dem Bildschirm mit dem ausgestreckten Arm des Fahrers.

»Können Sie das vergrößern?«, fragte Harriet.

»Was?«

»Die Uhr am Handgelenk.«

Es war zwar ziemlich unscharf, was Oktay aus dem Standbild herauskitzelte, aber man konnte die Uhr eindeutig als Rolex identifizieren.

Harriet machte ein Foto davon.

»Und jetzt der Nissan«, sagte sie.

Im Nullkommanichts war der Nissan im Bild. Und am vergrößerten Handgelenk des Fahrers war eindeutig eine Rolex. Harriet machte auch davon ein Foto mit ihrem Smartphone.

»Du hast recht. Das muss er sein«, bestätigte Madlener wie elektrisiert. »Können Sie uns das Kennzeichen des Nissan zeigen?«

Oktay gab sein Bestes, aber irgendwie waren die Buchstaben und Nummern nicht eindeutig zu erkennen.

»Er hat sie teilweise überklebt«, stellte Harriet fest, die genauer hinsah. »Der Kerl hat damit gerechnet, dass das Auto von einer Überwachungskamera festgehalten wird, und hat die Zahlen-Buchstaben-Kombination verändert.«

»Mist, Mist, Doppelmist!«, schimpfte Madlener. »Er ist uns immer einen Schritt voraus.«

»Aber wenigstens sitzt er allein im Auto. Jedenfalls sieht es so aus«, meinte Harriet, als Oktay die Ausfahrt des Nissan noch mal Einzelbild für Einzelbild vorführte.

»Das bedeutet noch gar nichts«, unkte Madlener.

»Stimmt. Er kann den Fahrer überwältigt und im Fußraum vor den Rücksitzen untergebracht haben«, bemerkte Harriet, die jedes einzelne Bild auf dem Monitor genau unter die Lupe nahm. »Oder er hat ihn im Kofferraum verstaut.«

»Ja. Zuzutrauen ist ihm das«, bestätigte Madlener.

»Harriet«, sagte Madlener und seufzte, »uns bleibt nichts anderes übrig, als die Halter aller Qashqais zu überprüfen, die gestern ins Parkhaus gefahren sind. Übernimmst du das?«

Harriet nickte, sie sah ihm an, dass er mit dem Schlimmsten rechnete.

45

Da sie vor Ort nichts mehr ausrichten konnten, kehrten Madlener und Harriet wieder ins Präsidium zurück. Harriet wollte sich gerade an die Arbeit machen, indem sie die überspielte Festplatte der Parkhausüberwachungskameras an ihrem Arbeitsplatz durchging, als Binder auf Madlener zukam.

»Ihr wart gerade im Parkhaus am Romanshorner Platz?«, fragte er.

»Ja«, antwortete ein frustrierter Madlener. »Und es sieht ganz so aus, als ob der Panda-Mann allmählich durchdreht.«

»Ich hab hier was reinbekommen, das für uns relevant sein könnte«, sagte Binder und wedelte mit einem Blatt Papier. »Auf meinem Schreibtisch ist eine Vermisstenmeldung gelandet. Ein gewisser Florian Marquardt hat seine Frau Petra als vermisst gemeldet. Sie ist gestern Abend noch zum Einkaufen in den Supermarkt am Romanshorner Platz gefahren. Seitdem ist sie spurlos verschwunden. Ihr Wagen ebenfalls. Auf ihrem Handy ist sie nicht erreichbar. Ihr Mann sei schier ausgeflippt, sagt der Kollege, der die Anzeige aufgenommen hat, als er gefragt hat, ob es sein könnte, dass seine Frau ein heimliches Verhältnis hat, von dem er nichts wüsste …«

»In was für einem Wagen ist die Frau zum Einkaufen gefahren?«, wollte Madlener wissen.

Binder sah auf seinem Zettel nach.

»Silberfarbener Nissan Qashqai, neuestes Baujahr. Friedrichshafener Kennzeichen.«

Madlener warf Harriet einen Blick zu.

»Das muss er sein.«

Er wandte sich wieder an Binder. »Geben Sie sofort eine Fahndung nach dem Nissan raus. Inklusive Warnung vor dem Fahrer. Nehmen Sie das Fahndungsbild dazu, das wir vom Panda-Mann haben. Der Mann ist höchstwahrscheinlich bewaffnet und extrem gefährlich!«

Binder brauchte ein paar Sekunden, bis er die Ernsthaftigkeit der Aufforderung ganz begriffen hatte, aber dann eilte er schnurstracks zum Telefon.

Götze hatte mit einem Ohr mitgehört, obwohl er selbst gerade telefonierte, und schnipste aufgeregt mit dem Finger. Er wollte Madlener auf sich aufmerksam machen, der mit Harriet den Stadtplan von Friedrichshafen studierte, der an einer Wand angebracht war, um den Weg des Fiat Panda bis zum Romanshorner Platz nachzuvollziehen.

»Ja, Götze, was ist?«, fragte Madlener, ohne sich umzudrehen, weil er auch so wusste, dass der Fingerschnipser nur Götze sein konnte.

Götze deutete aufgeregt aufs Telefon, das er noch am Ohr hatte. »Ich habe hier gerade eine Meldung, dass ein nagelneuer Nissan gefunden worden ist. Kinder haben ihn beim Spielen entdeckt und die Polizei gerufen.«

»Wo?«

»Im Bodensee.«

Jetzt hatte Götze mit einem Schlag die ganze Aufmerksamkeit von Madlener und Harriet.

»Noch mal bitte!«, sagte Madlener misstrauisch. »Ist das glaubhaft?«

»Durchaus, ja. Eine Streife hat den Fund bestätigt. Ein Kollege ist ins eiskalte Wasser, nur durch ein Seil gesichert, weil vermutet wurde, dass vielleicht noch Insassen drin sind und das Auto verunglückt ist. Im Innenraum war aber niemand. Jetzt ist die Feuerwehr mit einem Bergungstrupp und Taucherausrüstung unterwegs.«

Madlener griff nach Schal und Mantel, die er sich gerade ausgezogen hatte. »Götze«, ordnete er an, »Sie informieren Ehrmanntraut und sein Team.«

Dann wandte er sich an Harriet, die auch schon wieder in ihre Jacke schlüpfte. »Harriet, das muss unser Mann sein. Lass dir von Götze zeigen, wo genau der Nissan gefunden wurde. Ich warte im Wagen auf dich. Am Haupteingang.«

Im Eiltempo spurtete er los. Er wusste: Das konnten lange, frostige Stunden in eisiger Kälte werden. Da füllte er doch lieber noch in der Teeküche eine der bereitstehenden Thermoskannen mit Kaffee auf, um nicht auf den Tee der Sanitäter angewiesen zu sein, der irgendwie nach Krankenhaus schmeckte. Eine angebrochene Packung Lebkuchen, die jemand auf der Anrichte zurückgelassen hatte, steckte er vorsichtshalber auch gleich noch ein.

Man konnte nie wissen ...

46

Das Stahlseil des Abschleppwagens der Feuerwehr zitterte, als
der Mann am Steuer auf ein Zeichen des Feuerwehrkommandanten Gas gab und sein Fahrzeug in Bewegung setzte, an dessen
Abschlepphaken die Taucher mit ihren Spezialthermoanzügen
den Nissan festgemacht hatten. Die Räder des Abschleppwagens drehten kurz auf dem eisigen Untergrund durch, dann
fassten sie, und das silberfarbene Dach tauchte allmählich aus
dem schwarzen Wasser auf.

Ein gutes Dutzend Schaulustiger, durch ein eilig angebrachtes
Absperrband von zwei Polizisten auf Abstand gehalten, war trotz
des eisig kalten Winds, der unbarmherzig über die freien Eis-
und Schneeflächen heranfegte, Augenzeuge, wie das Fahrzeug
Zentimeter um Zentimeter aus dem mit Eisschollen bedeckten
Wasser ans Ufer gezogen wurde.

Madlener und Harriet waren inzwischen eingetroffen, ein
ganzer Tross aus Polizei- und Feuerwehrfahrzeugen bevölkerte
ebenfalls das freie Feld, dessen Schneefläche von den Reifen der
vielen Fahrzeuge regelrecht durchpflügt worden war.

Als Madlener und Harriet bei ihrer Ankunft die Bergungs-
stelle am Bodenseeufer zum ersten Mal zu Gesicht bekommen
hatten, wunderten sie sich. Der Zufahrtsweg zum See führte
mitten durch ein ebenes Naturschutzgebiet, es gab Schilfgürtel am Ufer, ein paar Bäume, weit und breit kein Haus. Die
befestigte schmale Landstraße, von der sie abbogen, als sie das
Aufgebot an Fahrzeugen sahen, war nicht geräumt, kaum befah-
ren und nur durch Pfähle alle paar Meter als solche wegen der
Schneeverwehungen kenntlich gemacht. Dass hier ein Unfall
stattgefunden haben sollte, bei dem ein Auto ins Schleudern
geraten und sich von selbst auf die weit in den See hineinragende
Eisfläche katapultiert hatte, war rein physikalisch ein Ding der
Unmöglichkeit. Obwohl es bei Autounfällen schon zu den ku-
riosesten Konstellationen gekommen war – hier gab es für den

Nissan, der ein paar Meter vom Ufer entfernt entdeckt worden war, weil das Dach knapp unter der leicht neu vereisten Wasseroberfläche gerade noch zu sehen war, nur eine Erklärung: Das silberne Fahrzeug war aufs Eis gefahren worden, dort schließlich eingebrochen und untergegangen.

Das war entweder Suizid oder der Panda-Mann in voller Absicht.

Madlener und Harriet nahmen sofort an, dass der Panda-Mann in der Dunkelheit wahrscheinlich übersehen hatte, dass der Wagen, den er verschwinden lassen wollte, doch nicht ganz untergegangen war. Vielleicht war ihm das auch schnurzegal gewesen – jedenfalls war er ihn losgeworden und hatte sich erneut aus dem Staub gemacht.

Madlener und Harriet hatten sich noch im Dienstfahrzeug umgezogen, eine enge Angelegenheit, aber dringend notwendig. Madlener hatte wieder seine gefütterten Winterstiefel sowie den alten Norwegerpullover und seine Fellmütze mit den Ohrenklappen an, die man unter dem Kinn festbinden konnte. Harriet war in ihren schweren, wasserabweisenden Parka gehüllt und hatte sich die Kapuze über ihre dicke Hipstermütze auf dem Kopf gestülpt. Sicherheitshalber hatten sie seit der Geschichte mit dem abgebrannten Mercedes neben der Autobahn ihre unverzichtbaren Winterklamotten im Kofferraum ihres Dienstwagens untergebracht, worüber sie in diesem Augenblick bei gefühlter sibirischer Kälte wirklich froh sein konnten, weil das Ausharren wegen technischer Probleme und zahlreicher Sicherheitsvorkehrungen für die Männer, die in den kalten See mussten, schon eine ganze Weile andauerte.

Sie standen unweit vom Abschleppwagen, nippten abwechselnd am Kaffee, den Madlener mitgebracht hatte, knabberten an den Lebkuchen und warteten darauf, dass der Nissan so weit an Land gezogen wurde, dass man einen Blick ins Innere und vor allem in den Kofferraum werfen konnte.

Alle, die aus beruflichen Gründen herumstanden und sich die Nasen abfroren, ahnten, wer wahrscheinlich für das Versenken des Wagens verantwortlich war, und inzwischen war auch durchgesickert, wie gefährlich und skrupellos der Mann war, der wohl gedacht hatte, das Auto zumindest bis zur Eisschmelze im Frühjahr spurlos aus der Welt geschafft zu haben.

Langsam, ganz langsam, aber unaufhaltsam zog der Abschleppwagen den Nissan durch zersplitterndes Eis ans Ufer, ein Geräusch aus Knistern und Knacken, als ob Knochen gebrochen würden. Wasser quoll aus den heruntergefahrenen Fenstern, bis die Räder zum Vorschein kamen und der Nissan endlich festen Grund unter den Reifen hatte. Auf ein Zeichen des Feuerwehrkommandanten hielt der Fahrer des Bergungsfahrzeugs an.

Ehrmanntraut und seine Crew, die inzwischen auch eingetroffen waren, standen schon bereit. Einer seiner Männer öffnete die Fahrertür und machte schnell zwei Schritte zurück, um nicht nass zu werden. Wasser schwappte heraus. Er ließ das Wasser ablaufen, sah in den Wagen und schüttelte den Kopf zum Zeichen, dass er nichts Auffälliges entdeckt hatte.

Jetzt stellte sich Ehrmanntraut selbst vor die Heckklappe, holte einmal tief Luft und machte sie auf. Wasser floss heraus. Er warf einen Blick in den Kofferraum, dann drehte er sich zu Madlener und Harriet um und winkte sie mit einer knappen Handbewegung heran.

Zwei Feuerwehrleute hielten schon eine Plane bereit, um den Bereich, um den es jetzt ging, vor neugierigen Blicken zu schützen, genug Gaffer drängten sich am Absperrband.

Madlener hatte den Rest Kaffee weggeschüttet und den Deckel, den sie als Trinkbecher benutzt hatten, wieder aufgeschraubt, als er gesehen hatte, dass Ehrmanntraut so weit war, die rückwärtige Klappe zu öffnen und der Wahrheit ins Auge zu blicken.

Er und Harriet traten neben Ehrmanntraut.

Es war so, wie Madlener insgeheim schon auf der Herfahrt vermutet hatte.

Der Panda-Mann machte keine halben Sachen.

Im noch mit Restwasser gefüllten Kofferraum lag, zwischen durchweichten Lebensmitteln, der in fötaler Haltung zusammengekrümmte Körper einer Frau.

Die von ihrem Mann als vermisst gemeldete Petra Marquardt, da war sich Madlener sicher.

»Ich denke …«, bemerkte Ehrmanntraut, der von Haus aus und von Berufs wegen notgedrungen ein hartgesottener Mann war, an Madlener und Harriet gewandt, »… ich denke, es wird allerhöchste Zeit, dass wir den Kerl fassen, bevor das so weitergeht.«

Dass Madlener kein Wort sagte, war auch eine Antwort.

Und dann, als wäre der Alptraum nicht schon schlimm genug, meldete sich Harriets Smartphone. Sie machte ein paar Schritte zur Seite, bevor sie das Gespräch annahm, murmelte nach einer Weile kaum hörbar »Danke«, legte auf und trat ganz nahe an Madlener heran, um ihm ins Ohr zu flüstern.

»Nachricht von Frau Gallmann. Polizeiobermeister Lange hat es nicht geschafft. Er ist vor einer halben Stunde seinen schweren Verletzungen erlegen.«

47

Oh, the weather outside is frightful
But the fire is so delightful
And since we've got no place to go
Let it snow!
Let it snow!
Let it snow!

Söderberg fühlte sich wie ein neuer Mensch.

Er hatte acht Stunden durchgeschlafen wie ein unschuldiges Kind, ohne Träume, ohne Wachphasen, dann hatte er sich telefonisch ein opulentes Frühstück aufs Zimmer bestellt. Die Tür hatte er für den Zimmerservice offen gelassen und war so lange im Bad geblieben, bis der Kellner wieder verschwunden war. Es war besser, sich nicht blicken zu lassen, bevor er mit seiner Arbeit nicht wirklich fertig war und sich ein neues Aussehen verpasst hatte. Als die Tür wieder abgesperrt war, hatte er mit großem Appetit zugelangt. Seine Tatkraft war zurückgekehrt, seine Rippenschmerzen hatten nachgelassen, seine Schramme verheilte gut, ebenso seine Schnittverletzungen an der Hand. Er hatte wieder das Gefühl, er selbst zu sein, weil er nicht mehr wie ein tollwütiger Hund, von seinen Häschern gejagt, nur von Fluchtpunkt zu Fluchtpunkt denken und hetzen musste.

Er stand im hoteleigenen blütenweißen Bademantel am großen französischen Fenster, das nach Süden in Richtung Schweizer Alpenkette hinausging, und genoss seinen frisch gepressten Orangensaft, dabei ging er Punkt für Punkt seine weitere Strategie durch.

Den unter ihm liegenden Weihnachtsmarkt entlang der Seepromenade mit all dem Lichterglanz, den unzähligen Besuchern in glühweinseliger Stimmung und das winterlich romantische Panorama mit der Lindauer Hafeneinfahrt, gesäumt vom schneeüberzuckerten »Bayerischen Löwen« und dem »Neuen Leucht-turm«, sah er nicht.

Den Duft des Popcorns, der Bratwürste und der gebrannten Mandeln roch er nicht.

Das Medley aus amerikanischen Weihnachtsliedern, das im Rahmen einer Spendenaktion zugunsten von herren- und frau-enlosen Hunden und Katzen von einem Chor der Tierversuchs-gegner gesungen und von Blechbläsern begleitet wurde und das trotz der geschlossenen Fenster immer wieder bruchstückhaft hochwehte, hörte er nicht.

Er war nur auf eines konzentriert: wie er es am besten anstel-len sollte, Iris Blaschke zu töten.

Jedenfalls war es das, was seine Gedanken voll und ganz in Beschlag nahm. So lange, bis er genau wusste, was zu tun war und wie er vorgehen wollte. Er hatte die lokalen Nachrichten im Fernsehen verfolgt und dort mitbekommen, dass eine wichtige Zeugin, wie die Reporterin in ihr Mikro vermeldete, von der Polizei in Sicherheit gebracht worden war. Dabei konnte es sich nur um die Lebensgefährtin von André Maiser handeln. Also wusste sie doch etwas. Diese Nachricht spornte ihn wieder an.

Seine Auszeit war notwendig gewesen, hatte aber auch lange genug angedauert. Bevor er eingeschlafen war, hatte er noch mit dem Gedanken gespielt, sich einen Tag im Spa-und-Wellness-Bereich des Hotels zu gönnen, um nach dem ganzen Chaos der letzten hektischen Stunden wieder einigermaßen zu sich selbst zu finden. Der Gedanke daran war verführerisch. Da draußen, in Eis, Schneematsch und Kälte, suchten sie ihn mit allen zur Verfügung stehenden Mitteln, während er sich unterdessen vor ihrer Nase in der Sauna entspannte und sich auf einer bequemen Liege mit einem Drink in der Hand und chilliger Background-berieselung fläzte und sich ins Fäustchen lachte, weil er ihnen über war.

Schön wär's gewesen.

Aber auch gleichzeitig viel zu riskant. Nur weil er mit viel Massel und äußerst knapp davongekommen war, durfte er jetzt nicht gleich wieder der Hybris anheimfallen und sich erneut für unverwundbar halten, so wie er das die letzten Jahrzehnte über tatsächlich gewesen war. Zeit zum Zurücklehnen hatte er genug, wenn er seinen Auftrag ausgeführt hatte, die Chance dazu sah er immer noch, auch wenn so vieles schiefgegangen war.

Aus der ganzen Katastrophe konnte er nur eine Konsequenz ziehen: Er musste Iris Blaschke in seine Gewalt bringen und sie zwingen, ihm das Versteck der Liste zu verraten. Wenn sie das nicht tat oder das Versteck nicht kannte, gab es nur eine einzige Lösung: Sie musste eliminiert werden, so oder so. Damit war die Sache aus der Welt geschafft, ein für alle Mal. Dann wäre die Liste eben für immer unauffindbar. Das war fast genauso gut, als wenn er sie gefunden und seinem Auftraggeber ausgehändigt hätte.

Ende der Geschichte.

Adieu Bodensee, bienvenue Côte d'Azur.

Er ging ins Bad, um seine Haare dunkel zu färben.

Als er damit fertig war und sich im Spiegel mit seiner Nerdbrille aus Fensterglas und den sprießenden Bartstoppeln ansah, fand er, dass er ein anderer Mensch war.

Es wurde auch Zeit, ein neues Kapitel in seinem Leben aufzuschlagen.

Er zog sich an, suchte nach dem Autoschlüssel für seinen Mietwagen, den er wie die Hotelsuite sicherheitshalber für vierzehn Tage gemietet hatte und der in der hoteleigenen Tiefgarage abgestellt worden war, fand ihn, packte ein paar Werkzeuge und technische Utensilien, die er für sein Vorhaben für nötig hielt, in eine kleine Sporttasche, legte die in ein Tuch eingewickelte Beretta dazu, stellte das Tablett mit den Frühstücksüberresten vor die Tür, hängte das »Bitte nicht stören«-Schild von außen an die Türklinke und machte sich zu Fuß auf den Weg zur Galerie »Bodenlos«.

48

Es war ein Spaziergang von zehn Minuten durch notdürftig vom
Schnee geräumte, zugige Altstadtgassen bis zur Inselmitte, dann
stand Söderberg vor den Schaufenstern und warf einen Blick
ins Innere von André Maisers Galerie. Normalerweise wäre er,
wie ein neugieriger und an Kunst interessierter Tourist, sogar
hineingegangen, wenn nicht, wie nicht anders zu erwarten, ein
handschriftlicher Zettel mit der Notiz »Wegen Todesfall bis auf
Weiteres geschlossen« an der Eingangstür angebracht gewesen
wäre.

Nun, daran war er nicht ganz unschuldig.

Er ersparte sich ein Lächeln, aber irgendwie amüsierte ihn
die Ironie an der ganzen Geschichte doch.

Schräg gegenüber war ein kleines Café. Er griff sich den
»Südkurier«, setzte sich an einen Fenstertisch, bestellte ein Känn-
chen Kaffee und ein Stück gedeckten Apfelkuchen mit einer
Portion Schlagsahne und wartete, die Sporttasche neben sich auf
dem freien Stuhl. Von hier aus konnte er den Zugang zur Galerie
und zur Privatwohnung problemlos überblicken. Nebenher las
er in der Zeitung.

Das erforderte Geduld, aber in der Beziehung hatte er das
Durchhaltevermögen einer Gottesanbeterin, die unbeweglich
wie ein Zweig stundenlang ausharren konnte, um dann, wenn
ihr ein potenzielles Opfer vor die tödlichen Beißzangen kam,
gnadenlos zuzupacken. Vorausgesetzt, das Opfer kam in Reich-
weite.

Wie oft er schon tagelang eine Zielperson observiert und im
Auto vor ihrer Wohnung beobachtet hatte, bevor er zur Tat
geschritten war – er hatte nicht Buch darüber geführt, aber ein
paar Dutzend Mal war das sicher gewesen. Es war unabdingbar,
über die Gewohnheiten und Eigenheiten einer Zielperson so
genau wie möglich Bescheid zu wissen, um den Zufallsfaktor
so gut es ging zu minimieren.

Nichts war langweiliger und ätzender zugleich als das. Observation bedeutete Fast Food und Kaffee, um wach zu bleiben, und in die leeren Pappbecher pinkeln, um ja nichts zu verpassen, was für seinen Job wichtig sein konnte. Doch wenn es dann endlich losging und das Adrenalin durch die Adern rauschte, war das Entschädigung genug für die endlosen und ermüdenden Stunden der Überwachung.

Er hatte Bilder von Iris Blaschke gesehen, auf den Fotos in André Maisers Wohnung und auf der Website der Galerie. Erkennen würde er sie. Aber wenn es stimmte, was die Reporterin in den Nachrichten gesagt hatte, würde er sie wohl kaum zu Gesicht bekommen. Auch in der Zeitung war in einem Nebensatz die Rede davon, dass eine wichtige Zeugin der Polizei sachdienliche Hinweise geben konnte, die auf die Spur des Täters führen könnten.

Er wusste es besser.

Lachhaft – Iris Blaschke wusste weniger als nichts über ihn, aber er dafür umso mehr über sie. Jedoch leider nicht genug, um ihren gegenwärtigen Aufenthaltsort herauszubekommen.

Die Bullen hatten sie also unter ihre Fittiche genommen, und das nicht ohne Grund. Nachdenklich stippte er den letzten Krümel vom Kuchen mit der Gabel auf. Noch länger konnte er im Café auch nicht bleiben, ohne aufzufallen. Es half alles nichts: Er musste warten, bis es dunkel wurde, was nicht mehr lange dauern konnte, bei dem wolkenverhangenen Winterhimmel war es tagsüber ohnehin schon düster genug. Sobald es so weit war, würde er in die Wohnung von Iris Blaschke einbrechen und versuchen, mehr über sie und einen eventuellen Aufenthaltsort in Erfahrung zu bringen. Vielleicht hatte sie noch Eltern oder zumindest Verwandtschaft, wo sie Unterschlupf finden konnte.

Er bezahlte und verließ das Café mit seiner Sporttasche, wo er beinahe mit einem Mann mit Hut und Kamelhaarmantel zusammengestoßen wäre, der es anscheinend eilig hatte und in die Passage zur Wohnungstür von Iris Blaschke hinter dem Eingang der Galerie einbog.

Söderberg gab vor, sich für die Bilder in den Schaufenstern

der Galerie zu interessieren, beobachtete aber den Mann aus den Augenwinkeln.

Er kramte in seinen Manteltaschen, zog einen Schlüssel hervor, sperrte auf und ging ins Haus hinein.

Söderberg wog seine zwei Optionen ab, die sich ihm auftaten.

Er konnte seine Beretta nehmen, sich mit seinem Spezialdietrich Zugang verschaffen und den Mann, der todsicher ein Bulle in Zivil war, mit Waffengewalt dazu bringen, ihm den Ort zu verraten, wo sie Iris Blaschke untergebracht hatten.

Riskant, aber machbar, auch wenn er gezwungen war, den Mann danach auszuschalten. Doch auf einen Toten mehr oder weniger kam es jetzt auch schon nicht mehr an.

Oder Option Nummer zwei: Er konnte dem Mann, sobald er herauskam, unauffällig folgen, die Wahrscheinlichkeit war groß, dass er ihn zu Iris Blaschke führte. Der Bulle mit Kamelhaarmantel und Hut war garantiert mit einem Auto hergekommen, hatte es abgestellt und war die letzten paar Meter durch die Fußgängerzone zu Fuß gegangen. Das bedeutete für Söderberg, dass er seinen GPS-Peilsender einsetzen konnte. Damit hatte er schon gerechnet, als er vom Hotel losgegangen war. Vorsorglich hatte er den Sender neben seine Einbruchwerkzeuge in die kleine Sporttasche gesteckt.

Die frühe winterliche Dämmerung hatte inzwischen eingesetzt, es schneite in dicken Flocken.

Im ersten Stock in der Wohnung von Iris Blaschke ging Licht an. Söderberg vermutete, dass der Bulle noch irgendetwas für seinen Schützling holen sollte. Vielleicht rechneten sie ja damit, dass sie nicht nur für eine Nacht, sondern für ein oder zwei Wochen untertauchen und von der Polizei beschützt werden musste, sodass sie noch einiges brauchte. Warum sie dazu keine Frau schickten, konnte nur eines bedeuten: Höchste Geheimhaltungsstufe war angeordnet worden. Man wollte kein unnötiges Risiko eingehen und hielt den Kreis derer, die über den Aufenthaltsort von Iris Blaschke Bescheid wussten, so klein wie möglich.

Er sah nach oben. Das Licht brannte immer noch.

Von weit her konnte der Zivilbulle nicht gekommen sein, schlussfolgerte Söderberg, Hut und Mantel waren fast noch trocken gewesen, obwohl die Schneeflocken dicht an dicht fielen. Er warf einen Blick auf das frisch zugeschneite Kopfsteinpflaster. Die Sohlen des Zivilbullen hatten ein markantes Schuhprofil hinterlassen. Er konnte die Spuren nahezu mühelos auf der dünnen neuen Schneedecke zurückverfolgen, und schon hinter der nächsten Straßenecke sah er einen dunkelblauen Ford, zu dem sie hinführten und der im Halteverbot abgestellt war. Das musste der Bullenwagen sein. Er legte die Hand auf die Motorhaube, sie war noch warm.

Er sah sich um. Die Gelegenheit war günstig, niemand, der noch unterwegs war, schenkte ihm seine Aufmerksamkeit. Er konnte in aller Seelenruhe den GPS-Sender scharf machen und mit dem Magneten im vorderen Radkasten anbringen. Der Sender war so klein wie eine Streichholzschachtel, er zählte zur neuesten Generation, die besonders genau und leistungsstark war.

Wenn er eine Zielperson in ihrem Auto tage- oder vielleicht sogar wochenlang über einen Sender verfolgen musste, was auch schon vorgekommen war, bevorzugte er den Tankverschlussdeckel als sicheres Versteck, den er als passendes Ersatzteil vorher kaufte, woraufhin er ihn auseinandernahm und den Sender gleichsam einpflanzte, was relativ aufwendig war, aber dafür absolut sicher vor einer möglichen Entdeckung.

Für eine einzige Fahrt reichte der Radkasten völlig aus.

Als er den Sender angebracht hatte, spazierte er zurück zu seinem Hotel, betrat die Tiefgarage, deren Ein- und Ausfahrt in einer Querstraße hinter dem Hotel lag, setzte sich in seinen Mietwagen, einen unauffälligen VW Golf in Schwarz, so wie er ihn ausdrücklich bestellt hatte, und schaltete das handliche Ortungsgerät ein, das er gut sichtbar neben sich auf den Beifahrersitz legte. Der Sender meldete sich von dem Ort, an dem er ihn angebracht hatte, also war der Bulle noch nicht weggefahren.

Er wartete geduldig, bis sich das Signal bewegte, dann startete er den Golf und fuhr dem Signal in ausreichendem Abstand hinterher.

49

Als Madlener und Harriet ins Polizeipräsidium zurückgekehrt waren und der versammelten Soko, die inzwischen kurzfristig um mehrere Mitarbeiter aufgestockt worden war, Bericht erstattet hatten, herrschte zunächst Grabesstille. Jeder hatte damit zu tun, in einer von Frau Schwanitz-Terstegen angesetzten Schweigeminute des verstorbenen Kollegen Lange zu gedenken und für sich zu verarbeiten, dass der Panda-Mann mutmaßlich auf seiner Flucht einen weiteren unschuldigen Menschen grausam und hinterhältig getötet hatte.

Madlener zeichnete den vermutlichen Weg des Nissan auf eine vergrößerte Straßenkarte von Friedrichshafen bis zur Auffindungsstelle am Bodenseeufer im Naturschutzgebiet westlich von Lindau mit einem dicken schwarzen Filzstift nach, dessen Quietschen auf dem gläsernen Untergrund jedem durch Mark und Bein ging. Dann drehte er sich zu seinen Mitarbeiterinnen und Mitarbeitern um. Was er sah, waren betretene Mienen, die aber zugleich eine grimmige Entschlossenheit ausstrahlten, die ihn selbst auch erfasst hatte.

»Zuerst einmal«, begann er, »wir werden ihn schnappen, keine Frage. Wir wissen, wie er aussieht, und wir kennen sein Motiv. Wir haben seine Fingerabdrücke, wir haben seine DNS. Und er versteckt sich immer noch irgendwo hier am Bodensee.«

»Woher wissen wir das?«, fragte Binder. »Warum sollte er nicht einfach abgehauen sein, nachdem er uns in der Ringfahndung durch die Lappen gegangen ist?«

»Eben. Wahrscheinlich ist er schon längst über alle Berge, in der Schweiz, in Österreich oder sogar in Frankreich – wer weiß das schon?«, gab Götze ihm recht.

»Das glaube ich nicht. Und zwar deshalb, weil unser Mann seinen Fluchtwagen, den Nissan, im See versenkt hat«, begründete Madlener seine Vermutung. »Er wollte, dass er nicht gefunden wird, was schiefgegangen ist. Aber deshalb können wir annehmen, dass er noch hier ist. Sonst hätte er sich nicht die Mühe gemacht, ihn vermeintlich spurlos loszuwerden. Wir sollten denken, dass er mit dem geklauten Wagen auf und davon ist. Auf Nimmerwiedersehen verschwunden. In Wirklichkeit ist er dahin zurückgekehrt, wo er glaubt, sein ursprüngliches Vorhaben doch noch durchführen zu können. Aber da täuscht er sich. Allerdings geben wir vor, auf seine Finte hereingefallen zu sein. Auf der Pressekonferenz, die im Anschluss an diese Sitzung stattfindet, werden wir der Öffentlichkeit mitteilen, dass wir ihn weiterhin auf der Flucht vermuten und dass die Fahndung nach ihm deshalb ins Ausland ausgedehnt wird. Das wird ihn in Sicherheit wiegen. Ich bin überzeugt davon, dass er seine Mission, wenn wir es so nennen wollen, nach wie vor mit aller Gewalt durchziehen will.«

Frau Schwanitz-Terstegen nickte zustimmend. »Ich bin derselben Meinung. Dass er noch immer nicht bekommen hat, was er will. Er ist für sein Ziel schon sehr weit gegangen. Und er ist ein angeheuerter Profi, vergessen wir das nicht!«

»Aber jeder normale Mensch würde nach dem ganzen Tohuwabohu, das er angerichtet hat, doch die Flinte ins Korn werfen und zusehen, dass er schnellstens Land gewinnt«, meinte Binder immer noch skeptisch.

Die Mehrheit der Mitglieder der Sonderkommission schien seiner Meinung zu sein und nickte zustimmend.

»Der Panda-Mann ist kein normaler Mensch«, sagte Harriet mit Schärfe und Nachdruck in die allgemeine Stille hinein. »Er ist vom Ehrgeiz zerfressen. Er kann es nicht riskieren, mit leeren Händen vor seinem Auftraggeber, wer immer das auch sein mag, aufzutauchen und zugeben zu müssen: ›Sorry, aber leider habe ich auf der ganzen Linie versagt.‹ Er gibt nicht so einfach auf. Das kann er sich in seinem Metier nicht leisten. Er hat, so blöd das klingen mag, einen Ruf zu verlieren. Und das kann auch für ihn tödlich sein.«

»Was wissen wir inzwischen über ihn?«, fragte Madlener und machte sich bereit, die Stichworte auf der Tafel aufzuschreiben, die alle Details übersichtlich festhielt.

Harriet fühlte sich angesprochen und legte los: »Ich schätze ihn nach allem, was wir von ihm gesehen und gehört haben, auf fünfzig bis sechzig Jahre ...«

»Ist er wirklich so alt?«, unterbrach die Kriminaldirektorin. »Serienkiller sind doch normalerweise zwischen Ende zwanzig und Mitte vierzig ...«

Harriet schüttelte entschieden den Kopf. »Unser Mann ist kein typischer Serienkiller. Solche Täter morden aus Lust oder einem unstillbaren Trieb heraus. Soviel wir bisher wissen, mordet der Panda-Mann im Auftrag. Er betreibt das geschäftsmäßig auf Bestellung und Rechnung. Da spielen Gefühle keinerlei Rolle. Nichtsdestotrotz vermute ich mal, wenn er schon länger erfolgreich in seiner Branche tätig ist, wovon wir ausgehen können, dann hat er bestimmt mehr Opfer auf seiner Visitenkarte vorzuweisen als die drei, von denen wir wissen. Er handelt eiskalt und mit Kalkül, nicht im Rausch seiner Obsessionen oder Wahnvorstellungen. Das macht ihn so gefährlich und unberechenbar. Zurück zu seinem vermutlichen Alter ...«

Harriet heftete drei Standbilder der Überwachungskameras vom Panda-Mann an die Tafel und erklärte dann: »Hier ein Bild von der Tankstelle, wie er von der Zapfsäule zur Kasse geht. Ich habe die komplette Aufnahme mehrfach angesehen, Kollege Götze ebenfalls.«

Götze nickte zustimmend.

Harriet fuhr fort. »Am Bewegungsablauf erkennt man: Er ist kein junger Mann mehr und kein Mann im mittleren Alter. Außerdem haben wir die Zeugenaussage der Besitzerin des Panda, Frau Haug. Sie hat ihn auf Ende fünfzig geschätzt. Dieses Alter hat mir auch Polizeiobermeister Schmiedinger bestätigt, der ihn live gesehen hat. Er ist für sein Alter fit und durchtrainiert wie ein erfahrener Soldat, ein Veteran, der schon einige Schlachten geschlagen hat, wenngleich das vielleicht allzu martialisch klingt. Früher hätte man gesagt: Der Mann war in der Fremdenlegion und daran gewöhnt, einen Befehl auszuführen, ohne Fragen zu stellen, auch wenn es ein Killerkommando ist. Wenn er in die Enge getrieben wird, schlägt er mit allem, was ihm zur Verfügung steht, um sich. Wenn es sein muss, ist er ein Meister der Improvisation. Er ist zäh, clever, hat keinerlei Gewissen, ein Soziopath, ihm fehlt jegliche soziale Kompetenz. Er ist vollkommen skrupellos, vielleicht sogar ein Sadist, der Vergnügen dabei empfindet, anderen Leuten wehzutun. Er hat Auftraggeber, die noch eine Spur skrupelloser sind, wenn das überhaupt möglich ist, die nur an ihren eigenen Vorteil denken und dafür über Leichen gehen. Oder besser: gehen lassen, weil sie sich selbst die Hände niemals schmutzig machen würden. Sollten wir ihn erwischen und seine wahre Identität klären können, kommen wir vielleicht sogar an seine Hintermänner heran, die das alles hier erst ins Rollen gebracht haben. Reiche, mächtige Leute, die glauben, über dem Gesetz zu stehen, und mit allen Mitteln, ohne Rücksicht auf Verluste, ihre Interessen vertreten lassen und denken, mit ihrem Geld alles regeln zu können, wie es ihnen gerade passt, ohne sich jemals dafür verantworten zu müssen –«

»Stop, Harriet«, gebot Madlener seiner Assistentin Einhalt. »Dein Sinn für Gerechtigkeit in allen Ehren, aber ich befürchte, wir machen hier den zweiten Schritt vor dem ersten. Jetzt ist nicht die Zeit und der Ort, um über mögliche Hintermänner und deren unmoralisches Handeln zu spekulieren. Unsere oberste Priorität ist es erst einmal, den Mann zu schnappen, der André Maiser, Mike Lange und Petra Marquardt getötet hat.«

Die Kriminaldirektorin stimmte Madlener zu. »Völlig richtig. Wenn wir ihn haben, können wir ihn nach seinen Hintermännern ausfragen.«

»Jede Wette: falls wir ihn lebend schnappen – wenn einer dichthält, dann der Panda-Mann«, orakelte Binder.

»Das werden wir sehen, wenn es so weit ist. Steht die Identität der toten Frau im Kofferraum schon eindeutig fest?«, fragte die Kriminaldirektorin.

»Ja, ihr Mann hat sie bereits identifiziert«, antwortete Madlener, dann machte er weiter. »Jetzt zum Fluchtweg des Täters, nachdem er den Nissan versenkt hat. Es gibt mehrere Möglichkeiten, die alle überprüft werden müssen. Bildet Zweierteams und sucht nach Augenzeugen: Wie ist der Täter von da weggekommen? Hatte er dort irgendwo ein Auto geparkt und ist einfach umgestiegen? Hat er ein weiteres Auto angehalten und entführt? Ist er zu Fuß geflohen?«

»Oder hat er sich zu Fuß zur nächsten Bahnstation durchgeschlagen ... hier verläuft die Bahnlinie ... und einen Zug Richtung Lindau genommen ...«, fügte Harriet hinzu und klopfte mit einem Kugelschreiber auf die betreffenden Stellen auf der Landkarte. »Es sind Luftlinie nur vier Kilometer bis dahin. Um die fragliche Zeit gibt es noch zwei Regionalzüge, die in Betracht kommen.«

»Also«, sagte Madlener, »einer von uns muss mit den zuständigen Zugbegleitern reden. Wer macht das?«

Eine der neuen Kolleginnen hob die Hand.

Madlener nickte ihr zu und verteilte weiter die Aufgaben. »Binder, Sie nehmen sich noch einmal das Einkaufscenter am Romanshorner Platz vor, vielleicht erinnert sich eine Kassiererin an unseren Mann und kann uns irgendwie weiterhelfen. Götze, Sie unterstützen Ehrmanntraut – er hat momentan genügend mit der Spurensicherung und der Auswertung am Hals – und untersuchen den Computer von André Maiser nach irgendwelchen Hinweisen. Frau Gallmann, Sie sind wie immer für die Koordination und eventuelle Zeugenaussagen zuständig, die telefonisch hereinkommen. Frau Schwanitz-Terstegen und ich gehen jetzt in die Pressekonferenz mit allem, was uns weiterbringen könnte, Fotos, Details vom Fluchtweg et cetera, an die Öffentlichkeit und bitten um Mithilfe. Harriet, du kümmerst dich noch einmal um die Aufzeichnungen der Überwachungskameras, ob wir in der Eile nicht doch etwas übersehen haben. Noch irgendwelche Fragen?«

Da niemand etwas sagte, legte Madlener den Stift beiseite und feuerte die Kollegen noch einmal an.

»Na, dann los! Machen wir uns an die Arbeit!«

Die Sonderkommission löste sich auf, jeder wusste, was er zu tun hatte.

50

Harriet klemmte sich hinter ihren Computer und jagte die Aufzeichnungen aller Überwachungskameras, die sie inzwischen auf ihren PC geladen hatte, in atemberaubendem Tempo über ihren Bildschirm.

Nach einer Weile machte sie eine Pause und begab sich in den Innenhof an die zugige Raucherecke, um ihren Augen eine kurze Erholungszeit zu gönnen und ihrer Lunge ein paar kräftige Züge einer Selbstgedrehten.

Madlener hatte sie auf dem Rückweg von der Pressekonferenz gesehen, gesellte sich zu ihr und zündete sich ebenfalls eine Zigarette an.

»Wie war's?«, fragte sie ihn, als er seinen ersten Zug nahm und tief inhalierte.

»Zu viele Fragen, auf die Frau Schwanitz nur antworten konnte: ›Dazu kann ich keinen Kommentar abgeben, weil es unsere weiteren Ermittlungen gefährden könnte.‹«

Er schüttelte deprimiert den Kopf, Harriet merkte, dass er sich immer noch über den Maulkorb aufregte, den ihm die Kriminaldirektorin auf Order von ganz oben verpasst hatte.

»Es ist einfach nicht in Ordnung, wenn wir im ›Argen‹-Fall Informationen zurückhalten müssen. Nicht, wenn es darum geht, weitere Morde zu verhindern. Das ist verdammt noch mal überhaupt nicht in Ordnung!«

Wütend schnippte er die Asche von seiner Kippe.

»Sind die sogenannten politischen Interessen des Landes Baden-Württemberg höher einzuschätzen als Menschenleben?«

»Hast du das die Schwanitz gefragt?«

»Ja, das habe ich. Und weißt du, was sie mir geantwortet hat? ›Diese Frage stellt sich uns nicht. Wir haben nur dienstliche Anweisungen auszuführen. Wir hinterfragen sie nicht. Das ist nicht unsere Aufgabe.‹«

Er atmete einmal tief durch. »Weißt du, was ich ihr da am liebsten ins Gesicht gesagt hätte?«

»Kann's mir denken. Hat mit unserer glorreichen Vergangenheit zu tun. Nichts hinterfragen, nur Befehle ausführen und so.«

»Ganz genau. Nur dass ich das gern noch ein wenig direkter ausgedrückt hätte. Zum Beispiel, dass man mit genau diesen Eigenschaften auch gut Kommandant von gewissen Lagern hätte sein können.«

»Hast du hoffentlich nicht gesagt.«

»Nein. Hab's im letzten Augenblick runtergeschluckt, auch wenn ich beinahe daran erstickt wäre. Aber gedacht hab ich's.«

Er zog heftig an seiner Zigarette, bis sie aufglühte, und starrte ins Leere.

Harriet hätte ihn jetzt am liebsten in den Arm genommen und getröstet, aber sie tat es nicht. Stattdessen zog sie ebenfalls an ihrer selbst gedrehten Kippe und starrte wie ihr Chef ins Nirgendwo.

Zusammen schweigen war auch eine Form der Solidarität.

»Ich habe irgendetwas übersehen«, sagte Madlener plötzlich und unerwartet. »Wenn ich nur wüsste, was ...«

Harriets Handy meldete sich. Sie holte es aus ihrer Tasche und nahm das Gespräch an. »Ja?«

Während sie konzentriert zuhörte, machte Madlener seine Kippe aus, wartete aber noch darauf, was Harriet ihm mitzuteilen hatte, weil sie ihn mit erhobenem Zeigefinger darauf aufmerksam machte, dass ihr Gespräch wichtig war. Es dauerte eine ganze Weile, aber schließlich sagte sie »Danke« und drückte den Anrufer weg.

»Binder«, gab sie an Madlener weiter. »Aus dem Einkaufscenter am Romanshorner Platz. Er hat eine Kassiererin aufgetan, die glaubt, den Panda-Mann auf dem Fahndungsfoto erkannt zu haben. Er fiel ihr auf, weil er eine blutige Schramme im Gesicht hatte und blutige Schnitte auf der Hand.«

»Wusste sie noch, was er gekauft hat?«

»Ja. Auch deshalb ist er ihr im Gedächtnis geblieben. Klebeband, weißes und schwarzes, eine Jacke und ein Basecap. Ein

Stück vom Klebeband hat er sich noch an der Kasse um seine verletzte Hand gewickelt, nachdem er die Schnitte mit einem Tempotaschentuch abgedeckt hat. Und dann hat er sich das Basecap aufgesetzt. Als sie ihn fragte, warum er denn kein Heftpflaster gekauft hat, war seine Antwort, dass er es eilig hat und keines gefunden hat. Das hat sie nicht vergessen.«

»Wie sah die Baseballkappe aus?«

»Sie haben momentan nur eine im Sortiment. In allen möglichen Farbvarianten. Von Bayern München.«

Madlener sah seine Assistentin entgeistert an. »Bayern München? FCB? Das stand darauf?«

»Ja.«

»Komm mit«, sagte er unmissverständlich und zog sie am Ärmel zurück durch die Tür ins Präsidium. Sie konnte gerade noch ihre Kippe im Aschenbecher ausmachen.

51

»Gib mir die Bilder vom Panda-Mann im Nissan bei der Ausfahrt aus dem Parkhaus«, sagte Madlener und beugte sich über Harriet, die an ihrem Computer saß und mit einer Schnelligkeit die angeforderten Aufnahmen herbeizauberte, die Madlener normalerweise verblüfft hätte. Aber dazu war er momentan zu sehr auf einen einzigen Gedanken fixiert, der ihn angesprungen hatte wie aus dem Nichts.

»Halt«, sagte er, als sie das Standbild angefahren hatte, auf dem nur das Basecap des Mannes hinter dem Steuer des Qashqai zu erkennen war, nicht das Gesicht.

»Siehst du das?«, fragte er sie.

Harriet vergrößerte das Standbild. »Ja. Ein helles Baseballcap mit drei Buchstaben. FCB.«

»Bayern München. Wie die Kassiererin gesagt hat.«

»Ja und?«

Er erhob sich aus seiner gebückten Haltung. »Erinnerst du dich an unsere Fahrt nach Lindau? Noch in der Nacht nach den Vorkommnissen in der Stichstraße vor dem Haus von Maiser? Um Iris Blaschke zu vernehmen?«

Er sah seiner Assistentin in die Augen, als könnte er sie hypnotisieren.

Niemand hatte ein besseres Gedächtnis als Harriet Holtby, nämlich ein geradezu fotografisches. Aber seines war auch nicht schlecht, fand er in diesem Augenblick.

Doch Harriet konnte etwas, zu dem er nicht fähig war: Sie war in der Lage, den Moment, auf den er anspielte, nachträglich in ihrem Kopfkino ablaufen zu lassen wie einen gespeicherten Film und sich dabei an jedes noch so nebensächliche Detail zu erinnern.

»Du meinst ...«, sagte sie zögernd, »am Lindauer Inselbahnhof vor dem Zebrastreifen. Es hat geschneit und gestürmt. Du warst am Steuer und hast neben einem Streifenwagen angehalten, der dort Posten bezogen hatte. Ich habe die Seitenscheibe heruntergelassen und mich bei den Kollegen nach dem Weg zur Galerie von Maiser erkundigt.«

Madlener nickte nur, er wollte sie bei ihrem Gedankenfluss jetzt nicht unterbrechen.

Harriet fuhr fort: »Dann bist du weitergefahren und hast aber gleich wieder abgebremst, weil du einem Fußgänger, einem Mann, der gerade aus dem Bahnhofsgebäude kam und sich gegen das Mistwetter gestemmt hat, den Vortritt lassen wolltest.«

»Was schätzt du? Wie alt war er?«

»So Ende fünfzig, würde ich sagen.«

»Und was ist dann passiert?«

»Er hatte eine dunkle Tasche dabei und hat sich noch bei dir mit einer Hand bedankt. Weil du ihm freundlich ein Zeichen gegeben hast, die Straße vor uns zu überqueren ...«

»Richtig. Und was hatte der Mann auf dem Kopf?«

»Ein Baseballcap mit drei Buchstaben darauf.«

»FCB.«

»Genau. FCB.«

»Und wo ist dieser Mann hingegangen?«

»Direkt ins Hotel gegenüber vom Bahnhof. ›Bayerischer Hof‹.«

Sie sahen sich an und wussten gleichzeitig, was das zu bedeuten hatte.

Harriet stand auf, holte ihr Holster samt Schusswaffe aus dem Safe im Schreibtisch und schnallte es sich um.

»Was meinst du – soll ich Verstärkung anfordern?«, fragte sie.

»Auf keinen Fall. Ich will nicht unnötig sämtliche Pferde scheu machen, solange wir nicht mehr haben als einen vagen Hinweis auf eine Baseballkappe mit drei Buchstaben. Wenn wir falschliegen, was sehr wahrscheinlich ist, baden wir das selber aus.«

Harriet zog sich ihre Lederjacke über und schlang sich den Schal um den Hals.

»Und wenn wir recht haben und der Panda-Mann hat tatsächlich im Hotel eingecheckt?«, meinte sie.

»Du kannst noch aussteigen, wenn du willst.«

Diesen Hinweis ignorierte sie einfach. Dafür wies sie mit

dem Kopf auf das Chefbüro mit den Fenstern, in dem Frau Schwanitz-Terstegen telefonierte und dabei heftig gestikulierend hin- und herlief.

»Sollten wir nicht die Chefin von unserem Einsatz informieren? Die Dienstvorschriften sind in so einem Fall eindeutig.« Auch Madlener war schon in seinen Mantel geschlüpft und wartete an der Tür auf sie. »Scheiß auf die Dienstvorschriften. Entschuldige – aber dann können wir immer noch Alarm schlagen. Wenn er wirklich im ›Bayerischen Hof‹ ist, sind wir sowieso gezwungen, Sondereinsatzkräfte anzufordern. Außer er sinkt angesichts der von uns verkörperten natürlichen Autorität auf die Knie, sobald er uns sieht, und bittet darum, sofort inhaftiert zu werden.«

»Träum weiter …«

Er zuckte mit den Schultern.

»Es ist bald Weihnachten. Da sollen Wünsche bisweilen in Erfüllung gehen …«

Harriet sah ihn plötzlich misstrauisch an und fragte: »Hast du eigentlich deine Waffe dabei?«

Er zog ein Gesicht wie ein ertappter Junge, der dabei erwischt wird, dass er die Hand in der verbotenen Dose mit den begehrtesten Weihnachtsplätzchen hat, die von der Mutter vorsorglich im hintersten Winkel des Kleiderschranks versteckt worden ist, und klopfte theatralisch seine Manteltaschen ab.

»Das kann doch nicht wahr sein«, sagte Harriet dazu. »Du hast sie wieder im Hotel vergessen.«

Statt einer Antwort schlug Madlener die linke Seite seiner Jacke unter dem Mantel auf und zeigte auf sein Schulterholster, in dem die SIG Sauer steckte.

»Scherz«, meinte er dazu und grinste.

Manchmal brachte er es tatsächlich fertig, seiner sonst so ernsten Assistentin ein Lächeln zu entlocken, auch wenn es mit einem demonstrativen Augenrollen und Kopfschütteln garniert war.

52

Der Mann mit dem schicken Hut und dem Kamelhaarmantel fuhr über Nonnenhorn, Kressbronn und Eriskirch nach Friedrichshafen. Seltsamerweise nahm er nur Nebenstrecken, aber das mit gehörigem Tempo.

Es schneite nicht mehr, die meisten Straßen waren geräumt und durch Streusalz schnee- und eisfrei gemacht und deshalb gut befahrbar.

Durch das nächtliche Friedrichshafen bretterte der Ford, ohne sich an die Geschwindigkeitsbegrenzung zu halten, die in Friedrichshafens Durchgangsstraßen streng überwacht wurde, an drei Radarfallen vorbei und wurde jedes Mal geblitzt, aber das schien ihm völlig egal zu sein, er bremste nicht und verminderte auch nicht sein Tempo.

Es ging schließlich in Richtung Markdorf nach Norden.

An der nächsten Tankstelle scherte er aus, fuhr vor bis zum Eingang, der zu den Kassen und zum Verkaufsraum führte, stieg aus und ging durch die sich vor ihm öffnende Automatiktür.

Söderberg, der sich bei der Verfolgung zunächst ausschließlich an das GPS-Signal hielt, hatte nicht damit gerechnet, dass der Ford einen Tankstopp einlegen würde, und überlegte kurz, ob er vor der Tankstelle anhalten sollte. Aber es herrschte noch viel Betrieb an den Zapfsäulen und im Verkaufsraum, da fiel es nicht auf, wenn er mit seinem Golf auf das Tankstellengelände fuhr und weit hinter dem Ford anhielt, um dort auf den Mann zu warten. Er konnte durch die Glasfront das Innere der Tankstelle gut überblicken und beobachtete, wie der Mann mit dem Hut in aller Eile Etliches aus den Regalen holte, was es an alkoholischen Getränken, Softdrinks, Snacks und Süßigkeiten gab, an der Kasse bezahlte und mit zwei vollen Plastiktüten beladen wieder herauskam, die er im Kofferraum verstaute, bevor er sich in seinen Wagen setzte und startete.

Der Ford fuhr nach Markdorf hinein.

Söderberg hatte sich wieder an ihn gehängt. Er beschloss, von nun an den Wagen nicht mehr aus den Augen zu lassen, auch wenn er einen größeren Abstand beibehielt, um nicht aufzufallen. Es sah ganz so aus, als würde der Mann nicht mehr weit zu fahren haben.

Wenn er plötzlich an einem Häuserblock hielt und der Mann durch eine Tür ging, nutzte ihm sein GPS-Sender wenig, sollte er kurze Zeit später auftauchen und sein Zielobjekt schon in irgendeiner Wohnung verschwunden sein, weil er dann natürlich nicht wusste, in welcher.

Plötzlich bog der Wagen von der Hauptstraße ab.

Söderberg gab Gas, um aufzuschließen. Sie kamen nun durch ein städtisch bebautes Wohngebiet, das von Blocks und Apartmenthäusern dominiert wurde.

Dort war er gezwungen, wieder die Geschwindigkeit zu reduzieren, der Ford vor ihm fuhr nun langsamer.

Vorsichtig chauffierte Söderberg die teilweise ungeräumten Nebenstraßen entlang und hielt dann hinter einem am Straßenrand geparkten Auto an, weil die Bremslichter des Fords aufleuchteten. Er schaltete die Scheinwerfer seines Golfs aus.

Von Weitem beobachtete er, wie der Ford an der Einfahrt zu einer Tiefgarage stehen geblieben war und der Fahrer anscheinend mit einer Funksteuerung das Tor hochfahren ließ. Die Zufahrt gehörte, wie er befürchtet hatte, zu einer größeren, mehrstöckigen Wohnanlage.

Jetzt musste er sich entscheiden, ob er im Wagen sitzen bleiben sollte, um die halbe Nacht über erst einmal die genaue Lage zu sondieren, oder ob er aufs Ganze gehen und handeln sollte.

Er beschloss, alles auf eine Karte zu setzen, machte den Motor aus, packte seine Tasche, stieg aus und wartete neben dem Golf, bis das Tor zur Tiefgarage ganz nach oben gefahren war und der Ford dahinter verschwand.

Nun blieben ihm vielleicht noch dreißig Sekunden, bevor sich das Tor wieder schloss. Er spurtete los, beinahe wäre er auf der glatten Straße ausgerutscht, gerade noch rechtzeitig fand er sein Gleichgewicht und rannte weiter.

Als er an der Zufahrtsrampe ankam, glitt das Tor bereits wieder nach unten. Söderberg zapfte seine letzten Energiereserven an, aber das Tor war schon auf Kniehöhe, als er es erreichte. Er schleuderte seine Tasche durch den schnell enger werdenden Spalt, ließ sich fallen und rollte sich im letztmöglichen Augenblick unter dem Tor durch, das knapp hinter ihm mit einem satten Klick auf dem Betonboden aufsetzte.

Wie eine Guillotine!, schoss es ihm durch den Kopf.

53

Söderberg rappelte sich wieder auf, griff nach seiner Tasche und hielt Ausschau nach dem Ford, dessen Rücklichter er am Ende der Tiefgarage erspähte. In der Garage waren Stellplätze für gut hundert Fahrzeuge, der Ford fuhr zielsicher in eine Parklücke, dann gingen Fahrzeuglicht und Motor aus. Es war auf einmal seltsam still, das einzige Geräusch, das Söderberg hörte, war sein eigener Atem, weil er von der körperlichen Anstrengung noch keuchen musste wie ein altes Schlachtross.

Blitzschnell erfasste er Lokalität und Situation und richtete seine Taktik auf die neuen Umstände aus. Er war im Vorteil, weil der Mann im Kamelhaarmantel nicht damit rechnen konnte, dass ihm jemand in der Tiefgarage auflauerte.

Für einen kurzen Moment kam ihm der erschreckende Gedanke, dass sie ihn mit dem Köder Iris Blaschke hierhergelockt hatten und er ihnen prompt auf den Leim gegangen war, aber dann verwarf er dieses Hirngespinst als paranoide Wahnvorstellung, die seinen Panikattacken geschuldet war.

Vorsichtig, immer darauf bedacht, nicht ins Blickfeld des Mannes mit dem Kamelhaarmantel zu gelangen, schlich sich Söderberg zur Tür im Zentrum der Tiefgarage, die zum Aufzug führte, und versteckte sich hinter einer Betonsäule. Dort wartete er ab, bis er das Geräusch einer sich öffnenden Wagentür hörte, die gleich darauf zugeschlagen wurde. Der Hall in der Tiefgarage verstärkte jedes Geräusch. Söderberg nutzte es aus, indem er im selben Moment den Reißverschluss seiner Sporttasche aufzog und mit einer Hand hineingriff. Er nestelte nach seiner Beretta, die er in ein Tuch eingewickelt hatte, bis er das kühle Metall ertastete und sie herausziehen konnte. Dann spähte er vorsichtig hinter der Säule hervor.

Der Mann im Kamelhaarmantel öffnete den Kofferraum des Fords, holte mehrere Plastiktüten heraus, schlug den Kofferraumdeckel wieder zu, betätigte den Funkschlüssel und schritt auf die Stahltür zu, die zum Aufzug führte.

Als er, durch seine vollgepackten Plastiktüten behindert, die schwere Brandschutztür aufziehen wollte, spürte er auf einmal ein kaltes, rundes Stück Metall in seiner rechten Ohrmuschel und erstarrte.

Eine Stimme neben ihm sprach leise, aber eindringlich:»Du kannst dir denken, was du da spürst. Ja, es ist eine Schusswaffe. Eine falsche Bewegung und ich blase dir damit dein Hirn zum anderen Ohr wieder heraus. Glaub mir, ich mache keine Scherze. Wenn du mich verstanden hast, dann nickst du jetzt einmal mit dem Kopf.«

Der Stahl bohrte sich schmerzhaft ein wenig tiefer in sein Ohr, um den Worten Nachdruck zu verleihen.

Ein kurzes Nicken deutete schließlich an, dass der Mann verstanden hatte.

Söderberg verstärkte den Druck seiner Pistolenmündung noch mal, als er weitersprach:»Du bleibst genau so stehen, bis ich dir sage, dass du dich bewegen kannst, und du drehst dich nicht zu mir um. Wenn du alles brav machst, was ich dir sage, dann kommst du vielleicht mit dem Leben davon. Hast du das auch verstanden?«

Erneut ein widerwilliges Nicken.

»Gut. Ich stelle dir jetzt ein paar Fragen. Du kannst sicher sein, dass ich es merke, wenn du lügst. Wenn du lügst, verpasse ich dir eine Kugel. Wenn du eine deiner Tüten fallen lässt, verpasse ich dir eine Kugel. Wenn du irgendetwas tust, was mir missfällt, verpasse ich dir eine Kugel. Muss ich weiter aufzählen, was du alles nicht machen darfst?«

Ein angedeutetes Kopfschütteln nahm Söderberg als Nein.

»Du weißt, wer ich bin?«

Ein leichtes Schulterzucken als Antwort.

»Na, na, na, was haben wir über Lügen gesagt? Also noch mal – du hast zumindest eine Ahnung, mit wem du es gerade zu tun hast?«

Ein zaghaftes Nicken.

»Na also. Geht doch. Und jetzt schön stillhalten …«

Die Mündung blieb am Ohr, die freie Hand von Söderberg tastete den Mann ab und griff in die innere Tasche von dessen Mantel, zog eine Glock heraus, die er selbst einsteckte, dann fummelte sie weiter herum und förderte schließlich eine Brieftasche zutage.

»Nicht bewegen!«, befahl er noch einmal, bevor er sie mit der freien Hand geschickt aufmachte und den Namen vom Ausweis ablas, der in einem der Fächer steckte.

»Hermann Dahlkamp, LKA. Sieh mal einer an. Dann kümmert sich also dein Verein jetzt um Iris Blaschke. Ist das richtig?«

»Ja. Hören Sie …«

Sofort bohrte sich die Mündung so brutal in Dahlkamps Ohrmuschel, dass dieser stöhnend zusammenzuckte.

»Was haben wir gleich noch mal gesagt? Nur meine Fragen beantworten, das haben wir gesagt. Glaub mir, Hermann, mein Zeigefinger kommt leicht ins Zucken, und der Druckpunkt meiner Beretta ist verdammt empfindlich eingestellt. Verstehst du, was ein Druckpunkt ist?«

Ein Kopfnicken bejahte.

»Na klar, ihr vom Landeskriminalamt seid schließlich Spezialisten auf diesem Gebiet. Und jetzt hör mir mal gut zu, Hermann vom L-K-A …«, er sprach die drei Buchstaben betont gedehnt und verächtlich aus, »… wie viele seid ihr in eurer geheimen Bude da oben?«

Söderberg sah, dass sich Schweißtropfen an Schläfe und Oberlippe des Bullen gebildet hatten, und bekräftigte seine Frage noch einmal damit, dass er mit seiner Beretta regelrecht in Dahlkamps Ohr herumbohrte.

»Du darfst mit mir reden, Hermann.«

»Zwei. Wir sind zu zweit.«

»Und Iris Blaschke als Ehrengast, nehme ich an. Ja oder ja?«

Ein Stoß mit der Beretta und Dahlkamp nickte.

»Wie heißt dein Kollege vom L-K-A?«

»Böhm.«

»Auf welchem Stockwerk seid ihr?«

»Ganz oben. Sechster Stock.«

»Was für ein Name steht auf der Klingel?«

»Schmidt.«

»Wie originell. Pass auf: Wir zwei Betschwestern gehen jetzt da rauf. Soll ich noch mal aufzählen, was du alles nicht machen darfst, oder weißt du es auch so? Nicke, wenn du's weißt!« Er bekam seine Antwort. »Dann mal los, mach die Tür auf. Und lass bloß keine deiner Plastiktüten fallen. Und ganz langsam, keine hastigen Bewegungen, wenn ich bitten darf.«

Die rechte Hand von Dahlkamp mit der Plastiktüte ging zur Türklinke und zerrte die schwere Stahltür auf.

In diesem Augenblick verlosch das Licht in der Tiefgarage. Weil es an eine Zeitschaltuhr gekoppelt war.

Mit einem Schlag war es dunkel wie in einer Kohlengrube bei Nacht.

Dahlkamp ließ seine Plastiktüten einen Lidschlag danach fallen und schlug so brutal er konnte blindlings mit dem Ellenbogen in Richtung von Söderbergs Gesicht. Ein Schuss löste sich aus der Beretta und streifte die Stahltür, weil Dahlkamp mit seinem Schlag gleichzeitig die Pistolenhand Söderbergs zur Seite gestoßen hatte. Er warf sich mit voller Wucht auf Söderberg und boxte, ohne das Geringste sehen zu können, wie ein Berserker ins Dunkle, gleichzeitig rammte er sein Knie nach oben. Söderberg konnte nicht so schnell reagieren und bekam die Fäuste ins Gesicht und das Knie in den Unterleib.

Sie gingen beide zu Boden, und Dahlkamp hämmerte weiter so hart er konnte auf seinen Gegner ein, die nackte Verzweiflung verdoppelte seine Kräfte. Es war stockdunkel, nur ein Notlicht über der Tür war an, aber das half nichts, sie konnten nichts sehen. Söderberg löste sich aus seiner Schutzhaltung und fing an sich zu wehren. Dabei traf er Dahlkamp mit der Waffe, die er nicht losgelassen hatte, im Gesicht.

Jeder der beiden wusste, dass es ein gnadenloser Zweikampf auf Leben und Tod war, ein erbarmungsloses Draufloshauen mit aller Gewalt, ein Knäuel aus Keuchen, Schreien, Schlägen und Tritten. Nur vom Instinkt und vom Drang zu überleben angetrieben, wälzten sie sich auf dem Betonboden, bis ein greller Mündungsblitz für einen Sekundenbruchteil aufleuchtete und gleichzeitig ein ohrenbetäubender Knall durch die Tiefgarage hallte.

Dann war plötzlich Stille.

Es dauerte eine Weile, bis sich eine Gestalt aus den ineinander verkeilten Körpern löste, keuchend und stöhnend auf die Beine kam, endlich den Lichtschalter neben der Tür drückte und sich im zögernd aufflackernden Neonlicht an der Wand hochschob.

Die Gestalt war Söderberg.

Er hatte noch die Beretta in der Hand, mit der er geschossen hatte.

Dahlkamp lag regungslos auf der Seite, unter seinem Hinterkopf breitete sich eine Blutlache aus, die langsam größer wurde. Die Kugel hatte ihn direkt ins rechte Auge getroffen.

Söderberg rang nach Luft und versuchte, sich wieder, ohne dass er sich abstützen musste, auf seinen eigenen Beinen zu halten.

Ein Fausthieb von Dahlkamp hatte seine Nase gebrochen, Blut lief ihm aufs Kinn herunter, sein Unterleib schmerzte höllisch, aber er lebte.

Jetzt durfte er keine Zeit mehr verlieren.

Er schälte Dahlkamp mühsam aus dem Kamelhaarmantel und schleifte den Leichnam hinter ein parkendes Auto. Dann zog er seine Jacke aus und den Mantel an und setzte den Hut auf. Mit seiner Jacke wischte er das Blut auf dem Boden so gut es ging auf und warf sie dann in die nächste dunkle Ecke.

Er blickte sich um. Wenn einer der Anwohner hier vorbeikam, sah er zwar einen schwarzen Fleck auf dem Boden, aber das mochte alles Mögliche sein. Mehr konnte er auf die Schnelle sowieso nicht tun.

Er packte zusammen, was aus den Plastiktüten gefallen war, es waren ein paar Proseccodosen und eine Chipstüte, steckte seine Beretta weg, griff nach seiner Sporttasche und öffnete sie. Er fand das Tuch, in dem seine Waffe eingewickelt gewesen war, putzte sich damit notdürftig das blutige Gesicht ab, packte die Plastiktüten und zog die schwere Stahltür auf, hinter der ein Gang zum Fahrstuhl führte.

Er drückte auf den Anforderungsknopf, sah sein lädiertes Gesicht im vergitterten Fensterausschnitt der Aufzugstür und tupfte vorsichtig an seiner Nase herum, bevor er die Hutkrempe so tief wie möglich ins Gesicht zog.

Am einsetzenden Geräusch war zu hören, dass der Aufzug sich auf den Weg nach unten in Bewegung gesetzt hatte.

54

Madlener und Harriet stellten den Dienstwagen am Lindauer Inselbahnhof direkt hinter dem Streifenwagen im Halteverbot ab, der anscheinend immer hier postiert war, seit die Fahndung nach dem Panda-Mann lief. Die Polizisten waren andere als die von gestern, deshalb zeigte Madlener ihnen seinen Ausweis und informierte sie kurz, bevor sie zu Fuß über die Straße und zum Haupteingang des Hotels »Bayerischer Hof« gingen.

Sie steuerten direkt die Rezeption an, wo Madlener mit gezücktem Ausweis die junge, dezent geschminkte Empfangsdame hinter dem Tresen ansprach.

»Madlener, Kripo Friedrichshafen. Ich brauche eine Auskunft von Ihnen.«

Sie nahm den Ausweis und schaute ihn sich genau an, bevor sie ihn wieder zurückgab. Ein Schild am Revers ihrer Jacke wies sie als »Susan Schulte« aus. Sie hatte einen Kurzhaarschnitt und trug ein pinkfarbenes Brillengestell mit extraschmalen Gläsern.

Madlener sah sich um, sie waren die Einzigen in der Empfangshalle. Er senkte seine Stimme und machte auf konspirativ.

»Frau Schulte, wir zeigen Ihnen jetzt ein Foto mit einem Porträt, und Sie sagen uns erst einmal nur, ob Ihnen der Mann auf dem Bild bekannt vorkommt. Er könnte ein Gast Ihres Hauses sein.«

Harriet hatte schon das Fahndungsfoto des Panda-Mannes aus ihrem Rucksack gekramt und hielt es Susan Schulte vor die Nase.

»Hat dieser Mann bei Ihnen oder einem Ihrer Kollegen eingecheckt? Gestern Abend vielleicht?«

Susan Schulte sah genau hin und schüttelte den Kopf.

»Da hatte ich keinen Dienst.«

»Bitte sehen Sie sich das Foto ganz genau an. Es ist sehr wichtig«, sagte Madlener eindringlich. »Kennen Sie diesen Mann?«

Susan Schulte blickte noch einmal auf das Bild. Es blieb beim Kopfschütteln.

»Nein, nie gesehen. Darf ich?«

Sie nahm Harriet das Foto aus der Hand und begab sich damit zu ihrer wesentlich älteren Kollegin, die im Hintergrund an einem Computer zu tun hatte, um ihr das Foto vorzulegen. Sie sah kurz hin und wechselte dann ein paar Worte mit Frau Schulte, die von Madlener und Harriet aus nicht zu verstehen waren. Dann stand sie auf und kam zu ihnen nach vorne. Ihr Namensschild lautete auf »Carolin Loris«. Sie hatte eine gelockte Löwenmähne und einen misstrauischen Blick, gab Harriet das Bild zurück und sagte: »Guten Abend. Sie sind von der Kriminalpolizei? Aus Friedrichshafen?«

Madlener hielt ihr wortlos seinen Ausweis hin. Sie studierte ihn übergenau, bevor sie ihn zurückreichte und auf das Bild in Harriets Hand deutete.

»Ja, ich kenne den Mann auf diesem Foto. Er sieht einem unserer Gäste ähnlich.«

Madlener und Harriet wechselten einen bedeutsamen Blick.

»Darf ich erfahren, weshalb Sie nach ihm fragen?«, wollte sie wissen.

»Wir suchen diesen Mann als Zeugen in einer … nun ja: delikaten Angelegenheit. Er könnte uns eventuell mit einer Aussage behilflich sein«, log Madlener frei von der Leber weg mit einem unverbindlichen Lächeln, das so falsch war wie seine Worte.

»Nun, unsere Gäste legen Wert auf höchste Diskretion«, antwortete Carolin Loris. »Ich darf Ihnen deshalb nicht mehr sagen.«

»Wir verstehen und respektieren die Grundsätze Ihres Hauses durchaus«, sagte Madlener. »Aber in diesem Fall müssen wir darauf bestehen, dass Sie uns weiterhelfen. Wie heißt dieser Mann, ist er ein Stammgast, seit wann ist er bei Ihnen, und wann wird er dieses Hotel voraussichtlich wieder verlassen?«

»Viele Fragen auf einmal. Da muss ich erst mit dem Geschäftsführer sprechen, ob ich Ihnen diese Auskünfte geben darf.«

Sie griff schon zum Telefon.

Madlener nickte verständnisvoll und sagte: »Tun Sie das.

Wenn Sie unbedingt wollen, dass es hier binnen fünfzehn Minuten für alle anderen Gäste ziemlich ungemütlich werden kann. Dann wird nämlich ein Sondereinsatzkommando in voller Ausrüstung durch die Gänge marschieren und jedes Zimmer durchsuchen müssen.«

Carolin Loris ließ sich nicht so leicht einschüchtern. »Dazu bräuchten Sie bestimmt so etwas wie einen richterlichen Durchsuchungsbeschluss. Haben Sie den?«, fragte sie, lächelte ebenso impertinent wie Madlener und klimperte dazu provokant mit ihren überlangen Wimpern.

Aber damit kam sie bei Madlener, dem das Geplänkel allmählich auf die Nerven ging, nicht weit.

»Den brauchen wir nicht, wenn Gefahr in Verzug ist. Ein Anruf von mir genügt, dann haben Sie nicht nur das SEK am Hals, sondern auch noch knatternde Hubschrauber über Ihrem Dach, die Ihre Schallschutzfenster nur so zum Klirren bringen, und zu guter Letzt ordne ich eine komplette Evakuierung Ihres Etablissements an. Ihre Gäste werden mit klappernden Zähnen bei Minusgraden im Bademantel auf der Straße stehen und sich vorkommen, als hätten uns die Schweizer und Österreicher gleichzeitig noch kurz vor Weihnachten den Krieg erklärt. Wäre keine gute Werbung für Ihr schönes Haus, das würde Ihrem Geschäftsführer bestimmt nicht gefallen. Aber das haben Sie dann zu verantworten. Jetzt können Sie ihn gern anrufen und ihn danach fragen.«

Er holte sein Smartphone heraus, um zu demonstrieren, dass er durchaus gewillt war, seine Worte auch in die Tat umzusetzen.

Carolin Loris hatte den Hörer noch immer in der Hand, ihre strassbesetzten künstlichen Fingernägel kreisten unentschlossen über den Tasten. Madleners Ankündigungen hatten sie doch nachdenklich gemacht. Man konnte ihr förmlich ansehen, wie es hinter ihrer Stirn ratterte.

Madlener schaltete einen Gang zurück.

»Andererseits: Wenn Sie uns jetzt sagen, in welchem Zimmer besagter Herr residiert und unter welchem Namen, werden wir in aller Ruhe und ohne großes Tamtam bei ihm anklopfen, uns nach seinem werten Befinden erkundigen und ihm ein paar

Fragen stellen. Wäre das nicht die bessere Lösung? Für Sie und uns?«

Er schickte ein maliziöses Lächeln hinterher, und Harriet wedelte aufreizend mit dem Bild des Panda-Mannes dazu, das sie immer noch hochhielt wie das Mega-Gewinnerlos der Fernsehlotterie.

Carolin Loris sah Madlener an, als würde sie ihm im nächsten Moment am liebsten an die Gurgel springen. Schließlich legte sie den Hörer wieder auf und warf einen Blick auf den Computerbildschirm.

»Der Mann auf dem Foto heißt Sven Söderberg«, sagte sie ungnädig. »Er war in Suite 217.«

»War?«, fragte Madlener. »Was heißt war?«

»Das ist die Vergangenheitsform. Die wendet man für gewöhnlich an, wenn etwas vorbei ist.«

Madlener musste sich schwer zusammenreißen, um angesichts dieser Impertinenz nicht komplett aus der Haut zu fahren. Aber er sah ein, dass es eine Retourkutsche für seine überzogen formulierten Drohungen war, und fuhr in gemäßigtem Ton fort.

»Wollen Sie damit sagen, dass Söderberg abgereist ist?«

»Exakt. Herr Söderberg hat unser Haus bereits verlassen.«

»Wann?«

»Vor ein paar Stunden.«

»Wie hat er bezahlt?«

»Bar.«

»Bar? Kam Ihnen das nicht seltsam vor?«

»Warum? Solange es kein Falschgeld ist …«

Madlener holte einmal tief Luft, Harriet befürchtete schon das Schlimmste, doch dann beruhigte er sich wieder und fragte moderat: »Hat er telefoniert? Über das Festnetz?«

Carolin Loris sah auf dem Computer nach.

»Nein, steht nichts auf der Rechnung.«

»Wie lange hatte er die Suite?«

»Für vierzehn Tage. Im Voraus reserviert. Aber seine Abreise erfolgte drei Tage vor Ablauf der Reservierung.«

»Haben Sie mit ihm gesprochen?«

»Ja. Er hat bei mir ausgecheckt.«

»Sprach er deutsch?«

»Ja.«

»Irgendein Akzent? Was Ausländisches?«

Sie schüttelte den Kopf.

»Oder ein Dialekt?«, bohrte er weiter.

»Nein. Hochdeutsch.«

»Was hat er gesagt?«

»Nicht viel. Dass er aus geschäftlichen Gründen früher auschecken muss, so was ...«

»Und weiter ist Ihnen nichts aufgefallen an ihm?«

»Wie meinen Sie das?«

»Am Aussehen? Oder seinem Verhalten?«

»Nicht, dass ich wüsste ... oder doch, warten Sie – er hatte einen Verband.«

»Wo?«

»An der Hand. Und er sah ein wenig anders aus als auf Ihrem Foto.«

»Wie?«

»Er hatte einen Dreitagebart und dunkleres Haar. Außerdem trug er eine Hornbrille mit schwarzer Fassung.«

Harriet mischte sich ein. »War das Zimmermädchen schon in seiner Suite und hat geputzt und aufgeräumt?«

Carolin Loris drückte auf ein paar Tasten ihres Keyboards und nickte dann bestätigend.

»Allerdings. Zur Endreinigung. Da finden Sie kein Stäubchen mehr, darauf wird bei uns allergrößter Wert gelegt. Unsere Hausdame hat das bereits überprüft und bestätigt. Die Suite ist wieder bezugsfertig.«

Madlener und Harriet wechselten einen verärgerten Blick.

»Können Sie uns sagen, wie Herr Söderberg abgereist ist? Hatte er einen Wagen, den er in Ihrer Garage untergestellt hat?«, fragte Madlener.

»Nein. Aber er hat einen Leihwagen gemietet. Wir haben ihn für Herrn Söderberg besorgt und bereitgestellt.«

»Über das Hotel?«

»Selbstverständlich. Wir erfüllen die Wünsche unserer Gäste gern, sofern es in unserer Macht steht. Das gehört zum Service.«

»Haben Sie Marke und Kennzeichen?«

»Augenblick ...«

Sie kritzelte nach einem Blick auf ihren Bildschirm auf einen Zettel und reichte ihn Harriet.

»Kann ich sonst noch etwas für Sie tun?«, fragte sie in einem Tonfall, der als glattes Gegenteil ihres Angebots interpretierbar war.

»Ja«, knurrte Madlener. »Wir brauchen eine Kopie des Meldeformulars.«

»Einen Moment«, flötete sie und verschwand in einer Seitentür.

»Wir sind zu spät gekommen«, ärgerte sich Harriet. »Wenn wir seine Fingerabdrücke in der Suite gefunden hätten, könnten wir hundertprozentig sicher sein, dass Sven Söderberg unser Mann ist. Was tun wir jetzt?«

Er sah auf seine Uhr.

»Es ist schon spät. Für heute können wir nichts mehr ausrichten als uns aufs Ohr legen und ein bisschen auf Vorrat schlafen. Morgen könnte es ein langer Tag werden. Das ist im Übrigen eine dienstliche Anweisung!«

Harriet zuckte mit den Achseln und schniefte.

»Ich könnte versuchen, im Netz etwas über Söderberg herauszubekommen. Mit den Angaben auf dem Meldezettel.«

»Mach das morgen. Wenn du mich fragst: Ich gehe jede Wette ein, dass du sowieso nichts finden wirst. Das Einzige, was du noch erledigen musst: Gib eine Fahndung nach seinem Mietwagen raus. Mit der üblichen Warnung, dass dieser Mann gefährlich ist und ohne Skrupel von der Schusswaffe Gebrauch macht, du weißt schon.«

»Ja, ich weiß«, sagte Harriet und holte ihr Smartphone heraus. »Ich gebe auch durch, dass er anscheinend sein Aussehen verändert hat.«

»Tu das. Ich rede noch mal mit den zwei Kollegen von der Streife da draußen, vielleicht haben die was gesehen. Ich warte beim Auto auf dich. Ich muss noch mit Frau Schwanitz telefonieren. Die Besprechung morgen früh muss vorgezogen werden ...«

»Was hast du vor?«

»Es geht jetzt ans Eingemachte. Ich sehe nur eine Chance. Und das hat mit unserer Chefin zu tun. Dazu muss ich mir genau ausdenken, wie ich argumentiere. Wenn wir so weitermachen wie bisher, kommen wir Söderberg keinen Schritt näher. Das erinnert mich fatal an dieses Wettrennen zwischen dem Hasen und dem Igel. Der Hase hetzt sich ab, und jedes Mal, wenn er das Ziel erreicht, wartet der Igel schon auf ihn und sagt: ›Ick bün all dor!‹«

»Du bist nicht nur ein verkannter Lyriker – jetzt kannst du auch noch Plattdeutsch!«

»Ein Erbteil meiner Großmutter …«

Er schenkte ihr ein mildes Lächeln, dann ging er in die Winternacht hinaus, während Harriet die Fahndung durchgab.

Als Madlener vor dem Hoteleingang stand und die üblichen Bruchstücke von Weihnachtsliedern vom Christkindlmarkt herüberwehten, beschlich ihn das merkwürdige Gefühl, dass dieses Weihnachten irgendwie gar nicht vorübergehen wollte und sich jeden Tag aufs Neue wiederholte. Er schüttelte den Kopf, versuchte, den Gedanken an den Murmeltiertag und die ewig gleiche Leier der »Jingle Bells« und Konsorten, die in seinem Schädel herumspukten und immer und immer wieder von vorne anfingen, dadurch loszuwerden, dass er sein neues Mantra – »Ich werde mir diesen Söderberg schnappen, irgendwie werde ich ihn mir schnappen …« – vor sich hin murmelte, steckte die Hände tief in seine Manteltaschen und stapfte zum Streifenwagen auf der anderen Straßenseite.

55

»Wenigstens haben wir jetzt seinen Namen«, sagte Harriet, als sie im Dienstwagen nach Friedrichshafen zurückfuhren. »Sven Söderberg.«

»Du glaubst doch nicht, dass er wirklich so heißt«, stellte Madlener trocken fest.

»Nein. Aber wir müssen ihn zumindest nicht mehr Panda-Mann nennen.«

Sie schniefte, hatte also noch etwas auf dem Herzen.

»Ja, Harriet?«, fragte er.

»Eines würde mich noch interessieren. Rein von der professionellen Seite her gesehen ...«

»Was denn?«

»Wie wären wir vorgegangen, wenn Sven Söderberg tatsächlich noch in seiner Suite gewesen wäre?«

Madlener zuckte mit den Achseln.

»Wir hätten improvisiert, was sonst? Du hättest das Mädchen vom Zimmerservice gespielt, angeklopft, hättest irgendwas von wegen die Handtücher auswechseln oder so gesagt, wärst beiseitegetreten und ich —«

»Du meinst: Sobald er die Tür geöffnet hätte, rammst du sie mit der Schulter ganz auf und hättest ihn dann irgendwie überrumpelt«, sprach sie den Satz für ihn zu Ende.

»Irgendwie so, ja. Wäre ganz auf die Situation angekommen.«

Er machte eine hilflose Geste, dann sah er sie von der Seite an und rieb sich erschöpft mit den Händen über das Gesicht.

»Weißt du was«, sagte er, »ich bin tatsächlich müde. Heute werde ich schlafen wie ein Stein.«

»Ich weiß nicht recht«, sagte sie skeptisch. »Das hätte schwer ins Auge gehen können. Söderberg hat drei Menschen umgebracht, von denen wir wissen. Er ist echt gefährlich. Und er hat eine Waffe.«

»Du hast recht. Das war nicht ganz ernst gemeint. Ich hätte wirklich das SEK angefordert. Aber was glaubst du, was das hier für ein Chaos angerichtet hätte! Womöglich hätte er noch Geiseln genommen. Ein Horrorszenario! Wir müssen ihn kriegen, wenn er sich nicht hinter anderen Menschen verschanzen kann.«

»Wir müssen ihn überhaupt erst mal kriegen …«

»Jetzt im Nachhinein können wir von Glück sagen, dass er schon weg war. Haben wir eigentlich unsere Schutzwesten im Auto?«

»Haben wir. Aber wir sollten sie vielleicht auch anlegen, wenn es heikel werden könnte.«

Sie kamen am Hotel »Zum silbernen Zeppelin« an, und Madlener stieg aus. »Erinnere mich das nächste Mal daran. Rechtzeitig«, sagte er und hob spielerisch mahnend den Finger, schlug die Beifahrertür zu und entfernte sich in Richtung Hoteleingang.

Harriet fuhr weiter zu ihrem Apartment in Immenstaad.

Manchmal wurde auch sie nicht klug aus Madlener. Was meinte er ernst, und worüber machte er sich lustig?

56

Als Madlener noch kurz mit Ellen telefoniert und anschließend geduscht hatte und nun endlich in seinem Hotelzimmerbett lag, dachte er noch einmal darüber nach, was Harriet gesagt hatte.

Ihm wurde klar, dass sich bei ihm schon eine Menge negativer Emotionen gegen den Panda-Mann, der jetzt schließlich einen Namen bekommen hatte – wenn auch wahrscheinlich einen falschen –, angestaut hatten. Es war sein alter Fehler: Irgendwann, sobald ein komplexer Fall wie dieser begann, immer gewalttätigere Dimensionen anzunehmen, menschliche Grenzen bei Weitem zu überschreiten und zu unmenschlichen Übertötungsdelikten zu werden, fing er an, ihn persönlich zu nehmen. Ein grundsätzlicher Fehler in der Polizeiarbeit, den er schon immer aus seinem Repertoire streichen wollte.

Doch zwischen Absicht und Ausführung lag ein himmelweiter Unterschied.

Wie oft schon hatte er seiner eigenen Assistentin in regelmäßigen Abständen eine grundsätzliche Sonntagspredigt darüber gehalten?

Dabei ließ er selbst bisweilen seinen eigenen Kodex außer Acht. So auch diesmal.

Das war unverzeihlich.

Beinahe hätte er heute in einer unüberlegten Aktion diesen alten Kardinalfehler erneut begangen, wäre deshalb leichtsinnig geworden und nicht strikt nach Lehrbuch vorgegangen. Harriet vertraute ihm nahezu bedingungslos und machte bedenkenlos mit, was er anordnete. Er hätte sie, wenn er tatsächlich seinem ersten Impuls gefolgt wäre, weil er hoffte, Söderberg in seiner Hotelsuite überrumpeln zu können, mit seinem improvisierten Draufgängertum aufs Höchste gefährdet.

Hätte ihrer beider Leben aufs Spiel gesetzt.

So weit durfte er auf keinen Fall mehr gehen.

Das war keine Kühnheit mehr, das war Tollkühnheit.

Und damit letzten Endes nichts als Dummheit. Um auf eigene Faust zu handeln, dafür war der Gegner, mit dem sie es zu tun hatten, viel zu gefährlich.

Er drehte sich auf die Seite und schloss die ganze Abrechnung mit sich selbst mit dem guten Vorsatz ab, in Zukunft zuerst den Verstand einzuschalten, bevor er den Stier bei den Hörnern packen wollte.

Es war Zeit, dass er an seinen dringend benötigten Schlaf dachte.

Doch dann rumorte es wieder in seinem Kopf, und er überlegte, wie er sich am nächsten Tag die Ignoranz in Person, auch Frau Schwanitz-Terstegen genannt, vorknöpfen wollte. Es ging ihm darum, zu erfahren, wo das LKA Iris Blaschke untergebracht hatte. Er war überzeugt davon, dass sie in ihrer Eigenschaft als Leiterin der Dienststelle und Kriminaldirektorin die genaue Adresse kennen musste.

Sven Söderberg war zweifellos wieder auf der Jagd, sonst hätte er seine Zelte im Hotel »Bayerischer Hof« in Lindau nicht abgebrochen.

Hatte er eventuell Lunte gerochen, dass sie ihm auf der Spur waren?

Das glaubte Madlener eher nicht.

Außer ihm und Harriet wusste niemand davon, dass sie beide den Verdacht gehabt hatten, der Mann mit dem Baseballcap vor dem Lindauer Inselbahnhof könnte der Panda-Mann gewesen sein, und dass sie aus diesem Grund das Hotel aufsuchten.

Nein, das war auszuschließen.

Blieben noch zwei Möglichkeiten.

Söderberg hatte sich endgültig abgesetzt, weil ihm der Boden unter den Füßen zu heiß geworden war.

Denkbar.

Aber nach allem, was sie über ihn wussten, äußerst unwahrscheinlich. Da hätte er sich keinen Mietwagen ausleihen müssen.

Der Bahnhof fünfzig Meter vom Hotel entfernt mit Zugverbindungen in sämtliche Richtungen hätte ausgereicht, um zu verschwinden. Die heiße Phase der Fahndung war vorbei.

Auch ein Taxi hätte genügt, um nach Friedrichshafen zum Flughafen zu gelangen. Söderberg hatte bestimmt genug gefälschte Ausweise zur Verfügung, um die Passkontrolle zu passieren.

Blieb noch eine Option.

Eine Option, die Madlener wirklich Sorgen bereitete. Sie war der Hauptgrund, um von Frau Schwanitz-Terstegen herauszubekommen, wo Iris Blaschke untergebracht war.

Sven Söderberg hatte sich auf die Jagd nach ihr gemacht, weil er ihre Witterung aufgenommen hatte.

Entweder er hatte sich auf die Lauer gelegt – seine Suite im »Bayerischen Hof« war Luftlinie nur ein paar hundert Meter von der Galerie André Maisers entfernt – und einen der LKA-Männer verfolgt, oder es gab eine undichte Stelle im LKA und er war über den geheimen Aufenthaltsort von Iris Blaschke informiert worden, auf welche Weise auch immer.

Beides konnte nur bedeuten, dass André Maisers Lebensgefährtin in großer Gefahr war.

Madlener musste bei seiner Chefin darauf drängen, dass jemand aus der Sonderkommission »Argen«, am besten er oder Harriet, zusätzlich für ihre Überwachung eingeteilt wurde, den LKA-Beamten traute er nicht über den Weg.

Oder besser gesagt: Er traute ihnen nicht zu, ihren Job hinreichend gut zu tun. Böhm taugte nichts, davon war er überzeugt.

Als er sich das Gesicht von Frau Schwanitz-Terstegen vorstellte, wie er ihr mitteilte, was er von ihr wollte und sie – natürlich – verneinend den Kopf schüttelte, zuerst schwach und dann immer heftiger und schließlich endgültig, war er auch schon eingeschlafen.

57

Auf dem Flachbildfernseher lief »Kevin – Allein in New York«, der passende Film in der Vorweihnachtszeit. Böhm hatte es sich im Sessel bequem gemacht und trank Bier aus der Dose, die letzte, die er im Kühlschrank in der Küche aufgetrieben hatte. Zum wiederholten Mal warf er einen Blick auf seine Uhr: Hoffentlich kam sein Kollege Dahlkamp bald mit dem Nachschub. Er war jetzt schon eine kleine Ewigkeit weg, so kam es ihm vor. Mit einer Liste von Iris Blaschke – lauter wichtige Sachen, die er für sie aus der Wohnung über der Galerie in Lindau holen sollte. Unterwäsche, Kosmetika, Bücher. Meine Güte, was Frauen alles so brauchten! Aber sie hatten es ihr versprochen, zumal der Aufenthalt in der sicheren Wohnung, die auf seine Veranlassung vom LKA angemietet worden war, sich hinziehen konnte. Sie war zwar nur spärlich und geschmacklos möbliert, aber als streng geheime Unterkunft für ein paar Tage musste es ausreichen.

Für die erste Ablösung hatte er beim LKA eine Kollegin angefordert. Aber die würde erst morgen im Laufe des Tages eintreffen. Dahlkamp damit zu beauftragen, Wäsche für eine zu beschützende fremde Frau zu besorgen, war ungefähr so, als würde man den Bock zum Gärtner machen. Böhm wollte sich nicht vorstellen, wie sein Kollege, der aus ihm unerfindlichen Gründen von sich eingenommen war und irrtümlich glaubte, einen Schlag bei Frauen zu haben, in fremden Schubladen herumwühlte und die Höschen und BHs befühlte, aber dieses Bild ging ihm nicht aus dem Kopf.

Iris Blaschke schien das nichts auszumachen, im Gegenteil, ihr machte es Spaß, die Besorgungsliste auch noch im Detail mit Dahlkamp durchzusprechen und ihm genau zu beschreiben, wo die Dinge, die sie ihrer Meinung nach dringend benötigte, zu finden waren. Dabei fiel ihr im Laufe des Gesprächs immer noch mehr ein, bis Böhm letzten Endes sein Veto einlegte, sonst hätten sie noch einen Möbelwagen einsetzen müssen.

Jetzt lag Iris Blaschke auf dem Sofa unter einer Decke und schnarchte leise. Dabei hatte sie darauf bestanden, den Film im Fernsehen anzusehen, den er schon in- und auswendig kannte. Bereits in der ersten Werbepause war sie eingenickt, zwischen Parship und Dulcolax forte. Aber kaum hatte er angefangen, herumzuzappen, um bei irgendeinem stinklangweiligen Golfturnier in Florida hängen zu bleiben, war sie auch schon wieder aufgewacht und hatte darauf gepocht, dass er wieder zum Film zurückkehrte, was er nolens volens befolgte, weil es ihm wichtig erschien, sie bei guter Laune zu halten. Es war sicher alles andere als angenehm, endlose, sich zäh wie Kaugummi ziehende Tage und Nächte mit zwei wildfremden Männern zu verbringen, mit denen sie nichts anderes gemein hatte, als sich zu verstecken, bis die ganze Geschichte mit dem irrlichternden Killer endlich ausgestanden war.

Wider Willen musste Böhm kurz lachen, als Kevin im Film die beiden Bösewichte, die sich so was von belämmert anstellten, um ins Haus zu kommen, in dem sich Kevin verschanzt hatte, ein ums andere Mal in seine sadistischen Fallen lockte. Besonders lustig fand er sie Szene, in der Harry Lime alias Joe Pesci die Haare angesengt wurden, der Mann war einfach ein begnadeter Komiker.

Erneut warf Böhm einen besorgten Blick auf seine Armbanduhr.

Ob sein heimlicher Plan aufging?

Er hatte nicht einmal seinem Kollegen Dahlkamp davon erzählt, nein, das wäre nun auch wirklich kontraproduktiv gewesen. Zumal der das wahrscheinlich nicht mitgetragen hätte, weil es alles andere als vorschriftskonform und koscher war. Aber was war schon sauber in ihrem Geschäft?

Böhm seufzte und nahm noch einen Schluck von seinem inzwischen lauwarmen Bier.

Wenn er so nachdachte, wie viele Jahre er nun diesen Job schon machte und irgendwie auf der Stelle trat, musste er einfach endlich etwas vorzeigen, was ihm gewisse Lorbeeren einbrachte. Was er brauchte, war ein überragender Erfolg. Etwas, das in den oberen Etagen aufhorchen ließ und ihn über Nacht zu einer Legende machen konnte.

Davon hatte er schon seit Langem geträumt.

Die zweite CD mit der Namensliste der Steuerhinterzieher in die Hände zu bekommen oder die zweite Liste auf Papier oder auf einem Mikrochip zum Beispiel. Egal auf was für einem Speichermedium – Hauptsache, er fand sie.

Jetzt, wo er Iris Blaschke allein für sich hatte, musste es doch möglich sein, etwas Diesbezügliches aus ihr herauszubringen, wenigstens einen Hinweis, von dem sie vielleicht selbst nicht ahnte, wohin er führen könnte.

Er, sein Kollege und dieser komische Typ vom FBI, der kein Wort Deutsch sprach, aber ansonsten ein anständiger Kerl zu sein schien, hatten wirklich alles durchsucht, in der Galerie und der Wohnung darüber.

Jeden Quadratzentimeter.

Nichts.

Er seufzte wieder – der nächste Werbeblock im TV.

Vielleicht wusste Iris Blaschke tatsächlich nichts von der Liste.

Aber dann hatte er für seinen maßlosen Ehrgeiz immer noch einen zweiten Trumpf in der Hinterhand. Die alternative Gelegenheit, um auf der Karriereleiter nach oben zu steigen.

Den Panda-Mann zu fassen wäre so eine Gelegenheit.

Dafür hatte er sozusagen zwei Köder ausgelegt.

Zum einen Iris Blaschke, von der er wusste, dass sie der einzige Grund war, dass sich der Panda-Mann noch immer im Bodenseeraum herumtrieb. Wenn er sich in die Aufgabenstellung des Panda-Mannes hineinversetzte, gab es für den nur eine Konsequenz, seine Mission halbwegs erfolgreich abzuschließen. Falls er nicht an die ominöse Namensliste herankam, dann musste der Panda-Mann Iris Blaschke zumindest aus dem Weg schaffen. Sie war die Einzige, die eine Ahnung davon haben konnte, wo die Liste steckte. War sie ausgeschaltet, dann war auch die Liste aus der Welt.

Das hatten sie ihr natürlich wohlweislich verschwiegen und nur vage von einer möglichen Bedrohung für sie gesprochen. Sie nahm an, dass diese Form von freiwilligem Hausarrest zu ihrer eigenen Sicherheit war. Um diese voll und ganz garantieren zu können, musste sie eben zunächst im Gewahrsam des LKA bleiben. Nach einigem Hin und Her hatte sie die Einschränkung ihrer Freiheit akzeptiert. Diese Vorsichtsmaßnahme schien ihr nach dem gewaltsamen Tod ihres Lebensgefährten nicht übertrieben.

Ihre Reaktion, nachdem er ihr so schonend wie möglich beigebracht hatte, wie André Maiser ums Leben gekommen war, fand Böhm allerdings einigermaßen befremdlich. Sie war im ersten Augenblick schockiert, das schon, aber es floss keine Träne. Entweder hatte sie sich eisern in der Gewalt, oder sie fraß alles in sich hinein, und irgendwann würde das zu einem völligen Zusammenbruch führen. Oder, auch das war schließlich denkbar, sie hatte André Maiser nie wirklich geliebt, und es war ihr gleichgültig, was mit ihm geschehen war.

Er sah sie an, wie sie vor dem Fernseher auf dem Sofa lag, ganz im Vertrauen darauf, dass sie in Sicherheit war. Iris Blaschke war eine attraktive Frau, und sie wusste das.

Wie auch immer – ihm kam es nur darauf an, dass sie eine Art Köder für den Panda-Mann war. Dieser hatte sich als kaltblütig und ziemlich clever erwiesen und war entkommen, obwohl sämtliche Polizisten im Umkreis von hundert Kilometern hinter ihm her waren.

Er würde sich seine allerletzte Chance nicht entgehen lassen, darauf spekulierte Böhm. Schließlich hatte die Kriminaldirektorin auf ihrer Pressekonferenz die Nachricht gestreut, dass die Lebensgefährtin von André Maiser wegen einer wichtigen Zeugenaussage in der Obhut der Polizei war. Es war eine gefährliche Spekulation, aber wenn der Panda-Mann sich tatsächlich an Iris Blaschke heranmachte, war er bereit.

Sobald Dahlkamp endlich von seiner Fahrt nach Lindau zurückgekehrt war, wollte Böhm die Nacht über Wache auf der Terrasse schieben, von der aus man die ganze Straße gut im Blickfeld hatte. Sollte sich dort ein verdächtiges Fahrzeug herumtreiben und vielleicht sogar Posten beziehen, dann wusste er Bescheid, dann war sein riskanter Plan aufgegangen und

Dahlkamp hatte, ohne es zu wollen, den Panda-Mann hierhergelockt. Sein Partner war kein Dummkopf und hatte sicher darauf geachtet, ob ihm jemand folgte. Aber der Panda-Mann war ihm überlegen, davon war Böhm überzeugt.

Der Film war längst zu Ende, Böhm hatte es vor lauter Gedankenspielereien gar nicht mitbekommen. Er schaltete den Fernseher aus.

Iris Blaschke schlief fest.

Er wollte sie eigentlich aufwecken, damit sie in ihr Zimmer und ins Bett gehen konnte; die Wohnung war groß und hatte zwei Schlafzimmer. Aber zuerst wollte er doch feststellen, wo zum Teufel Dahlkamp abgeblieben war.

Zwar hatten sie absolute Funkstille vereinbart, was selbstverständlich auch für Frau Blaschkes Handy galt, aber Dahlkamp war nun schon eine ganze Stunde überfällig. Böhm holte sein Smartphone und wollte es gerade aktivieren, als es an der Wohnungstür klingelte.

Zweimal kurz, einmal lang.

Böhm war sauer – verdammt, man konnte sich doch auf niemanden mehr verlassen. Dahlkamp war genauso ein unsicherer Kantonist wie alle anderen auch, mit denen er es beruflich zu tun hatte. Sie hatten doch extra ein besonderes Klingelsignal ausgemacht, daran erinnerte sich Böhm noch genau.

Kurz – lang – kurz – lang.

Seufzend legte er sein Smartphone beiseite und ging zur Tür. Dabei tastete er instinktiv nach seiner Waffe, die er aber samt Schulterholster der Bequemlichkeit wegen auf dem Tischchen neben seinem Sessel abgelegt hatte.

Vorsichtig äugte er durch den Türspion.

Aus irgendwelchen Gründen war das Licht draußen im Treppenhaus so schwach, dass er nur den Umriss einer Gestalt erkennen konnte, die vor der Tür darauf wartete, dass er aufmachte. Ein breitkrempiger Hut, ein Mantel – das konnte nur Dahlkamp sein, der da voll beladen mit Iris Blaschkes Sachen und dem da stand, was er von der nächsten Tankstelle noch mitgebracht hatte.

Böhm knipste das Licht im Flur an und fummelte die Sicherheitskette aus ihrer Halterung, sperrte mit dem Schlüssel das
Schloss auf, drückte die Klinke herunter und trat einen Schritt
zur Seite, um die Tür weit genug öffnen zu können.

Was dann geschah, spielte sich in Sekundenbruchteilen ab.

58

Die Tür wurde mit voller Wucht aufgestoßen und gegen Böhm gerammt, dadurch geriet er kurz aus dem Gleichgewicht. Sein Wackler und das Überraschungsmoment reichten aus, um dem Mann mit dem Hut die Gelegenheit zu geben, Böhm einen heftigen Faustschlag gegen den Solarplexus zu versetzen, der ihm sofort die Luft nahm und ihn zu Boden schickte. Er war noch nicht ganz unten angekommen, da traf ihn ein Fußtritt des Mannes voll im Gesicht, der ihn auf der Stelle drei Zähne und das Bewusstsein verlieren ließ.

Söderberg holte sämtliche Tüten und seine Tasche, die er beim Schlüsselgeräusch fallen gelassen hatte, in den Flur und beeilte sich, die Tür zum Treppenhaus schnell wieder zuzuziehen. Er legte die Sicherheitskette vor und ließ dabei den ohnmächtigen Böhm nicht aus den Augen, der immer noch regungslos auf dem Teppichboden lag.

Dann kniete er sich nieder und zielte mit seiner entsicherten Beretta auf Böhms Kopf, während er ihn mit der anderen Hand rasch und routiniert abtastete. Er fand keine Waffe, nur ein Handy, das er erst einmal einsteckte, zum Handy von Dahlkamp, das er beim Hochfahren mit dem Aufzug in der Manteltasche gefunden hatte, zum Glück, er hätte es beinahe vergessen.

Am Ende des Flurs war eine offene Tür, dahinter Licht. Offensichtlich war dort das Wohnzimmer. Links und rechts gingen Türen vom Flur ab. Mit größter Vorsicht und vorgehaltener Waffe öffnete er Tür um Tür, nachdem er sich vergewissert hatte, dass Böhm seine Ohnmacht nicht markierte. Er konnte nicht sicher sein, ob Dahlkamp ihn nicht angelogen hatte, als er angab, dass nur ein Kollege in der Wohnung auf ihn wartete.

Zwei Schlafzimmer, Bad, Küche – alles nach einfachstem Standard mit dem Notwendigsten eingerichtet, keine Bilder an der Wand, keine Pflanzen, nichts auch nur annähernd Gemütliches.

Die typische Wohnung, um gefährdete Drogendealer, die

auspacken wollten, kurzfristig unterzubringen oder Zeugen, die mit ihrer Aussage in einem Prozess dafür sorgen konnten, dass ein Angeklagter mit zehn Jahren gesiebter Luft rechnen musste. Oder Iris Blaschke, die womöglich darüber Bescheid wusste, wo das Speichermedium mit der Liste war, die Millionenwert besaß und deren bloße Existenz einigen Leuten schlaflose Nächte bereitete. Aber nicht deswegen, weil sie etwa Gewissensbisse hatten, sondern weil sie blanke Panik schoben, als Blutsauger der anständigen Steuerzahler an den Pranger gezerrt zu werden und das Einzige, was sie wirklich liebten, zu verlieren – nämlich ihr schönes Geld und ihre Freiheit.

Söderberg merkte plötzlich beim Kontrollgang durch die Wohnung, dass Blut aus seiner Nase auf die weißen Fliesen im Bad tropfte, aber darum konnte er sich später kümmern, erst musste er Iris Blaschke finden.

In den Schlafzimmern war sie nicht, die Betten waren unbenutzt.

Als Letztes betrat er das Wohnzimmer, und da lag sie auf dem Sofa und starrte ihn mit weit aufgerissenen Augen und bis zum Kinn hochgezogener Decke wie einen Zombie an, der den Übertritt von einem Alptraum in die Wirklichkeit geschafft hatte.

Söderberg vermutete, dass er mit dem Hut und dem Mantel von Dahlkamp, dem blutigen Gesicht und der Beretta im Anschlag auch so aussah, als wäre er gerade aus einem Grab gestiegen, um Rache zu nehmen.

Er setzte den Hut ab und schleuderte ihn achtlos beiseite, dann legte er seinen Zeigefinger auf die Lippen und sagte ganz leise, aber so, dass sie ihn hören konnte: »Iris? Iris Blaschke?«

Dabei ging er langsam auf sie zu, wobei er ununterbrochen auf ihr Gesicht zielte.

Sie nickte zaghaft und brachte kein Wort heraus.

»Wo ist dein Handy?«, fragte er.

Sie tastete unter ihrer Decke herum und zog schließlich ein Smartphone heraus.

»Gib's mir!«, forderte er sie auf, streckte seine Hand aus, nahm es ihr ab und steckte es zu den anderen zwei in seine Manteltasche. Dabei ließ er sie für keinen Moment aus den Augen.

Obwohl er durch bohrende Schmerzen an seinem ganzen Körper und seine gebrochene Nase gehandicapt war, entging ihm nicht, dass Iris Blaschkes Pupillen sich weiteten, weil sie hinter ihm etwas wahrnahm.

Er war in so vielen ähnlichen Situationen gewesen, dass er einen sechsten Sinn dafür entwickelt hatte, was in seinem Rücken vor sich ging.

Blitzschnell drehte er sich um und sah Böhm wankend auf sich zukommen, mit Blut im Gesicht und einem erhobenen Baseballschläger.

»Leg das Ding weg!«, sagte er nur und ließ Böhm in die Mündung seiner Beretta blicken.

Böhm sah die Sinnlosigkeit seiner Bemühungen ein, der Baseballschläger entglitt seinen kraftlosen Händen und polterte zu Boden.

»Hinsetzen!«, befahl Söderberg, und Böhm torkelte auf seinen Sessel zu, in den er sich ächzend und blutspuckend fallen ließ.

»So bleiben! Beide!«, sagte Söderberg.

Das Holster mit der Schusswaffe auf dem Tischchen neben dem Sessel war ihm nicht entgangen. Er nahm es an sich und schritt rückwärts in den Flur, immer seine Beretta auf Iris Blaschke und Böhm gerichtet. Er griff nach seiner Tasche und fischte vier Kabelbinder heraus, mit denen er zu Iris Blaschke und Böhm zurückkehrte. Einen davon reichte er Iris Blaschke und sagte: »Damit bindest du ihm die Hände auf den Rücken.«

Als sie nicht gleich reagierte, drückte er ihr die Mündung seiner Beretta gegen den Wangenknochen, ein probates Mittel, um jemanden gefügig zu machen. Auch jetzt.

Sie erhob sich, Söderberg forderte Böhm mit einer Bewegung seiner Waffe auf, die Arme auf den Rücken zu legen. Iris Blaschke zog den Kabelbinder um Böhms Handgelenke.

»Und jetzt die Beine«, sagte Söderberg.

Iris Blaschke fesselte Böhm an den Fußknöcheln.

Söderberg wartete, bis sie sich wieder aufs Sofa gesetzt hatte, dann zog er beide Kabelbinder nach, so fest, dass Böhm auf-

stöhnte, aber das war Söderberg egal. Hauptsache, Böhm war
außer Gefecht.

Was er mit ihm anstellen würde, hatte er noch gar nicht
überlegt. Am Leben würde er ihn auf jeden Fall nur lassen,
solange er ihm nützlich sein konnte.

»Jetzt du«, sagte er, und Iris Blaschke ließ sich widerstandslos
auf die gleiche Weise fesseln.

Endlich konnte Söderberg sich in der Wohnung frei bewegen,
ohne ständig auf der Hut sein zu müssen.

Als Erstes betrat er die Küche und ließ Wasser ins Spülbecken
ein. Als es halb voll war, pfriemelte er die SIM-Karten aus den
drei Handys, die in seiner Manteltasche waren, und warf sie
hinein.

Dann ging er ins Bad. Als er das unbarmherzige Neonlicht
einschaltete und sich im Spiegel über dem Waschbecken erblickte, wusste er, warum Iris Blaschke ihn derart entgeistert
angeschaut hatte. Nicht nur, weil sie sofort wusste, wer er war.
Er sah wirklich aus wie die Inkarnation eines Zombies. Sein
Gesicht war eine blutige Maske, und seine Nase stand in einem
so unnatürlichen Winkel ab, dass einem schlecht werden konnte.

Er zog endlich den Mantel aus und ließ ihn fallen, stellte sich
so nah wie möglich an den Spiegel und holte tief Luft, bevor er
sich mit einem Ruck seine Nase wieder einrenkte, wie er das
einmal bei einem Boxer und seinem Arzt gesehen hatte. Der
Schmerz ließ ihn in die Knie gehen und ihm das Wasser in die
Augen schießen.

Vorsichtig wusch er sich das Gesicht, steckte sich aus Tempo-
taschentüchern selbst gedrehte Pfropfen in die Nasenlöcher,
trank Wasser aus dem Hahn und fühlte sich endlich fit genug,
um sich dem eigentlichen Grund seines Auftritts widmen zu
können.

Mal sehen, ob er nicht in der Lage war, aus den beiden im
Wohnzimmer herauszubekommen, was er haben wollte.

Nämlich die richtigen Antworten auf seine Fragen.

59

Der Streifenwagen, der die Nebenstraßen in Markdorf systematisch absuchte, fuhr so langsam, dass die Polizistin auf dem Beifahrersitz die parkenden Autos links und rechts genau überprüfen konnte. Was gar nicht so einfach war, weil die meisten Fahrzeuge, die seit dem letzten Schneefall nicht bewegt worden waren, inklusive Kennzeichen unter einer dicken Schneeschicht versteckt waren. Aber die schieden sowieso aus. Die Streifenbesatzung hatte von der Zentrale die Durchsage erhalten, nach einem dunklen Golf neuester Bauart mit Lindauer Kennzeichen Ausschau zu halten. Damit sollte der dringend gesuchte, bewaffnete und gewaltbereite Panda-Mann, der nun den Fahndungsnamen Söderberg erhalten hatte, unterwegs sein.

Ob er gerade ihre Gegend unsicher machte, stand in den Sternen. Die Besatzung des Streifenwagens glaubte nicht daran, dass er sich ausgerechnet in Markdorf herumtrieb. Ein waschechter professioneller Killer in ihrer kleinen Stadt – diese Vorstellung erschien ihnen doch zumindest äußerst unwahrscheinlich, wenn nicht sogar lächerlich.

Aber sie versahen ihren Dienst trotzdem pflichtbewusst und verantwortungsvoll. Immerhin hatte Söderberg einen Kollegen von ihnen auf dem Gewissen. Das war Motivation genug, um doppelt und dreifach aufmerksam vorzugehen.

Anton Bürki war fast sechzig und ein erfahrener Haudegen, den so leicht nichts mehr aus der Ruhe brachte. Er war Nachtschichten gewohnt und hatte nichts dagegen, bei schlechtem Wetter Streife zu fahren. Das war ihm lieber als stupider Innendienst, der ihm in seinem Alter eigentlich zugestanden hätte. Er war ein routinierter Fahrer und kam mit sämtlichen Straßenverhältnissen bestens zurecht. Seine Frau war Lehrerin und brauchte ihren Nachtschlaf. Sie trafen sich meistens bei ihrem Frühstück, wenn sie auf dem Sprung in die Schule war und er von der Arbeit nach Hause kam. Ein gutes Arrangement, sich die meiste Zeit aus dem Weg zu gehen, fand er. So hatten sie wenig Gelegenheit zu streiten, und ihre Ehe funktionierte auch noch nach fast dreißig Jahren tadellos.

Die junge Polizistin neben ihm auf dem Beifahrersitz hieß Fidelis Ahmeyer, war noch keine fünfundzwanzig und ihm vor zwei Wochen zugeteilt worden, weil sein langjähriger Kollege in den Ruhestand gegangen war. Fidelis war ein sogenannter »Frischling«, wie die älteren Kollegen sie nannten, die jüngeren sagten »Rookie« dazu, aber Bürki benutzte diese Bezeichnung in ihrer Gegenwart natürlich nicht. Er war keiner, der über andere abfällig sprach. Er wusste aus eigener Erfahrung noch gut genug, wie schwierig aller Anfang war. Außerdem begann er schon sehr bald, ihre stets gut gelaunte Gegenwart zu schätzen.

Fidelis trug einen strohblonden Pferdeschwanz, hatte Sommersprossen und war bisher stets eifrig und bemüht, nicht präpotent oder besserwisserisch, sondern sie hörte auf ihn und tat, was er ihr sagte. Was bei der jungen Generation anscheinend selten war, wie ihm seine Frau mitteilte, als er ihr von Fidelis erzählte. Sie hatte als Lehrerin an ihrer Schule ganz andere Erfahrungen mit aufmüpfigen, frechen und respektlosen Schülern gemacht und fing schon an, die Tage bis zu ihrer Pensionierung zu zählen.

Auf den nächtlichen und von frischem Schnee bedeckten Straßen war nichts los, kein Wunder, es war bereits weit nach Mitternacht, die Wolkendecke war aufgerissen, und ein voller Mond bescherte fahle Helligkeit.

»Halt mal an«, meinte Fidelis plötzlich.

Bürki hatte ihr von Anfang an das Du angeboten. Schließlich waren sie jeden Tag stundenlang auf engstem Raum zusammen, und ein kollegialer Umgang schmälerte nicht die nötige Wertschätzung füreinander.

Er bremste ab, und Fidelis sagte: »Fahr doch mal ein Stück zurück. Hinter den schwarzen Golf.«

Bürki setzte zurück, und Fidelis verglich das Kennzeichen des Golfs, der nicht wie alle anderen parkenden Autos mit Schnee bedeckt war, mit ihren Fahndungsunterlagen, die sie auf dem Schoß liegen hatte. Zur Sicherheit sah sie zweimal hin.

»Das ist er!«, meinte sie, beinahe erschrocken darüber, dass ausgerechnet sie beide einen Volltreffer gelandet hatten. »Hier«, sagte sie nun doch ein wenig aufgeregt und reichte ihrem Kollegen das ausgedruckte Blatt mit den Fahndungsdaten. »Das ist das gesuchte Fahrzeug von diesem Söderberg!«

Bürki musste erst umständlich seine Lesebrille aus der Brusttasche nesteln und aufsetzen, dann verglich er die Buchstaben und Nummern der Kennzeichen miteinander und gab Fidelis den Zettel zurück.

»Du hast recht«, sagte er und räusperte sich, weil er daran denken musste, dass nun äußerste Vorsicht geboten war, vor diesem Söderberg war mehrfach ausdrücklich gewarnt worden. »Du bleibst im Wagen«, sagte er. »Ich schau mir das mal an.«

Er löste seinen Sicherheitsgurt, stieg aus und blickte sich erst mal nach allen Seiten um, die Hand vorsichtshalber an seiner Waffe im Holster. Als er nichts Verdächtiges feststellen konnte, umrundete er den Golf einmal, wobei er über angehäufte Schneewälle steigen musste, und spähte dabei ins Wageninnere. Zu guter Letzt probierte er den Türgriff aus; der Wagen war verschlossen.

Er ging zur Beifahrerseite des Streifenwagens, beugte sich zu Fidelis herunter, die das Fenster runtergelassen hatte, und sagte: »Wer ist an diesem Fall dran? Ich meine, was steht auf der Fahndungsliste, wer hat die Leitung?«

Sie sah nach. »Die Kripo in Friedrichshafen. Ein Kriminalhauptkommissar Madlener.«

»Na schön. Du gibst jetzt eine Eilmeldung an die Zentrale durch. Sie sollen sofort die Kripo in Friedrichshafen alarmieren. Es ist dringend, sag ihnen das ausdrücklich noch mal. Dann fährst du unseren Wagen ein Stück weit zurück und parkst so, dass er nicht gleich auffällt. Und mach die Scheinwerfer aus.«

Er öffnete die Sicherheitsschlaufe an seiner Waffe und nahm den Griff fest in die Hand, ohne sie ganz aus dem Holster zu ziehen, nur für alle Fälle.

Dann stiefelte er los und ging den deutlich sichtbaren Spuren nach, die der Fahrer des Golfs auf der Schneedecke hinterlassen hatte.

60

In Madleners Hotelzimmer klingelte das Telefon.

Ausnahmsweise war er tatsächlich im Tiefschlaf und brauchte eine Weile, bis ihm klar geworden war, dass es sein Handy war, das ihn aus dem Schlaf gerissen hatte. Aber der amerikanische Telefonton war so schrill, dass er Tote hätte wecken können. »Ja, Madlener ...«, brummte er, als er abgehoben hatte.

Es war jemand aus der Zentrale, nicht Frau Gallmann, was ihn nicht wunderte, als er einen schnellen Blick auf seine Uhr warf. Es war halb vier Uhr in der Nacht. Da war sogar Frau Gallmann ausnahmsweise nicht im Präsidium.

Schon nach den ersten Sätzen, die ihm mitgeteilt wurden, war er hellwach.

»Wo?«, fragte er sicherheitshalber noch einmal nach.

»Okay«, sagte er, als er alles verstanden hatte. »Sie machen jetzt Folgendes: Die beiden Kollegen in Markdorf bleiben in ihrem Wagen, bis ich da bin. Sollte der Mann, den wir suchen, überraschend auftauchen und wegfahren, werden sie Meldung machen und versuchen, ihm so unauffällig wie möglich zu folgen. Sie dürfen dabei auf gar keinen Fall ein Risiko eingehen, Vorsicht hat oberste Priorität! Am Fundort des Golfs kein Blaulicht und keine Sirene. Lassen Sie alle Zufahrtsstraßen im weiträumigen Umkreis absperren, aber piano, wenn ich bitten darf. Mir schicken Sie so schnell wie möglich einen Streifenwagen, ich warte auf der Straße vor meinem Hotel ›Zum silbernen Zeppelin‹. Haben Sie das alles verstanden? Wiederholen Sie bitte!«

Als die Bestätigung zu seiner Zufriedenheit erfolgte, legte er auf, zog sich hastig seine Klamotten an, schnallte sein Schulterholster um, holte die SIG Sauer aus dem Safe und warf einen schnellen Blick durchs Fenster auf die nächtliche Straße hinaus, es hatte ausnahmsweise aufgehört zu schneien, stülpte sich trotzdem seine Fellmütze mit den Ohrenklappen über den Kopf und eilte aus seinem Zimmer.

Während er auf der Straße auf den Streifenwagen wartete, rief er Harriet an und bat sie, von Immenstaad aus, wo sie wohnte, direkt mit dem Dienstwagen nach Markdorf zu fahren, weil der Umweg zu groß war, wenn sie ihn vorher noch abholte. Jetzt galt es, keine Zeit zu verlieren. Er legte auf und spürte eine Welle der Wut in sich aufsteigen. Es gab einen Punkt, der ihn über alle Maßen ärgerte. Er hatte keine Telefonnummer der beiden LKA-Leute. Jemand musste sie vorwarnen, wenn es nicht schon zu spät war. Sollten Iris Blaschke und die beiden Männer vom LKA in Markdorf sein und er konnte sie nicht erreichen, dann ging dieses verhängnisvolle Versäumnis eindeutig auf das Konto von Frau Schwanitz-Terstegen und ihrer verdammten Geheimhaltungstaktik.

Er versuchte, die Kriminaldirektorin über Handy zu erreichen, um ihr das an den Kopf zu werfen und sie an ihre damit verbundene Verantwortung zu erinnern.

Nach viermaligem Klingeln ging ihr Anrufbeantworter an. Madlener hinterließ eine kurze informelle Nachricht und bat sie dringend, die LKA-Beamten zu warnen. Den Rest seiner Vorhaltungen sparte er sich für den Moment auf, in dem er ihr Auge in Auge gegenüberstehen würde.

Dann versuchte er, Iris Blaschke auf ihrer Handynummer zu erreichen, die er gespeichert hatte, aber es kam keine Verbindung zustande. Sie musste ihr Handy ausgemacht haben.

Mist, Mist, Doppelmist.

Als er das flackernde Blaulicht des angeforderten Streifenwagens herankommen sah, spürte er trotz seiner Wut über die möglicherweise fatale Fehleinschätzung seiner Chefin, auf die er mehrfach hingewiesen hatte, dass ihn das Jagdfieber wieder erfasst hatte.

Es war so, wie er vermutet hatte.

Söderberg hatte noch nicht aufgegeben, ganz im Gegenteil.

61

Der Polizist, der ihn nach Markdorf chauffierte, war jung und sagte nur »Okay«, als Madlener andeutete, worum es ging, und ihn aufforderte, mit Blaulicht und Sirene so schnell zu fahren, wie es die äußeren Umstände nur zuließen.

Das ließ er sich nicht zweimal sagen, und Madlener, der kein besonders guter Beifahrer war, geriet während der gesamten Fahrt in Versuchung zu bremsen, sein rechter Fuß zuckte immer nach vorne, wenn der Mann am Steuer eine Kurve für seinen Geschmack allzu optimistisch anging. Aber er hielt seinen Mund und war froh, dass er so einen geschickten Fahrer erwischt hatte.

Schneller, als er erhofft hatte, erreichten sie Markdorf. Als sie sich dem Fundort des Golfs näherten, schaltete der Fahrer weisungsgemäß Blaulicht und Sirene aus. Er verlangsamte aber sein Tempo nicht wesentlich, bis ein Streifenwagen in ihrem Sichtfeld auftauchte, der quer auf der Straße stand und ihre Weiterfahrt blockierte. Als die Besatzung erkannte, dass es ein Streifenwagen war, der sich näherte, machte sie sofort den Weg frei.

Madlener fuhr sein Fenster nach unten und fragte: »Wo ist der Golf?«

»Nächste rechts, nach hundert Metern«, war die Antwort.

»Machen Sie die Scheinwerfer aus«, befahl Madlener seinem Fahrer, als von hinten zwei Scheinwerfer und ein Blaulicht schnell herankamen und größer wurden.

Harriet.

»Sie gehört zu mir«, sagte Madlener und winkte kurz aus dem Fenster.

Harriet machte es Madleners Fahrer nach, schaltete Blaulicht und Scheinwerfer aus und folgte ihnen.

Sie glitten in gemäßigtem Tempo weiter und sahen schließlich rechts am Gehsteig einen Streifenwagen parken. Ein Stück weiter zog sich eine große, sechsstöckige Terrassenwohnanlage mit über hundert Wohneinheiten hin.

Madleners Fahrer hielt neben dem Streifenwagen, in dem zwei Polizisten warteten. Madlener stieg aus, schlug so leise wie möglich seine Tür zu, sein Fahrer fuhr auf seine Anweisung hin weiter und verschwand hinter der nächsten Kurve.

Harriet parkte den neutralen Dienstwagen hinter dem Streifenwagen, stieg ebenfalls aus und machte sich wortlos im Kofferraum zu schaffen, während Madlener sich bei der Streifenwagenbesatzung vorstellte und mit dem älteren Polizisten hinter dem Steuer sprach, Anton Bürki.

»Seit wann sind Sie hier?«, fragte er.

»Seit genau fünfzig Minuten«, antwortete Bürki.

»Was können Sie mir sagen?«

»Der gesuchte Mann muss in dem Terrassenhaus sein.« Er zeigte auf die Wohnanlage.

»Woher wissen Sie das?«

»Ich bin seinen Fußspuren gefolgt. Sie enden an der Einfahrt zur Tiefgarage. Seither ist keiner mehr rein oder raus.«

»Gut gemacht«, lobte Madlener.

Er sah sich die Wohngegend an, in der sie sich befanden.

»Söderberg ist also da drin ...«, sagte er mehr zu sich selbst, indem er das Terrassenhaus abschätzte, das sich vor ihm auf der rechten Seite erstreckte und im fahlen Mondlicht, den gelben Straßenlampen und der reflektierenden Schneedecke gut zu überblicken war.

»Anzunehmen«, antwortete Bürki.

Harriet trat neben Madlener und hielt ihm wortlos seine Kevlarweste hin, die sie aus dem Kofferraum geholt hatte. Sie selbst hatte sich ihre Weste schon angelegt. Madlener zog seinen Mantel aus, reichte ihn Harriet, legte die Weste um und zurrte die Klettverschlüsse fest. Dann steckte er sein Smartphone ein, das in der Manteltasche war.

»Danke«, brummte er. »Sei so gut und leg meinen Mantel in unseren Wagen.« Während Harriet seiner Bitte nachkam, wandte er sich wieder an Bürki.

»Meine Kollegin und ich sehen uns das mal an. Irgendeine Idee, wie wir da reinkommen?«

»Ich könnte versuchen, den Hausmeister aufzutreiben oder

einen Schlüsseldienst zu erreichen. Oder wir machen es auf die althergebrachte Art, wenn's denn sein muss. Ich habe ein Stemmeisen im Kofferraum«, sagte Bürki.

»Zu laut«, sagte Madlener.

Während sie noch debattierten, sahen sie, wie das Rolltor der Tiefgarage hochging, dann fing Madleners Handy an zu klingeln. Madlener zeigte auf die Einfahrt, und Harriet reagierte sofort. Sie spurtete los, während Madlener sein Gespräch annahm.

»Ja?«

Es war Frau Schwanitz-Terstegen.

»Wir sind bereits vor Ort, ja.«

Er hörte kurz zu und beobachtete gleichzeitig, wie Harriet Gott sei Dank so geistesgegenwärtig war, neben der Rampe in Deckung zu gehen, bis sie sicher sein konnte, dass es nicht Söderberg war, der am Steuer saß, sondern eine Frau, die oben kurz anhielt. Harriet kam aus ihrer Deckung und klopfte ans Seitenfenster.

Madlener unterbrach seine Vorgesetzte am Handy ohne Rücksicht auf Verluste. »Nein, Sie hören mir jetzt zu, Frau Kriminaldirektor! Ich habe jetzt keine Zeit, um groß zu diskutieren. Versuchen Sie in Gottes Namen, Böhm oder diesen anderen Mann vom LKA zu erreichen und zu warnen. Und jetzt sagen Sie mir einfach, wo die konspirative Wohnung ist und was für ein Name auf dem Klingelschild steht, Herrgott noch mal!«

Er hörte zu und nickte. »Verstanden. Und geben Sie den Einsatzbefehl für das SEK … Jetzt sofort, jawohl. Sie sollen ohne Gefechtslärm anrücken.«

Ohne die Antwort abzuwarten, drückte er sie weg, machte sein Handy aus und steckte es ein. Schon während er das tat, winkte er Bürki und Fidelis, ihm zu folgen, und lief zu Harriet, die durch das heruntergelassene Fahrerfenster des alten BMW sprach, der eben aus der Tiefgarage gekommen war.

»Was ist mit ihr?«, fragte er außer Atem, als er neben Harriet ankam und sich zum hundertsten Mal fest vornahm, mit dem Rauchen aufzuhören.

Harriet sah sich gerade den Führerschein an und gab ihn der Fahrerin des BMW zurück.

»Die Frau wohnt hier. Ist auf dem Weg zur Frühschicht«, sagte sie.

Das Rolltor ging wieder zu.

»Ist Ihnen was aufgefallen?«, fragte Madlener ins Auto.

»Was soll mir aufgefallen sein?«, fragte sie konsterniert zurück.

»Was ist hier eigentlich los?«

»Schon gut«, sagte Madlener beschwichtigend. »Kein Grund zur Sorge. Sie können zur Arbeit fahren. Aber bitte geben Sie mir kurz die Fernbedienung für das Tor. Sie haben doch eine?«

»Ja klar.« Sie suchte im Handschuhfach herum und reichte sie Madlener.

Der ließ das Tor damit hochfahren und gab sie ihr mit einem »Danke« wieder zurück.

Die Frau kurbelte das Fenster hoch und fuhr davon.

Bürki und Fidelis waren herangekommen.

»Sagen Sie Bescheid, dass sie die Frau mit ihrem BMW an der Sperre durchlassen«, bat er.

Fidelis sprach in ihr Funkgerät, während Madlener und Harriet die Rampe hinuntergingen, bevor sich das Tor wieder schließen konnte. Bürki folgte ihnen, dann kam auch Fidelis rechtzeitig nach.

Sie standen zu viert in der Tiefgarage, als das Tor langsam wieder nach unten fuhr.

»Die Wohnung, um die es sich handelt, ist im sechsten Stock«, erläuterte Madlener. »Frau Schwanitz hat mir das vorhin durchgegeben. Wir gehen hoch. Sie beide bleiben hier«, befahl er Bürki und Fidelis. »Behalten Sie die Tür zum Aufzug im Auge. Sorgen Sie dafür, dass das Rolltor aufbleibt, machen Sie den Hausmeister ausfindig und weisen Sie das SEK ein, sobald es auftaucht. Geben Sie meiner Assistentin ein Funkgerät, damit wir in Kontakt bleiben können. Halten Sie Funkstille, melden Sie sich nur im Notfall.«

»Was haben Sie vor?«, wollte Bürki wissen, während Madlener schon zur Stahltür ging, die laut Aufschrift zum Aufzug führte.

»Das sehen wir dann, wenn wir oben sind. Sechster Stock, rechts vom Aufzug, auf der Klingel steht ›Schmidt‹. Merken Sie sich das.«

Harriet winkte Madlener heran.

»Da ist was, scheint frisch zu sein«, sagte sie und deutete auf einen dunklen Fleck, der neben der Tür zu sehen war und wie ein Ölfleck aussah. Sie kniete nieder, strich mit dem Zeigefinger darüber und besah sich ihre Fingerkuppe.

»Das könnte Blut sein«, stellte sie fest.

Fidelis hatte eine Taschenlampe dabei und leuchtete unter die Autos neben der Tür. Sie ging um die rechte Ecke an der Stahltür herum, und sie hörten sie gleich rufen. »Ich habe hier was!«

Madlener, Harriet und Bürki liefen zu ihr.

»Nicht anfassen!«, sagte Bürki überflüssigerweise, denn Fidelis verhielt sich professionell und richtete nur den Lichtstrahl ihrer Taschenlampe auf ein dunkel getränktes Stoffbündel, das in der Ecke lag.

»Eine Jacke«, meinte sie. »Völlig verdreckt.«

»Das ist Blut«, konstatierte Madlener bei genauerem Hinsehen.

Harriet war schon die Reihe der Autos ein Stück weit abgelaufen und blieb abrupt stehen, als sie den Körper eines Mannes liegen sah. Sie hatte ihre eigene Taschenlampe dabei und leuchtete dem Mann ins Gesicht.

»Dahlkamp«, sagte sie. »Hier liegt Dahlkamp!«, wiederholte sie so laut, dass es die anderen hören konnten und herankamen. »Er ist tot.«

Beim Anblick des blutigen Gesichts drehte sich Fidelis weg und würgte.

»Er ist hier«, sagte Madlener, als würde er die Anwesenheit des Bösen regelrecht spüren, vielleicht tat er das wirklich. »Irgendwo da über uns. Söderberg. Das ist seine Handschrift.«

Gleichzeitig zog er seine SIG Sauer aus dem Schulterholster und entsicherte sie.

Harriet holte ebenfalls ihre Waffe hervor, Bürki griff nach der seinen, und auf ein aufforderndes Nicken von ihm tat es ihm Fidelis gleich. Sie war leichenblass, hatte sich aber wieder gefasst.

Sie standen für drei oder vier Herzschläge still in der Tiefgarage, schauten sich um und lauschten.

Außer dem Surren einer defekten Neonröhre und einem tropfenden Geräusch, das von irgendwoher hallte, war nichts zu vernehmen, obwohl sie für einen unheimlichen Augenblick lang alle glaubten, dass ihr eigener Herzschlag so laut sein musste, dass er zu hören war.

Dann ging das Licht aus.

62

Sie fuhren mit einem mulmigen Gefühl mit dem Aufzug nach oben, die Waffen schussbereit in der Hand, die Sinne angespannt, die Augen auf die roten Ziffern gerichtet, die auf der Anzeige von »TG« bis »6« switchten. Es hatte doch noch eine ganze Weile gedauert, bis Anton Bürki den Hausmeister ausfindig gemacht und aus dem Schlaf geklingelt hatte, aber jetzt hatte Madlener einen Schlüsselbund dabei, mit dem er in der Lage war, jede Gemeinschaftstür im Haus öffnen zu können.

Als der Lift im obersten Stockwerk anhielt und die Tür zur Seite glitt, waren ihre Waffen gezückt, bei Söderberg mussten sie mit allem rechnen. Sie lugten vorsichtig aus dem Aufzug, Harriet nach links, Madlener nach rechts. Der Aufzug lag genau in der Mitte eines langen Gangs mit Dutzenden von Wohnungstüren auf beiden Seiten und war leer. Harriet hatte ein Streichholzbriefchen in ihrem unergründlichen Rucksack dabei. Sie brach ein Streichholz ab und steckte es in den Kippschalter für das Licht in Treppenhaus und Gang, damit es nicht urplötzlich ausgehen konnte wie vorhin in der Tiefgarage. Wenn das im falschen Moment passierte, konnte das fatale Folgen haben.

Sie gingen nach rechts und suchten die Türschilder nach dem Namen »Schmidt« ab.

Die letzte Tür in Richtung Süden war es, Harriet deutete mit ihrer Pistole darauf. Auf dem Fußabstreifer vor der Tür lag eine Dose Prosecco, darauf konnten sie sich keinen Reim machen. Harriet drückte ihr rechtes Ohr ans Holz der Tür und lauschte, Madlener hielt den Atem an. Seine Assistentin zuckte mit den Achseln, zum Zeichen, dass sie nichts hören konnte.

Madlener hatte sich schon einen Plan zurechtgelegt und zeigte Harriet an, dass sie sich wieder bis zum Aufzug, um dessen Schacht sich das Treppenhaus herumwand, zurückziehen sollten.

Dort konnten sie reden, ohne Gefahr zu laufen, von der Wohnung aus, die sie im Visier hatten, gehört zu werden.

»Warten wir auf das SEK?«, fragte Harriet.

»Nein«, sagte Madlener entschlossen. »Wir haben schon viel zu viel Zeit verplempert. Bis die aus Göppingen hier ankommen, ist es zu spät. Was glaubst du, was Söderberg da drin mit seinen Geiseln anstellt, um herauszubekommen, was er haben will? So wie er tickt, ist er wahrscheinlich schon mit seinen Folterspezialitäten zugange. Denk an die Fingernägel, die er André Maiser gezogen hat. Wir müssen schnellstmöglich da rein. Sonst haben wir noch zwei Tote mehr. Das will ich nicht auf meine Kappe nehmen.«

»Du willst doch nicht etwa die Methode anwenden, von der du mir im ›Bayerischen Hof‹ vorgeflunkert hast?«, sagte sie. »Ich klingle, und du rammst die Tür auf?«

»Nein.« Er winkte ab. »Natürlich nicht. Wir gehen nach Plan B vor.«

»Und was ist das, Plan B?«

Statt einer Antwort deutete er auf eine fenstergroße weiße Metalltür in der Wand gegenüber dem Aufzug, auf der ein Aufkleber mit einem stilisierten Feuerlöscher war. Er steckte seine Waffe weg und öffnete die weiß lackierte Metalltür. Dahinter kamen ein aufgerollter Feuerwehrschlauch und ein roter Feuerlöscher zum Vorschein. Er nahm den Feuerlöscher aus seiner Halterung und stellte ihn vor Harriet auf den Boden.

»Plan B ist auch nicht ohne Risiko«, sagte er. »Aber es geht um zwei Menschenleben in der Wohnung. Ich brauche deine Hilfe, allein schaffe ich das nicht. Du kannst noch Nein sagen, dann warten wir auf das SEK.«

Er blickte ihr direkt in die Kleopatra-Augen, um ganz sicherzugehen, dass er keine Angst in ihnen aufflackern sah.

»Was soll ich tun?«, fragte Harriet nur, ohne seinem Blick auszuweichen.

»Na schön. Du machst dieses Ding hier scharf, es steht genau drauf, wie du vorgehen musst, und dann stellst du dich damit neben die Tür. Nicht davor!«

»Und du?«

»Ich gehe inzwischen aufs Dach, es ist ein Flachdach. Und da lasse ich mich damit …«

Er nahm den aufgerollten Feuerwehrschlauch aus seiner Halterung und hängte ihn sich um die Schulter.

»… von außen auf die Terrasse der Wohnung herunter.«

»Hast du sie nicht mehr alle? Du bist nicht James Bond!«

Madlener hatte sogar in diesem Augenblick noch so viel Chuzpe, dass er mit einem selbstironischen Blick mit den Achseln zuckte, als wollte er andeuten: Woher willst du das wissen? Harriet schüttelte fassungslos den Kopf. »Das gefällt mir nicht. Was ist, wenn Söderberg dich sieht?«

»Er wird mich nicht sehen. Das ist ja der Clou. Weil du ihn rechtzeitig ablenkst.«

»Und wie soll ich das tun?«

»Ganz simpel. Du klingelst in genau fünf Minuten an der Wohnungstür. Wohlgemerkt von der Seite, falls er auf die Tür schießt, was ich nicht glaube.«

Sie schniefte. »Ich könnte irgendein Klingelsignal geben. Dann meint er, es ist ein Kollege von den LKA-Leuten …«

»Noch besser. So machen wir das. Er ist gezwungen, zur Tür zu gehen und nachzuschauen, wer da klingelt. Er späht also durch den Türspion …«

Sie steckte sich einen Kaugummi in den Mund, zeigte darauf und erwiderte undeutlich, während sie kaute: »Den ich vorher damit zugeklebt habe …«

»Ganz genau. Er sieht nichts. Aber es hört einfach nicht auf zu klingeln. Und wenn er jetzt die Tür aufmacht …«

»… dann jage ich ihm eine schöne Portion Löschschaum direkt ins Gesicht …«

»Damit kann er nicht rechnen. Das setzt ihn binnen einer Sekunde außer Gefecht. Außerdem bin ich bis dahin längst in der Wohnung und falle von hinten über ihn her. Was hältst du davon?«

»Wie willst du in die Wohnung reinkommen?«

Er hob seine SIG Sauer hoch.

»Plan B, sagst du?«, wiederholte sie und verzog skeptisch das Gesicht.

Er nickte.

»B wie beschissen …«

Er sah sie auffordernd an. »Mir fällt nichts Besseres ein. Dir vielleicht?«

Sie hob den Kopf und schniefte. »Ziehen wir es durch, bevor ich es mir noch anders überlege. Und bevor es für die da drin zu spät ist.«

Sie packte schon den Feuerlöscher.

»Halt, Uhrenvergleich«, sagte Madlener und sah auf seine Uhr. »Gib mir exakt fünf Minuten, bevor du klingelst!«

»Fünf Minuten«, bestätigte sie und drückte die Stoppuhrfunktion auf ihrer Armbanduhr. »Countdown läuft.«

Sie wandte sich ab und schleppte den Feuerlöscher zur Wohnungstür mit dem Klingelschild »Schmidt«, während Madlener mit dem Feuerwehrschlauch das Treppenhaus hochhetzte.

Die Stahltür zum Dach war abgesperrt, zum Glück hatte er den Schlüsselbund des Hausmeisters dabei. Er brauchte eine Weile, bis er den passenden Schlüssel fand, sperrte auf, öffnete die Tür und stand im Freien, direkt unter dem Sternenhimmel. Es war inzwischen eine helle, wolkenlose Nacht mit sibirischer Kälte geworden. Eine durchgehende Schneedecke hatte sich über Häuser, Straßen und Autos gelegt, so weit das Auge reichte.

Er orientierte sich und stapfte auf dem Flachdach bis zum südlichen Rand, legte den Schlauch in den Schnee und spähte über die Dachkante nach unten, dorthin, wo er die Terrasse der Wohnung »Schmidt« vermutete. Es ging gar nicht so tief hinunter, wie er befürchtet hatte. Etwas mehr als drei Meter, schätzte er. Trotzdem – wenn er sich ohne Kletterhilfe hinunterließ, konnte die Höhe reichen, um sich wenigstens den Knöchel zu verstauchen, wenn nicht sogar Schlimmeres passierte. Er war sich dessen bewusst, dass er weder durchtrainiert noch der Allerjüngste war. Einem Bekannten war bei einem harmlosen Fußballspiel die Achillessehne gerissen. Auf so etwas durfte er es natürlich nicht ankommen lassen. Plan B war schon riskant genug.

Wie lange war es her, dass er sich geschworen hatte, Harriet nicht in Gefahr zu bringen, nur weil er es sich in den Kopf gesetzt hatte, alle Vorsichtsmaßnahmen und Lehrbuchregeln zu ignorieren, um den Helden zu spielen? In diesem konkreten Fall: um einem Serienkiller – und das war Söderberg zweifellos – das Handwerk zu legen, bevor dieser erneut zuschlagen konnte? Vier Stunden, fünf? Egal, es gab kein Zurück mehr. Harriet war geschickt, clever und schnell. Er hatte ihr einen Part zugewiesen, bei dem die Gefährdung angesichts der Umstände auf ein Minimum reduziert war. Oder redete er sich den ganzen Schlamassel, den ihnen Frau Schwanitz-Terstegen und Söderberg eingebrockt hatten, jetzt nur schön, weil er ein rabenschwarzes Gewissen hatte, seine Assistentin erneut in eine waghalsige Situation manövriert zu haben, die sie beide Kopf und Kragen kosten konnte?

Plan B war in Wirklichkeit eine Verzweiflungstat, für die er wieder einmal sämtliche guten Vorsätze über Bord geworfen hatte. Aber er war auch durch die Umstände dazu gezwungen worden, und irgendwo in seinem tiefsten Inneren war er doch überzeugt davon, in diesem Moment das einzig Richtige zu tun.

Während ihm diese Gedanken durch den Kopf schossen, suchte und fand er gleichzeitig etwas, an das er das Ende seines Feuerwehrschlauchs anbinden konnte, nämlich einen kurzen Entlüftungskamin. Er prüfte, ob sein Knoten auch hielt, dann sah er auf seine Uhr.

Neunzig Sekunden blieben ihm, bis Harriet an der Wohnungstür klingelte.

Noch einmal riskierte er einen schnellen Blick auf die Terrasse, um sich zu vergewissern, was der beste Weg nach unten war. Ein Lichtschein kam aus dem Terrassenfenster, das bis zum Boden reichte, und der danebenliegenden Glastür. Das zweite Fenster ganz außen war dunkel. Dort würde er hinunterklettern.

Die Terrasse war schneebedeckt und nicht geräumt, das war ein Vorteil, weil es die Geräusche dämpfte, falls er abgleiten und zu heftig unten aufkommen sollte.

Er ließ das freie Ende des Schlauchs hinunter auf die Terrasse und sorgte dafür, dass es sanft im Schnee aufkam.

Noch sechzig Sekunden.

Er hockte sich an die Kante, die Füße baumelten über der Terrasse, klammerte sich an den Feuerwehrschlauch, drehte sich auf den Bauch und hangelte sich, so vorsichtig wie er konnte, Griff um Griff langsam nach unten.

Einen hilflosen Augenblick lang fühlte er sich wie eine Spinne an ihrem Faden, die sich von der Decke abseilte und von einer Staubsaugermündung erwartet wurde.

Aber schon spürte er verharschten Schnee unter seinen Füßen und kam mit beiden Beinen auf der Terrasse zum Stand.

Noch dreißig Sekunden.

Er bemerkte seine eigene Atemwolke, zog seine SIG Sauer und entsicherte sie. Dann äugte er mit aller Vorsicht durch das beleuchtete Terrassenfenster in die Wohnung.

Was er sah, übertraf seine schlimmsten Vorstellungen.

Böhm hing in einem Sessel, gefesselt und blutüberströmt und allem Anschein nach mehr tot als lebendig.

Ein Mann mit blutigem Gesicht, Dreitagebart und dunklem Bürstenhaarschnitt stand vor Iris Blaschke, die gefesselt auf dem Sofa lag, und hielt ihr eine Pistole an den Wangenknochen.

Der Panda-Mann alias Sven Söderberg.

Er sagte etwas, das Madlener nicht verstehen konnte, aber dass es keine Komplimente waren, die er da von sich gab, war offensichtlich.

Herrgott – warum klingelte Harriet nicht endlich? Die fünf Minuten mussten längst vorbei sein. Er hatte keine Zeit, um auf seine Uhr zu schauen. Was da in der Wohnung vor sich ging, erforderte seine volle Konzentration.

Da brach mit einem Mal die Hölle los.

Ein schriller, durchdringender Klingelton setzte ein, der bis auf die Terrasse zu hören war, dann aufhörte und wieder anfing und sich anhörte wie Morsezeichen.

Madlener visierte mit seiner Waffe die Terrassentür aus Glas an.

Söderberg riss es fast gleichzeitig mit dem Einsetzen des ersten Klingeltons herum.

Madlener zögerte noch.

Aber als Söderberg sich sichtlich wütend umdrehte und in Richtung Flur und Wohnungstür marschierte, um nachzusehen, was da los war, gab er ihm noch zwei Sekunden, dann schoss er mehrmals gegen die Tür, sodass die Glasscheibe möglichst großflächig zersplitterte, er niemanden im Zimmer traf und ihm der Zugang in die Wohnung ermöglicht wurde. Er zog die Holzfällermütze so tief wie möglich ins Gesicht, schützte es zusätzlich mit seinem Ellenbogen und sprang ungeachtet der Glassplitter, die noch im Rahmen steckten, durch die Tür hinein, wo er sich sofort auf dem Boden abrollte und in den Flur zielte.

Dort hatte Söderberg gerade die Tür aufgerissen und bekam im selben Moment eine volle Ladung ätzenden Löschschaum mitten ins Gesicht, die ihm auf der Stelle sein Sehvermögen nahm und ihn handlungsunfähig machte. Er stieß einen gutturalen Schrei aus, sank auf seine Knie und ließ die Beretta los, um instinktiv seine Augen zu schützen.

Madlener stürmte schon von hinten heran, während Harriet immer noch mit dem Schlauch des Feuerlöschers auf Söderbergs Gesicht zielte.

Madlener fackelte nicht lange und schlug Söderberg mit dem

Griff seiner Waffe so hart auf den Hinterkopf, dass er wie von einer Axt gefällt bewusstlos zu Boden stürzte.

»Hör auf, Harriet, ich bin's, hör auf!«, schrie Madlener, der nichts vom Löschschaum abbekommen wollte und sich wegdrehte.

Das Zischen hörte auf.

Söderberg lag in einem Berg aus Schaum, hinter ihm kniete Madlener mit seiner Waldschratmütze, und Harriet, die Schaumspuren im pechschwarzen Stachelhaar hatte und den Schlauch des roten Feuerlöschers hielt wie einen Flammenwerfer, sah aus wie ein wild gewordener Kobold.

Sie starrten sich blinzelnd an.

Madlener reagierte als Erster, fischte Handschellen von seinem Gürtel, drehte Söderberg die Arme auf den Rücken und ließ die Handschellen um dessen Handgelenke einrasten, während Harriet die Beretta fand und wegkickte, dann den Feuerlöscher beiseitestellte und selbst hinter Söderberg in die Knie ging, um ihm ihre Handschellen, solange er sich nicht bewegte, sicherheitshalber noch um die Fußknöchel zu legen.

Erst jetzt konnten sie durchatmen.

Sie hatten das Unmögliche geschafft.

Sven Söderberg lag auf dem Boden und war von ihnen außer Gefecht gesetzt und zur Strecke gebracht worden.

»Gute Arbeit, Agent Starling«, brachte Madlener heraus.

»Sie waren auch nicht schlecht, Mr. Crawford«, entgegnete Harriet.

Madlener wischte sich Reste des Löschschaums vom Mund, er spuckte, das Zeug schmeckte eklig. Zum Glück war ihm nichts in die Augen geraten.

»Hab ich's nicht gesagt?«, meinte er, setzte sich auf den Boden, lehnte sich gegen die Wand und nahm seine Fellmütze ab. »Plan B ...«

»Plan B, ja. Er hat tatsächlich funktioniert«, bestätigte Harriet, die es immer noch nicht fassen konnte und sich auch an die Wand anlehnen musste.

»Bist du okay?«, fragte er.

»Ich bin okay. Und du? Du blutest im Gesicht.«

»Nur ein paar Schrammen.«

Er versuchte ein Lächeln. Es fiel ziemlich schief aus, aber immerhin.

63

Mittlerweile waren fünf Tage vergangen. Tage, die es in sich gehabt hatten und in denen eine Menge passiert war.

Söderberg und Böhm hatten schwer verletzt überlebt und lagen auf der Intensivstation des Friedrichshafener Klinikums. Söderberg wurde streng bewacht und hatte sein Bewusstsein erst nach drei Tagen wiedererlangt. Der Schlag von Madlener hatte einen Schädelbasisbruch zur Folge. Ob eine Operation nötig war, konnten die Ärzte erst entscheiden, sobald die Schwellung zurückgegangen war. Böhm war bereits operiert worden. Außer seinen schweren Gesichtsverletzungen, unter anderem eine Jochbein-, eine Kiefer- und eine Augenhöhlenfraktur, hatte er einen Milzriss und mehrere gebrochene Rippen. Die Ärzte rechneten nach dem ersten Heilungsprozess mit einer sechswöchigen Rehabilitationsphase, die ihn einigermaßen wiederherstellen würde, von ein paar kosmetisch nötigen Korrekturen abgesehen, die später nachgeholt werden mussten. Sobald er wieder schriftlich kommunizieren konnte – mit dem Sprechen würde das wegen des mehrfachen Kieferbruchs noch eine Weile dauern –, wollte er seinen Dienst beim LKA quittieren.

Iris Blaschke hatte nach einem kurzen Krankenhausaufenthalt die Klinik auf eigenen Wunsch wieder verlassen. Sie war ohne äußere Verletzungen davongekommen. Die Ärzte warnten sie aber vor den wahrscheinlichen Folgen einer posttraumatischen Belastungsstörung und rieten ihr dringend zu therapeutischen Maßnahmen. Aber die Entscheidung, sich deswegen in Behandlung zu begeben, blieb ihr überlassen.

Jetzt, nachdem dieser Alptraum vorüber war, wollte sie vorerst nur eines: ihre Ruhe.

Madlener und Harriet saßen im Erdgeschoss des Polizeipräsidiums im Gang vor einem Sitzungsraum auf einer Besucherbank und warteten auf ihre Vernehmung. Madleners Schnittwunden waren gut verheilt, Ellen hatte ihn verarztet, und die Salbe, die sie anschließend aufgetragen hatte, wirkte Wunder.

Er hatte richtig Massel gehabt, dass die Scherbe, die sein Gesicht beim Sprung durch den Türrahmen erwischt hatte, nur Stirn und Augenbraue angekratzt und nicht das Auge getroffen hatte. Sonst gab es außer ein paar kleineren Schnittwunden keine weiteren Blessuren, weder bei ihm noch bei seiner Assistentin.

Ellen hatte Madlener nach der Festnahme von Söderberg, die sich wie ein Lauffeuer bei der Polizei und auch in der Klinik von Friedrichshafen verbreitet hatte, in der sie arbeitete, erst einmal in den Arm genommen, als er nach einem langen Tag bei ihr zu Hause aufgetaucht war. Sie hatte auf ihn gewartet, und nach der Umarmung hatte sie ihn mit der Faust an die Schulter geboxt und ihm unter Tränen an den Kopf geworfen, wie leichtsinnig und verantwortungslos er gehandelt hatte, bevor sie ihn wieder umarmte und ihn anschließend medizinisch versorgte.

Madlener verteidigte seine Vorgehensweise nicht, vielleicht weil er wusste, dass sie im Grunde genommen natürlich recht hatte und er am besten gar nichts dazu sagte. Erst Stunden später, als er wach neben der selig schlafenden Ellen im Bett lag und er zum ersten Mal Zeit und Muße gefunden hatte, die Geschehnisse im Apartmenthaus noch einmal in seinem Kopf Revue passieren zu lassen, war ihm klar geworden, wie unverschämt viel Glück er und Harriet gehabt hatten.

Als Ellen seine Schnittwunde klammerte, hatte er fast den Eindruck gehabt, dass es ihr stille Freude bereitete, ihn zur Strafe ein wenig zu quälen, aber vielleicht bildete er sich das auch nur ein. Jedenfalls tischte sie ihm anschließend sein momentanes Leibgericht auf – Orecchiette-Simmentaler mit Champignons und Zwiebeln in Tomaten-Weißwein-Soße –, er entkorkte zur Feier des Tages einen mitgebrachten Brunello, und der Rest des Abends endete in Harmonie und süßem Vergessen, nur die geklammerte Schnittwunde störte ein bisschen.

Dass Madlener und Harriet jetzt schon so lange vor dem Sitzungsraum auf einer Besucherbank warten mussten, ließ darauf schließen, dass es hinter der Tür heiß herging. Kein Wunder, Frau Schwanitz-Terstegen saß dort drei hochrangigen Beamten gegenüber und musste für ihr Verhalten vor der Festnahme und während des Zugriffs auf Sven Söderberg Rede und Antwort stehen.

Das hatten Madlener und Harriet noch vor sich. Harriet hatte Madlener bereits gestanden, wie sehr ihr davor graute. Schon in der Schule konnte sie es auf den Tod nicht ausstehen, wenn sie vom Lehrer an die Tafel nach vorne beordert wurde, um vor der gesamten Klasse ausgefragt zu werden. Ihr war das regelrecht körperlich unangenehm, selbst wenn sie bestens vorbereitet war und alles wusste, was meistens der Fall war.

Aber so eine Vernehmung durch den leitenden Oberstaatsanwalt Risse aus Ravensburg, den LKA-Vizechef Holzinger und Frau Dr. Hütlin von der Internen Ermittlung, beide aus der Landeshauptstadt, kam ihr vor wie ein Tribunal aus Inquisitionszeiten.

Madlener versuchte sein Bestes, um ihre Vorbehalte zu zerstreuen, aber Harriet blieb skeptisch. Sie, die ansonsten nicht allzu leicht aus der Ruhe zu bringen war, wippte ständig nervös mit den Beinen, stand auf, wanderte zwischen Fenster und Bank hin und her, setzte sich wieder hin und ging alle zehn Minuten nach draußen, um in der Raucherecke eine selbst gedrehte Zigarette zu qualmen.

Anfangs war Madlener sitzen geblieben. Schließlich hatte er auf dem Flachdach des Apartmenthauses den unumstößlichen Vorsatz gefasst, auf der Stelle und für alle Zeiten mit dem Rauchen aufzuhören, weil er durch den Spurt die Treppe zum Dach hinauf vollkommen außer Atem gewesen war, und jetzt wollte er nicht schon nach so kurzer Zeit wieder rückfällig werden.

Harriet drehte neben ihm auf der Bank eine Zigarette nach der anderen auf Vorrat. So schnell und geschickt, dass Madlener ihr dabei kaum mit den Augen folgen konnte.

Als sie jetzt wieder aufstand, um nach draußen zu gehen, begleitete er sie schließlich und steckte sich eine von ihren Selbstgedrehten an, die sie ihm anbot.

»In sechs Tagen ist Weihnachten«, sagte sie völlig unvermittelt und stieß dabei ihre erste Rauchwolke aus. »Da höre ich auch auf. Also danach.«

»Womit? Damit?« Er sah seine glimmende Kippe mit angewidertem Gesichtsausdruck an, als wollte er sagen: Schwächling, dein Name ist Madlener.

»Mhm«, meinte Harriet und zog an ihrer Zigarette.

»Du weißt doch, das Wort mit W sollte in meiner Gegenwart nicht erwähnt werden«, brummte er.

»Apropos – hast du deine Probleme im Zusammenhang mit dem Wort, das nicht erwähnt werden darf, schon gelöst?«, fragte sie.

»Probleme? Welche Probleme?«

Sie warf ihm einen ihrer typischen Pippi-Langstrumpf-Blicke zu, und er seufzte.

»Nein, natürlich nicht. Das ist wie mit diesen ungelösten mathematischen Weltformeln …«

Ohne es zu wissen, hatte er bei Harriet den richtigen Schalter gedrückt, um sie abzulenken. Sie verbesserte ihn auch sofort.

»Du meinst die sieben sogenannten Millennium-Probleme, bisher nicht beweisbare mathematische Behauptungen. Da gibt es die Riemannsche Vermutung, die Hodge-Vermutung …«

Er sah sie erstaunt an. »Seit wann kennst du dich mit so was aus?«

»Seit ich mich aus Jux auf der Polizeihochschule damit beschäftigt habe. Du hast mich doch mal gefragt, was ich in meiner freien Zeit so mache. Das ist eine Art Hobby von mir. Ich beschäftige mich ab und an damit. Ist echt freaky. Wenn du eine dieser Theorien durch eine Formel lösen kannst, ist übrigens ein Preisgeld von einer Million Dollar ausgesetzt …«

»Tatsache?«

»Tatsache.«

»Wie nah bist du dran, an der Million?«

»Vergiss es. It's just for fun.«

Sie blies ein paar perfekte Rauchkringel.

Er versuchte es ihr nachzumachen, scheiterte aber kläglich und seufzte: »Also wenn ich eines ganz sicher weiß, dann ist es, dass ich mir dieses Preisgeld nie und nimmer verdienen werde. Ich war in der Schule schon keine große Leuchte in Mathe. Aber vielleicht gibt es ja gar keine Formel für vertrackte Probleme, nicht nur mathematische. Obwohl man immer auf der Suche ist. Ich meine: prinzipiell nicht.«

»Gut möglich. Also wenn du gar nicht weißt, wohin: Ich bin an besagtem Termin zu Hause.«

»Dem Heiligen Abend, meinst du?«

»Ja, so wird er wohl im Allgemeinen genannt. Also jedenfalls bin ich daheim und mach mir eine Pizza. Keine tiefgefrorene, sondern richtig mit frischem Teig auf dem Blech, der vorher die Nacht über ruhen muss und so.«

»Echt?«

»Echt. Mit speziellem Mehl. 630er-Dinkelmehl.« Sie schniefte. »Magst du Pizza?«

Er zuckte mit den Achseln. »Kommt darauf an.«

»Worauf?«

»Erstens auf den Teig. Und zweitens natürlich, womit sie belegt ist. Zum Beispiel: Magst du Schokolade drauf?«

Sie sah ihn entgeistert an. »Schokolade? Auf der Pizza?«

»Nennt sich Pizza Dolce al Cioccolato.«

»Nicht dein Ernst ...«

»Doch, wirklich. Also ich mag eigentlich alles auf der Pizza außer Schokolade. Und Ananas. Und Anchovis ...«

Er verzog das Gesicht.

»Kann ich auch nicht ab«, stimmte sie zu. »Aber weißt du was? Ich mag Zwiebeln auf der Pizza ...«

»Was du nicht sagst – die mag ich auch ...«

Sie wurden in ihrem tiefschürfenden kulinarischen Exkurs unterbrochen, weil Frau Gallmann die Tür zur Raucherecke aufriss und meldete: »Die Herrschaften täten dann warten. Herr Madlener, Frau Holtby – Sie sind dran.«

Irgendwie machte sie einen ganz aufgelösten Eindruck. Ihre Frisur saß nicht so perfekt wie sonst, ihr Make-up ebenfalls nicht, und ihre fahrigen Bewegungen rundeten den Gesamt-eindruck ab, dass etwas nicht stimmte.

Aber das fiel Madlener und Harriet zunächst nicht auf, weil sie selbst nur daran dachten, was sie wohl erwartete. Sie drückten ihre Kippen aus und folgten Frau Gallmann hinein in den Gang.

64

Dort stand Frau Schwanitz-Terstegen im unvermeidlichen Hosenanzug in Marineblau mit blütenweißer Bluse und finsterer Miene – und streckte Madlener die Hand entgegen.

Madlener war einigermaßen konsterniert, weil sie sich normalerweise nie per Handschlag begrüßten. Irritiert ging er darauf ein und ließ sich von ihr die Hand schütteln. Dazu schnarrte sie in ihrem schneidigen Offizierston, den sie sich wohl aus Autoritätsgründen angeeignet hatte:»Gratuliere, Herr Kriminalhauptkommissar, und alles Gute in meinem Job.«

Aus purer Verwirrung und weil sie so kräftig drückte, war er zunächst nicht in der Lage, ihre Hand wieder loszuwerden, und sagte:»Tut mir leid, Frau Schwanitz-Terstegen, aber ich glaube, ich verstehe nicht ganz …«

Ihr Gesicht verzerrte sich zu einem Lächeln, aber es wurde eher eine Botox-Grimasse daraus. Madlener fiel zum ersten Mal auf, dass die Kriminaldirektorin wohl ihre Mundpartie gelegentlich mit diesem Wundermittel gegen Falten aufbügeln ließ und deshalb in ihrer Mimik dementsprechend stark eingeschränkt war.

»Ich bin bis auf Weiteres suspendiert«, gab sie dazu in süßsaurer Tonlage von sich, sodass es jeder der Umstehenden hören konnte, wenn er es hören wollte.»Auf mich kommt ein Disziplinarverfahren zu. Und ich weiß auch, wem ich das zu verdanken habe. Die Herrschaften im Sitzungszimmer dort drin werden Ihnen die Gründe dafür sicher näher erläutern. Sie brauchen sich jetzt nicht bemühen und fälschlicherweise behaupten, dass es Ihnen leidtut. Das können Sie mir und sich ersparen.«

Damit ließ sie seine Hand los und machte einen Schritt zurück, blieb aber in der Offensive und wartete angriffslustig auf das, was er sagen würde.

Madlener entgegnete:»Damit habe ich nichts zu tun. Ich habe ja noch nicht einmal vor dem Ausschuss ausgesagt …«

»Oh, ich gebe zu, ich habe Sie unterschätzt, Herr Kommissar.

Nach außen hin wirken Sie zuweilen, nun ja: etwas unbedarft. Aber das ist nichts anderes als Ihre Mimikry. Hinter Ihrem vorgetäuschten verständnisvollen Habitus sind Sie ein ganz raffinierter Strippenzieher. Man traut Ihnen das nicht zu, aber ich habe Sie durchschaut.«

Madlener hatte genug und hob die Hände:»Sind Sie fertig? So einen Unsinn können Sie mir gern gelegentlich an den Kopf werfen, wenn Ihnen danach ist. Aber bitte nicht hier und jetzt.«

»Nein, Sie hören sich hier und jetzt alles an, was ich Ihnen zu sagen habe. Das ist sozusagen meine letzte Amtshandlung in diesem Hause. Wollen Sie nicht wissen, wozu ich Ihnen gratuliert habe?«

Madlener schaute sie nur stumm und abwartend an, weil er merkte, dass alles, was er erwiderte, bei Frau Schwanitz-Terstegen nur noch mehr sinnlose Wut hervorgerufen hätte. Schon jetzt hatten ihre botoxgestrafften Wangen eine bedrohliche Rotfärbung angenommen, und ihre tätowierten Augenbrauen zuckten verdächtig.

Ihm entging auch nicht, dass immer mehr Leute stehen blieben und Zeugen ihres Ausbruchs wurden. Frau Gallmann stand kreidebleich daneben, und Harriet hatte ihre Hände verschränkt, weil sie gespannt darauf war, was die Kriminaldirektorin in ihrem Furor noch alles so von sich geben würde.

Sie fuchtelte mit dem karmesinrot lackierten Zeigefingernagel vor Madleners Nase herum und fuhr ihn an:»Von Anfang an haben Sie es darauf angelegt, mich in Ihre perfide Falle zu locken, indem Sie Loyalität und Unterwerfung vorgaukelten. Aber in Wirklichkeit haben Sie es nur darauf abgesehen, mich auf hinterhältigste Art und Weise auszubooten —«

Sie holte Luft, und Madlener nutzte die Gelegenheit, um zu fragen:»Warum um Himmels willen sollte ich das tun?«

»Weil Sie auf meinen Job scharf waren, von Anfang an, darum!«

Diese Anklage war so laut formuliert, dass es das halbe Präsidium hören konnte.

Madlener konnte nicht glauben, was sie ihm da vorwarf, und schüttelte sprachlos den Kopf.

»Darf ich mal kurz, Chef?«, fragte Harriet Madlener und schob sich in das Gesichtsfeld von Frau Schwanitz-Terstegen. »Was glauben Sie eigentlich, wer Sie sind?«, fuhr sie Frau Schwanitz-Terstegen an. »Ich sage es Ihnen: Sie sind eine miserable Chefin! Wir beide, der Kommissar und ich, haben Kopf und Kragen riskiert, um einen Mann zur Strecke zu bringen, der weiter sinnlose Morde begangen hätte, wenn Kommissar Madlener trotz Ihrer Inkompetenz und Ihrer Ignoranz nicht derjenige gewesen wäre, der ihm auf die Spur gekommen ist. Umso schlimmer, dass Sie uns und der Öffentlichkeit Informationen vorenthalten haben, die, hätten wir sie rechtzeitig bekommen, zumindest dem LKA-Beamten Dahlkamp das Leben gerettet und den anderen Beamten Böhm nicht beinahe zum Pflegefall gemacht hätten! Sie allein sind dafür verantwortlich! Ich werde nicht zulassen, dass Sie uns Ihre eigenen Versäumnisse anhängen wollen!«

Madlener wollte sie wegziehen: »Lass gut sein, Harriet!«

Aber sie schüttelte ihn ab. »Eines noch, dann höre ich auf. Mein Chef hatte hier in Friedrichshafen, schon bevor Sie hierhergekommen sind, das Angebot, den Posten des Kriminaldirektors zu übernehmen und Dienststellenleiter der Kripo zu werden. Als Nachfolger von Kriminaldirektor Thielen. Und wissen Sie was? Er hat es abgelehnt. Verstehen Sie? Er wollte den Job nicht! Er hat es nicht nötig, irgendwelche nicht existenten Strippen zu ziehen. Dass Sie jetzt den Hut nehmen müssen, haben Sie sich ganz allein zuzuschreiben.«

Damit drehte Harriet sich weg und sah, dass inzwischen ein Großteil des Personals des Polizeipräsidiums herangekommen und Zeuge ihrer Auseinandersetzung geworden war. Sogar die drei hohen Tiere, Oberstaatsanwalt Risse, LKA-Vizechef Holzinger und Frau Dr. Hütlin von der Internen Ermittlung, waren aus dem Besprechungsraum gekommen, um nachzusehen, warum es draußen auf dem Gang einen so lautstark geführten und hitzigen Schlagabtausch gab.

Frau Gallmann hatte mit aschfahlem Gesicht dabeigestanden. Jetzt konnte sie sich nicht länger zurückhalten und ging auch noch auf ihre Chefin los: »Des alles schtimmt, Frau Schwanitz-

Terschtegen, was Harriet da behauptet! Sie hat vollkommen recht! Kommissar Madlener isch ein integrer Mensch. Sie tun ihm zutiefscht unrecht, er hat nie schlecht über Sie geschwätzt! Nie! Dafür lege ich meine Hand ins Feuer. Des isch die reine Verleumdung! Das hat er gar nicht nötig ...« Irgendjemand auf der Treppe fing an, zustimmend zu klatschen. Harriet hatte den Verdacht, dass es Ehrmanntraut war. Völlig überraschend schlossen sich nach und nach alle Anwesenden dem Beifall an, sie wollten damit demonstrativ beipflichten, dass sie Madlener ihren Respekt zollten. Jeder im Polizeipräsidium wusste, was er geleistet hatte, indem er zusammen mit Harriet den zweifachen Polizistenmörder Söderberg dingfest gemacht hatte – unter Einsatz seines Lebens.

Madlener war diese Kundgebung sichtlich mehr als peinlich, und er wiegelte mit den Händen ab zum Zeichen, dass es genug war.

Das Gesicht von Frau Schwanitz-Terstegen hatte inzwischen eine purpurrote Färbung angenommen.

Alles wartete nun auf eine finale Entgegnung von Madlener. Diese unhaltbaren Vorwürfe konnte er doch nicht so unwidersprochen hinnehmen und auf sich sitzen lassen.

Madlener hatte, was so gar nicht seiner sonstigen Art entsprach, indes vollkommen die Ruhe bewahrt, weil er wusste, dass Frau Schwanitz-Terstegen im Unrecht war und sich mit ihrem emotionalen Auftritt keinen Gefallen getan hatte, ganz im Gegenteil, sie hatte sich damit nur umso tiefer in eine Sache hineingeritten, die nun ihrer Kontrolle entglitten war und sich gegen sie wendete.

»Es tut mir leid für Sie«, sagte Madlener schließlich in die erwartungsvolle Stille hinein, »aber ich glaube, Sie haben nicht nur Paranoia, sondern auch zwei unterschiedliche Schuhe an.«

Frau Schwanitz-Terstegen konnte nicht glauben, was Madlener auf ihre hysterische Philippika zu entgegnen hatte, aber als sie an sich herunterschaute, musste sie erkennen, dass er recht hatte. Sie war tatsächlich am Morgen in zwei verschiedenfarbige Pumps geschlüpft und hatte vor lauter Nervosität über ihren bevorstehenden Auftritt vor dem Ausschuss nichts bemerkt. Ihre Blamage konnte größer nicht sein.

Sie zog beide Schuhe aus, warf sie Madlener vor die Brust, drehte sich um und ging in Strümpfen mit hocherhobenem Haupt hinaus wie eine mittelalterliche Königin, die zum Abdanken gezwungen worden war und froh sein konnte, gerade noch so dem Schafott entgangen zu sein.

Madlener gab die Schuhe, die er aufgefangen hatte, an Frau Gallmann weiter und wandte sich an die drei wartenden Ausschussmitglieder.

»Können wir dann?«, fragte er ruhig und unaufgeregt bis ans Herz, als wäre überhaupt nichts geschehen. »Meine Assistentin Frau Holtby und ich möchten unsere Anhörung so schnell wie möglich hinter uns bringen, damit wir uns wieder an die Arbeit machen können. Es sind doch noch einige Fragen offen.«

Als die Tür des Besprechungsraums hinter Madlener und Harriet zuging und sich die zahlreichen Zuschauer verlaufen hatten, stand Frau Gallmann immer noch mit einem schwarzen und einem dunkelbraunen Stöckelschuh in den Händen da und wusste nicht, was sie damit anfangen sollte.

65

»Normalerweise schreibt das Prozedere vor, dass wir Sie einzeln vernehmen«, erläuterte Frau Dr. Hütlin als Vorsitzende des Ausschusses. »Aber in diesem Fall haben wir einstimmig beschlossen, eine Ausnahme zu machen und die Sache so kurz und schmerzlos wie möglich abzuhandeln.«

Madlener und Harriet saßen ihr und ihren zwei Beisitzern an einem großen Tisch gegenüber. Während Madlener die Ruhe selbst war, fingerte Harriet nervös an ihrem Feuerzeug herum. Frau Dr. Hütlin blätterte in ihren Unterlagen, dann sah sie wieder hoch und sprach weiter.

»Mir liegen hier Ihre schriftlichen Aussagen zu den Vorfällen im Apartmenthaus in Markdorf vor sowie die Ausführungen der Kriminaltechnik und der Spurensicherung, die ohne jeden Widerspruch mit Ihren Aussagen sind, man kann sagen, sie sind absolut deckungsgleich. Zu Ihrer Vorgehensweise könnten wir einige kritische Anmerkungen machen, aber angesichts der besonderen Umstände wollen wir das zu Ihren Gunsten unter Notwehr verbuchen und unter den Tisch fallen lassen, da sind wir uns einig.«

Sie sah ihre Beisitzer an, die beide zustimmend nickten.

»Gibt es dazu noch irgendwelche Fragen?«

Die Beisitzer zu ihrer Rechten und Linken schüttelten den Kopf.

Dr. Hütlin stand auf und verkündete in offiziellem Ton: »Dann darf ich Ihnen beiden in Vertretung und im Namen des Innenministers den besonderen Dank des Landes Baden-Württemberg aussprechen. Das Land Baden-Württemberg und seine Bürgerinnen und Bürger stehen in Ihrer Schuld. Nur durch Ihren Einsatz und Ihr Engagement – beides ist über das normale Maß weit hinausgegangen – konnten Sie einen hochgefährlichen mutmaßlichen Mörder fassen und noch mehr Schaden und Leid abwenden. Sie haben unter Einsatz Ihres eigenen Lebens Menschenleben gerettet, das ist gar nicht hoch genug einzuschätzen. Dazu möchte ich Ihnen auch noch meinen ganz persönlichen Dank aussprechen!«

Jetzt ging sie auch noch um den Tisch herum und reichte zuerst dem völlig perplexen Madlener, der aufgestanden war, und dann der genauso erstaunten Harriet die Hand, auch sie hatte sich von ihrem Sitz erhoben.

Oberstaatsanwalt Risse und LKA-Vizechef Holzinger bedankten sich ebenfalls persönlich bei Madlener und Harriet, wobei Risse noch betont jovial beim Händeschütteln hinzufügte:»Das Theater da draußen sollten wir für uns behalten und nicht überbewerten. Da sind wir uns doch einig, nicht wahr, Herr Kriminalhauptkommissar?«

»Ich weiß nicht, welches Theater Sie meinen«, antwortete Madlener diplomatisch.»Du, Harriet?«

Harriet war von Lob und Händeschütteln immer noch wie gelähmt und brachte nur ein»Klar ... ich meine: Was für ein Theater?« heraus.

Madlener wusste, wie sie auf Lob reagierte, zumal wenn es wie hier überschwänglich ausfiel: Nichts war ihr peinlicher. Gott sei Dank hatte sie es ausnahmsweise angesichts des hochrangigen Tribunals unterlassen, einen Kaugummi in den Mund zu stecken, den sie normalerweise in so einem Fall heftig bearbeiten hätte können.

»Gut, gut, gut«, stellte der Oberstaatsanwalt abschließend zufrieden fest und packte seine Akten in eine matt glänzende, nagelneue Ledertasche.»Haben Sie noch irgendeinen Wunsch, den wir Ihnen erfüllen können?«

»Ja«, sagte Madlener zu Harriets Überraschung.»Ja, ich hätte einen Wunsch.«

»Wir hören«, sagte Frau Dr. Hütlin.

»Harriet und ich haben Söderberg gefasst. Wir möchten ihn ganz gern das erste Mal verhören. Sobald er vernehmungsfähig ist.«

»Das ist er seit gestern. Der behandelnde Arzt hat ihn transportfähig geschrieben und seiner Überstellung in die Justizvollzugsanstalt nach Ravensburg aus Sicherheitsgründen bereits zugestimmt.«

»Hat er etwas gesagt?«, wollte Madlener wissen.

»Ja. Er wird nicht aussagen. Nicht heute und nicht in tausend Jahren. So viel hat er uns jedenfalls ausrichten lassen.«

»Das wundert mich nicht im Geringsten.«

»Er hat uns allerdings wissen lassen, dass er mit Ihnen sprechen möchte. Mit den beiden, die ihn erwischt haben. Das waren seine Worte.«

»Dann passt das ja«, meinte Madlener ohne jedes Pathos. »Brauchen Sie uns noch?«

»Nein. Sie können gehen.«

Dr. Hütlin nickte ihnen wohlwollend zu, dann griff sie sich zerstreut an die Stirn.

»Ach so, ich hätte beinahe etwas Wichtiges vergessen. Kriminalhauptkommissar Madlener – Sie sind mit sofortiger Wirkung interimistischer Leiter Ihrer Dienststelle hier in Friedrichshafen. Ich gratuliere.«

Sie sah Madlener an, dass er protestieren wollte, und fuhr beschwichtigend fort: »Bis auf Weiteres.«

»Was heißt das?«

»Bis dieser Fall komplett abgeschlossen ist und wir einen Nachfolger für Frau Schwanitz-Terstegen gefunden haben.«

Madlener und Harriet tauschten einen kurzen Blick aus und sahen zu, dass sie hinauskamen, bevor den drei Herrschaften noch etwas einfallen konnte.

66

»Na, spannend?«, fragte Madlener den Polizisten in Uniform, der vor dem Einzelzimmer des Klinikums auf einem Stuhl im Gang saß und soeben einen Kriminalheftroman von Jerry Cotton verschwinden lassen wollte, als Madlener und Harriet bereits vor ihm standen. Er hatte sie zu spät den Gang herankommen sehen, weil er so in seinen Lesestoff vertieft gewesen war.

Madlener wunderte sich, dass es den heimlichen Helden seiner späten Kindheit namens Jerry Cotton überhaupt noch gab. Er hatte sich als Zwölfjähriger immer die Hefte von seinem größeren Bruder heimlich unter den Nagel gerissen und dadurch das Gefühl gehabt, einen verbotenen Blick in die wahre Erwachsenenwelt werfen zu können, was die Lektüre natürlich noch reizvoller machte.

»Geht so«, wand sich der ertappte Polizist bei der Beantwortung der Frage, erhob sich rasch und wollte das zusammengefaltete Heft hinten in seinen Gürtel stecken.

Madlener streckte die Hand aus.

»Darf ich?«, fragte er.

Der Polizist zögerte, dann reichte er Madlener das Heft.

Madlener las den Titel vor. »»Die Hölle war schon angeheizt‹ – klingt vielversprechend …«

Er gab das Heft zurück und fragte: »Fährt Jerry Cotton immer noch seinen Jaguar E-Type?«

Der Polizist nickte, irgendwie schien ihm das selbst peinlich zu sein, jedenfalls steckte er das Heft endgültig weg.

Madlener wurde dienstlich.

»Aber wir sind nicht wegen Jerry Cotton hier. Sagen Sie, wann bringen Sie den Häftling in die JVA Ravensburg?«

Der Jerry-Cotton-Fan blickte auf seine Uhr.

»In einer Stunde«, sagte er.

»Ist Söderberg allein da drin?«, wollte Madlener wissen.

Der Polizist, ein Mann in seinen späten Fünfzigern, schüttelte den Kopf und sagte: »Ein Pfleger ist gerade bei ihm. Sind Sie der

Kommissar Madlener, der den Kerl geschnappt hat? Und das ist Frau Holtby?«

»Ja, das sind wir.«

Harriet stand hinter ihm und kaute heftig Kaugummi, weil ihr, wie immer, der Krankenhausgeruch ganz und gar nicht behagte.

»Gratuliere«, sagte der Polizist und schüttelte ihm und Harriet die Hand. »Auch im Namen meiner Kollegen.«

Die Tür ging auf, und ein kräftiger junger Pfleger mit bunten Dschungeltätowierungen auf den Popeye-Unterarmen kam heraus. »Sie wollen zu ihm?«

»Ja.«

»Haben Sie irgendeine Genehmigung? Ich meine, dürfen Sie das?«, fragte er sicherheitshalber.

»Ja, die beiden dürfen das«, bestätigte ihm der uniformierte Polizist.

»Okay. Wenn Sie das sagen … Also er ist wach. Er könnte reden, sagt aber kein Wort.«

Er wartete einladend an der offenen Tür, bis Madlener und Harriet das Zimmer betreten hatten, dann schloss er die Tür hinter ihnen.

Söderberg hatte einen turbanartigen Verband um den Kopf und lag mit geschlossenen Augen in seinem Bett. Seine wichtigsten Parameter wurden in Zickzackformen und Zahlen an einem Turm aus Apparaten angezeigt, an die er angeschlossen war. In seinem weißen Krankenhaushemd zwischen den weißen Laken und mit der durchsichtigen Sauerstoffmaske über Mund und Nase sah er erstaunlich harmlos aus, sein Brustkorb hob und senkte sich in regelmäßigen Atemzügen, er lag nicht ganz flach, sein Kopfteil war leicht angewinkelt.

Als er merkte, dass jemand hereingekommen war, öffnete er seine Augen. Sein Kopf bewegte sich nicht, ebenso wenig seine Finger, seine Hände lagen völlig ruhig auf der Bettdecke. Alles in allem vermittelte er den Eindruck eines normalen Patienten, der schwer angeschlagen darauf wartete, dass die Kunst der Ärzte es vermochte, ihn wieder gesund zu machen. Nur eine Kleinigkeit deutete darauf hin, dass der Schein trog. Seine linke Hand war mit einer Handschelle an die Seitenklappe seines Bettes gefesselt, die verhindern sollte, dass er herausfallen konnte.

Er war zweifellos bei Bewusstsein, das konnte man an seinen Augen sehen, die beobachteten, wie Harriet einen Besucherstuhl so heranzog, dass er laut über den Boden kratzte, und sich seitlich von ihm setzte, sodass sie Söderberg gut ins Gesicht blicken konnte. Sie kaute ihren Kaugummi und starrte ihn dabei in voller Absicht unverfroren an, als wäre sie im Zoo und er eine seltene und gefährliche Spezies hinter sicherem Panzerglas. Söderberg zeigte keinerlei Regung.

Madlener zog es vor, am Fußende des Bettes zu stehen, die Hände auf das Fußteil gestützt.

So musterten sie sich gegenseitig eine ganze Weile, ohne dass jemand ein Wort sprach.

Jäger und Gejagter, und jeder rätselte, was er von seinem Gegenüber halten sollte.

Madlener und Harriet hatten ihr Vorgehen vorher abgesprochen. Es konnte gut sein, dass dies die erste und einzige Gelegenheit war, allein und ohne Zeugen mit Söderberg zu sprechen.

Schließlich machte Madlener den Eröffnungszug in ihrem Psychospielchen, weil es ihm zu dumm wurde.

»Sie wollten uns sprechen?«, fragte er.

Söderberg nickte einmal fast unmerklich.

»Warum?«, fragte Madlener.

Zu seiner und Harriets Überraschung hob sich plötzlich Söderbergs freie rechte Hand, zog die Sauerstoffmaske von Nase und Mund und platzierte sie unter seinem Kinn. Als er anfing zu sprechen, war seine Stimme heiser und fast nur ein lautes Flüstern, aber man konnte jedes Wort verstehen, so deutlich artikulierte er.

»Weil ihr die beiden seid, die mich erwischt haben. Gratuliere nachträglich«, sagte er, nicht ohne einen ironischen Unterton.

Madlener schüttelte den Kopf. »Sie sind schon der Dritte oder Vierte, der uns heute gratuliert.«

»Sie haben es sich redlich verdient«, flüsterte Söderberg. »Hätte nicht gedacht, dass es jemals einer schafft. Habt ihr ein Aufzeichnungsgerät an?«

»Nein«, sagte Madlener.

»Kann ich das glauben?«

Madlener zuckte mit den Achseln.

»Na gut, ich kaufe es euch ab. Ist sowieso egal. Warum stellt ihr euch nicht vor, wie es sich gehört?«

»Warum sollten wir höflich sein? Das sind Sie auch nicht gerade gewesen«, antwortete Madlener.

»Höflich?«

Söderberg fing an zu lachen, das Lachen mündete in einem keuchenden Husten. Es dauerte, bis er sich beruhigt hatte. Er nahm ein paar Atemzüge von seiner Sauerstoffmaske, bevor er sie wieder unters Kinn schob.

»Nennt ihr das höflich, wenn ihr mir zur Begrüßung den Kopf einschlagt?«, fragte er schließlich.

»Sie haben uns keine andere Wahl gelassen. Und angesichts dessen, was Sie anderen Menschen angetan haben, würde ich Ihre Frage glatt bejahen. Ja, wir waren noch höflich«, entgegnete Madlener ohne jegliche Ironie.

»Du bist wenigstens ehrlich, ein Bulle ganz aus altem Schrot und Korn«, sagte Söderberg. »Ich stelle mich jedenfalls nicht vor. Wie ich heiße, ist ohne Belang. Ihr werdet es nie rauskriegen, wenn ich es nicht will. Und ich glaube, das ist auch besser so. Aber ich würde zu gern wissen, wie eure Namen lauten.«

»Warum?«

»Weil ich euch dann jede Nacht, wenn ich kein Auge zube-komme, verfluchen kann.«

Madlener ging nicht darauf ein.

»Ihr ganzes Leben war doch wohl davon geprägt, dass Sie Geschäfte gemacht haben, oder?«

»Kann man so sagen.«

»Also, dann verstehen Sie mich sicher, wenn ich Ihnen ein Geschäft vorschlage. Unsere Namen gegen den Namen Ihres Auftraggebers.«

Wieder ging das Lachen von Söderberg in ein keuchendes

Husten über, das sich erst legte, als die Sauerstoffmaske erneut zum Einsatz gekommen war.

»Du bist gut, Mann! Du hast vielleicht Nerven! Und wisst ihr was? Eigentlich sollte ich das tatsächlich machen. Ich habe sowieso nichts mehr zu verlieren.«

Er runzelte die Stirn und rollte mit den Augen, als würde er überlegen. Schließlich rümpfte er missbilligend die Nase. »Aber nein, ich glaube, den Gefallen kann ich euch doch nicht tun. Wollt ihr wissen, warum? Weil ich sonst meine Ehre verliere. Ist nicht viel, was mir geblieben ist, was? Meine Ehre, so eine verfluchte Scheiße ...«

Er schloss die Augen.

Madlener und Harriet dachten schon, er sei eingeschlafen, als er sie auf einmal wieder aufmachte.

»Das war's dann. Danke, dass ihr gekommen seid. Meine Sprechstunde ist jetzt zu Ende. Und zwar für immer. Ihr seid die Letzten, mit denen ich geredet habe. Aus Respekt vor euch. Weil ihr besser gewesen seid als ich. Ihr könnt dem Staatsanwalt und den anderen Bullen ausrichten, dass Sven Söderberg fortan schweigen wird wie ein Grab. Aber eines lasst euch noch gesagt sein ...«

Er machte eine Pause, dann fuhr er fort: »Die Kleine ist beileibe nicht so unschuldig, wie sie tut.«

»Welche Kleine?«, fragte Harriet. »Iris Blaschke?«

»Ja, genau. Sie weiß, wo die Liste ist. Ich hatte sie schon fast so weit. Sie war kurz davor, es mir zu verraten, als es geklingelt hat. Was soll man machen? Das ist Schicksal!«

Er klemmte sich die Sauerstoffmaske wieder über Mund und Nase und schloss die Augen zum Zeichen, dass die Audienz endgültig vorüber war.

Madlener und Harriet verständigten sich mit einem Blick und verließen das Zimmer.

67

Sie warteten neben ihrem Dienstwagen hinter der Klinik bei der Notaufnahme.

Madlener hatte sich aus der Cafeteria einen Pappbecher mit einem dreifachen Espresso besorgt und für Harriet eine Cola light. Beide nippten an ihren Getränken. »Was meinst du?«, sagte Harriet. »Will Söderberg Iris Blaschke eins auswischen, oder hat er recht?«

»Möglich, dass er einfach auf den Busch klopft. Uns ein wenig manipulieren möchte. Er ist der Typ dafür.«

»Mag sein. Sollen wir uns Iris Blaschke noch einmal vornehmen?«

»Das werden wir. Vielleicht weiß sie wirklich was. Vielleicht hat Maiser ihr doch von der Liste erzählt. Selbst wenn sie sich da ahnungslos gibt.«

»Und von seiner richtigen Vergangenheit als Banker in der Schweiz? Meinst du, sie hat uns angelogen, als sie behauptet hat, darüber nichts zu wissen?«

»Das glaube ich eher nicht. Ihre Bitte, sie zu informieren, sobald wir Maisers echte Identität kennen und weitergeben dürfen, kam mir nicht gespielt vor.«

»Wenn sie irgendwie doch an die Liste kommen kann, dann lohnt es sich schon, das für sich zu behalten.«

»Allerdings. Die Namen und Daten sind eine Menge Geld wert.«

»Aber noch hat sie sie nicht.«

»Nein. Sonst wäre sie schon längst auf und davon.«

»Ich weiß nicht, ob sie das machen würde«, sagte Harriet. »Sie hat eine Mutter in Lindau. Die ist in einem Pflegeheim. Ich habe das recherchiert. Sie besucht sie regelmäßig, scheint an ihr zu hängen.«

»Was hat die Mutter?«

»Alzheimer.«

Madlener rieb sich die Stirn.

»Wir müssen noch mal in das Haus von Maiser«, meinte er.

»Aber unsere Leute haben dort schon alles x-fach durchsucht.«

»Darum geht es nicht. Wir müssen uns noch einmal um Maisers schriftlichen Kram kümmern. Sein Laptop hast du durchgesehen?«

»Ja. Gründlich. Und nicht nur ich. Sowohl Götze als auch ein IT-Spezialist von Ehrmanntrauts Truppe waren da dran. Keine versteckten oder verschlüsselten Dateien. Keine verdächtigen Mails.«

»Was ist mit einem Schließfach, von dem wir nichts wissen?«

»In beiden Safes, im Haus und in der Galerie, war kein entsprechender Schlüssel oder irgendein Nummerncode oder so. Außerdem habe ich alle Bankdaten von Maiser überprüft. Über ein Bankschließfach oder ein Schließfach anderswo habe ich nichts gefunden.«

»Es hilft alles nichts, wir müssen sämtliche Unterlagen von ihm noch einmal durchgehen. Rechnungen, Quittungen, Notizen ...«

»Eine Heidenarbeit.«

»Ich weiß. Aber vielleicht stoßen wir da auf etwas.«

»Und wenn wir Iris Blaschke ein wenig in die Zange nehmen? Verhörtechnisch?«

»Wenn sie bis jetzt dichtgehalten hat, kriegen wir auf herkömmliche Weise nichts aus ihr heraus. Wir müssen schon irgendetwas Handfestes vorweisen, um sie damit konfrontieren zu können. Aber wir haben nichts dergleichen.«

»Was würde sie machen, wenn sie an die Liste kommt?«

»Sie versilbern, denke ich. Das müsste sie nicht mal selber tun. Sie kann es über einen Mittelsmann machen, einen Anwalt zum Beispiel. Das Land Baden-Württemberg hat die erste Datei gekauft. Ich bin mir ziemlich sicher, dass die maßgeblichen Leute aus Innen-, Justiz- und Finanzministerium auch die zweite kaufen würden. Selbst auf die Gefahr hin, dass es wieder zu politischen Spannungen mit der Schweiz kommt. Es geht schließlich um Steuerhinterziehung einer hohen dreistelligen Millionensumme. Und du darfst nicht vergessen, dass laut Frau Schwanitz auch die Amerikaner daran interessiert sind.«

»Für diese Liste haben eine Menge Menschen ihr Leben gelassen.«

»Wenn Iris Blaschke sie findet und die falschen Leute bekommen Wind davon, macht sie das erneut zur Zielscheibe. Ich weiß nicht, ob sie sich dessen bewusst ist.«

»Wir sollten diese Datei finden, damit das endlich ein Ende hat.«

Sie schwiegen eine Weile und sahen drei Krähen zu, die sich um ein Stück Abfall im Schnee stritten.

»Was meinst du: Kriegen wir jemals heraus, wer Söderberg wirklich ist?«, fragte Harriet. »Ich habe ihn und seine Daten noch einmal durch sämtliche Suchprogramme gejagt. Es ist, als würde er gar nicht existieren. Wir haben vier Pässe mit vier verschiedenen Namen aus vier verschiedenen europäischen Ländern bei seinen Sachen gefunden. Schweden, Italien, Frankreich, Belgien. Alle gefälscht, gute Arbeit, aber gefälscht. Übrigens alles Namen von Leuten, die schon längst unter der Erde liegen. Der echte Sven Söderberg ist seit dreizehn Jahren tot.«

»Wenn seine Abdrücke nirgends gespeichert sind, wenn er sich nirgendwo eine Vorstrafe eingefangen hat, in keiner DNS-Datei auftaucht und nicht plaudern will – dann sehe ich schwarz. Außer es erkennt ihn jemand, wenn wir sein Bild veröffentlichen. Das könnte unsere einzige Hoffnung sein. Aber das ist für uns dann zweitrangig. Sollen sich andere damit herumschlagen.«

»Ich nehme mal an, er wird einiges auf dem Kerbholz haben …«

»Ja, davon können wir ausgehen. Sieht ganz so aus, als hätte er sich mit seinen Killeraufträgen seinen Lebensunterhalt verdient. Und das schon seit einer ganzen Weile. Das ist der einzige Punkt, wo nachgehakt werden kann: was seine Arbeitsweise angeht. Wobei ich mir vorstellen kann, dass er sehr flexibel vorgegangen ist.«

»Was meinst du damit?«

»Dass er seine Liquidationen je nach Auftrag, Zielperson, den Umständen und dem Motiv – Rache, Konkurrenz, Gier – angepasst hat. Soll heißen: Da ist bestimmt der eine oder andere spurlos verschwunden und einfach nicht mehr aufgetaucht.

Andere wiederum sind quasi öffentlichkeitswirksam hingerichtet worden, als warnendes Beispiel. Schau dir Maiser an – Söderberg hat ihn in einem Auto verbrannt.«

»Ja, aber vergiss nicht, dass er mit dem Auto verunglückt ist.«

»Trotzdem. Er wusste, dass wir eine Weile brauchen würden, bis wir dahinterkommen, wer der Tote ist. Das hat ihm den Vorsprung verschafft, den er benötigt hat. Er konnte sich sicher sein, dass Maisers Identität früher oder später von uns aufgedeckt und veröffentlicht wird. Er hätte ihn auch irgendwo in einem Moorloch verschwinden lassen können.«

»Vielleicht wollte er das.«

»Nein. Maisers Tod heißt für alle, die Ähnliches vorhaben sollten: Finger weg, sonst geht's euch genauso, wir sind unerbittlich und lassen in solchen Dingen nicht mit uns spaßen!«

»Und die tote Autobesitzerin im Kofferraum ...«

»War für Söderberg nichts weiter als ein Kollateralschaden.«

Harriet schüttelte seufzend den Kopf. »Wenn du mich fragst: Söderberg ist ein ganz harter Hund. Der wird nie auspacken.«

An der Auffahrt zur Notaufnahme kam ein Sanka mit Blaulicht an. Zwei Sanitäter sprangen heraus, öffneten die Flügelhecktüren, zogen die Trage heraus, wobei sich deren Fahrgestell automatisch aufklappte, und schoben eine Patientin im Eiltempo durch die Automatiktür in die Klinik.

Madlener sah auf seine Uhr. »Gleich muss es so weit sein.«

Ein zweiter Krankentransporter fuhr vor, gefolgt von einem Streifenwagen mit zwei Polizisten.

Der Fahrer stieg aus und klappte die Hecktüren zur Seite. Sein Partner ging zu den Polizisten und redete mit ihnen, es schien sich um irgendwelche Papiere zu drehen.

Die Polizisten erkannten Madlener und Harriet und grüßten sie, dann betraten sie mit den zwei Sanitätern die Notaufnahme.

»Es ist so weit«, kommentierte Madlener. »Sie holen ihn.«

Das wollten er und Harriet sich auf keinen Fall entgehen lassen – sie würden den Transport begleiten. Madlener war erst beruhigt, wenn Söderberg sicher hinter Schloss und Riegel war.

68

Im obersten Stockwerk der Klinik, ganz am Ende des langen Flurs, vor dem letzten Einzelzimmer, hatte der Polizist und Jerry-Cotton-Fan Oskar Schlemmer sein Heft endlich zu Ende gelesen, sah auf seine Uhr, streckte sich und gähnte herzhaft. Eine Krankenschwester huschte um die Ecke in den nächsten Quergang, ansonsten war in diesem abgelegenen Trakt nicht viel los. Das war auch der Grund, warum man den Patienten namens Söderberg hier untergebracht hatte. Mit Fluchtgefahr war nicht zu rechnen, der Zustand des Patienten, der mit Beruhigungs- und Schmerzmitteln vollgepumpt und außerdem mit einer Hand ans Bett gefesselt war, schloss das aus. Dass ein Polizist hier Wache schob, war reine Formsache.

Schlemmer stand auf, um sich ein wenig die Beine zu vertreten. Er schaute durch das große Fenster am Ende des Ganges auf die Gebäudekomplexe der Klinik inmitten der Winterlandschaft hinunter. Es war grau und trüb.

Noch drei Tage bis zu seinem Weihnachtsurlaub, wurde auch Zeit.

Schlemmer hörte, wie der Aufzug mit einem Plingsignal seine Ankunft akustisch anmeldete, gleich würde die Tür aufgleiten. Ein nerviges Geräusch, fand er, das er sich schon seit Stunden immer wieder hatte anhören müssen. Er fragte sich, warum man es überhaupt brauchte, er konnte jedenfalls keinen Sinn darin erkennen. Obwohl – vielleicht war das ein Signal für Blinde, das würde ihm einleuchten.

Ein vollbärtiger Arzt mit Glatze, Goldrandbrille und Stethoskop in weißem Kittel und weißen Hosen und den typischen Krankenhaus-Crocs an den Füßen kam aus dem Aufzug, sah sich um und steuerte dann das letzte Zimmer an, das Schlemmer zu bewachen hatte.

Er war schon neben die Tür getreten und wartete.

Ihm fiel auf, dass der Arzt blaue Vinylhandschuhe trug. Er hatte ein paar Medikamentenschachteln in der Hand, die ihm genau in dem Moment aus der Hand fielen, als er neben Schlemmer angehalten hatte und ihm zunickte. Instinktiv bückte sich Schlemmer danach und spürte im selben Moment einen heftigen Stich im Hals. Er wollte danach greifen und sah im Augenwinkel, dass der bärtige Arzt die Spritze, die er ihm verpasst hatte, wieder herauszog und zur Seite sprang. Schlemmer ruderte mit den Armen, weil sich plötzlich alles um ihn drehte und ihn im ersten Schock das panische Gefühl durchflutete, dass ihm der Boden unter den Füßen weggezogen wurde und er kopfüber in ein tiefes schwarzes Loch fiel. Bevor er endgültig zusammenbrach, fing ihn der Mann im weißen Kittel auf und ließ ihn zu Boden gleiten. Er öffnete die Tür zum Krankenzimmer und schleifte den besinnungslosen Polizisten an den Beinen hinein, wo er ihn liegen ließ, um die Tür wieder zu schließen.

Dann wandte er sich dem Patienten im Bett zu.

Söderberg lag hilflos in seinen Laken, und der Mann sah es in seinen Augen, dass er sofort wusste, was ihm bevorstand.

»Schickt dich Kowalski?«, fragte Söderberg mit seiner heiseren Flüsterstimme, nachdem er sich mit der rechten Hand die Sauerstoffmaske vom Gesicht gerissen hatte.

»Ja. Ich soll dich von ihm grüßen«, antwortete der Mann und zog eine Pistole aus der Tasche, auf die er vor den Augen von Söderberg demonstrativ einen Schalldämpfer schraubte.

Söderberg versuchte, an die Klingel für den Notruf zu kommen, deren Kabel um den Galgengriff geschlungen war und weit rechts von seinem Kopf baumelte. Bevor er sie mit einer übermenschlichen Willensanstrengung erreichen konnte, war der Mann im Arztkittel blitzschnell heran und fegte die verkabelte Klingel beiseite. Söderberg schlug verzweifelt, aber vergeblich mit seinem freien Arm nach ihm. Der Mann wich geschickt aus, dann zog er Söderberg erbarmungslos das Kopfkissen unter dem Kopf weg, drückte seinen Arm nach unten und presste ihm das Kissen auf das Gesicht. Als Söderberg wie wild anfing, mit seinen Füßen zu strampeln, hielt der Mann die Mündung seiner Schusswaffe mitten auf das Kissen und drückte ab.

Plopp.

Ein blutiger Fleck breitete sich auf dem Kissen aus, und Söderberg hörte mit einem Schlag auf, sich zu wehren, und erschlaffte.

Der Mann konnte auf den Monitoren ablesen, dass die Vitalfunktionen nur noch eine Nulllinie bildeten, gleichzeitig wurde Alarm ausgelöst.

Jetzt musste er schleunigst verschwinden, bevor die erste Schwester herangeeilt kam. Er schraubte den Schalldämpfer von der Pistole und steckte beides weg, riss die Tür auf und rannte auf den Flur und zum Aufzug, in der Absicht, den schwer beschäftigten Arzt zu spielen und wieder nach unten zu fahren. Aber gerade als er auf den Anforderungsknopf drücken wollte, ertönte das charakteristische »Pling!« und zeigte die Ankunft des Lifts an.

Das ließ den Mann sofort kehrtmachen und zum Treppenhaus hetzen.

»Hey!«, hörte er eine Stimme vom anderen Ende des Ganges rufen, dort war die Schwesternstation. »Hey, Sie da, was haben Sie in dem Zimmer zu suchen?«

Es war der Pfleger mit der Gewichtheberfigur, der ihn offensichtlich aus dem Zimmer von Söderberg hatte kommen sehen und bereits heranspurtete.

Der vermeintliche Arzt hatte es plötzlich furchtbar eilig und hetzte im Sprinttempo mit seinen klappernden Crocs zum Treppenhaus und dort nach unten.

Genau in dem Moment, als die Aufzugstür aufging und die zwei Streifenpolizisten mit den zwei Sanitätern aus dem Aufzug traten.

Während der bärtige Mann die Stufen im Rekordtempo nahm, stürmte der Pfleger an den Polizisten und Sanitätern vorbei ins Krankenzimmer von Söderberg und blieb geschockt stehen.

Die Wache lag regungslos auf dem Boden und Söderberg ebenso regungslos in seinem Bett. Mit einem Kissen auf dem

Gesicht, auf dem sich eine blutige Blume mit einem schwarzen Loch in der Mitte gebildet hatte.

Die Apparaturen neben dem Bett blinkten und piepten im Alarmmodus sinnlos vor sich hin.

Der Pfleger drehte sich zu den Polizisten und Sanitätern um und sagte: »Ach du heilige Scheiße! Das muss der Typ gewesen sein, der gerade hier drin war!«

Einer der Streifenpolizisten hatte schon zu seinem Funkgerät gegriffen, um einen Notruf abzusetzen.

69

Madlener und Harriet saßen in ihrem Dienstwagen vor der Notaufnahme und warteten darauf, dass endlich die Sanitäter mit Söderberg auf einer fahrbaren Trage herauskamen. Im Fall »Argen« traute Madlener niemandem mehr außer Harriet und sich selbst. Irgendwie hatte er so ein unbestimmtes Gefühl, das er nicht näher beschreiben hätte können, nämlich dass im letzten Moment noch etwas schiefging. Nicht etwa, weil er glaubte, Söderberg werde wie Lazarus aus dem Bett steigen, im Krankenhaushemd entschweben und ein für alle Mal der irdischen Gerichtsbarkeit den Rücken kehren. Aber er wollte einfach sichergehen und mit eigenen Augen sehen, wie die Tore eines Gefängnisses sich hinter ihm schlossen und keine Gefahr mehr von ihm ausgehen konnte.

Als Madlener und Harriet sich schon wunderten, wie lange sie mit dem Transport von Söderberg denn noch brauchten, kam ein dringender Funkspruch aus dem obersten Stock der Klinik bei ihnen an.

»Achtung an alle! Söderberg im Bett erschossen. Kollege bewusstlos am Boden. Täter auf der Flucht nach unten. Äußerste Vorsicht, er hat eine Schusswaffe. Zeuge beschreibt ihn als Mitte dreißig, circa eins achtzig groß, schlank, Vollbart, Glatze, Brille. Trägt weiße Arztkleidung und Crocs.«

Ein Mann, der genau dieser Beschreibung entsprach, kam in diesem Augenblick aus dem Notausgang gespurtet, rannte eine Schwester, die ihm im Weg stand, einfach über den Haufen, riss die Fahrertür des bereitstehenden Sankas auf, sprang auf den Fahrersitz, startete den Wagen und fuhr mit aufgeklappten Hecktüren los.

Madlener traute seinen Augen nicht.

»Das ist er!«, sagte er zu Harriet, selbst fassungslos darüber, dass der Mann fast gleichzeitig mit dem Funkspruch vor ihrer

Nase den Krankentransportwagen enterte und sich damit vom Acker machte.

Harriet, die am Steuer saß, reagierte blitzschnell, startete sofort den Dienstwagen und folgte mit Blaulicht und Sirene dem Sanka, dessen Heckflügeltüren bei jeder Kurve hin- und herschwenkten.

Der Fahrer legte ein Höllentempo ohne Rücksicht auf Verluste vor und zwang mehrere entgegenkommende Fahrzeuge dazu, ihm auszuweichen und in die Schneewälle am Straßenbankett zu rauschen, die der Räumdienst an der Zufahrtsstraße zur Klinik angehäuft hatte.

Irgendwie hatte der Fahrer trotz seiner halsbrecherischen Fahrweise die richtigen Schalter am Armaturenbrett gefunden, denn plötzlich gingen das Blaulicht und die Sirene des Sankas an.

Sie mussten einen absurden Anblick abgeben, dachte Madlener. Die Leute würden glauben, dass ein Polizeiwagen einen Krankenwagen zu einem Unfallort begleitete. Dass sie einen Killer verfolgten, der anscheinend seinesgleichen umgebracht hatte und vielleicht einen Polizisten noch dazu – das konnte er selbst kaum für möglich halten.

Er hatte wegen der ständigen Fliehkraftwechsel große Mühe, sich anzuschnallen. Harriet zog mit einer Hand den Gurt aus der Halterung – sie musste gleichzeitig die Straßenführung und den Sanka im Auge behalten –, Madlener half ihr dabei und schaffte es, ihren Sicherheitsgurt einrasten zu lassen.

Dann gab er per Funk durch, wo sie waren und in welche Richtung sie fuhren, und bat um Unterstützung, während Harriet ihre ganze Geschicklichkeit aufbringen musste, um sich nicht abhängen zu lassen.

Sie bogen auf die Hauptstraße ein. Der Sankafahrer raste wie ein Tollwütiger auf Ecstasy haarscharf zwischen Rechts- und Gegenverkehr in der Mitte durch, darauf vertrauend, dass die Fahrzeuge, die er überholte, und die, denen er entgegenkam, ihm schon auswichen, sobald sie Blaulicht und Sirene erkannten.

Die nächste Ampel zeigte Rot.

Der Krankentransportwagen überholte eine Kolonne von einem Dutzend Autos, die alle brav auf Grün warteten, und raste weiter geradeaus, ohne sein Tempo zu vermindern, ungeachtet dessen, dass die von rechts einmündende Straße freie Fahrt hatte. Als er mitten auf die Kreuzung kam, schoss ihn von rechts ein Truck ab. Er rammte den Sanka von der Seite mit voller Wucht, mit einem hässlichen Knirschen und Scheppern knallte Blech auf Blech, der Lkw schob den Sanka über Schneehaufen und Gehsteig und quetschte ihn gegen eine massive Gartenmauer, wo der Lkw, mit seiner Frontseite halb im Krankenwagen, schließlich rauchend zum Stillstand kam, wie ein Tyrannosaurus Rex, der einen mickrigen Gegner einfach zerdrückt hatte.

Der Zusammenstoß dauerte vielleicht zwei Sekunden, vom Sanka war nur noch ein Schrotthaufen übrig geblieben.

Harriet hatte rechtzeitig eine Vollbremsung hingelegt und kam gerade noch eine Armlänge vor der Breitseite des Trucks zum Stehen.

Sie und Madlener stiegen aus und liefen zur hoch gelegenen Fahrerkabine des Lastwagens, der den Sanka aufgespießt hatte. Die Sirene des Krankenwagens blökte jämmerlich, und das Blaulicht zuckte immer noch. Der Fahrer des Lkw saß schreckensstarr hinter seinem Lenkrad, an dem der Airbag ausgelöst hatte.

»Sind Sie verletzt?«, schrie Madlener zu ihm hoch.

»Nein, nein … aber … ich konnte nichts dafür … ich hatte doch Grün …«, stammelte er vor sich hin.

»Kommen Sie da raus, bevor noch etwas in die Luft fliegt!«, befahl Madlener und versuchte, die Fahrertür von außen zu öffnen. Aber durch den heftigen Aufprall hatte sich alles verzogen und klemmte.

Vorne rauchte es schon verdächtig aus dem Motorraum.

»Ruf die Feuerwehr und den Notarzt!«, schrie Madlener Harriet zu, die bereits ins Funkgerät sprach, und rüttelte so stark er konnte an der Fahrertür. Der Fahrer half von innen nach, und mit vereinten Kräften gelang es ihnen, die Tür aufzumachen.

Der Fahrer kletterte auf wackligen Beinen herunter, und Madlener führte ihn auf den Beifahrersitz des Dienstwagens, wo er sich erst einmal hinsetzen konnte.

Im Kofferraum seines Wagens war ein Feuerlöscher untergebracht, den Madlener herausholte. Irgendwie fand er es bizarr, dass er schon wieder mit so einem roten Metallzylinder hantierte. Er hastete um das Heck des Trucks herum, weil er von vorne nicht an die Fahrerkabine des Sankas herankam. Er hatte kein Auge für die vielen Autofahrer, die aus ihren Wagen gestiegen waren und das Chaos vor ihnen anglotzten, und als er den Lastwagen umrundet hatte und die Fahrerkabine des Krankenwagens sah, erkannte er sofort, dass für den Mann jede Hilfe zu spät kam. Er hing eingeklemmt und blutig zwischen Steuer und zerfetzten Blechteilen und bewegte sich nicht mehr, der Truck hatte ihn regelrecht zerquetscht.

Madlener setzte den Feuerlöscher in Gang und schaffte es, den aufkommenden Brand im Motorraum des Trucks unter Kontrolle zu bringen und zu ersticken. Den Rest mussten Feuerwehr und der Notarzt erledigen, mehr konnte er nicht tun.

Die Feuerwehr, die kurz darauf eintraf, musste erst den Lkw mit schwerem Gerät wegziehen, um den Leichnam aus dem Sanka herauszuschneiden. Der Notarzt konnte nur noch den Tod des glatzköpfigen Mannes bestätigen.

Madlener und Harriet hielten Abstand und rauchten eine Zigarette, während die Rettungskräfte bei der Arbeit waren.

Hier an dieser Kreuzung endet also der Fall »Argen«, dachte Madlener. An den Auftraggeber all dieser Morde würden sie damit niemals herankommen. Manchmal, fand er, war sein Job verdammt frustrierend. Er warf seine halb gerauchte, von Harriet geschnorrte selbst gedrehte Kippe weg, weil ihm vom starken Tabak beinahe schlecht geworden war.

70

Madlener saß zwischen einer Katzenbesitzerin und einem Papageienliebhaber und kam sich irgendwie deplatziert vor.

Die Katze, eine kleine, weiß-braun gefleckte Hauskatze, die in einem tragbaren Katzenkäfig auf den Knien ihres Frauchens thronte, konnte ihren Blick einfach nicht von dem Papagei lassen, der in einem Vogelbauer auf seiner Stange saß. Ein faustgroßes grünes Exemplar mit schwarzem Schnabel und roten Schwanzfedern. Er hüpfte ständig von einem Fuß auf den anderen und schimpfte das kaninchengroße Felltier an, was das Zeug hielt. Die Besitzer der Tiere ignorierten sich geflissentlich, während die Katze offensichtlich nichts lieber getan hätte, als den Papagei mit ihren Krallen aus seinem Käfig herauszuziehen, um ihn dann nach allen Regeln der Kunst mit ihrem Maul in der Luft zu zerreißen, dass die Federn nur so herumflogen.

Madlener konnte die blanke Mordlust in ihren Augen sehen, damit kannte er sich aus. Die Katzenbesitzerin und der Papageienliebhaber warfen ihm immer wieder verstohlene Blicke zu, die Madlener zunehmend auf den Wecker gingen, ebenso wie das ständige Gekreisch des Papageis. Wahrscheinlich wunderten sie sich, dass er als Einziger im Wartezimmer eines Tierarztes kein Tier bei sich hatte.

Aus dem Behandlungsraum Nummer zwei war wütendes Gekläffe zu hören, das in ein lang gezogenes, wolfsähnliches Heulen überging. Da war Dr. Wetzel noch bei der Arbeit, wie ihm die freundliche Sprechstundenhilfe gesagt hatte, als er ihr seinen Ausweis gezeigt und erklärt hatte, dass er den Arzt aus dienstlichen Gründen sprechen wollte. So lange, wie der Doktor mit der Behandlung eines verletzten Hundes beschäftigt war, musste Madlener wohl noch warten, dafür hatte er Verständnis.

Madlener hielt es jedoch nicht länger aus, von allen Seiten beschimpft und schief angesehen zu werden, stand auf und studierte das Tierfuttersortiment, das werbewirksam in einem großen Regal ausgebreitet war. Es stammte aus den Staaten, wie er bei genauerem Hinsehen feststellte. Außerdem war es exorbitant teuer. Aber dem Text der bebilderten Broschüre nach, die auf einem Stapel lag und die er oberflächlich durchblätterte, weil er nichts anderes zu tun hatte, konnte man für das Wohlergehen und die Gesundheit der bellenden und miauenden Weggefährten des Menschen nichts Besseres tun, als die exquisiten und exklusiven Leckereien aus den USA zu erwerben.

Das brachte Madlener auf eine Idee.

Er suchte sich drei verschiedene Vorratspackungen Trockenfutter »Gourmet« aus, jeweils mit Fisch-, Fleisch- und Geflügelgeschmack, die für einen Monat ausreichten, und ging damit zur Empfangstheke der Tierarztpraxis, um sie zu kaufen. Er bezahlte bei der Sprechstundenhilfe ein mittleres Vermögen dafür und gab das Wechselgeld, einige Münzen, in die Spendendose für eine Tierklinik in Tansania, die neben dem Adventskranz auf dem Tresen stand, was ihm ein wohlwollendes Lächeln einbrachte und ihn an Harriets Frage erinnerte, ob er mal bei den Pfadfindern gewesen sei, weil er den Mann mit der Baseballkappe mit den Initialen FCB über die Straße gelassen hatte – nach dem Motto »Jeden Tag eine gute Tat«.

Aber schließlich war bald Weihnachten.

Harriet war es auch gewesen, die überhaupt auf die Idee mit der Tierarztpraxis gekommen war, weil sie wie besessen sämtliche schriftlichen Unterlagen von André Maiser noch einmal durchgegangen war – einschließlich Papierkorbinhalt – und dabei wirklich auf etwas von Bedeutung gestoßen war: die gepfefferte Rechnung eines Tierarztes, Dr. Wetzel in Friedrichshafen, aus der sie und Madlener nicht ganz schlau geworden waren. Weil ein Posten darauf zweimal in Rechnung gestellt wurde: Einpflanzung eines RFID-Mikrochips.

Der Name des behandelten Tiers war »Toto«, der Name von André Maisers Hund, wie sich Harriet sofort erinnerte. Sie konnte ihren Chef, der davon keine Ahnung hatte, gleich aufklären, was es mit einem RFID-Clip, auch Transponder oder Tag genannt, auf sich hatte. Der Chip enthielt eine fünfzehnstellige Identifikationsnummer, die mit einem Lesegerät ausgelesen werden konnte. Damit konnte beim Haustierregister oder anderen Organisationen der Besitzer des Tieres ermittelt werden – falls er bei einer dieser Datenbanken registriert war.

Aber warum André Maiser dieses Chip-Implantat zweimal bezahlt hatte, das wollte Madlener persönlich von Dr. Wetzel hören, und deshalb war er hier.

Dass er jetzt auch noch das Berufliche mit dem Nützlichen verbinden konnte, kam ihm außerordentlich entgegen. Denn mit dem exklusiven Tierfutter hatte er endlich ein passendes Weihnachtsgeschenk für Ellens Kater Carlo, den er liebend gern ab und zu mit Leckerbissen verwöhnte, um Ellen ein wenig eifersüchtig zu machen und sie vielleicht mit dem Gedanken versöhnen zu können, dass er die Weihnachtseinladung in das Chalet ihres Vaters aus persönlichen Gründen, so leid es ihm tat, nicht annehmen konnte. Weil er bei seinem Sohn und seiner Exfrau schon seit längerer Zeit im Wort war, mit ihnen Weihnachten zu verbringen, wie er das bereits seit Jahren nolens volens seinem Sohn zuliebe getan hatte. Ein Relikt aus der Vergangenheit, zugegeben, aber ein verpflichtendes, das er nicht auf einmal für unwirksam erklären konnte, ohne restfamiliäre Gefühle zu verletzen.

Er hatte sich in seinen schlaflosen Nächten deswegen für eine gesamtdiplomatische Lösung entschieden, was sein klassisches Weihnachtsdilemma anging, weil ihm auch nach ewigem Nachgrübeln nichts anderes eingefallen war und er sich so in die Enge getrieben fühlte, dass er handeln musste.

Manchmal waren zwei halbe Notlügen besser als eine ganze Wahrheit, wenn man nicht ständig Porzellan zerschlagen wollte.

Er wusste nur eines mit Bestimmtheit: Er wollte nicht mit seinem Schwiegervater in spe drei endlose Tage auf einer Berghütte verbringen, und er hatte es satt, auf höflich mit seiner Ex und deren Eltern zu machen, basta.

Also würde er bei beiden Frauen aus dem Grund absagen, dass er angeblich Verpflichtungen bei der anderen hatte.

Mit seinem Sohn war das kein Problem. Er hatte deswegen mit ihm telefoniert und erfahren, dass Oliver über die Feiertage zum ersten Mal bei den Eltern eines Freundes aus dem Internat eingeladen war und deshalb nach Heiligabend die Weihnachtsfeiertage und die anschließenden Ferien bei ihm verbringen wollte. Die Eltern besaßen ein Hotel im Bayerischen Wald, und Oliver hatte sogar die Erlaubnis seiner Mutter bekommen, als er sie fragte. Madlener war das ganz recht. Er würde seinen Sohn zwar vermissen, aber er ersparte sich damit endlich das zwangsweise Zusammensein mit seiner Exfrau und deren Eltern. Wenn das keine gute Nachricht war!

Er hatte sie sofort angerufen und ihr im Ton des Bedauerns mitgeteilt, dass er mit seiner jetzigen Lebensgefährtin die Festtage verbringen würde, und anschließend das Gefühl gehabt, dass sie darüber ebenso erleichtert war wie er.

»Hallo, Herr Madlener, der Doktor hat jetzt Zeit für Sie!«

Der Zuruf der Sprechstundenhilfe schreckte ihn aus seinen Gedanken. Er sah hoch, und da kam der Hundebesitzer mit einem Schoßhündchen auf dem Arm aus dem Behandlungszimmer Nummer zwei. Madlener wunderte sich noch, dass ein kleiner Hund so laut kläffen und jaulen konnte, da eilte schon der Doktor auf ihn zu, erkennbar an seinem weißen Kittel.

Madlener war zum ersten Mal bei einem Tierarzt. Seit seinen Kindertagen hatte er sich einen Veterinär immer vorgestellt wie diesen Bernhard Grzimek aus dem Fernsehen, »Ein Platz für Tiere« hieß die Sendung, die er als kleines Kind immer ansehen durfte, ausnahmsweise und schon im Schlafanzug. Das war noch vor seiner Jerry-Cotton-Phase.

Dr. Wetzel war das genaue Gegenteil vom alten, glatzköpfigen Dr. Grzimek, er war jung, dick und mit einem dunklen Wuschelkopf.

Er bat ihn in seinen ersten Behandlungsraum und schloss die Tür. Mitten im Raum stand ein Metalltisch für die Untersuchungen und Behandlungen der Kleintiere.

»Was kann ich für die Kripo Friedrichshafen tun, Herr Kommissar?«, fragte er jovial.

Madlener zeigte ihm das Schwarz-Weiß-Foto des Hundes von André Maiser, das Harriet für ihn aus dem »Südkurier« kopiert hatte.

»Kommt Ihnen dieser Patient bekannt vor?«, wollte er wissen. Dr. Wetzel lachte. »Natürlich. Eine lokale Berühmtheit. Das ist Toto, ein reinrassiger Husky. Der Hund von Herrn Maiser.«

»Sie können Hundegesichter erkennen?«, wunderte sich Madlener.

»Das Bild aus der Zeitung kennt doch jeder. Es ging um die Rettung von zwei Mädchen aus dem Eis.«

»Richtig. Toto ist mit seinem Herrchen bei Ihnen gewesen?«

»Mehrfach. Herr Maiser ... um den es mir im Übrigen sehr leidtut, furchtbar, was ihm zugestoßen ist ... also Herr Maiser hat das gesamte Programm machen lassen, wie es sich gehört: Impfungen, Entwurmungen, Zahnbehandlung ... Sie können gern alle Daten einsehen ...«

»Nicht nötig«, winkte Madlener ab. »Was ist mit einem Identifikations-Chip?«

»Ja klar. Das gehört zum Programm dazu.«

»Na schön«, sagte Madlener und zeigte Dr. Wetzel die Rechnung mit der doppelten Honorarforderung für das Einsetzen eines Mikrochips.

»Können Sie mir sagen, warum Sie André Maiser das Einsetzen des Chips zweifach berechnet haben? Ist das ein Fehler der Buchhaltung gewesen?«

Dr. Wetzel nahm die Rechnung und überflog sie, bevor er sie wieder zurückgab.

»Nein«, sagte er bestimmt.

»Also haben Sie zwei Chips eingesetzt?«

»Ja. Auf besonderen Wunsch von Herrn Maiser. Er hatte einen zweiten Mikrochip dabei und bat mich, ihn einzusetzen.«

»Mit welcher Begründung?«

»Er sagte mir, da sei sein Name, seine Adresse und seine Telefonnummer drauf. Und die Zusicherung einer Belohnung für die Rückgabe des Hundes.«

»War das für Sie glaubhaft?«

»Warum nicht? Er hielt das für nötig, weil Toto schon ein paarmal entlaufen war. Auf dem normalen Chip ist ja nur eine Identifikationsnummer drauf und —«

»Danke, ich weiß Bescheid«, unterbrach Madlener ihn.

Er reichte Dr. Wetzel die Hand.

»War's das?«, erkundigte sich der Tierarzt.

»Ja«, antwortete Madlener. »Danke für Ihre Auskunft.«

Am Ausgang vergaß er seine Mitbringsel für Kater Carlo nicht, die er dort deponiert hatte, und wählte Harriets Nummer, um sie zu informieren und zu erfahren, was sie im Tierheim von Friedrichshafen herausbekommen hatte.

Es ging jetzt nur noch darum, den verflixten Chip endlich ausfindig zu machen und aus dem Verkehr zu ziehen.

71

»Sitz!«, befahl Harriet.

Der Husky setzte sich und sah Harriet mit seinen kobalt-
blauen Hundeaugen erwartungsvoll an.

»Willst du ihn behalten?«, stichelte Madlener. »Irgendwie
passt er zu dir …«

Harriet warf ihm einen Blick zu, der unzweideutig dahin
gehend zu interpretieren war, dass Madlener mit seiner leibli-
chen Unversehrtheit spielte, wenn er weiterhin derartig unan-
gebrachte Scherze machte.

Er wusste genau, dass Harriet – wie er – eine ausgesprochene
Hundephobie hatte, seit sie in ihrem ersten gemeinsamen Fall
gezwungen war, sich vor zwei besonders gefährlichen Exem-
plaren der Sorte Kampfhund im Dienstwagen in Sicherheit zu
bringen – was ihr äußerst knapp gerade noch gelungen war.

»Toto ist eine Ausnahme«, sagte sie und tätschelte den Kopf
des Hundes, der sich das gern gefallen ließ.

Er hatte mit seinem Hundecharme schon sämtliche – vor allem weibliche – Mitarbeiter des Polizeipräsidiums sprichwörtlich
um seine Pfoten gewickelt. Jeder, der, und jede, die vorbeikam,
blieb zumindest stehen, um sofort in ein merkwürdiges, in-
fantiles Verhalten zu verfallen, was über den Standardausdruck
»Mei, bist du ein schöner Hund!« und ähnliche Schmeicheleien
hinaus in der besonders intelligenten Frage »Ja wo isser denn?«
gipfelte, obwohl der Husky schließlich direkt vor ihrer Nase
hockte und vielleicht allerlei Kunststücke zu zeigen vermochte,
doch antworten konnte er beim besten Willen nicht. Aber schon
ein einfaches »Wuff!« erfreute den Fragesteller über alle Maßen.

Frau Gallmann hatte bei Totos Anblick nach der ersten Ver-
zückung sofort zwei Hundenäpfe besorgt, die sie zu Madleners
Erstaunen für solche Fälle in der Teeküche im Schrank ganz
unten rechts bereitgehalten hatte. Einer für Wasser, der andere
für Futter. In Ermangelung von Hundefutter opferte Binder, der
sich als großer Hundefreund outete, sogar sein mit Kalbsleber-

wurst belegtes Vesperbrot, eine Geste, die niemand in der Soko »Argen« jemals für möglich gehalten hatte.

»Toto war also im Tierheim«, sagte Madlener und sah zu, wie der Hund Wasser schlabberte.

»Ja, neben ungefähr zwanzig weiteren Vertretern der Gattung Canis lupus familiaris. Er wurde übrigens erst heute Morgen dort abgegeben.«

»Warum so spät?«

»Weil diejenigen, denen er zugelaufen war, ihn zuerst behalten wollten. Also die Kinder in der Familie. Sie waren es auch, die ihn gebracht haben. Unter Tränen. Aber die Eltern haben sich … nun ja: durchgesetzt.«

»Verstehe«, sagte Madlener.

»Wen? Die Kinder oder die Eltern?«

»Du wirst es nicht glauben – beide Seiten. Kommen wir zur eigentlichen Sache. Hast du des Pudels Kern gefunden oder nicht?«

Auf diese Frage hatte Harriet gewartet. Sie zückte ein Gerät, das aussah wie ein großer Rasierapparat.

»Was ist das?«, fragte Madlener.

»Ein Lesegerät für Mikrochips. Vom Tierheim ausgeliehen. Um deine Frage zu beantworten: ja. Des Pudels Kern beziehungsweise die Liste mit dreihundert Namen und den entsprechenden Daten ist in Totos Nacken versteckt.«

Sie kraulte ihn demonstrativ, so, als wäre sie schon immer sein Frauchen gewesen.

»Hier. Probier's aus«, sagte sie. »Du kannst es spüren.«

»Danke«, sagte Madlener. »Ich glaube es dir auch so.«

»Denkst du, Iris Blaschke hat davon gewusst?«

»Gut möglich. Das werden wir gleich erfahren, da kommt sie nämlich.«

Iris Blaschke sah sich bereits suchend am Eingang um, und als sie Toto erblickte, lief sie mit offenen Armen auf ihn zu. Er schien sie ebenfalls zu erkennen und bellte einmal, bevor sie in die Knie ging und Toto Iris Blaschkes Gesicht ableckte.

»Scheint sich wirklich um Ihren Toto zu handeln«, kommentierte Madlener.

»Ja«, antwortete sie und drückte den Hund noch mal an sich.

»Das ist mein Toto! Wo haben Sie ihn gefunden?«

»Im Tierheim«, sagte Harriet.

»Da war er nicht das erste Mal … du Schlingel!«, schimpfte sie ihn und verwuschelte ihn zärtlich, bevor sie zu Madlener hochsah. »Kann ich ihn mitnehmen?«

»Sicher«, sagte Madlener. »Es ist jetzt Ihr Hund. Ich denke nicht, dass es jemanden gibt, der Einspruch erheben könnte.«

»Wie meinen Sie das?«, fragte Iris Blaschke und kam aus der Hocke hoch.

Madlener verwies mit einer Geste auf Harriet, die Iris Blaschke aufklärte.

»André Maiser hat keine Verwandten mehr. Sie wollten doch seinen richtigen Namen wissen?«

Iris Blaschke nickte und war jetzt doch ein wenig angespannt.

»Sein richtiger Name lautet Urs Tobler, geboren am 21. März 1965 in St. Gallen«, zitierte Harriet aus dem Gedächtnis.

»Urs Tobler also …«, murmelte Iris Blaschke. »Danke, dass Sie mir das gesagt haben.«

»Es gibt keinen Grund mehr, seinen richtigen Namen geheim zu halten«, sagte Madlener. »Wir haben alles, was wir brauchen.«

Iris Blaschke war kreidebleich geworden. »Was heißt das? Haben Sie … haben Sie die Liste entdeckt?«

»So ist es. Sie brauchen sich nicht mehr um Ihr Leben zu sorgen. Steht morgen alles in der Zeitung. Die Liste wurde bereits den entsprechenden Stellen übergeben. Sie haben gewusst, wo sie war, nicht wahr?«

Bisher hatte Iris Blaschke nebenher Totos Nacken gekrault, jetzt zog sie ihre Hand zurück, als hätte sie einen elektrischen Schlag bekommen.

»Der Chip steckt noch in Totos Nacken«, erklärte Madlener. »Lassen Sie ihn gelegentlich herausmachen, er ist wertlos, seit wir ihn ausgelesen haben.«

Sie zögerte kurz, aber schließlich nickte sie und atmete einmal tief durch, bis sie Madlener und Harriet mit offenem Blick ansah. »Sie beide haben mir das Leben gerettet. Dafür habe ich mich noch gar nicht richtig bedankt.«

Sie reichte beiden die Hand, nahm Toto an der Leine und verließ mit ihm das Großraumbüro.

Draußen begann es bereits zu dämmern.

Im Hintergrund fing Frau Gallmann an, die Kerzen anzuzünden, die sie auf den Fensterbänken verteilt hatte.

Es waren Duftkerzen, die nach Tannengrün und Bienenwachs rochen, wie Madlener und Harriet nach kurzem Schnuppern feststellten.

Harriet sah Madlener an. »Feierabend?«

Madlener schlüpfte schon in seinen Mantel und nickte. »Feierabend.«

72

Es war gegen siebzehn Uhr am Heiligen Abend in Immenstaad am Bodensee, dessen Ufer fast schon kitschig mit Schnee überzuckert war, wie es sich für Weihnachten gehörte, was schon lange nicht mehr der Fall gewesen war. Die Dunkelheit war bereits hereingebrochen, die sonst so viel befahrenen Straßen waren wie ausgestorben. In den Fenstern der Häuser leuchteten Adventssterne, im kahlen Geäst einiger Bäume blinkten Lichterketten. Von überall her war Glockenläuten zu hören, die Kirchen waren voll, die kleineren Kinder aufgeregt, weil es bald zur Bescherung kommen würde. Den pubertierenden Jugendlichen graute es vor einem sich ewig dahinziehenden Familienabend, an dem Lieder gesungen wurden und sie vielleicht sogar mit in die Kirche gehen mussten, während die Playstation mit dem neuesten FIFA-Spiel daheim auf sie wartete.

Die Weihnachtsbäume in den Wohnzimmern waren oder wurden geschmückt, die Geschenke hervorgeholt, das festliche oder betont einfache Essen – je nach Familientradition – war vorbereitet, die Eltern waren zerstritten oder wieder versöhnt – kurz: Es war ein Heiliger Abend wie aus dem Bilderbuch.

Madlener bog mit seinem Wagen in die Seitenstraße ab, in der Harriet Holtby wohnte. Er parkte ein und holte zwei große Tüten aus dem Kofferraum. Dann atmete er tief durch in dieser Winternacht, schloss kurz die Augen und versuchte, den besonderen Spirit in sich aufzunehmen, der an diesem speziellen Abend der Verlautbarung nach zu spüren sein musste. Aber sosehr er sich auch anstrengte, er konnte ihn nicht wahrnehmen.

Na gut – vielleicht fehlten ihm die Antennen oder die Geschmacksknospen, oder er hatte einfach prinzipiell nicht das nötige Sensorium dafür, nie gehabt. Er bedauerte es nicht, es war einfach so, damit musste er leben. Er schickte einen letzten Atemnebel in den makellosen Sternenhimmel, dachte kurz an Dr. Ellen Herzog, die jetzt bestimmt bei einem Glas Roederer

Cristal Brut Champagner mit ihrem Vater anstieß und stinksauer auf ihn, Max Madlener, war. Weil er es angeblich vorgezogen hatte, diesen Abend bei seiner Ex und dem gemeinsamen Sohn zu verbringen. Plötzlich kam er sich schäbig vor, sie belogen zu haben. Aber es war so, wie es war. Er hatte nichts zu bereuen. So war eben sein Leben. Einen Rest von Unabhängigkeit, von der Freiheit, sich keinen Zwängen zu unterwerfen, auch wenn sie sich noch so subkutan in sein Leben einschlichen, ohne dass man es zunächst merkte, bis sie einen dominierten und verformten – den wollte er sich um keinen Preis nehmen lassen.

Er klingelte bei Harriet Holtby, und ihm wurde aufgetan.

Harriet hatte – Madlener konnte es nicht glauben und musste zweimal hinsehen – eine schwarze Schürze um, Gummihandschuhe und eine Taucherbrille an und ging gleich ohne Begrüßung wieder voraus in die Küche. Die Tür musste er selbst schließen, er stellte seine Tüten ab und machte zu, dann zog er seinen Mantel aus und legte ihn in Ermangelung einer Garderobe auf den Boden.

Harriet hatte alle elektrischen Lichter eliminiert und dafür ungefähr hundert Teelichter und sonstige Kerzen aktiviert.

Die Taucherbrille und die Gummihandschuhe brauchte sie, wie er beim Hereinkommen in die Küche sah, weil sie Zwiebeln schnitt. »Erspart mir die Tränen in den Augen«, sagte sie, als er ihr über die Schulter schaute und sie die Zwiebeln im rasanten Stil eines Drei-Sterne-Kochs zerkleinerte. Die Tomaten, Peperoni, Champignons, Zucchini und die Salsiccia lagen schon fertig präpariert in kleinen Schüsseln daneben.

»Das ist er«, sagte sie nebenbei und deutete auf eine in ein feuchtes Tuch eingewickelte Kugel. »Der Teig«, erklärte sie.

Madlener nickte und roch daran. »630er-Dinkelmehl«, sagte er mit Kennermiene und entlockte Harriet ein Lächeln.

Der kleine Zwei-Personen-Tisch war bereits gedeckt, ein bequemes Sofa vor dem Riesenfernseher war dazugekommen. Madlener war erstaunt, wie wohnlich – für Harriet Holtbys

Verhältnisse – das zuvor so karg eingerichtete Zwei-Zimmer-Apartment geworden war, seit er das letzte Mal unfreiwillig hier gewesen war. Damals war sie spurlos verschwunden. Er musste sie suchen und konnte sie gerade noch rechtzeitig aus den Fängen eines psychopathischen Stalkers befreien.

Harriet gab den Teig in eine Backofenform und ließ Madlener seinen Teil selbst belegen, nachdem sie alles mit einer selbst gefertigten Tomatensoße bestrichen und mit Mozzarellastücken penibel ausgestattet hatte. Er gab ordentlich Salsiccia und Peperoni auf den Teig, sie bestückte ihren Part mit Artischocken, Pilzen und Zucchinischeiben. Dann streuten sie ein wenig fein gehackte Zwiebeln und geriebenen Käse darüber, er viel, sie sparsam.

Als die Pizza im vorgeheizten Backofen war, stießen sie mit dem Wein an, den Madlener mitgebracht hatte, einem süffigen Chianti Rèmole.

Sie nippte nur, er nahm einen großen Schluck und fühlte, wie er sich entspannte.

Während die Pizza im Ofen schön knusprig wurde, packte er sein Mitbringsel aus: einen Plastikweihnachtsbaum in der Größe einer Topfpflanze, den er an eine Steckdose anschloss. Er war mit kleinen roten, weißen und blauen Kugeln geschmückt, die blinkten. Dabei drehte er sich, und aus einem Minilautsprecher krächzte »Hells Bells« von AC/DC.

Den Song kannte sogar Harriet, obwohl das für sie natürlich musikalische Steinzeit war, und beide fanden den Weihnachtsbaum samt Musikbegleitung so schräg und albern, dass sie vor lauter Lachen und »Hells Bells« beinahe das Piepsen des Backofens überhört hätten.

Nach einer gemeinsamen Besichtigung durch das Herdfenster ließen sie die Pizza noch eine Minute länger im Ofen, und Madlener schaltete den Weihnachtsbaum wieder aus. Harriet holte die Pizza schließlich heraus, sie schnitten sie in portionsgerechte Stücke und verputzten sie mit großem Appetit.

Es schmeckte einfach großartig, und das lag vor allem am Teig, den Madlener ausdrücklich in den höchsten Tönen lobte.

Anschließend widmeten sie sich dem wichtigen Teil des Abends, der Serie »Fargo«, produziert von den Coen-Brüdern. Eine Kultserie, von der Harriet Madlener immer schon vorgeschwärmt hatte. Sie selbst hatte die erste Staffel extra für diesen Abend aufgespart, die zwei anderen kannte sie schon, sodass es für beide eine Premiere war. Zur zweiten Folge bot Harriet Madlener einen Joint an, den sie von ihrem Tätowierer bekommen hatte, wie sie ihm vertrauensselig erzählte, und Madlener sagte nicht Nein.

Während der dritten Folge hatten sie so einen Hungerast davon, dass sie sich beide auf die Nachspeise stürzten, die Madlener mitgebracht und Harriet im Gefrierfach ihres Kühlschranks zwischengelagert hatte.

Es war ein ganz besonderes Eis.

»Dasch knischtert scho komisch«, sagte Harriet nach dem ersten Bissen mit vollem Mund und musste lachen.

Madlener antwortete genauso vollmundig: »Kein Wunder, dasch ischt Knischtereis, da ischt Brausche drin.« Auch er fing an, kindisch zu kichern, sobald er nur an die Worte »Knistereis« und »Brause« dachte.

»Schmeckt echt geil«, sagte Harriet, nachdem sie sich beruhigt hatten, was eine ganze Weile dauerte, dann sahen sie wieder dem wunderbaren Martin Freeman in »Fargo« zu, dem Dr. Watson aus der Sherlock-Holmes-Serie der BBC mit Benedict Cumberbatch, wie er sich immer mehr in ein absurdes Gespinst aus Lüge, Gewalt und Intrigen verstrickte.

Sein Gegenspieler war der großartige Billy Bob Thornton, der einen gnadenlosen Auftragskiller gab, wie man ihn sich in seinen schlimmsten Alpträumen vorstellte.

Und das alles spielte auch noch im tiefsten Winter.

Irgendwie ein passender und perfekter Abschluss für dieses Jahr, fand Madlener und amüsierte sich königlich.

In diesem Augenblick wusste er, dass dies das beste Weihnachten war, das er jemals erlebt hatte.

Ohne falsches Pathos, ohne Sentimentalität, ohne familiären Stress, ohne Partnerschaftsknatsch.

Eine Minute später war er auf dem Sofa eingeschlafen, das

Kraut des Tätowierers von Harriet hatte ihn schlicht und einfach umgenietet, obwohl sie erst bei Folge fünf waren und es gerade richtig spannend geworden war.

Harriet deckte ihn zu, machte den Fernseher aus, räumte noch auf und ging dann ins Schlafzimmer, wo sie sich in ihr Bett legte. Eigentlich hatte sie sich noch vorgenommen, ein bisschen über das mathematische Problem der Riemannschen Vermutung nachzudenken, aber kaum hatte sie sich richtig in die Kissen gekuschelt, fielen ihr auch schon die Augen zu.

Die hundert Teelichter und Kerzen gingen nach und nach von selbst aus.

Ein tiefer Frieden hatte sich allüberall ausgebreitet.

Die Frage war, wie lange er wohl anhalten würde ...

Walter Christian Kärger
DAS FLÜSTERN DER FISCHE
Broschur, 400 Seiten
ISBN 978-3-95451-083-2

»Walter Christian Kärger hat einen sprachlich ansprechenden, gut durchdachten und sehr spannenden Krimi geschrieben, der von der ersten bis zur letzten Seite in Atem hält.« Das schöne Allgäu

www.emons-verlag.de

WALTER CHRISTIAN KÄRGER

Tunichtgut und
Tunichtböse

BODENSEE KRIMI

emons:

Walter Christian Kärger
TUNICHTGUT UND TUNICHTBÖSE
Broschur, 384 Seiten
ISBN 978-3-95451-527-1

»... so ist ›Tunichtgut und Tunichtböse‹ bis zur letzten Seite ein ge-
lungener, sprachlich ansprechender und aktionsreicher Krimi, den
man ungern aus der Hand legt.« Esslinger Zeitung

www.emons-verlag.de

Walter Christian Kärger
DER ZORN DES ZEPPELIN
Broschur, 416 Seiten
ISBN 978-3-95451-797-8

»Ein Lesegenuss für alle, die gut recherchierte und gut geschriebene Krimis lieben.« Das schöne Allgäu

www.emons-verlag.de